CB127494

STAR WARS
THE HIGH REPUBLIC

LUZ DOS JEDI

Charles Soule

São Paulo
2021

Disney · Lucasfilm

Grupo Editorial
UNIVERSO DOS LIVROS

Star Wars: Luz dos Jedi é uma obra de ficção. Todos os nomes, lugares e situações são resultantes da imaginação dos autores ou empregados em prol da ficção. Qualquer semelhança com eventos, locais e pessoas, vivas ou mortas, é mera coincidência.

Diretor editorial
Luis Matos
Gerente editorial
Marcia Batista
Assistentes editoriais
Letícia Nakamura
Raquel F. Abranches
Tradução
Leonardo Alvarez

Preparação
Tássia Carvalho
Revisão
Guilherme Summa
Adaptação de capa
Barbara Garoli
Diagramação
Carlos Roberto

Dados Internacionais de Catalogação na Publicação (CIP)
Angélica Ilacqua CRB-8/7057

S694s Soule, Charles
Star Wars: luz dos Jedi / Charles Soule; tradução de Leonardo Alvarez. -- São Paulo : Universo dos Livros, 2021.
416 p.
ISBN 978-65-5609-087-0
Título original: Star Wars – Light of the Jedi
1. Ficção norte-americana 2. Ficção científica I. Título II. Alvarez, Leonardo
21-1204 CDD 813.6

Universo dos Livros Editora Ltda.
Avenida Ordem e Progresso, 157 – 8º andar – Conj. 803
CEP 01141-030 – Barra Funda – São Paulo/SP
Telefone/Fax: (11) 3392-3336
www.universodoslivros.com.br
e-mail: editor@universodoslivros.com.br
Siga-nos no Twitter: @univdoslivros

Para Hanna, Sam, Chris e Jay,
que amam Star Wars tanto quanto eu.

A galáxia está em paz, governada pela gloriosa REPÚBLICA
e protegida pelos nobres e sábios CAVALEIROS JEDI.

Como símbolo de que tudo está em ordem, a República está
prestes a lançar o FAROL DA LUZ ESTELAR nos confins da
Orla Exterior. Essa nova estação espacial servirá
como um raio de esperança para todos.

No entanto, assim como um magnífico renascimento
se espalha pela República, um terrível novo adversário
também o faz. Agora os guardiões da paz e da justiça
devem encarar algo que ameaça a eles,
a galáxia e a própria Força...

Há muito tempo, em uma galáxia muito, muito distante...

A Força está com a galáxia.

É a era da Alta República: uma união pacífica de mundos afins, onde todas as vozes são ouvidas, toda governança é alcançada pelo consenso, e não por coerção ou medo. É uma era de ambição, cultura, inclusão e das Grandes Obras. Do elegante planeta-cidade de Coruscant, próximo do brilhante centro do Núcleo Galáctico, a visionária Chanceler Lina Soh lidera a República.

Entretanto, além do Núcleo e de suas muitas Colônias pacíficas, há as Orlas – Interior, Média e, por fim, na fronteira do que é conhecido: a Orla Exterior. Os mundos de lá são repletos de oportunidades – bem como repletos de perigos – àqueles destemidos o bastante para navegar pelas poucas rotas bem mapeadas do hiperespaço que levam até eles. A Orla Exterior é um refúgio para qualquer um que esteja tentando escapar das leis da República, e conta com todos os tipos de predadores.

A Chanceler Soh prometeu trazer os mundos da Orla Exterior para o alcance da República por meio de projetos sociais ambiciosos, como o Farol da Luz Estelar. Mas até que ele esteja funcionando, a ordem e a justiça na fronteira da galáxia são mantidas pelos Cavaleiros Jedi, guardiões da paz que dominaram incríveis habilidades provenientes do misterioso campo de energia conhecido como a Força. Os Jedi atuam em colaboração com a República, e concordaram em estabelecer postos avançados na Orla Exterior para ajudar qualquer um que precise.

Os Jedi da fronteira podem ser os únicos recursos para as pessoas que não têm mais a quem recorrer. Embora esses postos avançados operem de forma independente e sem assistência direta do Grande Templo Jedi em Coruscant, constituem uma eficaz oposição contra aqueles que praticam o mal nas trevas.

Poucos são os que se opõem aos Cavaleiros da Ordem Jedi.

Mas sempre há quem tente...

PARTE UM

O Grande Desastre

CAPÍTULO UM

HIPERESPAÇO. LEGACY RUN.
TRÊS HORAS PARA O IMPACTO.

Está tudo bem.

A Capitã Hedda Casset conferiu, pela segunda vez, as telas de comunicação acopladas em sua poltrona de comando. Sempre as conferia pelo menos duas vezes. Com mais de quatro décadas de voo, ela acreditava que o hábito de conferir duas vezes fora, em grande parte, a razão de ter sobrevivido todo esse tempo. A segunda checagem confirmou tudo o que vira na primeira.

– Está tudo bem – disse ela, em voz alta, anunciando o fato para a tripulação da ponte. – Hora da minha ronda. Tenente Bowman, a ponte de comando é sua.

– Entendido, capitã – retrucou o primeiro-oficial, levantando-se do assento e se preparando para ocupar a poltrona de comando até que a capitã retornasse da caminhada noturna.

Nem toda capitã de cargueiro de longa distância comandava uma nave dessas como um veículo militar. Hedda já vira espaçonaves com pisos manchados, encanamentos vazando e rachaduras nas janelas da cabine. Hedda Casset, porém, iniciara a carreira como piloto da

Força Tarefa Conjunta entre Malastare e Sullust, mantendo a ordem no pequeno setor na borda da Orla Média. Começara pilotando um Incom Z-24, um caça com um único assento que todos chamavam de Besouro. Realizava principalmente missões de segurança, caçando piratas e afins. No entanto, por fim ela ascendeu ao comando de um cruzador pesado, uma das maiores naves da frota. Uma boa carreira, fazendo um bom trabalho.

Deixara a FTC Mallust com honraria e passou a trabalhar capitaneando naves mercantes para a Guilda Byne – sua versão de uma aposentadoria tranquila. Mas trinta e tantos anos de carreira militar significavam que disciplina e ordem não apenas estavam em seu sangue – disciplina e ordem *eram* o seu sangue. Por isso, cada nave em que ela voava agora era comandada como se estivesse prestes a lutar uma batalha decisiva contra a armada Hutt, mesmo que a tarefa fosse apenas transportar uma carga de couro de ogrut do mundo A ao mundo B. Esta nave, a *Legacy Run*, não era exceção.

Hedda se levantou, aceitando e devolvendo a rápida saudação do Tenente Jary Bowman. Ela se alongou, sentindo as vértebras da coluna estalarem ruidosamente. Anos a fio realizando patrulhas em cabines apertadas, executando manobras em gravidade excessivamente alta – algumas vezes em combate, outras apenas porque a faziam se sentir viva.

O verdadeiro problema, no entanto, pensou ela, prendendo uma mecha de cabelo grisalho atrás da orelha, *são os anos a fio*.

Deixou a ponte, saindo do convés de comando e caminhando ao longo de um corredor estreito em direção ao mundo maior e mais caótico da *Legacy Run*. A nave era um transportador cargueiro modular Kaniff Yard Classe A, com mais de duas vezes a idade da própria Hedda. Isso deixava a nave um pouco além de sua vida operacional ideal, mas bem dentro de parâmetros seguros se fosse bem mantida e regularmente reparada – e ela era. Sua capitã cuidara disso.

A *Run* era uma nave de uso misto, classificada para carga e passageiros – daí o "modular" em sua designação. A maior parte da estrutura era composta de um único compartimento gigantesco, na forma de um longo prisma triangular, com engenharia à popa, a ponte na dianteira e o restante do espaço reservado para carga. Longos braços telescópicos projetavam-se da "coluna" central em intervalos regulares, aos quais poderiam ser fixados módulos menores. A nave comportava até 144 destes, cada um personalizável, para lidar com qualquer tipo de carga que a galáxia pudesse oferecer.

Hedda gostava do fato de a nave conseguir rebocar quase qualquer coisa. Isso significava que era impossível saber o que seria transportado a seguir, quais estranhos desafios deveriam ser encarados no próximo trabalho. Certa vez, ela tivera de reconfigurar metade do compartimento de carga principal em um enorme tanque de água para transportar um gigantesco peixe-sabre dos mares tempestuosos de Tibrin até o aquário privado de uma condessa em Abregado-rae. Hedda e a tripulação tiveram de transportar a fera em segurança – e não foi algo fácil. Mais difícil ainda, porém, foi carregar a criatura de volta para Tibrin três ciclos depois, quando adoeceu porque os funcionários da condessa não faziam ideia de como cuidar daquele espécime. No entanto, Hedda reconhecera a nobreza da mulher – a condessa pagou o transporte para enviar o peixe-sabre de volta a seu habitat. Muitas pessoas, especialmente entre os nobres, simplesmente o teriam deixado morrer.

Em comparação, esta viagem em particular era extremamente simples. Cerca de oitenta por cento do compartimento de carga da *Legacy Run* estavam ocupados por colonos saídos dos superpopulosos mundos do Núcleo e da Colônia com destino à Orla Exterior, buscando novas vidas, novos céus e novas oportunidades. Ela conseguia se identificar com isso. Hedda Casset fora incansável durante toda sua vida. Sempre tivera a sensação de que também morreria dessa forma, olhando através das janelas de uma nave, buscando encontrar algo que jamais vira.

Como aquele era um serviço de transporte, a maioria dos módulos da nave estava configurada para passageiros, com assentos abertos e convertidos em camas que eram, na teoria, confortáveis o bastante para dormir. Instalações sanitárias, bagageiro, algumas holotelas, pequenas cozinhas e só. Para os colonos dispostos a pagar por mais conforto e comodidade, alguns módulos, mas não muitos, contavam com cantinas operadas por droides e compartimentos de descanso privativo. Aquelas pessoas viviam com o mínimo. Para começo de conversa, se tivessem créditos, provavelmente não estariam a caminho da Orla Exterior em busca de um futuro. A sombria fronteira da galáxia era um lugar de desafios tão emocionantes quanto mortais. Na verdade, mais mortais.

Até o caminho para lá é complicado, pensou Hedda, o olhar atraído pela visão do turbilhão do hiperespaço do lado de fora da grande escotilha da qual ela passava perto. A capitã desviou o olhar rapidamente, sabendo que poderia ficar lá por uns vinte minutos caso se deixasse levar pela vista. Ninguém deveria confiar no hiperespaço. Ele era útil, claro, levava as pessoas de um ponto a outro, era a chave para a expansão da República para além do Núcleo, mas ninguém realmente o compreendia. Se um navidroide errasse o cálculo de coordenadas, mesmo que por uma pequena fração, uma nave poderia acabar saindo da rota demarcada, a principal estrada através do que quer que o hiperespaço realmente fosse, e terminar em uma trilha obscura com destino a sabe-se lá onde. Isso acontecia mesmo nas hipervias mais utilizadas próximas do centro galáctico e, lá fora, onde os exploradores mal tinham mapeado algumas poucas rotas... bem, só vendo para entender.

Hedda colocou as preocupações de lado e seguiu seu caminho. A verdade era que a *Legacy Run* percorria a mais utilizada e mais bem conhecida rota para os mundos da Orla Exterior. Naves atravessavam essa hipervia constantemente, em ambas as direções. Não havia motivo para preocupação.

Entretanto, mais de nove mil almas a bordo daquela nave dependiam da Capitã Hedda Casset para chegar em segurança a seus destinos. Preocupar-se era o trabalho dela.

Hedda saiu do corredor e entrou no casco central, emergindo em um amplo espaço circular, uma área aberta exigida pela estrutura da nave e que fora readequada como uma espécie de área comum não oficial. Um grupo de crianças chutava uma bola enquanto os adultos conversavam nas proximidades, todos aproveitando uma pequena pausa dos apertados módulos de alojamento onde passavam a maior parte do tempo. Embora a área não fosse luxuosa – apenas um ponto de junção vazio onde vários corredores curtos se encontravam –, era limpa. A nave empregava – por insistência da capitã – uma equipe automatizada de manutenção que mantinha o interior limpo e higienizado. Um dos droides de manutenção subia uma parede naquele exato momento, realizando uma das inúmeras tarefas necessárias em uma nave do tamanho da *Run*.

Hedda tirou um tempo para avaliar aquele grupo – mais ou menos vinte pessoas, de vários mundos. Humanos, claro, mas também alguns poucos Ardennianos com quatro braços e cobertos de pelos; uma família de Givins, com os característicos olhos triangulares; e um Lannik de feições estreitas, topete e longas orelhas pontudas se projetando das laterais da cabeça – não se via muitos daqueles por aí. Mas, independentemente dos planetas de origem, eram apenas indivíduos comuns passando tempo até começarem a nova vida.

Uma das crianças olhou para ela.

– Capitã Casset! – chamou um garoto humano, de pele morena e cabelos ruivos. Ela o conhecia.

– Olá, Serj – disse Hedda. – Quais são as novidades? Tudo bem por aqui?

As outras crianças pararam de brincar e se reuniram ao redor da capitã.

– Seria legal ter uns holofilmes novos – respondeu Serj. – Nós já assistimos tudo que tem no sistema.

– Bom, é tudo o que temos disponível – informou Hedda. – E pare de tentar burlar as configurações de acesso aos títulos restritos para a sua idade. Você acha que não sei? Esta é a minha nave, e sei tudo o que acontece na *Legacy Run*.

Hedda inclinou-se para frente.

– Tudo.

Serj corou e olhou para os amigos que, subitamente, também pareciam ter encontrado detalhes muito interessantes para se observar no piso, no teto e nas paredes nada interessantes da câmara.

– Não se preocupe com isso – disse Hedda, se ajeitando. – Eu entendo. É uma viagem muito entediante. Vocês podem não acreditar, mas logo menos, quando seus pais lhes mandarem arar os campos, construir cercas ou defender-se de rancores, vocês vão sonhar com o tempo que passaram nesta nave. Apenas relaxem e aproveitem.

Serj revirou os olhos e voltou para qualquer que fosse o jogo improvisado que ele e as outras crianças inventaram com a bola.

Hedda sorriu e caminhou pela sala, acenando e conversando. Pessoas. Provavelmente algumas eram boas, outras más, mas pelos próximos dias todas estariam sob seus cuidados. Ela amava esses transportes. Não importa o que acontecera na vida dessas pessoas, elas iam para a Orla Exterior a fim de realizar seus sonhos. Ser parte daquilo fazia Hedda se sentir bem.

A República da Chanceler Soh não era perfeita – nenhum governo foi nem jamais seria –, mas era um sistema que dava chance de as pessoas sonharem. Não, melhor ainda. Encorajava os sonhos, pequenos e grandes. A República tinhas defeitos, mas as coisas poderiam ser muito piores.

A caminhada de Hedda durou quase uma hora – ela passou pelos alojamentos dos passageiros, mas também verificou um carregamento de tibanna líquido super-resfriado para conferir se a substância altamente volátil estava armazenada de modo adequado (estava), inspecionou os motores (tudo certo), averiguou o estado dos reparos do sistema de recirculação ambiental da nave (os quais estavam em andamento e progredindo satisfatoriamente) e se certificou de que as reservas de combustível ainda eram mais do que suficientes para o restante da viagem com confortável margem de segurança (eram).

A *Legacy Run* era exatamente o que Hedda desejava. Um pequeno e bem mantido mundo na vastidão, uma aconchegante bolha de segurança que protegia todos do vácuo. Ela não poderia proteger os colonos do que quer que os esperasse quando se dispersassem na Orla Exterior, mas garantiria que chegassem sãos e salvos para descobrir.

Hedda voltou para a ponte, e o Tenente Bowman se levantou em um salto assim que a viu entrar.

– Capitã na ponte – anunciou ele, e os outros oficiais se ajeitaram.

– Obrigada, Jary – agradeceu Hedda, enquanto o oficial se afastava e retornava a seu posto.

Hedda acomodou-se novamente na poltrona de comando, checando as telas automaticamente, procurando por qualquer coisa fora do comum.

Está tudo bem, pensou ela.

TANG. TANG. TANG. TANG. Um alarme, alto e insistente. A iluminação da ponte mudou para a configuração de emergência, banhando tudo de vermelho. Pela janela dianteira, o turbilhão do hiperespaço parecia, de alguma maneira, diferente. Talvez fossem as luzes de emergência, mas havia uma... coloração avermelhada. Ele parecia... adoentado.

Hedda sentiu a pulsação acelerar. Sua mente entrou em modo de batalha sem nem pensar.

– Relatório – gritou ela, com os olhos focados nas telas, buscando o que disparara os alarmes.

– Alarme gerado pelo navicomputador, capitã – respondeu o Cadete Kalwar, o jovem navegador Quermiano. – Tem alguma coisa na hipervia. Bem à frente. Grande. Impacto em dez segundos.

A voz do cadete se manteve firme, e Hedda se orgulhou dele. Não devia ser muito mais velho que Serj.

Ela sabia que aquela era uma situação impossível. As hipervias eram vazias. Existiam para isso. Mesmo sem compreender toda a ciência envolvida, Hedda sabia que colisões na velocidade da luz em rotas estabelecidas simplesmente não poderiam acontecer. Como os engenheiros diziam, era “matematicamente absurdo”.

Hedda, porém, navegava o espaço profundo havia tempo o bastante para saber que coisas impossíveis aconteciam o tempo todo, todos os dias. Ela também sabia que dez segundos não eram nada na velocidade em que a *Legacy Run* viajava.

Não dá para confiar no hiperespaço, pensou ela.

Hedda Casset pressionou dois botões no painel de controle.

– Segurem-se – disse ela, a voz calma. – Estou assumindo o controle.

Dois manches se acionaram dos braços da poltrona de comando, e Hedda os agarrou, um em cada mão. Reservou um tempo para respirar, e então começou.

A *Legacy Run* não era um Besouro Incom Z-24, nem mesmo uma das novas Proas-longas da República. Estava em serviço havia bem mais de um século. Era um cargueiro no fim – senão além – de sua vida útil, completamente carregado, com motores projetados para mudanças lentas e graduais de velocidade, feito para atracar em espaçoportos e estações orbitais de carga. Era como manobrar uma lua.

A *Legacy Run* não era uma nave de guerra. Nem perto disso. Mas Hedda a pilotava como se fosse.

Ela percebeu o obstáculo no caminho com os olhos e instintos de piloto de caça, viu como avançava a uma velocidade incrível, grande o bastante para garantir que tanto a nave quanto o que quer que aquilo fosse seriam desintegrados em átomos, arremessados infinitamente pela hipervia. Não havia tempo para desviar. A nave não conseguiria manobrar. Não havia espaço, e não havia tempo.

No entanto, a Capitã Hedda estava no comando, e não falharia com sua nave.

Com um pequeno toque no manche esquerdo e uma grande rotação no direito, a *Legacy Run* se moveu. Mais do que o desejado, mas não menos do que a capitã acreditava ser possível. O enorme cargueiro deslizou para fora do caminho do obstáculo, e o objeto passou tão perto que Hedda teve certeza de sentir a coisa tocar-lhe os cabelos, apesar das muitas camadas de metal e fuselagem que as separavam.

Mas eles estavam vivos. Sem impacto. A nave estava inteira.

Turbulência, e Hedda a enfrentou, sentindo o caminho através dos solavancos e reverberações irregulares, fechando os olhos, sem precisar ver para voar. A nave gemeu, a estrutura reclamando.

– Você consegue, parceira – disse a capitã, em voz alta. – Nós somos duas velhas, eu sei, mas ainda temos muito tempo pela frente. Tratei você muito bem, você sabe. Não vou deixá-la na mão, se você não me deixar também.

Hedda não falhou com a nave.

A nave é que falhou com ela.

O rangido do metal supertensionado se transformou em um grito. As vibrações da nave atravessando o espaço assumiram um novo timbre, que Hedda sentira muitas vezes no passado. Era a sensação de uma nave que se movera além dos limites, seja por sofrer muitos danos em um combate, ou por ser forçada a realizar uma manobra que estava fora de suas capacidades.

A *Legacy Run* estava se partindo. Teria, no máximo, apenas mais alguns segundos.

Hedda abriu os olhos. Soltou os manches e pressionou comandos no painel de controle, ativando as anteparas de proteção que separavam cada módulo de carga em caso de desastre, pensando que aquilo poderia dar alguma chance para as pessoas a bordo. Pensou em Serj e nos amigos, brincando na área comum, e em como as portas de emergência teriam selado as entradas dos módulos de passageiro, provavelmente os prendendo numa área prestes a ser reivindicada pelo vácuo. Ela só podia ter esperança de que as crianças tivessem se unido a suas famílias quando os alarmes dispararam.

Ela não sabia.

Simplesmente não sabia.

Hedda voltou o olhar para o primeiro-oficial, que a encarava, sabendo o que estava para acontecer. Ele a saudou.

– Capitã – disse o Tenente Bowman –, foi uma honr...

A ponte se partiu.

Hedda Casset morreu, sem sequer saber se conseguira salvar alguém.

CAPÍTULO DOIS

ORLA EXTERIOR. SISTEMA HETZAL.

DUAS HORAS E TRINTA MINUTOS PARA O IMPACTO.

O técnico de varredura (terceira classe) Merven Getter estava pronto. Pronto para encerrar o dia, pronto para pegar um transporte de volta ao sistema interno, pronto para ir até a cantina localizada a umas poucas ruas de distância do espaçoporto na Lua Enraizada em cujo bar Sella trabalhava, pronto para ver se hoje seria o dia em que ele finalmente teria coragem de convidá-la para sair. Sella era uma Twi'lek, e ele um Mirialano, mas que diferença isso fazia? *Nós todos somos a República*. Esse era o grande slogan da Chanceler Soh – e as pessoas acreditavam nele. Na verdade, Merven também pensava acreditar. As posturas estavam evoluindo. As possibilidades eram infinitas.

Talvez, uma dessas possibilidades pudesse girar em torno de um técnico de varredura (terceira classe) alocado em uma estação de monitoramento bem distante na eclíptica do sistema Hetzal, localizado, por sua vez, bem nos confins da Orla, lamentavelmente distante das luzes brilhantes e dos cativantes mundos do Núcleo da República. Talvez aquele técnico de varredura (terceira classe) que passava os dias observando holotelas, registrando o tráfego estelar para dentro e para fora do sistema, pudesse conquistar a atenção da adorável mulher de pele escarlate que lhe servia uma caneca da cerveja local três ou quatro noites por semana. Sella em geral se mantinha por perto para conversar com ele, circulando entre os outros clientes que entravam e saíam de sua pequena taverna. Ela parecia achar as histórias sobre a vida na borda mais distante do sistema inexplicavelmente interessantes.

Merven não entendia o porquê de isso fasciná-la tanto. Às vezes, naves apareciam no sistema, saindo do hiperespaço e aparecendo em suas holotelas; outras vezes, as naves iam embora... e seus pequenos ícones desapareciam das telas. Nunca acontecera nada interessante – os planos de voo eram registrados com antecedência, por isso Merven normalmente sabia o que estava para chegar ou partir. Ele era responsável por garantir que aqueles planos de voo fossem seguidos, e não muito mais que isso. Na eventualidade de algo incomum acontecer, seu trabalho seria apenas o de notificar pessoas significativamente mais importantes que ele.

O técnico de varredura (terceira classe) Merven Getter passava os dias observando pessoas indo a lugares. Ele, porém, continuava parado.

Mas talvez hoje fosse diferente. Pensou em Sella. Pensou no sorriso dela, em como decorava os lekku com amarras intrincadas que contara ter criado sozinha, na forma como parava tudo o que estava fazendo para encher uma caneca de cerveja na hora que ele entrasse, sem que precisasse pedir.

Sim. Ele a chamaria para jantar. Hoje à noite. Economizara durante um tempo, e conhecia um lugar não muito longe da cantina. Não muito longe de sua casa, também, mas aquilo seria se adiantar.

Ele precisava apenas trocar seu maldito turno.

Merven olhou de relance para a colega, a técnica de varredura (segunda classe) Vel Carann. Queria lhe perguntar se poderia sair um pouco mais cedo naquele dia, pegar um transporte de volta à Lua Enraizada. Ela lia algo em seu datapad, o olhar absorto.

Provavelmente um daqueles romances Jedi pelos quais ela sempre fora obcecada. Merven não conseguia entender. Lera um ou outro – sempre situados em postos avançados nas fronteiras da República, cheios de amor não correspondido e olhares desejosos... a única ação eram os combates de sabre de luz que claramente substituíam os verdadeiros desejos das personagens. Vel não deveria estar lendo algo particular no horário de trabalho, mas, se ele lhe chamasse atenção sobre isso, ela apenas tocaria a tela e mudaria para um manual técnico, insistindo que não estava fazendo nada de errado. O problema era Merven ser de terceira classe e Vel de segunda, o que significava que, enquanto ele fizesse seu trabalho, ela acreditava que não precisaria fazer o dela.

Não. Nem valia a pena perguntar sobre sair mais cedo. Não para Vel. Ele aguentaria até o fim do turno. Não faltava muito agora, e...

Algo apareceu em uma das telas.

– Ahn – disse Merven.

Aquilo era estranho, não havia nada programado para chegar ao sistema pelos vinte minutos seguintes, mais ou menos.

Outra coisa apareceu. Uma porção de coisas. Dez delas.

– Mas o quê...? – disse Merven.

– Algum problema, Getter? – perguntou Vel, sem tirar os olhos do datapad.

– Não tenho certeza – respondeu ele. – Recebi várias entradas não programadas no sistema, e elas não estão desacelerando.

– Espere... o quê? – perguntou Vel, abaixando o datapad e finalmente olhando para os próprios monitores. – Ah, isso está estranho.

Mais ícones surgiram nas telas de Merven, mais do que se poderia facilmente contar.

– Você acha que... essas coisas... são asteroides, talvez? – sugeriu Vel, com a voz trêmula.

– Nessa velocidade? Saindo do hiperespaço? Não sei. Faça uma análise – disse Merven. – Veja se consegue descobrir o que são.

Vel ficou em silêncio.

Merven a encarou.

– Eu… não sei fazer isso – confessou ela. – Depois da última atualização, nunca me preocupei em aprender como o computador funciona. Você parecia ter tudo sob controle e eu realmente só estava aqui para supervisionar, sabe…

– Certo – disse ele, sem qualquer surpresa. – Consegue rastrear as trajetórias, pelo menos? A sub-rotina é a mesma há dois anos.

– Sim – respondeu Vel. – Posso fazer isso.

Merven voltou a olhar para as telas e começou a digitar comandos no teclado.

Havia agora quarenta e duas anomalias no sistema, todas se movendo a uma velocidade próxima à da luz. Incrivelmente rápido, muito mais veloz do que qualquer regulamentação de segurança permitia. Se fossem de fato naves, quem quer que as estivesse pilotando teria de pagar uma multa enorme. Merven, porém, não acreditava que aquelas coisas fossem naves. Para começo de conversa, eram muito pequenas, e não tinham assinaturas próprias.

Asteroides, talvez? Rochas espaciais, de alguma maneira jogadas contra o sistema? Alguma espécie de tempestade espacial, ou um aglomerado de cometas? Não poderia ser um ataque, disso ele sabia. A República estava em paz, e parecia que continuaria assim. Todos viviam felizes. A República funcionava.

Além disso, não havia nada digno de um ataque no sistema Hetzal. Era apenas um simples conjunto de planetas, o principal e suas duas luas habitadas – a Enraizada e a Frutada –, com grande foco em produção agrícola. Havia alguns gigantes gasosos e algumas esferas de rocha congelada, mas realmente não passava de um amontoado de fazendeiros e de coisas por eles cultivadas. Merven sabia que isso era importante, que Hetzal exportava comida para toda a Orla Exterior e que parte de sua produção poderia até mesmo ser encontrada em alguns sistemas interiores. Havia também aquela coisa com bacta sobre a qual ele lera em algum lugar, algum tipo de substituto milagroso para o juvan que estavam tentando cultivar no planeta principal, e que supostamente revolucionaria a medicina quando descobrissem como produzir em grande escala… mas, ainda assim, não passavam de plantas. Era difícil empolgar-se quando o assunto eram simples plantas.

Até onde sabia, a maior fonte de reconhecimento do sistema Hetzal era abrigar o mundo natal de uma famosa cantora chamada Illoria Daze, capaz de vibrar seu aparelho vocal de forma a cantar melodias polifônicas com suas guelras. Isso, combinado a uma sagacidade singular e uma trajetória de vida da pobreza para a riqueza, a tornara famosa em toda a República. No entanto, Illoria nem sequer estava na região. Ela morava em Alderaan, entre pessoas sofisticadas.

Não havia nada de real valor em Hetzal. Nada daquilo fazia sentido.

Outra onda de objetos apareceu nas telas, numa quantidade tão grande que sobrecarregava a capacidade de rastreamento do computador. Merven ampliou a resolução, mudando para uma configuração de visualização ampla, obtendo uma imagem mais nítida. Podia ver que as coisas, o que quer que fossem, não se restringiam a entrar no sistema vindas da zona segura de acesso ao hiperespaço; brotavam de todos os lugares, algumas perigosamente próximas de...

– Ah, não – disse Vel.

– Também vi – retrucou Merven. Nem precisava executar a análise de trajetória.

As anomalias seguiam na direção do sol, e muitas delas estavam em curso de colisão com os planetas inabitados e suas estações orbitais. Tampouco desaceleravam. Não mesmo. Naquela velocidade próxima à da luz, não importava se fossem asteroides, naves, bolhas de espuma ou docinhos coloridos. O que quer que atingissem simplesmente... deixaria de existir.

Enquanto Merven observava, um dos objetos colidiu com um satélite de comunicação não tripulado. Tanto o satélite quanto a anomalia sumiram da tela, e a galáxia ganhou um pouco mais de poeira.

Hetzal Prime era grande o bastante para suportar alguns impactos e sobreviver como um corpo celeste. Mesmo suas duas luas habitadas poderiam aguentar uns poucos impactos. Mas qualquer um que vivesse nas superfícies...

Agora mesmo, Sella estava na Lua Enraizada.

– Precisamos dar o fora daqui – disse ele. – Estamos na rota de colisão, e mais dessas coisas aparecem a cada segundo. Temos que ir até os transportes.

– Concordo – disse Vel, a expressão de comando retornando ao rosto. – Mas temos que emitir um alerta para todo o sistema. Precisamos fazer isso.

Merven fechou os olhos por um instante, abrindo-os em seguida.

– Você está certa. Claro.

– O computador precisa dos nossos códigos de autorização para ativar o alerta para o sistema – disse Vel. – Ao meu sinal.

Ela digitou alguns comandos no teclado. Merven fez o mesmo e, então, aguardou o sinal da supervisora. Assim que Vel acenou, ele inseriu o código.

Um sinal sonoro suave e agudo ressoou pelo painel de operações quando a mensagem foi enviada. Merven sabia que um som similar era ouvido em todo o sistema Hetzal, das cabines das barcaças coletoras de lixo até o palácio ministerial no planeta principal. Quarenta bilhões de pessoas olhavam para cima amedrontadas. Uma delas era uma adorável Twi'lek de pele escarlate, provavelmente se perguntando se seu Mirialano favorito apareceria em sua taverna ao anoitecer.

Merven se levantou.

– Fizemos o nosso trabalho. Vamos para o transporte. Podemos enviar uma mensagem explicando os detalhes no caminho.

Vel concordou e se levantou rapidamente.

– Sim, vamos dar o fora daq...

Um dos objetos saltou para fora do hiperespaço tão perto e tão rápido que, em termos astronômicos, era como se já estivesse sobre eles no momento em que apareceu.

Uma mancha de fogo, e a anomalia desapareceu, assim como a estação de monitoramento, os dois técnicos de varredura e todos os objetivos, medos, habilidades, esperanças e sonhos que pudessem ter; a energia cinética do objeto reduzindo instantaneamente tudo o que tocava a meros átomos.

CAPÍTULO TRÊS

CIDADE AGUIRRE, HETZAL PRIME.

DUAS HORAS PARA O IMPACTO.

– É verdade? – perguntou o Ministro Ecka, enquanto o alarme tocava em seu escritório de forma consistente, persistente e impossível de se ignorar. Como um alarme deveria ser, presumia ele.

– Parece que sim – respondeu o Conselheiro Daan, ajeitando uma mecha de cabelo atrás da orelha. – O alerta veio de uma estação de monitoramento na borda mais distante do sistema. Veio no nível de prioridade mais alto, e alcançou o sistema inteiro. Cada computador ligado ao núcleo de processamento principal está reproduzindo o mesmo alarme.

– Mas o que o causou? – perguntou o ministro. – Não havia nenhuma mensagem com ele?

– Não – respondeu Daan. – Pedimos esclarecimento repetidas vezes, mas não houve resposta. Nós acreditamos que a estação... tenha sido destruída.

O Ministro Ecka pensou por um momento. Girou a cadeira, afastando-se do olhar dos conselheiros, a madeira antiga rangendo suavemente sob seu corpo. Olhou através da grande janela na parede atrás de sua mesa. Os campos dourados de Hetzal se estendiam até o horizonte, até onde conseguia enxergar. O planeta, o sistema inteiro, na verdade, acreditava em usar cada centímetro de área disponível para plantar, criar e cultivar. As construções eram cobertas por terra fértil, rios e lagos eram utilizados para o cultivo de algas e elódeas, as torres tinham terraços de onde pendiam videiras frutíferas. Droides coletores flutuavam entre elas, colhendo cachos das frutas que crescessem na estação. Naquele mês seriam frutas de mel, bagas régias e melões de gelo. No mês seguinte, haveria outras frutas. Em Hetzal, sempre era estação de alguma delas.

O Ministro Ecka amava aquela vista. A mais pacífica da galáxia, acreditava. Tudo era tão correto e produtivo.

No entanto, com os alarmes ressoando em seus ouvidos, a vista não parecia mais tão pacífica. Naquele momento, ela parecia... frágil.

– Algo está acontecendo lá fora – disse outra conselheira, uma Devaroniana chamada Zaffa.

Ecka a conhecia há muito tempo, e aquela era a primeira vez que a ouvira soar preocupada. Ela olhava para baixo, encarando uma tela de dados, franzindo o cenho.

– Uma sonda de mineração no meio do sistema parou de responder – informou Zaffa. – A rede de satélites também começou a apresentar lacunas. É como se algo estivesse destruindo nossas instalações, uma de cada vez.

– Ainda não temos nenhuma imagem? Isso é loucura – declarou Ecka.

Ele apontou para o chefe de segurança, um humano corpulento de meia-idade.

– Borta, por que sua equipe não sabe o que está acontecendo?

O homem fechou a cara.

– Ministro, com todo o respeito, você sabe o porquê. Seus cortes recentes reduziram a divisão de segurança de Hetzal a um décimo do tamanho original. Estamos trabalhando nisso, mas não temos muito a oferecer.

– É algum tipo de fenômeno natural? Não pode ser que... Nós não estamos sob ataque, estamos?

– A esta altura, não sabemos. Os acontecimentos são consistentes com algum tipo de infiltração inimiga, mas não detectamos nenhuma assinatura, e os alvos atingidos parecem muito aleatórios. Ainda temos algumas plataformas de defesa orbital lá fora, todas intactas. Se fosse um ataque, os invasores estariam tentando nos privar da capacidade de revidar, mas não estão.

O som agudo do alarme tocou mais uma vez, e Ecka girou a cadeira e apontou para o Conselheiro Daan, que se encolheu.

– Você pode desligar esse maldito alarme? Não consigo pensar!

Daan se empertigou, ficando um pouco mais reto, e acionou um controle na tela de dados. Para alívio de todos, o som cessou.

Outro assessor, um homem jovem e magro, de cabelos vermelhos e pele muito pálida, chamado Keven Tarr, se manifestou. O Ministro da Tecnologia mandara chamá-lo. Ecka não tinha muito uso para tecnologia que não fosse relacionada aos campos de cultivo. Em seu coração, Ecka continuava a ser um fazendeiro, mas sabia que Tarr era, supostamente, muito inteligente. Não tardaria para que o garoto seguisse adiante, encontrasse um emprego em alguma parte mais sofisticada da galáxia. Era como as coisas funcionavam em um planeta como Hetzal. Ninguém ficava muito tempo.

– Acho que posso mostrar o que está acontecendo, ministro – disse Tarr.

O homem tinha dedos compridos para um humano, e eles dançavam sobre o datapad.

– Deixe-me transmitir os dados para o droide, ele poderá projetar a informação para todos verem.

Tarr digitou alguns últimos comandos, depois puxou um cabo conector do datapad e o plugou na porta de acesso do pequeno droide de comunicação de formato hexagonal que esperava no canto da sala. O droide avançou, o único olho verde se acendendo enquanto se movia.

Daquele olho, a máquina projetou uma imagem na grande parede branca, reservada para aquele propósito, no escritório do ministro. Normalmente, as apresentações projetadas naquela parede tratavam sobre o tamanho das plantações ou programas para erradicação de pragas. Agora, porém, ela detalhava todo o sistema Hetzal, seus planetas, estações, satélites, plataformas e espaçonaves.

E algo além disso.

Para o Ministro Ecka, parecia que uma nuvem de insetos sobrevoava um campo de plantio, prontos para devorar tudo. Centenas de pequenos pontos luminosos moviam-se em seu sistema a uma velocidade absurda, todos na mesma direção: a região dos sóis. Mais especificamente, a região onde os planetas orbitavam os sóis. Na direção de Hetzal Prime e das luas Enraizada e Frutada, não muito distantes. Isso sem mencionar todas aquelas estações, satélites, plataformas, naves... muitos dos quais tripulados.

– O que são essas coisas? – perguntou ele.

– Não sabemos – respondeu Tarr. – Obtive essas imagens unindo os sinais dos satélites de vigilância e das estações de monitoramento, mas eles estão sendo destruídos, e nossa capacidade de varredura fica cada vez menor. O que quer que sejam, essas anomalias se movem numa velocidade próxima à da luz, e é muito difícil rastreá-las. Além disso, sempre que atingem alguma coisa, o resultado é...

– Péssimo – concluiu o General Borta.

– Eu ia dizer apocalíptico – disse Tarr. – Estou rastreando muitas trajetórias de colisão com o planeta principal.

– Não há nada que possamos fazer? – perguntou Ecka olhando para Borta. – Não podemos... destruí-las?

Borta olhou para ele, impotente.

– No passado, talvez tivéssemos chances. Pelo menos alguma. Mas a defesa do sistema não é uma prioridade aqui há... um bom tempo.

A acusação ficou no ar, mas Ecka não a tomou para si. Com as informações de que dispunha, suas decisões pareceram corretas nas ocasiões. Eles estavam em paz! Tudo estava em paz. Por que gastar um dinheiro que poderia ajudar as pessoas de outras maneiras? Era hora de tomar outra decisão. A melhor possível.

Ele não hesitou. Quando as plantações estavam em chamas, hesitar não era uma opção. Por pior que a situação fosse, quanto mais se esperasse para tomar uma atitude, a tendência era sempre piorar.

– Dê a ordem de evacuação. Para o sistema inteiro. Depois, envie uma mensagem para Coruscant. Avise-os sobre o que está acontecendo. Eles não conseguirão mandar alguém a tempo, mas pelo menos ficarão sabendo.

A Conselheira Zaffa o encarou, com os olhos caídos.

– Não sei se podemos implementar essa ordem efetivamente, ministro – disse ela. – Não temos naves suficientes para evacuações planetárias, e se essas coisas realmente estiverem se movendo na velocidade da luz, não temos muito tempo até que...

– Eu entendo, Conselheira Zaffa – disse Ecka, agora com a voz firme. – Mas mesmo que essas ordens protejam apenas uma pessoa, então uma pessoa estará salva.

Zaffa concordou com a cabeça e tocou na tela de dados.

– Está feito – disse ela. – Evacuação do sistema em andamento.

O grupo observou a projeção na parede, agora com falhas de estática prejudicando a visualização. A rede improvisada de Tarr perdia capacidade conforme mais satélites se transformavam em bolas de fogo, mas a mensagem continuava clara. Era como se uma gigantesca arma tivesse sido disparada contra o sistema Hetzal, e não houvesse nada que pudessem fazer para se salvar.

– Todos vocês deveriam procurar uma forma de sair do planeta – disse Ecka. – Imagino que nossas espaçonaves ficarão lotadas muito rapidamente.

Ninguém se moveu.

– O que você vai fazer, ministro? – perguntou o Conselheiro Daan.

Ecka se virou para a janela, observando os campos dourados que se estendiam até o horizonte. Tudo era tão pacífico. Impossível acreditar que algo ruim poderia acontecer ali.

– Acho que vou ficar – disse ele. – Transmitir mensagens para as pessoas, tentar manter o povo calmo. Alguém precisa cuidar do campo depois da colheita.

A mensagem do Ministro Ecka viajou rápido, por toda a extensão de Hetzal Prime e de suas luas habitadas, surgindo em holotelas e datapads, sendo transmitida por todos os canais de comunicação, dizendo essencialmente: *Nenhum lugar é seguro. Afastem-se o máximo que conseguirem.*

As explicações eram limitadas, o que causou especulação. O que estava acontecendo? Algum tipo de acidente? Que desastre poderia ser tão grande para um sistema planetário inteiro ter de ser evacuado?

Alguns ignoraram a mensagem. Alarmes falsos já haviam acontecido, e às vezes algum engraçadinho pregava peças invadindo algum sistema de computadores e emitindo um alerta de emergência. Era verdade que nunca acontecera nada naquela escala, mas aquilo tornava tudo mais fácil ainda de se negar. Afinal de contas, o sistema inteiro em perigo? Era simplesmente impossível.

Eles permaneceram em casa ou no trabalho. Desligaram as telas e retomaram a vida, porque era melhor que a alternativa. E se olhassem para os céus de tempos em tempos e vissem espaçonaves decolando e saindo do planeta... bem, diziam que as pessoas dentro das naves eram idiotas que se assustavam facilmente.

Em outros lugares, pessoas não sabiam como proceder. Queriam buscar segurança, mas não tinham ideia de como fazer isso. Nem todos possuíam uma maneira de deixar o planeta. Na verdade, a maioria não tinha. Hetzal era um sistema de fazendeiros, pessoas cujas vidas aconteciam próximas da terra. Se viajassem para algum outro lugar na República, seria por um motivo especial, e uma experiência única em suas vidas. Agora eram aconselhadas a ir para o espaço dentro de pouco tempo, mas como? Como poderiam fazer algo assim?

Algumas pessoas em Hetzal tinham espaçonaves, ou moravam em cidades onde viagens espaciais eram mais comuns. Então, recolheram as crianças, os objetos de valor e correram para os espaçoportos, esperando serem as primeiras a chegar, as primeiras a garantir uma passagem. Inevitavelmente, não conseguiram. Foram recebidas por multidões, filas, pelos preços das passagens que, graças a oportunistas inescrupulosos, subiam e se tornavam acessíveis somente aos mais ricos. A tensão era crescente. Brigas irrompiam aqui e ali, e mesmo que Hetzal tivesse forças de segurança para apartar essas brigas, aqueles oficiais também olhavam para o céu e se perguntavam se passariam seus últimos momentos tentando ajudar outras pessoas a escapar. Um fim nobre, se assim fosse... mas um fim desejável? Os oficiais de segurança também eram pessoas, e tinham famílias.

A ordem começou a ruir.

Na Lua Enraizada, um comerciante gentil decidiu abrir as portas da espaçonave que utilizava para transportar a produção excedente da lua para os insaciáveis planetas da Orla Exterior. Ofereceu um lugar a todos que conseguissem entrar, e mesmo quando o piloto avisou que a nave era antiga e que os motores já não estavam nas melhores condições, o comerciante não se importou. Aquele era um momento para generosidade e esperança, e ele salvaria o máximo de pessoas possível.

A nave, carregando quinhentas e oitenta e duas pessoas, incluindo o mercador e sua família, conseguiu decolar da plataforma de pouso, depois que o piloto forçou os motores ao máximo. Ela só precisava escapar do campo gravitacional da lua. Assim que alcançassem o espaço, tudo ficaria mais fácil. Poderiam escapar em segurança.

O veículo alcançou no máximo um quilômetro de altitude antes que os motores sobrecarregados explodissem. Uma bola de fogo caiu sobre aqueles deixados para trás, que não sabiam se haviam tido sorte ou não, considerando que não faziam ideia do que os aguardava. A mensagem do Ministro Ecka não dizia.

Uma mensagem diferente foi emitida de Hetzal para qualquer outra nave ou sistema que pudesse recebê-la: *Estamos com problemas terríveis. Se puderem, mandem ajuda.*

A mensagem foi recebida em diferentes planetas da Orla Exterior: Ab Dalis, Mon Cala, Eriadu e muitos outros, espalhando-se ao redor através da rede de retransmissão da República, e depois para os planetas da Orla Média e da Orla Interior, para a região das Colônias e até para o brilhante Núcleo. Praticamente todos que a recebiam queriam fazer algo para ajudar, mas o quê? Estava claro que o que quer que estivesse acontecendo em Hetzal terminaria muito antes de eles conseguirem chegar.

Ainda assim, naves eram enviadas, principalmente as de apoio médico, na esperança de conseguirem oferecer tratamento para cidadãos feridos de Hetzal.

Se alguém sobrevivesse.

– Vão até a estação de transporte para fora do planeta mais próxima de vocês – disse o Ministro Ecka para um droide câmera que gravava e transmitia sua imagem e sua voz para todo o sistema. – Enviaremos naves para buscar pessoas que não tiverem outros meios de deixar o planeta. Pode levar um tempo, mas mantenham-se calmos e pacíficos. Vocês têm a minha palavra, eu voltarei por vocês. Somos todos parte da mesma colheita. Somos fortes. Vamos sobreviver a isso como sobrevivemos aos invernos rigorosos e aos verões de estiagem, nos unindo. Somos todos Hetzal. Somos todos a República – disse ele.

Ecka ergueu uma mão e o droide câmera encerrou a transmissão. Aquela era a quarta mensagem que enviara desde o início da emergência, e ele esperava que os comunicados surtissem algum efeito positivo. Os relatórios sugeriam que não, mostrando tumultos nos espaçoportos dos três planetas habitados, mas o que mais ele poderia fazer? Transmitia mensagens de seu escritório na Cidade

Aguirre, demonstrando que não abandonara o povo mesmo quando certamente poderia. Uma demonstração de solidariedade. Não era muito, mas já era alguma coisa.

Ao seu redor, o restante da equipe coordenava esforços para ajudar como pudessem. O General Borta trabalhava com sua reduzida frota de segurança tanto para manter a ordem quanto para guiar as pessoas para fora do planeta. Com o auxílio do Conselheiro Daan, organizaram um bom número de cargueiros de colheita que estavam em trânsito para servirem como pontos de coleta, ordenando que descartassem as cargas e liberassem espaço para receber refugiados que estavam a caminho. Cada um desses cargueiros poderia acomodar dezenas de milhares de pessoas. Não confortavelmente, claro, mas naquela situação o conforto não estava na lista de prioridades.

Naves menores carregavam os hetzalianos até os cargueiros, descarregando os passageiros e retornando depressa para buscar mais. Embora fosse um sistema imperfeito, era o que puderam arranjar no calor do momento. Não havia planos para aquele tipo de situação.

O Ministro Ecka se culpava por isso, mas como poderia saber? Não era para aquilo acontecer. Era impossível, o que quer que fosse. No fim das contas, ele não passava de um fazendeiro, e...

Não, pensou ele, subitamente com vergonha de si mesmo. Ele era o Ministro Zeffren Ecka, líder do sistema inteiro. Não importava se o desastre poderia ou não ter sido antecipado. Estava acontecendo, e ele faria o possível a respeito.

Enquanto refletia sobre aquele pensamento, olhou para Keven Tarr, que nunca deixara de percorrer sua reduzida rede, tentando manter a informação fluindo. O jovem agora trabalhava em três datapads separados, e numerosos droides de comunicação projetavam várias composições nas paredes, alocando o máximo de dados possível sobre o tamanho do desastre que continuava a causar destruição no sistema. Ele ainda não tinha respostas concretas, além daquelas que confirmavam que Hetzal estava sob brutal ataque do fenômeno que afligia o sistema. Satélites, estações, instalações orbitais... despedaçados pela tempestade mortal que se aproximava. Era como os enxames sazonais de moscas mordentes que costumavam atacar as lavouras da Lua Frutada, até que foram geneticamente modificadas para não reproduzir mais.

Se o enxame viesse, não havia nada a ser feito. O certo era se abaixar, sobreviver e cultivar os campos novamente após o ocorrido.

Ecka observava enquanto Keven Tarr limpou o suor da testa e olhou de volta para o datapad principal, apoiado em uma mesinha lateral que o jovem usava como escrivaninha.

Os olhos de Tarr se arregalaram, e seus dedos paralisaram sobre a tela.

– Ministro – disse ele. – Eu... estou recebendo um sinal.

– Que sinal? – perguntou Ecka.

– Eu vou... vou repassá-lo – disse Tarr, com um tom de voz estranho, revelando surpresa ou algo inesperado.

Palavras estalaram no ar, um dos droides de comunicação reproduzia a mensagem dentro do escritório do Ministro Ecka. Era a voz de uma mulher. Apenas algumas palavras, mas que traziam com elas, sim... aquilo de que mais precisavam no momento.

– Aqui é a Mestra Jedi Avar Kriss. A ajuda está a caminho.

Aquela coisa mais necessária.

Esperança.

CAPÍTULO QUATRO

CRUZADOR DA REPÚBLICA CLASSE EMISSÁRIO *TERCEIRO HORIZONTE*.

NOVENTA MINUTOS PARA O IMPACTO.

Uma nave apareceu no sistema Hetzal, saltando para fora do hiperespaço e retornando rapidamente a uma velocidade convencional. Estava bem próxima dos sóis, e o poço gravitacional que precisava navegar seria capaz de despedaçar uma nave menor, ou mesmo ela, se a tripulação da ponte não representasse o melhor que a República poderia oferecer.

A nave se chamava *Terceiro Horizonte*, e era linda. A superfície ondulava ao longo da estrutura como ondas em um mar prateado, estreitando-se em uma ponta, com torres e ameias ao longo de sua extensão, como uma fortaleza deitada de lado, repleta de alas, pináculos e espirais. Ela falava sobre ambição. Falava sobre otimismo. Falava sobre algo se tornar belo simplesmente porque poderia, sem se preocupar com custo ou esforço.

A *Terceiro Horizonte* era uma obra de arte, um símbolo da grande República e dos mundos que representava.

Naves menores começaram a sair de aberturas no casco do cruzador, desprendendo-se dele como pétalas de flores ao vento, pequenos pontos de prata e ouro. Aquelas eram as naves da Ordem Jedi, seus caças Vector. Os Jedi e a República trabalhavam em conjunto, e o grande cruzador e o contingente Jedi também o faziam.

Algumas naves maiores deixaram os hangares da *Terceiro Horizonte*, a força de trabalho da República: Proas-longas. Naves versáteis, capazes de desempenhar papéis em combate, busca e resgate, transporte e qualquer outra função que suas tripulações precisassem.

Os caças Vector eram configurados para comportar um ou dois passageiros, porque nem todo Jedi viajava sozinho. Alguns levavam seus Padawans junto, para que aprendessem as lições que os Mestres tinham a ensinar. As Proas-longas poderiam ser tripuladas por três pessoas, mas conseguiriam carregar confortavelmente até vinte e quatro – soldados, diplomatas, médicos, especialistas –, quem quer que fosse necessário levar.

As naves menores se espalharam pelo sistema, acelerando para longe da *Terceiro Horizonte* com um propósito. Cada uma com um destino, cada uma com um objetivo. Cada uma com vidas a proteger.

Na ponte da *Terceiro Horizonte*, uma mulher, humana, estava de pé sozinha. Muitas atividades aconteciam ao seu redor, nos espaços abobadados e nas alcovas da ponte de comando, enquanto oficiais, navegadores e especialistas começavam a coordenar o esforço para proteger o sistema Hetzal da destruição. O nome dela: Avar Kriss, membro da Ordem Jedi durante a maior parte de suas três décadas. Quando criança, foi até o grande Templo de Coruscant, uma grande escola, embaixada, monastério e lembrete da Força que unia todas as coisas vivas. Começou como uma jovem aluna e, conforme avançou nos estudos, se tornou Padawan, depois Cavaleiro Jedi e, por fim...

... Mestre.

Aquela operação era dela. Um almirante chamado Kronara estava no comando da *Terceiro Horizonte*, que era parte da pequena frota de manutenção da paz mantida pela Coalizão de Defesa da República, mas cedera o controle dos esforços de proteção de Hetzal para a Jedi. Não houve conflito ou discussão sobre a decisão. A República tinha suas forças, os Jedi tinham as deles, e cada lado as utilizava para apoiar e beneficiar o outro.

Avar Kriss estudou o sistema Hetzal, projetado na parede de apresentações prateada na ponte de comando por um droide de comunicações, construído para isso, flutuando diante dela. A imagem era composta tanto de informações obtidas por fontes internas do próprio sistema quanto dos sensores da *Terceiro Horizonte*. Aparecendo em verde, planetas, naves, estações espaciais e satélites de Hetzal. Em azul, seus recursos, os caças Vector, as Proas-longas e a própria *Terceiro Horizonte*. Os fragmentos de morte incandescentes se movendo pelo sistema a velocidades inacreditáveis, cuja origem e natureza permaneciam desconhecidas, eram mostrados em vermelho. Conforme Avar Kriss observava, novos pontos escarlates surgiam na parede. O que quer que estivesse acontecendo, ainda não terminara.

A Jedi alcançou o próprio ombro, onde havia uma longa capa branca presa por uma ombreira dourada feita no formato do símbolo da Ordem, uma aurora viva. Aquele era um traje cerimonial, adequado para o conclave entre a República e os Jedi de que a *Terceiro Horizonte* participara na recém-concluída estação espacial chamada de Farol da Luz Estelar. Naquele momento, considerando a tarefa à frente, as roupas ornamentais constituíam uma distração. Avar tocou a ombreira e soltou a capa. O tecido deslizou e caiu, amontoando-se sobre o chão e revelando uma túnica mais simples por baixo, branca com ornamentos dourados. Em sua cintura, numa bainha branca, havia um cilindro metálico, uma única peça de electro prateado e polido, como o cabo de uma ferramenta, sem a ferramenta em si. Ao longo do cilindro se estendia uma linha espiralada entalhada em água-marinha verde brilhante, que servia tanto como ornamento quanto para conferir aderência à peça, que terminava em uma guarda numa das extremidades. Uma arma com a qual Avar era habilidosa, mas que não seria necessária naquele dia. Os sabres de luz dos Jedi não salvariam Hetzal. Seriam os próprios Jedi a fazer isso.

Avar sentou-se no chão, acomodando-se com as pernas cruzadas. Os cabelos loiros na altura dos ombros, parecendo ter vida própria, se moveram para trás e para longe de seu rosto. Amarraram-se em um nó complexo, uma mandala, uma criação que por si só era um auxílio para a concentração. Avar fechou os olhos.

A Mestra Jedi passou a respirar mais lentamente, alcançando a Força que a cercava, que a cobria. Pouco a pouco, ela se elevou, parando logo depois de estar flutuando a um metro do chão.

Pela ponte de comando, a tripulação da *Terceiro Horizonte* percebeu. Eles acenaram, sorriram suavemente ou apenas sentiram a esperança se espalhar, antes de retornarem para suas tarefas urgentes.

Avar Kriss não percebeu. Havia apenas a Força, o que ela lhe dizia, e o que precisava ser feito.

Ela começou.

CAPÍTULO CINCO

HETZAL PRIME. EM ÓRBITA.

OITENTA MINUTOS PARA O IMPACTO.

Bell Zettifar sentiu os primeiros toques da atmosfera em sua nave. Seu Vector, pelo menos oficialmente, não tinha nome. Todas as naves eram essencialmente iguais e, em tese, intercambiáveis entre os pilotos Jedi, mas ele e seu mestre sempre usavam a mesma, com as asas marcadas por uma tempestade iônica que atravessaram certa vez. Como o padrão lembrava pequenos raios de luz estelar, Bell chamava a nave de *Nova*, mas nunca em voz alta, apenas em sua cabeça.

O projeto dos caças Vector era o mais minimalista possível para uma espaçonave. Pouca proteção, quase nenhum armamento, assistência computadorizada muito reduzida. Suas capacidades eram definidas pelos pilotos. Os Jedi *eram* a proteção, o armamento e as mentes que calculavam o que o veículo poderia fazer e aonde o veículo poderia ir. Os caças eram pequenos e ligeiros. Uma frota deles formava uma visão de tirar o fôlego, os Jedi coordenando os movimentos através da Força, alcançando um nível de precisão que nenhum droide ou piloto comum seria capaz de igualar.

Eles pareciam um bando de pássaros, ou talvez folhas de outono rodopiando em uma lufada de vento, todas levadas na mesma direção, unidas por alguma conexão invisível... alguma Força. Certa vez, Bell vira uma apresentação em Coruscant, como parte dos programas de assistência do Templo. Trezentos caças Vector se movendo juntos, pequenos pontos de prata e ouro no sol sobre a Praça do Senado. Eles se dividiam e depois se entrelaçavam, passando uns pelos outros a velocidades incríveis, velocidades impossíveis. A coisa mais bonita que ele já vira. As pessoas chamavam aquilo de Flutuação. Uma Flutuação de Vectors.

Naquele momento, porém, *Nova* estava voando sozinha, com apenas os dois Jedi a bordo. Ele, o Jedi aprendiz Bell Zettifar, e no assento do piloto mais à frente, seu mestre, Loden Greatstorm. O contingente Jedi a bordo da *Terceiro Horizonte* se separara, os caças Vector se dirigindo a diversos lugares em todo o sistema. Havia muitas tarefas para realizar, e muito pouco tempo.

O destino deles era o maior corpo planetário habitado, Hetzal Prime. A missão era vaga, mas crucial: ajudar.

Bell espiou para fora da escotilha da nave para ver a curva do planeta abaixo, em verde, dourado e azul. Um belo planeta, ao menos daquela altitude. Lá embaixo, na superfície, ele suspeitava que as coisas fossem diferentes. Havia assinaturas de espaçonaves por todo o horizonte, um verdadeiro e massivo êxodo planetário. A *Nova* e alguns outros caças Vector e Proas-longas da República que ele conseguia ver aqui e ali eram as únicas naves entrando no planeta.

– Adentrando a atmosfera superior, Bell – disse Loden, sem se virar. – Você está pronto?

– Você sabe que adoro essa parte, Mestre – respondeu Bell.

Greatstorm gargalhou. A nave mergulhou, ou caiu, era difícil apontar a diferença. Um rugido se ouvia pelo lado de fora conforme a nave deixava o espaço e entrava na atmosfera. Na extremidade dianteira, as asas do caça, de fabricação precisa, cortavam o ar como lâminas, mas mesmo elas encontravam alguma resistência.

A *Nova* abriu caminho pelas camadas mais elevadas da atmosfera de Hetzal Prime. Não, não *abriu*. Loden Greatstorm era um piloto habilidoso demais para aquilo. Alguns Jedi usavam os Vectors assim, mas ele não. Serpenteava com a nave, deslizando por correntes de ar, percorrendo-as, deixando que a nave se tornasse apenas outra parte da interação entre o vento e a gravidade sobre a superfície do planeta. A nave quis cair, e Greatstorm permitiu. Aquilo era estimulante, mortal, irresistível, e o caça era projetado para transmitir cada pequena vibração e sacudida aos Jedi, de forma que pudessem deixar a Força guiá-los para que tivessem as melhores reações. Bell fechou os punhos. O rosto se alargou em um sorriso.

– Espetacular – disse ele, sem pensar. Seu mestre deu risada.

– Não é nada de mais, Bell – observou Loden. – Apenas apontei nossa nave para o planeta. A gravidade está cuidando do restante.

Depois de realizar uma longa curva, suave como a de um rio, *Nova* se endireitou, próxima o bastante da superfície do planeta para que Bell enxergasse as construções, os veículos e outros objetos menores abaixo. Parecia tão pacífico. Nenhum sinal do desastre que afligia o sistema. Nenhum sinal, exceto o grande número de naves partindo.

– Onde devemos pousar? – perguntou Bell. – Mestra Kriss lhe disse?

– Ela deixou a nosso critério – respondeu Greatstorm, olhando para o lado, o perfil escuro, sulcado, protuberante, os lekku Twi'lek se estendendo por trás de seu crânio. Os olhos rastreavam as trilhas do tráfego da evacuação planetária. – Vamos ajudar como pudermos.

– Mas é um planeta inteiro. Como vamos saber onde...

– Me diga você, garoto – interrompeu-o Loden. – Encontre um lugar para irmos.

– Treinamento? – perguntou Bell.

– Treinamento – respondeu Loden.

A filosofia de Loden Greatstorm como professor era simples: se Bell fosse teoricamente capaz de fazer algo, mesmo que Loden pudesse fazer aquilo dez vezes mais rápido e centenas de vezes mais habilmente, então Bell faria aquilo, e não ele. "Se eu fizer tudo, ninguém aprende nada", o mestre costumava repetir.

Loden não precisava fazer tudo, mas Bell se sairia bem se, eventualmente, fizesse *algo*. Ser aprendiz do grande Greatstorm era uma sequência interminável de tarefas impossíveis. Ele treinara no Templo Jedi por quinze dos seus dezoito anos, e nunca fora fácil, mas ser Padawan de Loden estava em um patamar completamente diferente. Todo dia, sem exceção, o levava aos seus limites. Todo tempo livre que Bell tinha era desesperadamente utilizado no sono mais profundo da sua vida, até que tudo começasse novamente. Mas... ele estava aprendendo. E era melhor naquele momento do que seis meses antes, no que quer que fosse.

Bell sabia o que o mestre queria que ele fizesse. Outra tarefa impossível – mas ele era um Jedi, ou estava se tornando um, e tudo era possível através da Força.

Fechou os olhos e abriu o espírito, e lá estava, a pequena luz que nunca deixou de queimar em seu interior. Sempre brilhante como, no mínimo, a luz de uma vela, e algumas vezes, caso se concentrasse, intensa como um incêndio. Algumas poucas vezes a sentira tão brilhante quanto um sol, com tanta luz emanando dela que Bell temia ficar cego. Honestamente, no entanto, aquilo não importava. Fosse uma fagulha ou uma pira, qualquer conexão com a Força afastava as trevas.

Bell mergulhou em sua luz interior, buscando sentir os pontos de conexão com outras vidas, outros repositórios da Força no planeta abaixo. Muito perto, sentiu uma grande fonte de poder e energia. Embora dormente, naquele momento, como carvão em brasa, uma gigantesca reserva de força estava claramente disponível, se necessária. Aquele era seu mestre, Loden. Bell passou por ele. Estava procurando por outra coisa.

Ali. Como uma transmissão holográfica de longo alcance que ganhava definição quando o sinal finalmente obtivesse energia o suficiente, a teia da Força que conectava as mentes e os espíritos dos bilhões de habitantes de Hetzal Prime surgiu na mente de Bell.

Não era uma imagem completamente clara; parecia-se mais com impressões, um mapa de zonas emocionais, não muito diferente da colcha de retalhos que as plantações, abaixo da *Nova*, pareciam quando vistas daquela distância.

O que ele mais sentiu foi medo e pânico, emoções que os Jedi trabalhavam duro para expurgar de si mesmos. De acordo com os ensinamentos, o único contato de um verdadeiro Jedi com o medo deveria ser ao senti-lo em outros seres; uma experiência bastante comum. Bell sentira aqueles reflexos emocionais muitas vezes, mas sempre ao lado de amor, esperança, surpresa e muitas variações de alegria; o espectro de sentimentos inerentes a todos os seres.

Bem, em geral. Em Hetzal Prime, naquele momento, sentia basicamente medo e pânico.

Bell não se surpreendeu. Ouvira a ordem de evacuação: "*Desastre na escala do sistema inteiro em andamento. Todos os seres devem partir do sistema Hetzal de qualquer maneira possível, e permanecer a uma distância segura*". Sem explicação, sem aviso, e os cálculos deviam ser óbvios para todos. Bilhões de pessoas e um número de naves claramente insuficiente para evacuar todas elas. Quem não entraria em pânico?

Em um mundo ebulindo com aquele tipo de energia negativa, era difícil pensar o que dois Jedi poderiam fazer. Mas Loden Greatstorm dera uma tarefa a Bell, e por isso ele continuou procurando, buscando um lugar onde pudessem ajudar.

Alguma coisa... um nó de tensão, denso, comprimido... um conflito, uma dúvida, uma sensação de que as coisas não estavam exatamente como deveriam, uma sensação de injustiça.

Bell abriu os olhos.

– Leste – disse ele.

Se havia injustiça lá fora, bem... eles levariam a justiça. Os Jedi *eram* a justiça.

A *Nova* se inclinou, acelerando suavemente sob o controle de Loden. O mestre de Bell permitia que o jovem pilotasse de vez em quando, a nave podia ser controlada de qualquer assento, mas os caças Vector exigiam quase tanta habilidade quanto empunhar um sabre de luz. Naquelas circunstâncias, Bell estava satisfeito em permitir que Loden assumisse a liderança.

Em vez disso, o Padawan servia como navegador, usando sua ainda intensa conexão com a Força para guiar a nave na direção do conflito que percebera, apontando a direção para Loden, ajustando o caminho que percorriam.

– Devemos estar bem acima – disse Bell. – Seja lá do que for.

– Percebo – disse Loden, a voz baixa, lacônica. Normalmente, suas palavras eram acompanhadas de um sorriso, mesmo quando traziam uma crítica brutal aos estudos Jedi de Bell. Mas não naquele momento. O que quer que Bell estivesse sentindo, ele sabia que o Mestre Greatstorm também o sentia, provavelmente com mais intensidade. Na superfície, abaixo de onde a nave circulava, pessoas estavam prestes a morrer. Talvez já estivessem morrendo.

Loden inclinou a nave mais uma vez, enquanto voava em um círculo apertado, permitindo a ambos uma visão mais clara do solo, através do aço transparente da redoma da cabine.

Uns cem metros abaixo havia um complexo de algum tipo, murado. Grande, mas não enorme, mais provavelmente a casa de um indivíduo ou de uma família abastada do que uma instalação do governo. Uma grande multidão cercava os muros, concentrando-se nos portões. Uma olhada de relance bastou para Bell compreender o motivo.

Pousada no interior do complexo estava uma enorme espaçonave. Semelhante a um iate de férias, grande o bastante para comportar vinte ou trinta pessoas além da tripulação. E se os passageiros não se importassem com conforto, o iate provavelmente poderia transportar dez vezes mais pessoas. A nave deveria ser visível do chão, o casco se erguia acima dos muros do complexo, e as pessoas amontoadas sobre os portões certamente acreditavam que aquela era a única chance de sair do planeta.

Guardas armados posicionados nos muros de ambos os lados pareciam ter uma opinião diferente. Enquanto Bell observava, um disparo de blaster foi efetuado para o alto de um ponto próximo do portão. Por sorte, um disparo de aviso, mas estava claro que o momento dos avisos chegava rapidamente ao fim. A tensão crescia entre a multidão, ninguém precisava ser um Jedi para perceber.

– Por que não estão deixando as pessoas entrarem? – perguntou Bell. – Aquela nave pode levar muitas delas em segurança.

– Vamos descobrir – disse Loden.

Ele pressionou um botão no painel de controle. A redoma da cabine abriu suavemente, desaparecendo no interior do casco da *Nova*. Loden olhou para trás, sorridente, o vento passando veloz por entre os dois, balançando seus lekku e os dreads de Bell.

– Nos vemos lá embaixo. Lembre-se: a gravidade faz a maior parte do trabalho – disse Loden.

E pulou.

CAPÍTULO SEIS

SISTEMA HETZAL. *AURORA IX*, PROA-LONGA DA REPÚBLICA.

SETENTA E CINCO MINUTOS PARA O IMPACTO.

– Tem certeza disso, capitão? – perguntou o Suboficial Innamin, apontando para a tela, que mostrava o caminho irregular de uma das anomalias do hiperespaço, conforme ela avançava em direção ao centro do sistema. – Precisamos abater essa coisa antes que ela mate alguém. Talvez muitos alguéns. O problema é que nossos computadores de mira não conseguem calcular a trajetória. A anomalia está se movendo rápido demais. Na melhor das hipóteses, eu diria que temos uma chance em três de acertar o alvo.

O Capitão Bright balançou a cabeça, os tentáculos açoitando-lhe os ombros. Sabia que provavelmente deveria repreender Innamin por questionar suas ordens. O garoto fazia aquilo o tempo todo, era jovem para um humano, tinha pouco mais de duas décadas de idade e, como regra, pensava saber mais do que os outros. Bright normalmente deixava o jovem se safar. A vida era curta demais e as naves em que voavam eram pequenas demais para que se adicionasse o fator tensão. Uma pergunta cuidadosa de tempos em tempos não representava, necessariamente, insubordinação.

Uma chance em três, pensou ele. Não sabia exatamente o que esperara. Apenas... uma probabilidade melhor do que uma chance em três de que poderiam cumprir a missão.

A Proa-longa, de nome *Aurora IX*, era de última geração, o novíssimo design dos estaleiros da República em Hosnian Prime. Não era uma nave de guerra *per se*, mas também não era de se ignorar. A embarcação possuía processadores distribuídos capazes de calcular e mirar contra múltiplos alvos e efetuar disparos de blaster, mísseis e contramedidas defensivas em uma única salva. Também não era desagradável aos olhos. Bright a achava parecida com um dos peixes-martelo, de crânio grosso e rombudo que se afinava em uma única cauda sinuosa, que costumava pescar no seu lar em Glee Anselm. Uma fera bela e robusta, sem sombra de dúvidas. Por outro lado, seu alvo, um dos misteriosos objetos que avançavam através do sistema Hetzal, se movia a uma velocidade próxima à da luz. Havia saído do hiperespaço como um projétil incandescente disparado de um canhão. A *Aurora IX* poderia ser de última geração, mas aquilo não significava que ela seria capaz de fazer milagres.

Milagres eram com os Jedi.

E eles, aparentemente, estavam ocupados com outras coisas no momento.

– Dispare seis mísseis – ordenou Bright.

Innamin hesitou.

– É toda a nossa munição, senhor. Você tem certe...

Bright assentiu. Apontou para a tela da cabine de Innamin. Um indicador de ameaça vermelho, o projétil, em rota de colisão com um disco verde maior, uma estação de coleta solar equidistante dos três sóis do sistema Hetzal. A coisa ainda estava a alguma distância, mas se aproximava mais a cada instante.

– A anomalia está indo direto para a instalação solar. Os dados que recebemos de Hetzal Prime indicam que a estação é tripulada por sete pessoas. Não há tempo de irmos até lá para evacuar a estação antes que seja atingida, mas nossos mísseis podem funcionar. Se temos uma chance em três de abater o objeto, disparar seis mísseis vai dobrar nossas chances. Ainda não é a melhor das probabilidades, mas...

O último membro da tripulação, o Guarda-marinha Peeples, zumbiu com a tromba como se prestes a se pronunciar, mas Bright o deteve com um gesto, retomando a fala.

– Sim, Peeples, sei que a conta está errada. Estou mais preocupado com uma equação diferente: se dispararmos seis mísseis, podemos salvar sete pessoas. Vamos ver o que conseguimos fazer.

Os sistemas de mira da *Aurora IX* se moveram lentamente, não parecendo tanto de última geração agora à medida que o mortífero ponto vermelho se aproximava das pessoas encurraladas na fazenda solar. A Proa-longa se aproximou da estação o mais rápido possível, encurtando a distância que os mísseis teriam que percorrer, um tipo interessante de problema envolvendo trajetória, aceleração e física, algo que despertou os instintos tridimensionais do próprio Bright, desenvolvidos durante o grande tempo em que viveu debaixo d'água. Ele balançou a cabeça novamente, chacoalhando a massa de espessos tentáculos verdes que se projetavam da parte posterior do crânio, irritado consigo mesmo por se deixar distrair enquanto pessoas lá fora rezavam pela própria vida.

Os mísseis foram disparados, seis breves *vushs* que reverberaram do casco da nave, reduzindo a *Aurora IX* a seus armamentos laser. Os mísseis avançaram, deixando uma fina trilha de fumaça pelo caminho. Saíram rapidamente do campo visual, acelerando para a velocidade máxima em questão de poucos segundos.

– Mísseis lançados – disse Innamin.

Agora era com os refinados processadores distribuídos, que deveriam ter transmitido cálculos efetivos de disparo para cada um dos mísseis. Talvez os seis acertassem. Não era impossível.

A tripulação no convés observava a tela que rastreava o deslocamento dos mísseis, da anomalia em alta velocidade, a posição da própria nave e a da estação solar que logo se tornaria o ponto de colisão para todos os nove objetos.

O primeiro dos mísseis piscou e sumiu da tela. Nada mudou.

– Míssil um errou o alvo – anunciou Innamin, sem necessidade.

Outros dois mísseis desapareceram. Bright ergueu uma das mãos antes que Innamin falasse novamente.

– Estamos vendo, suboficial – disse ele.

Mais dois mísseis. Apenas um restava. Todo o restante parecia inalterado.

O último míssil desapareceu da tela, nem um pouco próximo da anomalia que se aproximava. Um suspiro de desespero compartilhado inundou a ponte de comando.

– Blasters? – perguntou Bright, já sabendo a resposta.

– Sinto muito, senhor – respondeu o Guarda-marinha Peeples, com a voz aguda, quase um guincho. – Mesmo o maior artilheiro do universo não conseguiria acertar um tiro desses, e eu diria que mal estou entre os dez melhores.

Bright suspirou. A espécie de Peeples tinha uma compreensão radicalmente peculiar sobre o humor. Não sobre as piadas em si, que em geral eram bastante decentes, mas sobre o momento apropriado para contá-las.

– Obrigado, guarda-marinha – agradeceu Bright.

A estação solar estava visível na tela, uma grande e comprida estrutura, como um dos corais de pluma no mundo natal de Bright. Centenas de braços compridos organizados em uma espiral que rodeava uma esfera central onde a tripulação vivia e trabalhava. Cada braço desses tinha uma série de olhos coletores em sua extensão, que piscavam e rotacionavam lentamente enquanto absorviam a luz dos três sóis que garantiam a Hetzal Prime e suas duas luas estações de plantio particularmente longas. A estação retransmitia a luz solar para as plantações, armazenando e emitindo por meio de uma tecnologia própria que era o orgulho do sistema.

Ela era bela. Bright nunca vira algo como aquilo. Parecia ter sido cultivada, e talvez de fato fora. Supostamente, todas as plantas da galáxia poderiam ser cultivadas em algum dos mundos de Hetzal. Talvez aquilo também se aplicasse a estações espaciais.

Subitamente, um brilho pulsou, rápido demais para ser processado até mesmo por olhos como os de Bright, grandes e escuras orbes, projetadas pela evolução para captar detalhes nas escuras profundezas oceânicas de Glee Anselm. A estação solar foi destruída instantaneamente. Em um momento, estava lá, intacta, executando suas tarefas. No momento seguinte, encontrava-se em chamas, com metade dos braços coletores despedaçados se afastando, à deriva, no espaço.

A esfera central continuava lá, embora chamas se espalhassem pela parte externa de seu casco, fazendo a dança silenciosa do fogo em gravidade zero. Enquanto Bright observava, a iluminação externa da estação piscou, tremeluziu e se apagou.

Bright colocou uma mão na testa. Ele também piscou. Uma vez, lentamente.

Depois, virou-se para a tripulação.

– Não sabemos com certeza se as pessoas a bordo da estação estão mortas – disse, olhando para as expressões solenes de seus subordinados. – Eu gostaria de fazer uma tentativa de resgate, mas aquilo – ele apontou, através da janela, para a estação espacial arruinada e em chamas, que parecia crescer conforme a *Aurora IX* se aproximava – pode colapsar a qualquer momento. Ou explodir. Ou implodir. Não sei. O fato é que, se estivermos atracados quando isso acontecer, também morreremos.

Bright cutucou um dos tentáculos com a ponta de um dedo.

– Sou um Nautolano, fato que tenho certeza de que vocês sabem. Pele verde, grandes olhos pretos, o que mais eu poderia ser? O que vocês podem não saber é que esses meus tentáculos me permitem captar feromônios de outros seres, que traduzo e compreendo como estados emocionais. É assim que sei que vocês dois estão... aterrorizados.

Peeples abriu a boca e logo em seguida, milagrosamente, lhe ocorreu que aquele não era o momento adequado para uma piada.

– Sei que vocês estão com medo – continuou Bright –, mas temos um dever. Sei disso, e vocês também sabem. Precisamos tentar.

Innamin e Peeples se entreolharam, depois olharam novamente para o capitão.

– Somos todos a República, certo? – disse Innamin.

Bright assentiu. Então, sorriu, exibindo os dentes.

– Certamente somos, Suboficial.

Ele apontou para Peeples.

– Guarda-marinha, leve-nos até lá.

CAPÍTULO SETE

SISTEMA HETZAL. ACIMA DA LUA FRUTADA.

SETENTA MINUTOS PARA O IMPACTO.

Três caças Vector dos Jedi e uma Proa-longa da República avançaram pelo espaço, aproveitando a força gravitacional para dar a volta na grande esfera verde e laranja que era a Lua Frutada de Hetzal, lendária através da galáxia por sua prosperidade. Quatro bilhões de pessoas moravam lá, cultivando, colhendo e vivendo. Tudo poderia morrer em menos de trinta minutos se os quatro Jedi e os dois oficiais da República não conseguissem destruir ou desviar, de alguma forma, o objeto que vinha na direção da lua.

A anomalia, no lado mais comprido, era maior que a Proa-longa, e estava em rota de colisão com o principal continente da lua. Devido à sua velocidade, uma porção significativa da camada externa da lua seria vaporizada instantaneamente no impacto, explodindo e subindo para a atmosfera. Depois viria a onda de calor e as chamas, varrendo toda a superfície e obliterando qualquer tipo de vida vegetal, animal e todos os seres sencientes.

Isso presumindo que a lua não vá se despedaçar quando for atingida pela anomalia, pensou Te'Ami enquanto inclinava a nave suavemente, acompanhando a curva precisa realizada pelos dois outros caças Vector pilotados por seus colegas Jedi, executando a manobra tanto por sua conexão com a Força quanto pelos controles em suas mãos.

A destruição completa da Lua Frutada não era impossível. A quantidade de energia transferida pelo impacto poderia ser um golpe fatal no pequeno planeta. Mundos pareciam indestrutíveis quando se estava na superfície de um deles, mas Te'Ami já vira coisas durante a vida... a galáxia não se importava com *o que* se imagina ser indestrutível. Ela poderia destruir coisas assim apenas para provar que aquilo não era impossível.

O pequeno esquadrão se movia a uma velocidade incrível, avançando diretamente contra a anomalia. A Mestra Kriss, na *Terceiro Horizonte*, designara aquela como uma missão de alta prioridade, e Te'Ami entendeu. Quatro bilhões de pessoas – de fato, alta prioridade.

Na mente, ela conseguia perceber Avar, não em palavras, mais como uma sensação da presença da mulher. A Mestra Kriss tinha uma combinação rara de habilidades entre os Jedi: conseguia detectar e fortalecer os vínculos naturais entre usuários da Força, e usá-los como uma espécie de rede de comunicações. Não era exata, sendo melhor em transmitir sensações, localizações, mas ainda assim era uma habilidade bastante útil, principalmente numa situação em que uma centena de Jedi trabalhava em conjunto para proteger um sistema inteiro.

Não vamos falhar, pensou Te'Ami. Esticou um longo dedo verde e girou um dos precisos botões no painel de controle. Seu comunicador se ativou.

– Proa-longa da República, está na hora. Preciso que transfiram o controle de seus sistemas de armas para mim – disse ela.

– Entendido – respondeu o piloto da Proa-longa, Joss Adren. Sua esposa, Pikta, estava no assento do copiloto. Te'Ami não os conhecia pessoalmente, sabia apenas que eram integrantes da tripulação da *Terceiro Horizonte*, e que se voluntariaram imediatamente para ajudar quando o cruzador chegou ao sistema e a escala do problema se tornou clara. O Almirante Kronara os encarregara de uma Proa-longa. Era melhor dispor de outra nave para ajudar em vez de deixá-los ociosos no hangar. A pouca conversa não relacionada à missão quando estavam a caminho da Lua Frutada sugerira que Joss e Pikta eram empreiteiros de algum tipo, trabalhadores do Farol da Luz Estelar pegando carona para o Núcleo agora que haviam terminado o trabalho.

Pareciam boas pessoas. Te'Ami esperava que também fossem habilidosos. Aquilo não seria fácil.

Uma luz âmbar piscou na tela de Te'Ami, e depois permaneceu acesa.

– Armas sob seu controle – disse Joss.

– Obrigada – agradeceu ela, então acionou mais alguns botões antes de voltar rapidamente as mãos para os controles. Um caça Vector podia ser uma nave traiçoeira. A resposta fluida dos controles significava que eram capazes de realizar manobras incríveis, mas apenas se uma concentração significativa fosse mantida.

– Certo, meus amigos – disse ela. – Estamos prontos?

As respostas vieram pelo canal exclusivo dos Jedi.

A voz grave de Mikkel Sutmani ressoou pelos autofalantes, imediatamente traduzida para o Básico pelo computador da nave.

– Pronto para ir – informou Mikkel. O Ithoriano mais firme que ela já conhecera. Embora nunca falasse muito, sempre fazia seu trabalho.

– Também estamos prontos – disse Nib Assek, a terceira e última Cavaleira Jedi do pequeno esquadrão. O Padawan de Nib, Burryaga Agaburry, se manteve em silêncio. Nenhuma surpresa. Era um jovem Wookie, e falava apenas Shyriiwook, apesar de compreender o Básico. Nib também falava seu idioma, tinha aprendido especificamente para tomar Burryaga como aprendiz. Não era fácil para as cordas vocais de um humano recriar os rugidos melodiosos e gorjeios que compunham o idioma Wookie, mas ela se esforçara. Te'Ami e Mikkel, no entanto, não conseguiam entender uma palavra do que Burryaga falava.

De qualquer modo, se Nib Assek disse que ela e o Padawan estavam prontos, eles estavam prontos.

A Jedi ampliou os sentidos através da Força, procurando o mortífero meteoro, ou o que quer que fosse, já que as varreduras continuavam inconclusivas, voando pelo espaço na direção deles. Lá. Ela conseguia senti-lo, distorcendo a gravidade por onde passava. Refletiu, pensando sobre onde o objeto estivera, onde estava e onde estaria.

Mais especificamente, onde estaria quando os sistemas de armas da Proa-longa e dos caças Vector disparassem ao mesmo tempo com força total.

Aquele disparo não poderia ser calculado por computadores. Precisava ser realizado pela sensação, com a Força, por todos os Jedi em um único momento.

– Tenho o alvo na mira – disse ela. – Estamos prontos?

Não houve resposta dos outros Jedi, mas ela não precisava de uma. Conseguia senti-los concordando através da conexão que a Mestra Kriss mantinha da superfície de Hetzal Prime. Era mais rápido do que falar, mais eficaz.

– Que nos tornemos lanças – disse ela, repetindo uma frase ritualística de seu próprio povo, os Duros.

Sem querer largar os controles da nave em um momento tão importante, Te'Ami se permitiu usar um fio da Força para erguer o sabre de luz da bainha em seu cinto. O cabo era de cerakote escuro com uma pesada guarda de cobre manchado. A lâmina, quando ativada, brilhava azul. O uso provocara riscos e marcas no objeto, e havia uma bolha de solda, de péssima aparência, próxima de uma extremidade, onde Te'Ami fundira de volta um dos componentes que caíra. Se havia um sabre de luz mais feio que aquele em toda a Ordem, ela ainda não o vira.

No entanto, o sabre se ativava quando ela queria, e o cristal kyber que o energizava se mantinha tão puro e ressonante quanto no dia que ela o encontrara em Ilum, há muito tempo.

Te'Ami poderia ter renovado a lâmina, se quisesse? Certamente. Muitos Jedi mudavam os cabos regularmente, fosse para realizar ajustes de acordo com as técnicas de combate, por causa de inovações tecnológicas ou, às vezes, simplesmente por... estilo. Estética. Moda, ou como queiram chamar.

Te'Ami não se interessava por nada daquilo. Seu sabre de luz, feio como era, servia como um perfeito reflexo da grande verdade da Força: não importava o exterior de uma pessoa...

... por dentro, todos eram feitos de luz.

O sabre se moveu pela cabine apertada. Depositou-se sobre uma placa de metal no painel de controle do Vector com um clique suave e satisfatório, fixando-se através de um pequeno e localizado campo de força. Um ruído baixo vibrou pelo casco da nave quando os sistemas de armas se ativaram. Um novo conjunto de telas e botões se acendeu, brilhando no mesmo tom azul da lâmina do sabre. As armas de um caça Vector podiam ser operadas com apenas um sabre de luz como chave, uma forma de assegurar que não seriam utilizadas por alguém que não fosse um Jedi e que, quando fossem, o seriam por uma ação bem pensada.

Mais uma vantagem: era possível aumentar ou diminuir o laser da nave por meio de um alternador nos controles. Nem todo disparo precisava ser fatal. Eles poderiam desabilitar sistemas de naves inimigas, servir como aviso... todas as opções estavam disponíveis. Naquele caso, porém, as configurações estavam no máximo. Eles precisavam desintegrar a anomalia vinda do hiperespaço, vaporizá-la completamente, e aquilo exigiria a força máxima dos três caças Vector mais tudo que a Proa-longa tivesse disponível. Um único e poderoso disparo.

Ele funcionaria. Tinha que funcionar. Quatro bilhões de seres indefesos na Lua Frutada dependiam daquilo.

Te'Ami ampliou os sentidos mais uma vez, averiguando a prontidão dos colegas. Havia algo... vindo pelo fio que a ligava com a nave de Nib Assek. Medo... quase... pânico.

– Nib, estou sentindo... – começou ela, e a resposta veio antes que pudesse terminar.

– Eu sei, Te'Ami – respondeu Nib, com a voz calma, mas de certa forma envergonhada. – É Burryaga. Ele está passando por maus bocados ao tentar controlar as emoções. Acho que é o estresse de lidar com o que estamos fazendo. Por todas as vidas que estão em jogo.

– Está tudo bem, jovem – disse Mikkel com a voz grave, traduzida pelo comunicador. – Você é apenas um Padawan, e estamos pedindo um grande feito de você. Te'Ami, podemos liberá-lo do fardo de nos ajudar a calcular o disparo?

– Sim – respondeu Te'Ami. – Não se sinta envergonhado por causa disso, Burry. Encare como uma oportunidade de aprendizado.

Te'Ami acessou a Força, gentilmente afastando a conexão para longe do Padawan de Nib Assek. O Wookie ficou em silêncio. Ela podia sentir o turbilhão de emoções que vinha dele. Bom, como ela dissera, não havia vergonha alguma naquilo. Cada Jedi encontrava a própria trilha, e alguns precisavam de um pouco mais de tempo do que outros.

– Vamos – disse Nib, provavelmente tentando compensar o atraso causado por seu aprendiz. – Estamos ficando sem tempo.

– Concordo – respondeu Te'Ami.

Ela moveu os polegares sobre os controles manuais, primeiro ajustando a configuração do sistema de armas para o máximo ao girar um deles. Depois, ajustou as mãos nos gatilhos.

O objeto, avançando contra a lua. Onde estivera. Onde estava. Onde deveria estar.

Os outros Jedi estavam prontos. Disparariam no momento em que ela o fizesse, assim como os sistemas vinculados da Proa-longa de Joss e Pikta, cada rajada direcionada contra o mesmo ponto do espaço.

Quatro bilhões de pessoas. Aquela era a hora. Te'Ami segurou mais firmemente os controles com os gatilhos.

Um chiado ressoou do sistema de comunicação, alto e persistente. Um grito, ou um berro, forte, quase em pânico. Ele alarmou

Te'Ami, e se ela não fosse um Cavaleiro Jedi, teria disparado as armas inadvertidamente. Mas como era, de fato, um Cavaleiro Jedi, não as disparou.

Levou um momento para Te'Ami compreender o que estava escutando; não eram gritos, mas palavras. Em Shyriiwook. Burryaga, dizendo algo que ela não conseguia entender. Alto, insistente, desesperado. Suas fortes emoções fluíam novamente através da Força, a mesma mistura de medo e pânico.

– Burryaga, sinto muito. Não entendo Shyriiwook. Estão prontos? Estamos ficando sem tempo. Precisamos atirar.

– Não – disse Nib Assek, a voz firme e insistente. No fundo, os rosnados e guinchos da voz de Burryaga vazavam pelo comunicador. – Não podemos atacar.

– Do que está falando? – perguntou Mikkel. – Não há escolha.

– Burryaga está me explicando. As emoções que está emanando não são dele. Ele as está sentindo. Precisou de um tempo para entrar em sintonia, para sobrepujar o próprio medo antes de compreender.

– Por favor, Nib, apenas fale o que ele quer dizer – disse Te'Ami.

Mais uma longa sentença lamentosa e aguda, em Shyriiwook, partiu do comunicador antes de uma pausa.

– O objeto – informou Nib. – Aquele que precisamos destruir para salvar a lua. Não é um simples objeto. São destroços, são parte de uma *nave*.

Te'Ami afastou as mãos dos controles do caça.

– Está cheio de pessoas – concluiu Nib. – E elas estão vivas.

CAPÍTULO OITO

CIDADE AGUIRRE, HETZAL PRIME.

SESSENTA E CINCO MINUTOS PARA O IMPACTO.

A Força cantava para a Mestra Jedi Avar Kriss, um coro que era a totalidade do sistema Hetzal, vida e morte em contraponto, num movimento constante. Uma canção que ela conhecia bem. Escutava-a o tempo todo, aonde quer que fosse. Ali, a melodia da Força estava distante, um zunido dissonante de morte, medo e confusão. As pessoas estavam morrendo, ou sentindo o pavor da morte iminente.

Envolvidos por aquela canção – os Jedi, o corajoso pessoal da República e os heroicos cidadãos de Hetzal, usando todos os recursos disponíveis para tentar salvar as pessoas daqueles mundos. A *Terceiro Horizonte* pousara não muito longe da Residência Ministerial na Cidade Aguirre, capital de Hetzal Prime. A República coordenava os esforços com o governo hetzaliano para tentar frear a maré do desastre, assegurando que a evacuação procedesse da forma mais organizada possível, rastreando as trajetórias dos projéteis, ajudando como podia.

Avar Kriss continuava na ponte da nave, ainda servindo como ponto de conexão para os Jedi no sistema, permitindo que sentissem a presença, a localização e os estados emocionais uns dos outros. Algumas vezes, palavras ou imagens não solicitadas vinham à tona, mas apenas raramente. Tudo aquilo era uma única canção, e Avar cantava e também fazia parte dela.

Ainda assim, Avar era capaz de reunir uma grande quantidade de informações daquilo que a canção lhe dizia. Sabia que cinquenta e três caças Vector estavam atualmente ativos no sistema Hetzal. Sabia quais Jedi estavam trabalhando no planeta – por exemplo, naquele momento, Bell Zettifar, o promissor Padawan de Loden Greatstorm, se aproximava da superfície de Hetzal Prime a uma velocidade extraordinária.

Elzar Mann, seu mais antigo e próximo amigo na Ordem, estava no próprio caça Vector, pilotando uma versão para uma única pessoa da nave próximo de um dos três sóis do sistema. Ele quase sempre trabalhava sozinho. Avar era uma das poucas Jedi com quem Elzar Mann regularmente trabalhava – eram apenas ela e Stellan Gios. Isso ocorria principalmente por Elzar ser... pouco confiável não era bem o termo. Ele era um inventor, se é que aquela palavra poderia ser aplicada a técnicas Jedi. Jamais gostava de usar a Força duas vezes da mesma maneira.

Os instintos de Elzar eram bons, e ele nunca tentava nada muito fora do comum quando muita coisa estava em risco. Normalmente, seus experimentos com as técnicas da Força expandiam a compreensão da Ordem, e eventualmente alcançavam grandes feitos.

Algumas vezes, porém, ele falhava, e havia outras em que falhava de forma monumental. De novo, nunca quando havia vidas em jogo, mas mesmo aquela pequena incerteza, aliada à falta de vontade em tomar um tempo para explicar o que planejava que Elzar Mann geralmente demonstrava... bem, fazia alguns na Ordem acharem frustrante ter de lidar com ele. Avar acreditava ser essa a razão de ele permanecer como Cavaleiro Jedi em vez de ser nomeado Mestre. Ela sabia que aquilo aborrecia Elzar, que acreditava que permanecer como Cavaleiro era injusto. Ele não se importava com a trilha que os outros Jedi seguiam através da Força – então, por que os outros deveriam se importar com as escolhas dele? Queria apenas seguir a própria trilha e ver aonde ela o levaria.

Assim como a maior parte dos outros Jedi, Avar não entendia os experimentos de Elzar, mas a chave para o bom relacionamento dos dois era nunca lhe pedir explicação. De nada. Nunca. Aquele acordo fortalecera a amizade dos dois desde que eram jovens aprendizes, juntos, no Templo Jedi em Coruscant. Aquilo, e o fato de realmente gostar dele. Ele era engraçado e inteligente. Ela, Stellan e Elzar subiram juntos na hierarquia da Ordem, os três inseparáveis durante todos os anos de treinamento.

Avar afastou a mente de Elzar Mann, escutando a Força. Sentiu os Jedi nos outros planetas próximos, Jedi em caças Vector, e mais outros em estações, satélites ou naves por todo o sistema, ajudando onde podiam, geralmente operando em conjunto com as vinte e oito Proas-longas mobilizadas pela *Terceiro Horizonte*.

A corrente de conexão através da Força lhe mostrava até mesmo que outros de sua Ordem, apesar de se encontrarem distantes de Hetzal, estavam a caminho, fazendo o máximo para atender ao pedido de socorro do Ministro Ecka. O mais próximo era a Mestra Jora Malli, futura comandante do distrito Jedi no recém-construído Farol da Luz Estelar, junto com o Mestre Sskeer, um imponente Thrandoshano e segundo em comando. Stellan Gios partia do posto avançado do Templo em Hynestia como se convocado pelos pensamentos de Avar Kriss poucos momentos antes, atravessando o hiperespaço a bordo de uma espaçonave emprestada. E outros mais.

Avar enviou uma mensagem de boas-vindas, e chamou todos os outros Jedi que conseguiu alcançar, próximos ou não de Hetzal. Distância não era nada para a Força. Quem sabia como eles poderiam ajudar?

Até aquele momento, os tributos cobrados pela morte haviam sido baixos, pouco acima da proporção normal de vida e morte em ação constante em qualquer grande grupo de seres. Avar preocupava-se com a possibilidade de aquilo mudar a qualquer momento – eles não sabiam ao certo o que estava acontecendo ali.

Nada parecia natural. Ela nunca ouvira falar de algo como aquilo antes – uma grande quantidade de projéteis aparecendo em um sistema, brotando do hiperespaço sem aviso.

Avar não conseguia imaginar o que aconteceria se a *Terceiro Horizonte* não estivesse passando por perto após uma parada para reabastecimento, ou se a viagem de inspeção ao Farol da Luz Estelar não fosse interminavelmente atrasada pela supervisora do projeto, uma oficiosa Bith chamada Shai Tennem. Ela insistira em exibir para os Jedi e para os visitantes da República cada mínimo detalhe da construção do Farol da Luz Estelar, atrasando a partida agendada e irritando imensamente o Almirante Kronara. No entanto, caso tivessem saído no horário marcado, a *Terceiro Horizonte* estaria no hiperespaço profundo quando a ordem de evacuação do Ministro Ecka fosse emitida, longe demais para alcançar Hetzal em um tempo razoável.

Se não fosse por uma administradora Bith perfeccionista, Hetzal estaria lidando com o apocalipse por conta própria.

A canção da Força.

Entre o que a canção dizia a Avar diretamente e o vozerio dos oficiais na ponte da *Terceiro Horizonte* que a Jedi conseguia escutar, ela se mantinha atualizada sobre o desastre, em todos os seus grandes e pequenos momentos.

Sobre Hetzal Prime, um técnico da República finalizou os reparos em uma nave que perdera potência quando saía do planeta, de modo que agora ela poderia seguir caminho em segurança.

Perto do segundo maior gigante gasoso, dois caças Vector dispararam suas armas e um fragmento foi incinerado.

Uma Proa-longa forçou demais os limites enquanto tentava alcançar uma estação espacial avariada no limite externo do sistema. Os motores falharam, de forma catastrófica. Avar arquejou brevemente com a sensação sombria e fria.

E sobre a Lua Frutada ela sentiu uma impressão muito nítida, o mais próxima possível de uma, ser enviada através da Força sob aquelas circunstâncias – a sensação de uma Jedi chamada Te'Ami de que sua compreensão sobre o que acontecia estava completa e tragicamente incorreta.

– Não – disse Avar, perturbada com a urgência que Te'Ami tentava transmitir. Suas emoções se agitaram, e a canção da Força que ressoava em sua mente se tornou mais baixa, menos nítida.

Concentre-se, disse a si mesma. *Precisam de você.*

Avar Kriss aplacou as emoções e ouviu. Graças a Te'Ami, ela sabia o que procurar. Chamou a face da outra Jedi à mente – pele verde, um crânio alto e arqueado, grandes olhos vermelhos – e levou muito pouco tempo para encontrar o que Te'Ami tentara lhe mostrar. De fato, agora que via, era óbvio. Avar ampliou a consciência através do sistema, forçando-se ao limite.

Não posso perder nenhum, pensou ela. *Nenhum.*

Abriu os olhos e desdobrou as pernas, colocando os pés novamente sobre o convés da *Terceiro Horizonte*. Os oficiais da ponte de comando a olharam, surpresos. Ela não falara nem se movera por algum tempo.

O Almirante Kronara falava com a Chanceler Lina Soh, que entrara em contato usando um canal de alta prioridade em Coruscant. Os traços delicados e envolventes da chanceler eram exibidos em todas as paredes de comunicação da ponte. Ela parecia frágil – algo que certamente não era. Kronara, em contraste, tinha o rosto que parecia capaz de quebrar um martelo. Ele parecia rígido – algo que certamente era. O almirante vestia o uniforme da Coalizão de Defesa da República, cinza-claro com detalhes azuis, e segurava o quepe sob um dos braços em respeito à figura da chanceler.

A resolução da imagem estava baixa, com linhas azuis de estática cruzando a face de Lina Soh de tempos em tempos, mas já era esperado. Coruscant estava muito distante.

– Graças à luz, sua nave estava perto o bastante de Hetzal para atender ao chamado, almirante – dizia a Chanceler Soh. – Enviamos naves de apoio logo que pudemos, mas mesmo receber o sinal de socorro de Hetzal levou tempo. Você sabe como são cheios de interferência os canais de comunicação da Orla Exterior.

– Eu sei, chanceler – respondeu Kronara. – Apreciamos tudo o que puder fazer. Estamos progredindo aqui, mas definitivamente teremos muitos feridos, e com certeza uma grande variedade de sistemas essenciais precisarão de reparos. Vou avisar ao Ministro Ecka que a senhora está enviando ajuda. Tenho certeza de que ele ficará agradecido.

– É claro, almirante. Somos todos a República.

Avar atravessou o convés, passando por Kronara enquanto ele encerrava a transmissão para Coruscant. O almirante observou, curioso, quando ela parou diante da tela que mostrava o estado do esforço de mitigação do desastre – todas as naves, pessoas, Jedi, oficiais da República, habitantes locais. Vermelho, verde, azul, mundos, vidas, esperança, desespero.

Avar selecionou algumas das anomalias vermelhas na tela com a ponta dos dedos. Assim que o fez, elas ganharam destaque, cada uma envolta por um círculo branco. Quando terminou, havia cerca de dez projéteis marcados.

A Jedi se afastou da tela, em seguida virou e olhou para a tripulação da ponte. Eles estavam confusos, mas aguardavam educadamente que ela explicasse o que acabara de fazer.

– Detesto dizer isso, meus amigos – disse ela –, mas as coisas acabaram de ficar muito mais difíceis. Temos um novo objetivo.

As feições desgastadas do Almirante Kronara se fecharam em uma carranca. Avar não tomou como algo pessoal.

– Esse objetivo substitui os parâmetros da missão atual? – perguntou ele.

– Seria bom – respondeu ela. – Mas não. Ainda precisamos fazer tudo o que viemos fazer, evitar que os fragmentos destruam Hetzal, mas agora existe mais uma coisa.

Avar apontou para a tela, com os pontos vermelhos destacados rumando para os sóis.

– As anomalias que destaquei aqui abrigam seres vivos. A missão agora não se resume a salvar os mundos deste sistema.

A percepção tomou o rosto de Kronara. Sua carranca se fechou ainda mais.

– Então, além de tudo, é uma missão de resgate.

– Correto, almirante – afirmou Avar.

Um coro de vozes pesarosas cresceu enquanto os oficiais percebiam que todo o progresso obtido até ali era apenas o início de um esforço muito maior.

– Como isso é possível?

– Quantas pessoas? Quem são elas?

– Aquelas coisas são naves? É uma invasão?

O Almirante Kronara ergueu uma das mãos e o falatório parou.

– Mestra Kriss, se você diz que algumas daquelas coisas têm pessoas a bordo, então elas têm. Mas como propõe que organizemos um resgate? Os objetos estão se deslocando a velocidades impressionantes. Nossos sistemas de mira mal conseguem atingi-los e agora precisamos... atracar neles?

Avar assentiu.

– Não sei como faremos isso. Ainda não. Tenho a esperança de que um de vocês surja com uma ideia. Mas cada uma daquelas vidas é tão importante quanto qualquer outra vida nesse ou em outros planetas. Precisamos começar acreditando que é possível salvá-las. Se a vontade da Força for outra, que seja, mas não aceitarei a ideia de abandoná-las sem ao menos tentar.

Ela, então, moveu a mão em um círculo amplo, envolvendo toda a tela de apresentação.

– Aqui está tudo o que vocês têm para trabalhar, tudo o que trouxemos conosco. Cada nave hetzaliana está ocupada nos esforços de evacuação, por isso tudo o que temos são os caças Vector e os Jedi em cada uma delas, mais as Proas-longas e suas tripulações. Descubram um meio. Sei que vocês conseguem. Falarei com os Jedi. A Força pode nos mostrar uma resposta.

Os oficiais da ponte de comando se entreolharam, depois se puseram em movimento com uma nova onda de atividade enquanto começavam a traçar dezenas de missões de resgate completamente impossíveis.

Avar Kriss fechou os olhos. Ergueu-se no ar. A Força cantava para ela, falando sobre perigo, coragem e sacrifício, sobre Jedi cumprindo juramentos, agindo como guardiões da paz e da justiça na galáxia.

A canção da Força.

CAPÍTULO NOVE

HETZAL PRIME.

SESSENTA MINUTOS PARA O IMPACTO.

Bell estava caindo. Ele esperara poder planar, mas não. Estava definitivamente caindo. Seguira seu mestre pela lateral da *Nova*, saltando para fora da cabine em direção ao chão. Embora já tivesse praticado manobras como aquela muitas vezes no Templo, esses treinos geralmente envolviam algum tipo de acolchoado, como medida de segurança caso os Jedi em treinamento não conseguissem alcançar a concentração necessária para usar a Força e amortecer a queda.

Ali, naquele momento, a gravidade era a gravidade, e nem mesmo a Força poderia impedi-la (embora Bell acreditasse que talvez o Mestre Yoda conseguisse, caso se concentrasse o bastante). Mas ele poderia convencer a Força a desacelerar a descida, reduzindo o impacto da aterrissagem. Se conseguisse fazer aquilo com perfeição, atingiria o chão com a leveza de uma folha ou de um floco de neve.

A forma como Bell estava fazendo aquilo, bem... não era perfeita. A Força parecia ocupada em outro lugar, não muito a fim de atender seu pedido de ajuda. Conforme o chão se aproximava a uma velocidade alarmante, a concentração de Bell o abandonou por completo.

Ele levantou os braços e abriu a boca para gritar. Como Jedi, sabia que deveria aceitar a morte com dignidade, mas aquela situação era tão indigna quanto se poderia imaginar. Bell Zettifar estava prestes a encerrar a carreira como Padawan se chocando no chão como um pedaço de fruta podre e provavelmente se esparramando sobre todas as coisas e...

Não.

Bell desacelerou, rotacionou no ar até que os pés estivessem apontados para o chão, e o tocou com a leveza de... uma folha, ou de um floco de neve.

– Você precisa treinar mais – disse seu mestre, não muito longe. Com um sorriso na voz.

Bell abriu os olhos, e lá estava o Mestre Jedi Loden Greatstorm com uma mão erguida, e um sorriso no rosto.

– Provavelmente – disse Bell.

– Definitivamente – retrucou Loden, abaixando o braço. – Vamos trabalhar nisso.

Ele olhou para a *Nova*, que se movia em círculos suaves, controlada pelo piloto automático, pouco mais de cem metros acima dele, aguardando até que os Jedi precisassem dela novamente.

– Na verdade, não foi uma queda muito grande – disse Loden. – Você mal teve tempo de pensar antes de se aproximar tanto do chão. Já entendi, Bell. Foi culpa minha. Mas não se preocupe, vou resolver isso. Quando voltarmos para Coruscant, vou jogar você de cima da supertorre mais alta que encontrar. Talvez você só precise de mais tempo para comungar com a Força. Algumas daquelas supertorres têm milhares de andares de altura. Você vai ficar caindo por alguns minutos. Terá bastante tempo.

– Parece uma ideia maravilhosa, Mestre – disse Bell.

– Concordo – disse Loden.

Bell se virou para olhar por que Loden não havia pousado a nave. Centenas de nativos de Hetzal Prime furiosos se amontoavam ao redor do complexo que os dois Jedi viram de dentro da nave, a casa do abastado comerciante, artista ou empresário. Sobre os altos e espinhosos muros, via-se a brilhante curva de uma espaçonave pousada no interior do complexo.

Cada pessoa ali ouvira a ordem de evacuação do Ministro Ecka e sabia que o caminho para fora do planeta aguardava no interior daqueles muros. Os guardas a postos no topo dos muros não pareciam muito inclinados a permitir a entrada de alguém – cada um empunhava um rifle imponente, e se as armas não estivessem apontadas diretamente para a multidão, certamente não estavam apontadas para longe. Se as coisas ficassem feias, pessoas morreriam. Muitas pessoas.

Bell e Loden atraíram a atenção de muitas delas, sem qualquer surpresa. Dois Jedi caindo do céu seriam notados, mesmo nas circunstâncias desesperadas com as quais aquelas pessoas lidavam. Loden caminhou para o grupo mais próximo, uma mulher e dois homens, um deles com uma criança no colo. Estavam assustados, infelizes, à beira do desespero – e Bell não precisava da Força para perceber aquilo.

– Olá – disse Loden. – Meu nome é Loden Greatstorm. Sou membro da Ordem Jedi. Meu aprendiz se chama Bell Zettifar. Viemos para ajudar. O que está acontecendo? Por que não permitem que vocês embarquem naquela nave?

Um dos homens olhou para os guardas em cima do muro, e depois de volta para Loden.

– Porque a nave pertence à família que vive na casa chique do outro lado daquele muro com os espetos em cima. São chamados Ranoraki. Pagam aqueles guardas para se certificarem de que ninguém vai sair daqui além deles. Estão se arrumando para partir, empacotando as meias de luxo ou qualquer porcaria do tipo. Tomando o tempo que querem enquanto o restante de nós espera aqui fora.

A mulher falou, com a voz falhando:

– Não há mais naves sobrando. Todas elas se foram, e não vão voltar. Aquela é nossa única forma de sair do planeta, e a ordem do Ministro Ecka soou como... soou como...

Loden estendeu uma mão, tocando a lateral do rosto da mulher, e ela se acalmou, o alívio retornando à sua expressão.

– Você não vai se preocupar – disse ele, em um tom baixo e ressonante, que Bell logo reconheceu. Loden usava a Força para acrescentar peso a suas palavras, para atravessar o caos e a ansiedade ao redor. – Concentre-se em sua família, em sua criança. Mantenha-os seguros. Vou cuidar do restante.

A mulher assentiu, e até sorriu.

– Venha, Padawan – disse Loden, avançando na direção do portão com passos determinados. Ele não conferiu se Bell o seguia, mas não precisava fazer aquilo. Aonde Loden fosse, Bell o seguiria. Se não por um motivo específico, apenas para ver o que o mestre iria fazer.

Os dois Jedi avançaram pela multidão, que abriu espaço assim que percebeu quem eram. Ainda vestiam os trajes cerimoniais que usaram para a inspeção do Farol da Luz Estelar – tecidos leves em branco e dourado, com detalhes coloridos aqui e ali, fixados por uma ombreira dourada modelada na forma da insígnia da Ordem Jedi. Para operações de campo, normalmente usariam roupas de couro, às vezes até armaduras, dependendo da tarefa que tivessem em mãos, mas naquela ocasião não tiveram tempo de se trocar. A *Terceiro Horizonte* saíra do hiperespaço e eles partiram imediatamente.

Bell pensou que talvez aquilo fosse bom. Era impossível que alguém os tomasse por quem eles não eram. Às vezes, apenas ser um Jedi já resolvia problemas. Ele também sabia que Loden e ele formavam uma dupla imponente: um Twi'lek e um humano, ambos altos e de pele escura, com sabres de luz presos à cintura... seus passos refletiam toda autoridade do Conselho Jedi.

Murmúrios se espalhavam enquanto eles passavam, como ondulações na água, e os choros e gritos de raiva cessaram, até que ambos passaram a caminhar entre uma multidão silenciosa, que os observava com atenção. Parecia que Bell não era o único se perguntando o que o mestre planejava.

Loden andou até o portão. Olhou para cima, onde dois guardas estavam parados em ameias sobre os muros, uma de cada lado. Aquele complexo não parecia uma casa, estava mais para uma pequena fortaleza. Bell imaginou o que a família fazia, aqueles Ranoraki, que exigia que contratassem tamanha força de segurança. Pelo menos duas dúzias de homens e mulheres faziam a guarda sobre os muros, e possivelmente havia mais deles no interior.

– Olá, Mestre Jedi – disse um dos guardas, com um tom suficientemente amigável. – Desculpe, não posso deixar vocês entrarem. Além disso, parece que vocês têm sua própria nave. Por que não voltam para ela e voam direto para os Mundos do Núcleo? Esta é uma propriedade privada.

– Ainda estou do lado de fora do portão – retrucou Loden. – Certamente, qualquer autoridade que você tenha não se estende para além dos muros, não é?

O guarda ergueu a arma e a pousou sobre o ombro. Então, cuspiu, e o catarro caiu no chão, do lado de fora do portão, com um ruído molhado.

– É o que você diz – disse ele.

– Fiquei sabendo que não vão deixar nenhuma dessas pessoas entrarem naquela nave, apesar da ordem de evacuação emitida pelo líder do planeta.

– Isso mesmo.

– Mas a embarcação é capaz de abrigar muitas delas. Talvez todas, se vocês forem criativos.

– Não é meu trabalho colocá-las para dentro, Jedi. Meu trabalho é me certificar de que elas não entrem.

– Talvez você possa considerar uma aposentadoria adiantada – disse Loden.

Como sempre, havia um sorriso em sua voz, mas Bell reconheceu aquele tipo particular de sorriso, como também soubera que o mestre usara um toque mental Jedi para acalmar a mulher refugiada. Bell moveu parte da túnica para o lado, expondo o cabo do sabre de luz embainhado.

Sem olhar para ele, Loden levantou uma mão na direção de Bell e juntou dois dedos, o primeiro e o segundo da mão esquerda, num sinal previamente combinado. O significado era bastante simples: *Não. Não.*

Bell se forçou a relaxar.

O capitão dos guardas parecia completamente despreocupado. Até mesmo entretido.

– O que você pensa que vai fazer, Jedi? Cortar o portão com o sabre de luz? Lutar com cada um de nós?

O mestre olhou para cima, com o sorriso tanto na voz quanto no rosto.

– Claro – disse ele. – Por que não?

A expressão do guarda mudou. Não parecia mais entretido. Estava... confuso. Preocupado.

– Abra o portão – disse Loden Greatstorm. – Eu lhe prometo. É o melhor a se fazer. Tanto para essas pessoas aqui, quanto para você. E para seus amigos aí em cima, também.

O guarda olhou para Loden, e Loden olhou para o guarda. Bell sabia como aquilo terminaria, e não pôde evitar sentir-se satisfeito. O jovem sabia que desfrutar momentos como aquele não era uma atitude muito Jedi.

Loden nem precisou sacar a arma. Também não usara o toque mental. Loden Greatstorm apenas dissera um punhado de palavras bem escolhidas, e então...

– Abram os portões – disse o guarda derrotado, a voz cansada.

– Obrigado – agradeceu Loden.

Ele se virou, olhando para Bell.

– Vamos ficar por um tempo – disse ele. – Para ter certeza de que tudo correrá tranquilamente. Então, vamos sair daqui e ver se encontramos outro lugar onde podemos ser úteis. Certo?

– Certo – concordou Bell.

Houve barulhos atrás deles, e ambos os Jedi se viraram. Aqueles não eram barulhos bons. Disparos de blaster e gritos. Não conseguiam ver o que acontecia, não através da multidão.

– Para cima – disse Loden, pulando para cima do muro, ao lado de um guarda pessoal da família Ranoraki bastante surpreso.

Bell seguiu, e do alto de um ponto de observação elevado puderam ver deslizadores, dois deles, grandes, pesados, cada um com canhões blaster acoplados, disparando diretamente contra a multidão.

Saqueadores, pensou Bell, vindo tomar a nave no interior do complexo, tão desesperados quanto qualquer outra pessoa deixada em Hetzal Prime, mas consideravelmente mais bem armados.

Estavam atacando a multidão indefesa, tirando-a do caminho para que pudessem invadir o complexo e roubar a espaçonave.

– Sabres – disse Loden Greatstorm, dando a ordem.

O sorriso em sua voz se fora.

CAPÍTULO DEZ

SISTEMA HETZAL. ACIMA DA LUA FRUTADA.

CINQUENTA MINUTOS PARA O IMPACTO.

– Não dá para fazer isso. É impossível – disse Joss Adren, o então oficial comandante da Proa-longa da República chamada *Aurora III*. – Só disparar na maldita coisa já teria sido difícil o bastante.

Ele encarou a tela na cabine, onde via a própria nave, os três caças Vector da escolta Jedi, a gigantesca anomalia que avançava e que de alguma forma abrigava seres vivos, e, é claro, a lua densamente povoada que a dita anomalia iria atingir e provavelmente erradicar em, olhe só, aproximadamente doze minutos. Em outras palavras, o problema que esperavam que eles de algum jeito resolvessem.

Quando se voluntariaram para assumir uma Proa-longa e ajudar onde pudessem, a principal motivação de Joss era justamente a vontade de testar uma daquelas elegantes naves da República. Nunca pilotara aquele modelo, que supostamente recebera alguns pequenos ajustes em seu último design.

Não que não se sentisse feliz em ajudar, longe disso, mas agora tinha as vidas de pessoas em suas mãos. Tipo... *muitas* vidas, e ainda que as pessoas pudessem adorá-lo se conseguisse, também poderiam considerá-lo culpado se falhasse.

Joss praguejou. Depois praguejou de novo, e depois mais quatro vezes.

– Você acha mesmo que isso ajuda? – perguntou a copilota, Pikta Adren, segunda em comando da *Aurora III* e primeira em comando de seu coração.

– Não venha me dizer que não se identifica – disse ele.

Ela parecia um pouco perplexa, um pouco irritada e muito concentrada. Também era muito bonita, com olhos claros, o cabelo escuro e encaracolado e uma porção de sardas escuras sobre uma pele ligeiramente mais clara, que Joss adorava olhar e tocar. Sua esposa costumava falar que ele era lindo, mas ele sabia a verdade: parecia-se com um bloco de motor com uma cabeça no topo, o cabelo cortado rente ao crânio, de forma que nunca precisasse se preocupar. Joss Adren acreditava ter algumas boas qualidades, porque de outra forma jamais teria terminado com alguém como Pikta... mas sabia que sua aparência não estava nessa lista.

– Me identifico com sua frustração, querido – respondeu sua esposa. – Ainda quero tentar salvar aquelas pessoas.

– Bom, é claro que eu também quero tentar, Pikta – disse Joss. – Só não vejo como.

Aquilo começara como uma missão de procurar e destruir. O alvo era um dos misteriosos projéteis que surgiram no sistema Hetzal. Movia-se rapidamente, mas não estava armado e não parecia capaz de mudar a trajetória. Eles só precisavam explodir o objeto antes que ele atingisse a lua. Difícil, mas não impossível.

No entanto, graças a Te'Ami e seus outros três colegas Jedi na mesma missão, descobriram que o objeto estava, de alguma forma, habitado. Havia pessoas a bordo. Pessoas vivas.

Então, enquanto a parte de *procurar* da missão estava resolvida, a parte de *destruir* estava fora de cogitação – ao menos até que descobrissem uma maneira de resgatar as pessoas de lá de dentro. Uma vez que aquilo fosse feito – ainda que como o fariam não estivesse claro –, eles ainda precisariam explodir o objeto, porque estava em rota de colisão com a Lua Fruta, ou como quer que as pessoas do sistema a chamassem.

Uma missão complicada que se tornara impossível, com a parte complicada original ainda acompanhando-a.

Joss suspirou, depois começou a examinar quais recursos tinha à disposição.

Para ser sincero, uma Proa-longa, com todas as suas capacidades, armas e ferramentas, era uma nave magnífica. Muitas coisas podiam ser feitas com uma delas. Além disso, contavam com três caças Vector que carregavam quatro magos do espaço, e ele sempre ficara um tanto confuso quanto ao que eles eram realmente capazes de fazer. Os Jedi podiam fazer coisas incríveis, claro, mas *quais* coisas incríveis?

Joss pensou no assunto, extremamente consciente de que cada momento que passava tentando e falhando em descobrir uma solução significava que aquele fragmento, nave, ou o que quer que fosse, chegava mais perto de colidir com a lua e obliterar tudo da superfície do planetoide.

Então, o que os Jedi eram capazes de fazer?

Conseguiam usar aquelas espadas laser muito bem. Sempre divertido de ver em ação, mas Joss não compreendia como elas poderiam ser muito úteis naquele momento. Os Jedi podiam saltar muito alto e correr muito rápido – mas não alto o bastante para o espaço e nem tão rápido quanto uma nave que se movia a uma boa porcentagem da velocidade da luz.

Conseguiam ficar lá parados, parecendo descolados. Ele já os vira fazendo aquilo inúmeras vezes.

Eles conseguiam... mover objetos para lá e para cá com a mente.

Hum, pensou Joss.

Ele se virou para Pikta.

– Grampos magnéticos? – perguntou ele, sabendo que não precisaria explicar. Ela entenderia imediatamente, uma das razões que os fazia funcionar bem em conjunto, dentro e fora do serviço.

– Talvez – respondeu Pikta, pensando. – Que tipo de cabos estão fixados nelas?

– Seda egariana – informou Joss. – Acabaram de reequipar todas essas Proas-longas com ela, no lugar dos cabos de duraliga.

– Isso é bom. A seda egariana tem uma força de tensão maior e a elasticidade variável. Quanto mais eletricidade passar através dela, mais rígida se torna. Se conseguirmos prendê-la ao objeto, começarmos com ela bem esticada e aumentarmos a tensão lentamente...

– Exato. De forma gradual, para que os cabos não arrebentem.

Pikta assentiu, batendo os dedos no painel de controle, pensando.

– Mas nunca vamos conseguir acertar. Aqueles grampos não são como blasters. São grandes, desajeitados. Ruins para trabalho de precisão. São projetados para rebocar destroços estacionários para reparos dentro de docas. A anomalia está se movendo rápido demais.

– É, bem – disse Joss –, eu tive uma ideia para isso, também.

Ele ativou o sistema de comunicação.

– Mestre Te'Ami – disse Joss. Ele não sabia ao certo se a Jedi Duros era, de fato, Mestre Jedi, ou Cavaleiro Jedi, ou de alguma outra posição na Ordem, mas ele chamava todos de Mestre. Melhor prevenir do que remediar. Joss não sabia nem se os Jedi eram capazes de *ficar* ofendidos, mas por que se arriscar?

– Sim, Capitão Adren? – a voz da Jedi surgiu no comunicador, tranquila e completamente sem sinais de tensão, embora estivesse encarando os mesmos problemas impossíveis que ele.

– Acho que tive uma ideia. Mas preciso perguntar. Sabe quando vocês começam a mover as coisas apenas pensando nelas?

Uma pausa.

– Nós usamos nossa conexão com a Força, mas, sim, entendi o que quer dizer.

– Vocês conseguem fazer as coisas pararem de se mover por aí?

Outra pausa, mais longa.

– Sei onde quer chegar, capitão, mas não somos deuses. Não podemos simplesmente parar aquela coisa.

– Não estou pedindo isso – disse Joss, revirando os olhos para Pikta, que sorriu para ele. – Temos algo a bordo que talvez seja capaz de desacelerar o objeto, mas não é fácil de usar. Vamos tentar parear nossa velocidade com a do fragmento, e todos nós sabemos quão rápido ele está se movendo. Precisaremos de toda a capacidade do motor, e muito do nosso combustível, apenas para chegar ao local onde precisamos estar. Se vocês conseguirem desacelerá-lo, mesmo que um pouquinho, mesmo que cinco por cento, mesmo que um por cento, já fará uma grande diferença. Numa velocidade dessas, mesmo uma redução mínima significaria uma redução considerável dos recursos que precisamos gastar.

– Um momento – disse Te'Ami. O canal ficou silencioso, e Joss imaginou que ela deveria estar conversando com os outros Jedi, verificando se acreditavam que aquilo funcionaria.

O comunicador chiou novamente.

– Vamos fazer o possível – respondeu a Jedi.

– Excelente – disse Joss. Depois, pensou em uma coisa e voltou a se inclinar sobre o comunicador. – E, ahn, vocês podem tentar manter o objeto inteiro enquanto o desaceleram?

– Por quê?

– Porque vamos acertá-lo com esses grandes grampos de metal, e não sabemos quão frágil ele é. Não sabemos nem ao menos *o que* ele é. Pode ser que ele simplesmente se parta. Por isso, se puderem fazer algo que, você sabe... evite isso... seria bom.

Uma pausa, ainda mais longa.

– Essa é a melhor ideia que você tem aí?

– É a única ideia que tenho, Mestre Jedi. Se pudermos nos conectar com a coisa, conseguiremos reverter os motores, com toda a força, mas de forma gradual, para desacelerá-la. Não vimos nenhuma assinatura de transmissão vindo dela, é como um projétil de canhão. Como se alguém tivesse atirado uma pedra realmente rápido. Se pudermos aplicar alguma força contrária, a velocidade mudará bem depressa. Se, ahn, ela não se quebrar. Mas é aí que vocês entram.

A pausa mais longa de todas.

– Como eu disse, capitão... Vamos fazer o possível.

– Ótimo – disse Joss.

Ele desligou o comunicador e se virou para Pikta.

– Os magos espaciais não pareciam muito animados com a ideia – comentou ela.

– É – concordou Joss. – Eles vão ficar animados quando der certo.

– Vai dar certo? – perguntou ela. – Ou a coisa vai quebrar, ou os cabos vão partir e nos arremessar para o espaço, ou não vamos conseguir prender a coisa de uma forma ou de outra?

– É – respondeu ele novamente.

Então, empurrou o acelerador até o fim, e a Proa-longa saltou para o espaço, com os motores roncando e cada superfície vibrando com a energia.

– Vamos descobrir.

CAPÍTULO ONZE

SISTEMA HETZAL. ESPAÇO INTERPLANETÁRIO.
QUARENTA MINUTOS PARA O IMPACTO.

Uma linha de quatro embarcações, carregando aproximadamente trinta e cinco mil pessoas, se afastava de Hetzal Prime em um ritmo acelerado. Buscavam segurança contra a chuva de projéteis mortíferos que se infiltraram no sistema e continuavam espalhando destruição. Das extremidades mais distantes até as estações coletoras de gás próximas dos sóis, que alimentavam as infindáveis estações de plantio e colheita de Hetzal, a destruição reinava.

Duas das naves eram de transporte de passageiros, e duas eram cargueiros temporariamente readaptados para essa finalidade enquanto a emergência continuasse. Ainda que as naves de passageiros fossem capazes de se deslocar a uma velocidade maior, todos os quatro capitães optaram por permanecer juntos enquanto atravessavam o espaço para sair do sistema, de forma que pudessem prestar auxílio uns aos outros, caso necessário.

Segundo a ordem de evacuação do Ministro Ecka, todas as naves deveriam se afastar até uma "distância mínima segura", mas não se sabia quanto aquilo realmente significava. Os capitães contavam com o cruzador da República que chegara ao sistema no início de tudo aquilo, para encontrar um caminho seguro. O cruzador estava coordenando esforços a partir da superfície de Hetzal Prime, enviando um sinal de rastreio. Com o sinal, os capitães seriam capazes de ver a trajetória da terrível chuva de projéteis que se precipitava sobre o sistema. Ele lhes conferia uma noção de onde poderia ser mais seguro.

Com base no que conseguiam observar, parecia que logo estariam fora da zona de perigo. Depois... quem poderia saber? Pelo jeito, a República e os seus colegas Jedi estavam executando algum tipo de plano, mas ninguém naquelas naves sabia o que era, ou quando seria possível retornar ao mundo natal. Presumindo que isso seria possível. Pelo que sabiam, a situação era permanente, e havia a possibilidade de eles nunca mais colocarem os pés em Hetzal Prime novamente.

Aquilo acabou se mostrando verdadeiro.

As naves desapareceram num piscar de olhos, substituídas por quatro esferas que se expandiam lentamente, compostas de fogo, vapor, fragmentos de metal e de resíduos moleculares de milhares dos passageiros que carregavam. Um dos projéteis saíra do hiperespaço diretamente sobre elas, que, agrupadas por segurança, foram atravessadas por ele, uma a uma, como vários pedaços de carne atravessados por um espeto. As naves se foram.

Na *Terceiro Horizonte*, a Mestra Jedi Avar Kriss ouviu o silêncio de todas aquelas almas, perdidas para a Força, para sempre. Sua boca se comprimiu.

Ela continuou escutando. Algo estava errado, uma nota ruim na melodia. Avar tentava entender o que estava ouvindo, sentindo, sabendo que levava suas habilidades ao limite. Havia muita coisa acontecendo no sistema Hetzal ao mesmo tempo, e sua mente realmente não era capaz de processar tudo. Ela se esforçava, tentando fazer com que a Força lhe mostrasse uma resposta, e aquele não era o caminho certo. Ela precisava recuar, não forçar as coisas. Deixar que a Força lhe entregasse o que queria, no tempo correto.

Avar respirou mais lentamente, desacelerou o coração, sentiu a calma voltar ao corpo e espírito. Voltou a escutar, procurando pela nota ruim – enquanto ouvia, um projétil finalmente atingiu a superfície de Hetzal Prime, caindo no mar, destruindo milhares de quilômetros quadrados de fazendas de algas, enviando vapor de água para a atmosfera e criando um círculo de tsunamis que se expandia rapidamente. Pessoas morreram, mas centenas, e não milhares ou milhões, já que as fazendas eram majoritariamente automatizadas e operadas por droides. Talvez mais vidas fossem perdidas quando as ondas atingissem as regiões costeiras, mas tudo poderia ter sido pior, muito pior. O fragmento saído do hiperespaço era pequeno, e fora muito amortecido pela água. Não chegou a penetrar a crosta do planeta.

Uma nota ruim, com certeza... mas não pior do que tantas outras de dor e sofrimento que estava escutando. O sistema continuava em desequilíbrio, apesar dos esforços de proteção dos Jedi e da República. Não, o que ela estava procurando não era uma nota ruim.

Era uma nota *ausente*. Havia uma lacuna, bem no meio de sua consciência. Algo que Avar não conseguia escutar, algo que a Força tentava apontar para ela. Mas, com tudo que estava rastreando – as anomalias, o medo das pessoas presas a bordo de algumas delas, suas próprias equipes envolvidas nas tentativas de ajudar, e a própria teia da vida no interior do sistema –, aquilo era complexo demais, distrativo demais.

Estava deixando algo passar. E, se não encontrasse um jeito de escutar, acreditava que tudo o que estavam fazendo no sistema poderia, no fim das contas, não significar nada.

Avar Kriss expandiu seu espírito o quanto pôde.

Ela escutou.

CAPÍTULO DOZE

ESTAÇÃO SOLAR 22-X. PROA-LONGA DA REPÚBLICA *AURORA IX*.

TRINTA E CINCO MINUTOS PARA O IMPACTO.

– Agora, suboficial – ordenou o Capitão Bright, e Innamin ativou os sistemas de supressão de incêndio. Uma linha de espuma verde foi disparada dos bicos posicionados abaixo da cabine da Proa-longa, atingindo as chamas que ondulavam ao redor do anel de atracação da fazenda solar avariada.

Assim que o fogo cessou, Bright manobrou a nave, avançando, tentando manter o mecanismo de atracação bem vedado. Não era fácil. A estação fora muito danificada quando o projétil do hiperespaço se chocou com seus braços coletores, e girava sem controle. A enorme confusão de painéis solares, estruturas de suporte e o grande compartimento central da tripulação era equipada com propulsores externos, que tentavam compensar o giro. No entanto, qualquer que fosse o cérebro droide no comando do sistema de controle de giro parecia não compreender que a massa da estação estava completamente alterada desde que perdera tantos braços na colisão.

Todos aqueles pequenos ajustes de posicionamento, o vapor expelido para o espaço através de jatos de manobra... só pioravam a situação. A esfera central, onde a tripulação vivia e trabalhava, estava vibrando, zunindo como uma colmeia de insetos irritados. Conectar a *Aurora IX* com o sistema de atracação da estação, sem destruir a nave, a estação ou ambas, requeria a mais habilidosa capacidade de voo possível.

Por sorte, o Capitão Bright era um piloto muito, muito habilidoso.

– Vamos entrar – disse ele, observando a luz do painel de controle se tornar verde quando a avaliação do computador da nave indicou que a vedação do sistema de atracação estava boa. Olhou para cima e viu sua equipe: o Suboficial Innamin e o Guarda-marinha Peeples, ambos já trajados com os equipamentos de resgate disponíveis nos compartimentos da Proa-longa.

– Esta estação tinha sete tripulantes – disse Bright. – Não é muito grande, mas tem vários lugares para se esconder. Eles não respondem nossos comunicadores, o que significa que estão feridos ou que os sistemas da estação foram danificados quando o projétil a atingiu. Precisamos fazer uma varredura. Vamos nos dividir, cada um de nós cobrindo um terço dos conveses. Se encontrarem alguém, levem-nos para a câmara de descompressão. Se precisarem de ajuda, chamem o droide.

Ele acenou na direção de um cilindro prateado flutuando fora da cabine, comprido no sentido vertical e arredondado no topo e na parte inferior. Um droide pílula. Um design muito simples, com um grande e redondo olho cristalino acima de uma grade de autofalante. Não parecia muito funcional, mas a aparência enganava. Bright já vira aquelas coisas em ação. O droide possuía uma variedade de braços extensíveis escondidos atrás de painéis brilhantes no corpo, que podiam ser usados para tudo, desde remover escombros caídos sobre vítimas até realizar cirurgias simples no próprio local. Uma máquina bastante útil de se ter por perto.

– Vamos – disse Bright, e pressionou o controle que abriu a câmara de descompressão da *Aurora IX*.

Sentiu uma corrente de ar quente como a de uma fornalha vindo da estação avariada, carregando consigo odores de fumaça química, cheiro de plastoide derretido e metal superaquecido.

– Está queimando – observou o Guarda-marinha Peeples, a tromba vibrando quase tão intensamente quanto a própria estação. – E fede. Talvez a estação solar tivesse muito pharphar para o almoço.

– É, bem, também estou sentindo. Meus tentáculos são quase tão sensíveis quanto seu nariz, Peeples. Coloque sua máscara e mantenha a respiração curta. Temos trabalho a fazer.

Os três agentes se espalharam pela estação. A fumaça se adensava, e mesmo com os óculos tecnologicamente aprimorados que usavam, rapidamente se tornou óbvio que não adiantaria realizar uma busca visual. Os socorristas chamavam enquanto avançavam pelos conveses, parando para tentar escutar possíveis respostas, e então seguiam em frente.

Bright estava cada vez mais certo de que ninguém a bordo da estação sobrevivera quando ouviu uma voz fraca vindo de baixo de um painel de controle destruído.

– Por favor, estou aqui... por favor...

Ele avançou na direção da voz e viu uma humana de pele escura sentada, com as costas apoiadas em uma antepara. Sangue escorria pela lateral do rosto, resultado de um ferimento na cabeça. Outro membro da tripulação estava deitado ao lado dela, inconsciente. Ela apoiava a cabeça dele em seu colo, mas não parecia capaz de oferecer nenhuma outra ajuda ao homem.

– Sou da República – disse Bright para a mulher. – Meu nome é Capitão Bright, não se preocupe, senhora, vamos tirar vocês daqui. Qual é o seu nome?

– Sheree – disse ela, com a voz fraca. – Este é Venn. Eu... não sei se ele... Ele pode estar morto. Faz um tempo que não se mexe.

– Não se preocupe com isso agora, Sheree. Os outros tripulantes ainda estão vivos?

– Eu não sei – respondeu ela. – Nós perdemos o contato uns com os outros quando... quando tudo pegou fogo. Os sistemas de comunicação da estação se foram.

Como imaginei, pensou Bright.

Ele puxou um comunicador do cinto e o levou próximo à boca.

– Innamin. Peeples. Tenho dois sobreviventes. Um deles está muito ferido para se mover. Vou chamar o droide pílula e levá-los para a Proa-longa. Vocês tiveram alguma sorte?

Enquanto falava, o capitão apertou um controle remoto preso no cinto que chamou o droide ao local onde ele estava. Com sorte, a máquina conseguiria fazer algo pelo homem inconsciente, Venn. Caso contrário, o compartimento médico da *Aurora IX* estava equipado para uma grande variedade de emergências.

O comunicador de Bright chiou.

– Sem outros sobreviventes por enquanto, capitão – informou Innamin, a voz encoberta por estática. Os danos à estação estavam, evidentemente, causando interferência. – Mas temos outro problema.

– Diga-me – disse Bright, observando o droide de resgate flutuando silenciosamente pela sala.

Ele sinalizou para Sheree que seguiria em frente, continuando a busca. Ela assentiu. Sua expressão, apesar da dor, demonstrava gratidão.

– Comecei pelo nível inferior – continuou Innamin. – É onde se encontram fixadas as partes operacionais da nave: energia, suporte de vida, essas cosias. Tive um palpite e quis checar o reator principal. Ainda bem que fiz isso. Ele sofreu danos graves e está instável. Se não receber reparos, vai acabar explodindo.

Maldição, pensou Bright. Ele não esperava que fosse fácil, mas aquele era um nível de desafio completamente diferente.

– Quanto tempo temos? – perguntou ele.

– Honestamente, senhor, se dependesse de mim, sairíamos daqui agora mesmo. Pode acontecer a qualquer momento.

– Você consegue fazer algo? Estabilizá-lo, mesmo que apenas por tempo o bastante para continuarmos a busca? Encontrei dois sobreviventes, talvez haja mais.

Innamin era um engenheiro por formação. Dos três tripulantes da *Aurora IX*, era o único com as habilidades necessárias para reparar um reator danificado. O que também significava que era o único capaz de estimar corretamente se algo podia ou não ser feito. Innamin simplesmente poderia responder *"Desculpe, não posso fazer nada, precisamos ir embora, fizemos o que era possível"*, e ninguém saberia dizer se ele estava correto. O rapaz era jovem, com muita vida pela frente. Bright quase não poderia culpá-lo, caso dissesse que era hora de partir.

– Posso tentar – disse Innamin. – Talvez eu consiga ganhar alguns minutos.

Bright sentiu uma onda de orgulho.

– Somos todos a República – disse ele.

– Somos todos a República – respondeu Innamin.

– Vamos todos *morrer* se não terminarmos a busca – disse o Guarda-marinha Peeples pelo comunicador, em outro convés. – Tenho mais um sobrevivente, gravemente ferido. Envie o droide.

Naquele exato momento, um tremor atingiu a estação, um estalo curto, como se alguém do lado de fora a tivesse golpeado com um bastão de duraço com centenas de metros. Bright se desequilibrou, e mal conseguiu se segurar diante do que poderia ser uma queda feia. Teve certeza de que tudo terminara. Seriam todos vaporizados, três pretensos heróis que sumiriam num instante, junto com as pessoas que tentavam salvar. Mas o tremor cessou, e ainda havia um convés sob seus pés e paredes ao redor. A estação continuava inteira. Bright decidiu considerar o incidente um lembrete valioso de que precisavam dar o fora dali.

– Ganhe tempo, suboficial – disse ele, se levantando. – Guarda-marinha Peeples, vou enviar o droide assim que ele terminar de lidar com meus dois sobreviventes. Vou continuar procurando.

Bright começou a correr, olhando de um lado ao outro, esquadrinhando em busca de silhuetas no formato de pessoas.

– Mas, pela luz... vocês dois... *se apressem.*

CAPÍTULO TREZE

HETZAL PRIME.
TRINTA MINUTOS PARA O IMPACTO.

Os dois Jedi, Bell Zettifar e Loden Greatstorm, aprendiz e mestre, correram na direção dos veículos dos saqueadores, com as lâminas dos sabres de luz zunindo e estalando pelo ar. As armas soavam diferente de qualquer outra coisa na galáxia. Para Bell, era o som de habilidade, treinamento, concentração, da escolha do último recurso e da arte dos Jedi.

Sabres de luz eram projetados para terminar conflitos. Eram projetados para não ferir mais do que o necessário, e nas terríveis ocasiões em que a morte fosse o único resultado possível, eles matariam de forma rápida. Um sabre de luz não causaria nenhum dano além do desejado por quem o utilizasse. Não havia danos colaterais com um sabre de luz.

O som da lâmina fazia Bell pensar em tudo isso de uma vez. Ele suspeitava que os saqueadores estavam prestes a associar outro significado, completamente diferente, àquele som. Pensou que a arma provavelmente soaria como... consequências.

Os saqueadores os viram chegando, como poderiam não ter visto? Bell pensou que aquilo também era o objetivo do sabre de luz. Luminoso, brilhante, impossível de se ignorar. Entre o som e a luz, o inimigo era avisado, tinha a chance de simplesmente *não* lutar, e não era aquele sempre o melhor resultado possível?

No entanto, aquelas pessoas malignas não pareciam pensar assim. Maldade... aquela era a palavra certa. Qualquer um capaz de disparar contra uma multidão de pessoas indefesas para abrir caminho e roubar uma espaçonave de dentro de um complexo... essa era a definição mais pura de maldade.

Cerca de vinte saqueadores esperavam, divididos igualmente entre os dois deslizadores. Ambos os veículos possuíam grandes canhões montados na parte traseira, os quais foram direcionados para os Jedi. Um ruído alto preencheu o ar quando as armas foram ativadas.

– Por que a Força nos chamou à luta hoje? – perguntou Loden.

– Pela vida e pela luz – respondeu Bell.

Os canhões dos deslizadores começaram a atirar, disparando uma densa torrente de rajadas de blaster, num imenso, crescente e pungente caos, com o som da morte.

Bell ainda não era especialista em muitas das artes Jedi. Loden estava certo em incentivá-lo, em aproveitar qualquer oportunidade para treiná-lo, para consolidar suas habilidades. Ele era um Padawan, e provavelmente o seria por algum tempo. Mas o sabre de luz... ele viera naturalmente desde o começo.

Loden e Bell defletiram as rajadas de blaster, cada uma delas. Os disparos eram mortais, espessos raios de energia de alta potência em velocidades incríveis, mas não significavam nada para os sabres de luz dos Jedi. Não significavam nada para a Força. A maioria dos disparos era redirecionada para cima, para longe da multidão, mas ambos os Jedi mandavam algumas delas de volta contra os deslizadores. Não precisaram se coordenar. Bell ficou com o veículo da esquerda, Loden com o da direita, a escolha de cada um óbvia para o outro através da Força. As rajadas defletidas pelas lâminas ressoavam com um chiado de energia.

Os canhões montados explodiram, tornando-se pilhas fumegantes de destroços derretidos. Os bandidos que operavam aquelas armas estavam mortos – Bell sentiu acontecer, mesmo envolvido pela concentração que ergueu para proteger a si e os outros ao seu redor, e por meio da conexão que sentia com os demais Jedi no sistema, devido aos esforços da Mestra Kriss na *Terceiro Horizonte*.

Os canhões estavam acabados, mas os saqueadores possuíam outras armas. Algumas menores começaram a ser disparadas de dentro dos deslizadores fumegantes – rifles, escopetas e pistolas blaster. Não importava. Loden e Bell continuavam avançando, implacáveis, com as lâminas brilhando.

Uma granada de fragmentação foi lançada por um dos saqueadores, diretamente contra os refugiados em fuga. Loden Greatstorm, sem diminuir o passo, estendeu a mão e a granada fez uma curva em ângulo reto, indo da horizontal para a vertical, subindo para o ar e explodindo centenas de metros acima deles. Fragmentos de metal que teriam transformado dezenas de pessoas em corpos ensanguentados choveram sobre a área de cultivo na fronteira com o complexo Ranoraki.

Bell sentiu o grande desagrado do Mestre quanto à escolha que os agressores haviam feito e quase, quase se sentiu mal por eles.

Os dois Jedi saltaram, com manobras acrobáticas, defletindo mais disparos de blaster enquanto cruzavam o ar. Os saqueadores, aquelas pessoas sombrias e egoístas, eram atiradores decentes. Não que isso fizesse diferença.

Bell pousou no deslizador da esquerda e Loden no da direita, como se tivessem combinado. Os saqueadores finalmente ficaram espertos, saindo dos veículos e se espalhando pela multidão, mas não antes de os Jedi desarmarem alguns deles, fosse com ataques bem direcionados com os sabres de luz ou por meio da Força para lançar as armas para longe.

– Droga – disse Loden enquanto cerca de oito bandidos restantes desapareciam na multidão. – Alguns deles ainda estão armados. Podem fazer reféns. Precisamos ir atrás deles, agora.

– Eu sei, Mestre, mas como nós...

Um estalo, e de repente Bell não viu nada além de uma luz dourada, brilhante, ofuscante, preenchendo-lhe a visão. Suas narinas se encheram do odor do ar ionizado e superaquecido. Calor, luz e cor: a lâmina de um sabre de luz. Uma rajada de blaster ricocheteou inofensiva para o céu, um feixe de luz que pouco antes estava destinado a abrir um buraco na testa de Bell.

Bell compreendeu. O mestre acabara de salvar sua vida.

Ele olhou além da lâmina de Loden e viu que os guardas dos Ranoraki, ainda em cima do portão fechado, haviam erguido as armas e disparavam diretamente contra os dois.

– Tolos – disse Loden.

– O que estão fazendo? – perguntou Bell, erguendo sua lâmina e defletindo uma rajada de blaster. – Pensei que vocês tivessem entrado num acordo.

– Não devem ter concordado com nosso acordo – rosnou Loden. – Estão se arriscando. Devem achar que entre eles e os saqueadores, têm alguma chance de nos derrotar.

– Isso é loucura – disse Bell. – Com tudo o que está acontecendo eles ainda querem lutar?

– Estão com medo. Estão tentando reaver o controle sobre uma situação incontrolável.

Do meio da multidão, mais disparos soaram enquanto os saqueadores viram a chance e avançaram contra o portão. A situação se tornava cada vez mais caótica, uma batalha maior, as famílias de refugiados contra-atacavam. Claramente algumas delas tinham armas, levadas em caso de emergência.

Além disso, a cada instante um desastre maior se aproximava. Quanto mais tempo aquelas pessoas continuassem no planeta, maior a chance de que todas elas morressem quando um projétil atingisse a superfície. Na verdade, parecia que um deles já a atingira.

Ao longe, no oeste, uma enorme nuvem escura se avolumava em uma gigantesca coluna no céu, se espalhando como um disco espesso conforme alcançava a atmosfera superior. Lamentos aterrorizados eram ouvidos do meio da multidão de refugiados. Nuvens gigantescas de escuridão no horizonte raramente significavam algo bom.

– Isso precisa parar – afirmou Loden.

– Concordo... – disse Bell. – Mas como?

O mestre olhou para a luta. Em seguida, para o céu, onde a *Nova* sobrevoava lentamente, em círculos. Ou talvez estivesse olhando para os rastros flamejantes que vinham do espaço, mostrando a perdição que caía sobre o planeta, algo que um sabre de luz não poderia defletir, independentemente da perícia de quem o empunhasse.

No fim das contas, ele estava analisando a situação, tomando uma decisão. Bolando um plano.

– Aprendiz – disse Loden. – Me proteja.

Sem aguardar para ver como o Padawan interpretaria aquela ordem, Loden desativou o sabre de luz. Bem a tempo, Bell defletiu um disparo que teria atingido em cheio o peito de seu professor.

Favor retribuído, Mestre, pensou ele.

Loden fechou os olhos, mantendo uma mão à sua frente, espalmada. Separou os dedos, e os manteve abertos como uma estrela.

Foi tudo que Bell pôde ver. Permaneceu à frente de seu mestre, com o sabre de luz em posição de guarda, rebatendo disparos de blaster contra os guardas posicionados nos muros.

Não vou deixar nada passar, pensou ele. *Vou proteger o meu mestre.*

Sentiu um abalo na Força atrás dele, e oito figuras se destacaram na multidão, elevando-se no ar. Os saqueadores restantes. A maioria deles largou as armas, mas uns poucos fizeram alguns disparos contra o ar, cegamente, sem acertar nada. Gritavam em fúria e se debatiam, antes que os blasters fossem arrancados de suas mãos.

Bell olhava admirado. Aquele era o poder de um Jedi. Aquele poder, um dia, poderia ser dele. Seria dele.

Mesmo os guardas dos Ranoraki pararam de atirar quando testemunharam os agressores pairando no ar. Cada vez mais alto, eles subiram três metros, cinco metros, dez... e depois caíram. Caíram como pedras jogadas de um penhasco, gritando, por talvez um segundo e meio. Então, atingiram o chão, e os gritos se transformaram em gemidos de dor.

Não estavam mortos. Bell teria sentido. Mas não matariam mais ninguém. Não naquele dia, e talvez em nenhum outro.

Gritos de comemoração irromperam da multidão, e foram ignorados pelos Jedi. Eles faziam seu trabalho porque era o certo, e por nenhuma outra razão.

– Obrigado, Bell – disse Loden.

– Não há de quê, Mestre.

Loden ergueu o cabo do sabre de luz, apontando-o para o portão do complexo, ainda fechado, ainda trancado. Então, encarou o capitão dos guardas.

O Jedi ativou o sabre, e enquanto a lâmina de calor e energia se acendia, o portão se abriu com um estalo poderoso, a tranca destruída pela Força e pela técnica de Loden. A pesada porta de metal se chocou contra as paredes do interior do complexo com tanta força que parecia ter sido arrancada de suas dobradiças.

– *Agora* vocês entendem? – gritou ele para os guardas, enquanto os refugiados entravam no complexo em direção à espaçonave.

O capitão dos guardas observou os refugiados por um longo momento, depois olhou para Loden. Então, largou o rifle, assim como os outros guardas.

Loden abaixou o sabre de luz, e olhou para Bell.

Sorriu.

Em seguida, houve um momento de incerteza, tanto para o mestre quanto para o aprendiz.

– Você sentiu aquilo? – perguntou Bell. – Da Mestra Kriss, na *Terceiro Horizonte*.

– Sim – respondeu Loden. – Algo está errado.

CAPÍTULO CATORZE

TERCEIRO HORIZONTE.
VINTE E CINCO MINUTOS PARA O IMPACTO.

Avar Kriss parou diante da parede de projeção na ponte da *Terceiro Horizonte*, que ainda exibia o sistema Hetzal. A crise passara da fase de reação para uma fase de gerenciamento. Já havia algum tempo que um novo fragmento não aparecia saindo do hiperespaço, e muitos dos projéteis existentes, de uma forma ou de outra, já estavam resolvidos.

Ela ainda ouvia a canção da Força, e sabia que mais Jedi começavam a chegar ao sistema, vindo usar suas habilidades para ajudar.

Enquanto observava a projeção, viu Jora Malli e Sskeer executarem uma manobra complexa junto de duas Proas-longas da República, destruindo um fragmento antes que ele atingisse um transporte que carregava milhares de refugiados.

– Está feito – disse Jora, pragmática, pelo comunicador da ponte.

– Obrigado, Mestra Malli – agradeceu o Almirante Kronara, de pé à esquerda de Avar. – Eu... não estava certo de que vocês chegariam a tempo.

– Graças à Força, almirante – disse Jora –, e a suas equipes. Foi um esforço conjunto. Agora, se me der licença, vou ver o que mais Sskeer e eu podemos fazer por aqui.

Algo está errado, pensou Avar. No fundo de sua alma, ela sabia que aquilo era verdade, mas não conseguia entender o que parecia tão errado.

– Estamos recebendo uma chamada de Coruscant, almirante – avisou um dos oficiais da ponte de comando. – É a Chanceler Soh, solicitando atualização da situação.

– Transfira a chamada, tenente. Acredito que ela ficará satisfeita com as boas notícias.

Kronara se virou para ela, sorrindo. Ele não estava exatamente comemorando, pessoas haviam morrido naquele sistema, e eles ainda não sabiam o que causara o desastre, mas claramente sentia que fizera bem seu trabalho, mesmo sem aviso e sem planejamento algum. Habilidade, treinamento e improvisação criativa salvaram o dia: o resultado perfeito para um militar.

– Sei muito bem que não deveria dizer isso – disse o Almirante Kronara –, mas acredito que o pior já passou.

Você sabe muito bem que não deveria dizer isso, pensou Avar. A Força continuava cantando em sua mente, e bem no meio da canção ainda existia uma grande lacuna. Um silêncio. Algo estava faltando.

O almirante se dirigiu a uma estação de comunicação para atender a chamada da chanceler. Avar não tirou os olhos da projeção.

O que estou deixando passar?, ela se perguntou. *O quê?*

Algo chamou sua atenção. Uma das anomalias do hiperespaço, bem no meio do sistema, não muito distante dos três sóis de Hetzal.

Avar chamou o oficial da ponte mais próximo e apontou para a projeção.

– Aquilo – disse ela, indicando a anomalia próxima dos sóis. – O que é aquilo, tenente?

O oficial olhou para onde Avar apontava.

– Um dos fragmentos, Mestra Kriss – respondeu ele. – Ele não possui seres a bordo e, por sorte, pode ser mais ou menos ignorado.

– Ignorado? Por quê?

O tenente digitou um comando em um datapad. Uma linha pontilhada apareceu na projeção, mostrando a trajetória do projétil. Ele seguiria em um arco curto pelo interior do sistema antes de desaparecer dentro do sol.

– Como pode ver – explicou o tenente, gesticulando para a tela –, ele simplesmente vai colidir com a estrela e ser vaporizado. Por sorte, realmente. Não temos nenhuma nave próxima a ele. Quando saiu do hiperespaço, já estava no meio do sistema, e a maior parte dos nossos recursos está alocada em outros lugares.

Avar franziu o cenho.

– Tem mais alguma coisa. Algo sobre ele. A Força chamou minha atenção para ele, e precisamos entender o motivo. Você sabe o que ele é? Especificamente?

O oficial hesitou, estreitando os olhos para a tela, como se fosse lhe informar algo novo.

– Está muito distante para que os sensores da *Terceiro Horizonte* obtenham qualquer informação adicional, senhora – disse o oficial. – Vou checar com os administradores hetzalianos. Talvez eles tenham alguns satélites mais próximos que ofereçam outras informações.

– Por favor – disse Avar. – Depressa.

O oficial assentiu e se afastou, indo em direção ao console de comunicação.

O Almirante Kronara, que retornava da conversa com a chanceler, se aproximou dela.

– O que foi, Mestra Jedi? – perguntou ele.

– Ainda não sei, almirante – respondeu Avar. – Acredite na Força.

– Bem, é claro – disse Kronara.

– Como a chanceler está?

– Aliviada, eu diria. Este não foi um bom dia, mas ela sabe que poderia ter sido muito pior. A Chanceler Soh me perguntou várias coisas para as quais ainda não tenho resposta. Sobre a origem das anomalias, se isso pode acontecer novamente, coisas assim. Está pensando a longo prazo.

– É o trabalho dela – disse Avar. – O que acha que vai fazer?

– Se eu tivesse que adivinhar, ela teme que isso seja algum tipo de ataque. Sei que é improvável, mas não impossível. Inimigos não costumam declarar suas intenções de atacar com antecedência.

– Também não costumam enviar compartimentos de passageiros sem motores e cheios de pessoas, almirante. O que supõe que sejam? Alguma espécie de força invasora?

– Não vou fingir que sei, Mestra Kriss. Poderia ser alguma tática bizarra que ainda não compreendemos. O que importa é que estávamos aqui para ajudar a impedir, e...

– Senhor, senhora – disse o tenente, e tanto o almirante quanto a Jedi se viraram para ele. O oficial estava pálido, e Avar sentiu que ele estava à beira do desespero. Como se estivesse parado na extremidade de um penhasco.

– Vocês sabem que estivemos compilando os dados dos nossos sensores com os recursos internos do sistema que são coordenados a partir do escritório ministerial na Cidade Aguirre – disse ele. – O principal responsável técnico deles é um homem chamado Keven Tarr. Ele foi capaz de alguns feitos admiráveis, mantendo a rede de satélites funcionando apesar de todo o dano causado pelos objetos que vieram do hiperespaço. É tudo realmente muito impressionante, e...

– Tenente, por favor – disse o Almirante Kronara. – O que foi?

O oficial assentiu e voltou a falar.

– Tarr direcionou tudo o que tinha disponível para escanear a anomalia que a Mestra Kriss indicou. Aquela que, ah... a Força mostrou para ela. Acontece que é um módulo de carga de algum tipo, enorme, e deve ter sido danificado de alguma maneira. Está vazando. Só um pouco, mas o bastante para que a rede de Tarr executasse uma análise espectrográfica. Aquilo é...

O tenente respirou fundo.

– ... aquilo é tibanna líquido. A coisa inteira. E está indo em direção a uma estrela de classe R.

O Almirante Kronara praguejou, o que fez Avar ficar ligeiramente chocada.

– Suponho que seja algo ruim – disse ela.

O almirante encarou a projeção por um longo momento, com o maxilar travado.

– Honestamente? – disse ele.

Então, virou-se e olhou para ela.

– Não poderia ser pior.

CAPÍTULO QUINZE

SISTEMA HETZAL. ACIMA DA LUA FRUTADA.

VINTE MINUTOS PARA O IMPACTO.

Os três caças Vector dos Jedi voavam em formação, com a Proa-longa da República pilotada por Joss e Pikta Adren. Te'Ami estava à direita da nave maior, Mikkel Sutmani à esquerda e Nib Assek e Burryaga acima. Eles aceleraram as naves ao máximo, perseguindo o projétil que continuava avançando e colidiria com a Lua Frutada em poucos minutos, matando bilhões – tanto os habitantes do planeta quanto as pessoas a bordo da anomalia.

Encurtaram muito da separação entre eles e o alvo, queimando quase todo o combustível que tinham no processo, mas conseguiram chegar a uma distância em que era possível atingir o objeto. Por fim, os sensores identificaram a anomalia como um compartimento modular de passageiros, o tipo de coisa que se instalava temporariamente na estrutura de uma nave de carga para que ela pudesse transportar viajantes. Bastante autônomo, o módulo contava com sistemas de suporte de vida dedicados, baterias embutidas e até mesmo emissores de campo de hiperespaço individuais vinculados à propulsão e navegação da nave principal.

Naquele momento, o objeto funcionava quase como um grande módulo de fuga, embora não tivesse motores e fosse incapaz de desacelerar ou mudar de direção. Ainda que aquilo explicasse como era possível ter gente a bordo, não tornava mais claro como aparecera subitamente e sem aviso no sistema Hetzal, vindo de uma viagem pelo hiperespaço.

Te'Ami tinha suas suspeitas. Imaginou uma nave viajando pelo hiperespaço, um cargueiro, com compartimentos dedicados a todos os tipos de carga: materiais, combustível... e passageiros, provavelmente colonos buscando começar novas vidas nos pouco habitados mundos da Orla Exterior. Algo aconteceu com aquela nave na hipervia, e ela se fragmentou. Todos aqueles pedaços e fragmentos reapareceram do hiperespaço de uma vez, e aquele evento tivera o azar de acontecer em um ponto muito próximo de Hetzal.

A maior parte dos destroços seriam grandes pedaços de metal inerte. Alguns, porém, devidamente protegidos, poderiam ser aqueles módulos de passageiros, com as pessoas ainda vivas em seu interior e sem nenhuma maneira de controlar o voo acidentado pelo espaço, tomadas pelo medo e pânico que Burryaga sentira, esperando para morrer. Esperando por uma ajuda que não viria.

Mas, apesar de tudo, a ajuda chegara. Os Jedi e a República estavam lá, e salvariam as vidas de cada uma daquelas pessoas, e de cada um dos habitantes da Lua Frutada também.

– Agora – disse Te'Ami, sua ordem transmitida simultaneamente para Nib, Mikkel e Burryaga, bem como para Joss e sua copilota Pikta. Era hora de cada um fazer sua parte.

Os Jedi discutiram sua abordagem, mas apenas brevemente. A tarefa deles aparentava ser simples. Estenderam-se junto com a Força, tocaram o compartimento de passageiros por todos os lados, abraçando-o com todo poder e energia que podiam controlar, e compreenderam a natureza do objeto o melhor que puderam. Cada superfície, cada viga, escora e cabo, e o mais importante, cada vida dentro dele, os seres que tentavam salvar.

Envolveram todo o objeto em movimento com a Força. Te'Ami certa vez assistira a um rodeio, em um planeta chamado Mirante de Chandar. O objetivo era subjugar animais enfurecidos usando apenas cabos ou cordas longas. Os corajosos e tolos participantes enrolavam o pescoço das criaturas com laços e montavam em seus dorsos, permanecendo sobre elas até que fossem arremessados, ou até que a fera se acalmasse.

Na maioria das vezes, aqueles participantes eram arremessados quatro ou cinco metros no ar antes de caírem na terra. Às vezes, a aterrissagem era dura; em outras, suave.

Aquela situação parecia um rodeio. Estavam laçando o compartimento de passageiros com a Força, mas as chances de uma aterrissagem suave eram muito baixas. Os Jedi apertaram seus laços ao redor do grande e veloz pedaço de entulho e puxaram para trás. O fôlego de Te'Ami a abandonou com um *vuush*, os pulmões se esvaziando. Nada mudara quanto à sua localização física. Ela permanecia sentada na cabine de seu caça Vector, avançando na mesma velocidade que estava há poucos instantes, mas não parecia. A sensação era de que fora arrancada para o espaço e estava sendo arrastada pelo objeto, completamente sem controle.

Parecia impossível que qualquer coisa que aqueles quatro Jedi fizessem fosse capaz, de alguma forma, de influenciar na velocidade do objeto, mas precisavam tentar. Joss Adren fora bastante claro: mesmo um por cento de mudança já seria algo significativo.

– Tentem... deixar a coisa... mais lenta... – disse ela, falando com os dentes travados. Ela sentia o óleo se acumulando nas bolsinhas ao longo de suas costelas, a resposta involuntária do seu corpo a uma grande tensão. O fedor ácido daquela substância preencheu a cabine, um vestígio evolucionário e um mecanismo de defesa vindos dos dias em que os Duros eram propensos a acabarem devorados por alguma das inúmeras criaturas que vagavam por seu mundo natal.

– Tentando... – respondeu Mikkel, a tensão em sua voz natural escapando dos esforços do sistema de tradução em reprimir o tom.

Te'Ami se perguntou como Ithorianos reagiam ao estresse. Provavelmente não era produzindo grandes quantidades de óleo malcheiroso.

– Capitão Adren – disse Te'Ami –, fizemos o que conseguimos. Se vai tentar algo, a hora é agora.

– Entendido, Mestra Jedi – respondeu Joss. Ele também parecia tenso. – Lembrem-se, se vocês puderem manter o módulo inteiro enquanto nos prendemos a ele, ficaríamos gratos. As coisas podem ficar um pouco turbulentas.

– Faremos nosso melhor.

– Certo. Disparando os grampos magnéticos em três... dois...

Quatro discos metálicos foram disparados para o espaço à frente da formação, direcionados para o compartimento de passageiros. A coisa liberava vapor de um sistema de resfriamento ou de suporte de vida, criando uma névoa espessa onde os discos sumiram. Linhas prateadas e grossas se desenrolaram, cabeamentos presos aos guinchos da Proa-longa, com os quais eles tentariam reduzir a velocidade dos destroços. Três daquelas linhas se fixaram, a quarta ficou girando e espiralando pelo espaço.

– Atingimos a coisa com três dos quatro grampos. Um resultado tão bom quanto podemos esperar. Vamos acionar os propulsores reversos. Preparem-se.

Através da Força, Te'Ami conseguiu sentir os novos fatores de estresse e tensão naquela formação, todas as complexas ligações e conexões. Proa-longa com o objeto, a Força com os Jedi, o objeto com a Força, e uma nova sensação de confusão entre os pobres sobreviventes no interior daquele compartimento, que deviam ter escutado quando os grampos magnéticos se prenderam, provavelmente soando como pancadas de um gigante, sem a mínima ideia do que estava para acontecer a eles.

Para ser honesta, Te'Ami também não fazia a menor ideia. A Proa-longa ativou os propulsores e saiu da formação, o longo e espesso cabo se esticando, ficando mais fino, impossivelmente fino, até que deixou de ser visto a olho nu. O Capitão Adren dissera que aquilo aconteceria, a seda que compunha os cabos era capaz de se esticar quase a nível molecular e manter sua força. Os cabos estavam aguentando. O compartimento ao qual se prendiam... talvez nem tanto.

– Ele vai se partir – disse Nib Assek. Burryaga resmungou lamentoso ao fundo.

– Não, não vai – resmungou Mikkel. – Não vamos deixar. Apenas... *mantenham-no inteiro.*

– Parem de falar e façam – ordenou Te'Ami.

O compartimento de metal, plastoide e fios elétricos, completamente sobrecarregado, não queria continuar existindo naquela forma. Tinha passado por muita coisa, e sabia. Queria apenas se desintegrar, escapar do peso e do calor, e se tornar uma nuvem de partes muito menores, todas livres para seguirem as próprias trajetórias.

Se não fosse pelos Jedi, o compartimento teria feito exatamente aquilo. Eles usaram a Força para mantê-lo inteiro, os laços que usaram para reduzir sua velocidade passaram a ser utilizados para manter sua integridade.

Não parecia que ia funcionar. Era muita coisa de uma só vez, e além de tudo os Jedi, exaustos, precisavam manter os caças Vector voando à velocidade máxima, próximos o bastante do compartimento de passageiros para que mantivessem a conexão.

No fundo de suas mentes crescia uma distração, enquanto uma nova crise surgia em algum lugar do sistema. Uma sensação crescente de urgência se espalhava pela rede de Avar Kriss, mas ainda não era hora de se preocupar com isso. Eles tinham a própria crise bem ali.

Os destroços diante deles se remexiam, como uma pilha de pedras prestes a desmoronar depois que uma fosse retirada, e Te'Ami abriu a boca e chiou, com um som de grande tensão, física e mental. Ela ainda sentia o compartimento puxando-a, e sabia que, se deixasse, se perdesse o mínimo de controle sobre ele, seu caça Vector poderia se partir ao seu redor. Não eram mais apenas as vidas das pessoas a bordo do compartimento, ou mesmo na lua, tão próxima naquele momento que já era possível ver seu disco se assomando no espaço, crescendo cada vez mais.

Te'Ami parou de pensar sobre aquelas coisas. Fechou os olhos e permitiu que a Força a guiasse. Por longos segundos, nada além de caos, tensão, estresse. E então... uma suavização. Uma minúscula redução na tensão, mas que tornou tudo mais simples. Como o Capitão Adren dissera, mesmo uma redução de um por cento já seria bastante significativa.

Então, um se tornou dois, e mais, e os objetos que lutavam entre si se tornaram um único sistema.

O compartimento desacelerou. Mais e mais, até que lentamente parou, com a Proa-longa rebocando-o em seus cabos.

– Uau – disse a voz do Capitão Adren pelo comunicador. – Eu realmente não achei que iria funcionar.

– Você realmente esperou bastante para nos dizer – respondeu Mikkel. Mesmo pelo tradutor, ele soava completamente exausto.

– Quase sem combustível – informou Joss, ignorando o comentário. – Mais alguns segundos e teríamos que desligar nossos propulsores. Não poderíamos ter feito isso sozinhos. Obrigado, Jedi.

– Também não conseguiríamos sozinhos – disse Te'Ami. – E a ideia foi sua. Mesmo que tenha pensado que ela não funcionaria, deu certo.

Pikta Adren falou:

– Podemos nos arrumar e ir até lá ver se encontramos alguma forma de resgatar os passageiros. Se não, podemos rebocar o compartimento até uma estação e atracá-lo. Ao menos vamos poder oferecer algum tratamento médico. Tenho certeza de que estão feridos.

– Certo – respondeu Te'Ami. – Obrigada. Vamos passar adiante a forma como conseguimos fazer isso. Certamente outras equipes de resgate vão achar a informação útil.

Ela manobrou o caça Vector e passou ao longo do compartimento de passageiros, se aproximando. O módulo tinha escotilhas por toda a extensão, e Te'Ami pôde ver rostos através delas.

Seres de todos os tipos, todas as idades, todos vivos. Sentiu que o medo começava a diminuir, substituído por...

Um lampejo de alerta se espalhou através da gigantesca rede de consciência mantida por Avar Kriss. Mais uma vez, não houve qualquer palavra, mas se a sensação pudesse ser traduzida, seria algo como: *Jedi. Vocês são necessários. Agora.*

Algo estava muito, muito errado.

CAPÍTULO DEZESSEIS

ESTAÇÃO SOLAR 22-X.

DEZ MINUTOS PARA O IMPACTO.

A estação chacoalhou, derrubando o Capitão Bright e jogando-o contra uma parede. Ele a atingiu com força e quase não conseguiu se agarrar em uma escora antes de um impacto que certamente teria partido seu crânio.

O droide pílula, flutuando a poucos metros do capitão no corredor em chamas, parecia não ter notado o tranco. No entanto, não estava em contato com o piso do convés; flutuava, sereno como sempre, com os braços retráteis desdobrados e estendidos de dentro de sua carapaça e ocupados, no momento, por um pequeno Anzellano inconsciente, cujas gotas de sangue púrpura deixavam uma trilha por onde o droide passava.

Eles não estavam distantes da *Aurora IX*, e o Anzellano era o sétimo e último tripulante resgatado da estação solar. A missão estava cumprida e, até ali, todos tinham sobrevivido. Um verdadeiro milagre. Era apenas questão de saber se conseguiriam se afastar o suficiente antes que a estação explodisse. Tratava-se de algo iminente, como sugeria a série de mensagens com urgência crescente que o capitão recebera do convés da engenharia.

Bright ergueu o comunicador.

– Suboficial Innamin – ele rugiu. – Que porcaria é essa? Pensei que você tinha dito que poderia manter a estação estabilizada!

– O que eu disse, capitão, é que realmente não poderia fazer uma coisa dessas – replicou Innamin, a voz oscilando entre aborrecimento e completo pânico. – O reator vai explodir. Não há nada que eu possa fazer sobre isso. Precisamos estar longe quando acontecer.

– Certo – disse Bright. – Estou com o último tripulante. Estaremos na Proa-longa dentro de trinta segundos. Vá para lá, para desatracarmos e partirmos.

O droide pílula alcançara a câmara de descompressão, onde o Guarda-marinha Peeples esperava. Ele fora incumbido de estabilizar os outros tripulantes feridos da estação solar no compartimento médico da *Aurora IX*. Sua tromba em forma de agulha zumbiu quando viu o Anzellano.

– Aaw – arrulhou ele. – Quem é o bebezinho fofo?

Peeples pegou o tripulante ferido e o segurou contra o peito. O braço retrátil do droide pílula se dobrou de forma engenhosa, recolhendo-se antes de desaparecer no interior da carapaça metálica.

– Droga, Peeples, não é um bebê. Leve-o até o compartimento médico e certifique-se de que todos estejam com os cintos presos em segurança e prontos para partir. Vamos voar, e pode ser meio turbulento.

Peeples piscou os olhos, todos os dezenove, e os tentáculos de Bright perceberam a frustração do guarda-marinha, provavelmente porque sua piadinha estava arruinada. Mas ele se virou, levando o Anzellano consigo.

Então, virou-se novamente.

– A propósito, recebemos uma ordem, da *Terceiro Horizonte* – disse Peeples. – Evacuação completa do sistema. Todos os esforços de resgate devem ser interrompidos e todos os veículos devem se dirigir para as zonas de acesso ao hiperespaço e deixar Hetzal imediatamente.

– Eles disseram por quê? Muitas pessoas vão ficar para trás.

Peeples deu de ombros, ou teve um estranho espasmo, e se afastou, cantarolando para o pequeno ser inconsciente em seus braços.

Outro tremor reverberou pela estação, e uma labareda avançou pelo corredor. Bright mal percebeu o que estava acontecendo antes que o droide pílula avançasse a uma velocidade muito maior do que a costumeira, colocando-se entre Bright e as chamas. Um de seus painéis laterais se abriu, e um bico emergiu. Um jato de espuma supressora esguichou do bico, interrompendo e extinguindo as chamas, fazendo com que apenas uma mera onda de calor alcançasse Bright.

O capitão soltou a respiração, então respirou fundo, percebendo quão próximo estivera de ser cozido vivo. Deu um tapinha no topo do cilindro do droide.

– Obrigado, parceiro – agradeceu.

O droide emitiu dois apitos curtos. Bright não conseguia entender Binário sem um tradutor, mas tomou o som como uma expressão estoica do tipo "estou apenas fazendo meu trabalho, senhor", que lhe agradava.

Ele ergueu o comunicador novamente:

– Innamin! Onde diabos você está? Se não chegar aqui imediatamente, vou deixá-lo para trás.

– Sobre isso... – veio a resposta. A voz do suboficial não parecia mais aborrecida, nem em pânico. Apenas... resignada.

Aquilo desagradou Bright.

– Qual é o problema, suboficial?

– Não posso sair daqui. Preciso executar uma sequência de comandos no painel de controle do reator, injetando substâncias refrigerantes a cada poucos segundos. Se eu parar, ele explode imediatamente. Estava tentando fazer algum tipo de automação, mas os processadores estão danificados. Eu... – Sua voz chiou.

– Não, vamos tirar você daí – disse Bright. – Vou levar o droide. Podemos mostrar a sequência para ele. Ele vai executá-la enquanto voltamos para a nave e nos afastamos.

– Capitão... você precisa ir. Vir me resgatar vai tomar tempo e...

– Cale-se, Innamin – ordenou Bright.

Então, gesticulou para o sensor ocular do droide, ordenando que o seguisse, e começou a correr na direção do lance mais próximo de escadas.

Bright desceu os conveses o mais rápido possível chegando, por fim, ao nível do reator. Innamin olhou para cima, com o rosto encharcado de suor, tão aliviado que parecia prestes a desmaiar.

– Aguente firme – disse Bright para o oficial júnior.

A estação chacoalhou novamente, e não parou.

– *Não temos tempo* – afirmou Innamin.

– Claramente – retrucou Bright. – Mostre a sequência para o droide.

– Ela precisa ser feita quando aquele marcador ficar vermelho – disse Innamin, mostrando a situação que, convenientemente, acontecia naquele exato instante. Ele pressionou uma rápida sequência de cinco botões no painel de controle, e o marcador recuou alguns poucos passos. Não ficou verde, mas laranja, e aquilo precisava bastar.

A sequência não era complexa. Bright memorizou a ordem observando apenas uma vez. Evidentemente, o droide também a memorizara. Ele avançou, assumindo a posição de Innamin diante do painel, aguardando a próxima oportunidade de inserir os comandos.

– Vá agora mesmo – disse Bright para o subordinado. – Vá para a Proa-longa.

– Você não virá?

– Quero ter certeza de que o droide consegue fazer isso direito – respondeu ele. – Apenas vá. Ajude Peeples. Só a luz sabe o que ele está fazendo lá em cima.

– Obrigado, capitão, isto... significa muito.

– Somos todos a República – disse Bright.

Innamin assentiu e correu, deixando a câmara do reator, indo em direção ao lance de escadas mais próximo naquele convés.

– Certo, sua máquina incrível – disse Bright, virando-se para o droide. – Mostre-me que você entendeu.

O marcador ficou vermelho, e o droide pílula se moveu de forma rápida e certeira, pressionando os cinco botões. O marcador recuou, menos do que na vez anterior, percebeu Bright, e a estação pareceu menos propensa a se despedaçar.

– Perfeito, o painel é todo seu – disse Bright. – Preciso correr. Foi maravilhoso trabalhar com você.

Daquela vez, não houve resposta, e Bright decidiu tomar aquilo como um tipo de concordância resignada. Então, virou-se e correu para fora da câmara, seguindo o mesmo caminho que Innamin tomara. Alcançou a escadaria e colocou a bota no primeiro degrau.

Vai dar certo, pensou, mais desejando do que acreditando.

E então, ele sentiu, ou melhor, seus tentáculos, com a habilidade de perceber feromônios mesmo no ambiente mais poluído, sentiram: havia outro ser ali, alguém vivo. Vivo e ferido, se seus receptores não estivessem enganados.

Bright seguiu o rastro e ali, atrás de um painel, estava um Twi'lek, pesado, ferido, sangrando e inconsciente. Vestia o uniforme da estação, e Bright não sabia se Innamin não vasculhara aquele convés corretamente porque estava distraído demais com o reator danificado, se o homem estava escondido demais ou... bem, não importava.

Apenas para checar, Bright se abaixou e tentou levantar o Twi'lek. Sentiu os músculos se estirarem, mas o homem inconsciente era peso morto e mal se moveu.

Não, pensou ele. *Não tem jeito.*

Bright se deu um momento, apenas um, para pensar sobre a vida, o que fizera e o que acreditava que ainda poderia fazer. Pensou na República, no significado dela, e em seus votos de lhe servir bem como a todos os seus membros.

Em seguida, correu de volta para o reator.

– Deixe isso comigo – disse, empurrando o droide pílula para longe e assumindo o lugar no painel de controle. O capitão apontou com o dedo por cima do ombro.

– Você tem um paciente, cerca de nove metros depois da escadaria. Leve-o para a nave, agora.

O droide girou, flutuando rapidamente para longe.

Bright inseriu a sequência de comandos, e o marcador recuou um pouco, mas menos do que na última vez.

Ele falou através do comunicador:

– Innamin – disse ele. – Conseguiu?

– Sim, capitão – respondeu Innamin. – Mas onde você está? Deveria estar logo atrás de mim.

– Mudança de planos – disse Bright. – Estou enviando o droide com mais um tripulante.

– Mas nós já resgatamos os sete tripulantes.

– Imagino que havia oito deles – retrucou Bright.

– Mas o reator – disse Innamin, a voz sumindo. Bright quase conseguia ouvir a mente do garoto trabalhando, percebendo o que realmente estava prestes a acontecer.

– Partam assim que o droide chegar. Não esperem. Saiam dos poços gravitacionais do sistema e saltem para longe. Encontrem-se com a *Terceiro Horizonte*, se puderem. Se não, voltem para Coruscant. Parece que as coisas estão desmoronando no sistema inteiro, não apenas aqui.

– Mas, capitão, talvez...

– Não. Veja. Peguei leve com vocês enquanto voamos juntos, Innamin. A insubordinação, as piadinhas... a vida é curta e a nave é pequena demais, como sempre pensei. Mas tudo termina agora. A vida *é* curta, suboficial, curta demais, na verdade. Dei uma ordem, e se você não segui-la, nos veremos na corte marcial.

Houve um longo silêncio através do comunicador. Ambos sabiam o quanto aquela ameaça era vazia. O objetivo daquelas palavras era outro. Por fim, Innamin falou, com a voz desanimada.

– Estou vendo o droide. Ele está com o tripulante. Um Twi'lek?

– Correto.

Bright inseriu a sequência de comandos novamente. O marcador recuou. Um pouco menos.

Os tremores na estação aumentaram para a escala de um evento sísmico. Ela estava se partindo.

– Vá, Innamin.

– Já... desatracamos, capitão. Revertendo os propulsores agora. Alcançando uma distância mínima segura. Não deve demorar muito.

– Ótimo – disse Bright.

O marcador ficou vermelho novamente. Bright inseriu a sequência de comandos, mas, daquela vez, o marcador não recuou. Apenas continuou vermelho.

Bright suspirou.

– Capitão, já estamos longe – informou Innamin. – Somos todos a República.

– Isso mesmo – disse Bright. – Somos todos a...

Calor e luz e nada mais.

CAPÍTULO DEZESSETE

HETZAL PRIME. A *TERCEIRO HORIZONTE*.

QUATRO MINUTOS PARA O IMPACTO.

– Mestra Jedi, você tem certeza de que esta é a escolha correta? – perguntou o Almirante Kronara.

Avar Kriss sentia a preocupação dele. Kronara era um bom comandante, e embora tecnicamente não fosse parte da tripulação do almirante, a Jedi sabia que ele se sentia responsável pela segurança dela. Em especial, sabendo que, se fizesse o que ela lhe pedia, ele provavelmente a estaria condenando à morte.

– Tenho certeza, almirante – respondeu ela. – Carregamos tantos refugiados quanto pudemos, e muito mais.

Ela deu uma olhada pelo hangar. Era verdade. Apenas aquela câmara abrigava centenas de seres que carregavam somente as roupas do corpo. Ninguém recebera permissão de levar mais nada. Cada pequeno espaço disponível no gigantesco cruzador fora alocado para salvar vidas. Mesmo assim, ainda havia pessoas presas na superfície do planeta. O Almirante Kronara e sua tripulação fizeram o melhor possível, mas a *Terceiro Horizonte* era apenas uma máquina, e havia um ponto em que adquirir massa adicional talvez significasse que a nave não conseguiria partir, e ninguém seria salvo.

– Aquelas pessoas estão assustadas – disse Avar. – Posso sentir. Você precisa levá-las em segurança.

– Mas se você falhar, vai morrer – afirmou Kronara, fazendo uma última tentativa.

– Eu sei, almirante, mas há bilhões de pessoas lá embaixo que não conseguiram sair de Hetzal Prime. – Ela apontou para o céu aberto, visível através da saída do hangar.

A nave se encontrava a uma centena de metros acima do chão, parada sobre as plantações do lado de fora da Cidade Aguirre, tendo deixado o espaçoporto depois de abrigar o máximo possível de refugiados.

– Se eu não tentar – continuou Avar –, eles com certeza vão morrer. Cada um deles.

– Mas você realmente pode salvá-los? Nunca ouvi falar que algo assim era possível, mesmo com os Jedi.

Avar sorriu para ele.

– Tudo é possível através da Força – disse ela. – Agora pegue a *Terceiro Horizonte* e vá. Tenho trabalho a fazer, e é importante que você entregue um relatório direto à Chanceler Soh sobre tudo o que testemunhou aqui. Contar pelo comunicador não é o bastante. Nada disso deveria ter acontecido. Algo está errado. Posso sentir. O hiperespaço está... doente, na falta de uma palavra melhor.

– Claro, Mestra Jedi – disse o almirante. – Mas você mesma deveria entregar este relatório. Ainda não entendo por que não pode realizar essa tarefa do espaço aberto. Não sei muito sobre a Força, mas sei que ela funciona através de grandes distâncias. Se estiver em segurança a bordo da nave, pelo menos você terá uma chance de escapar se...

Avar Kriss acreditava que a melhor maneira de vencer discussões era não discutir. Correu pela rampa de saída do hangar e saltou para fora, ao ar livre. A nave flutuava sobre um campo de algum tipo de grão azul que não lhe era familiar. Ela sabia apenas que o campo era absolutamente deslumbrante. Usou a Força para desacelerar a queda, deu uma cambalhota, e depois aterrissou com suavidade sobre o solo arado entre duas fileiras próximas daquele grão.

A *Terceiro Horizonte* já se tornara um mero pontinho minguante no céu no momento em que ela olhou de volta para a nave. O Almirante Kronara aceitara a derrota e não perdeu tempo em deixar o sistema, o que era ótimo. Havia muito pouco tempo.

Concentre-se, disse a si. O tempo realmente era curto, e a tarefa a ser realizada ali, quase impossível.

Um tanque de tibanna super-resfriado, tão grande quanto uma nave de tamanho considerável, avançava diretamente contra um dos três sóis do sistema Hetzal, uma estrela de classe R. Quando a atingisse, a natureza volátil da substância, combinada ao intenso calor da estrela e sua composição única repleta de nitrogênio, causaria uma rápida expansão solar, que aumentaria para o dobro do tamanho original liberando tanta radiação que seria capaz de cozinhar o sistema inteiro em questão de instantes. O sistema Hetzal, dentro de pouco tempo, poderia deixar de existir.

A não ser que a Força desejasse o contrário e utilizasse seus instrumentos, os Jedi, para evitar a catástrofe.

Kronara nunca entenderia por que era tão importante ela estar no planeta. Ele não conseguia tocar a Força.

Avar precisava estar na superfície de Hetzal Prime porque o mundo era um planeta de vida. A Força estava em todos os lugares, é claro, mesmo nas profundezas mais distantes do espaço. Ela sempre conseguiria escutar sua canção – mas lá, de pé no meio daquele campo, cercada por plantações que foram cultivadas com amor e carinho pelos fazendeiros daquele mundo, a canção era *alta*. Alta e doce.

Lá ela não precisaria gastar nenhum tempo ou energia extra buscando uma conexão profunda com a Força. A Força estava ao redor.

Avar Kriss ergueu o comunicador. Então, configurou-o apenas para transmitir, sabendo que estava prestes a dizer algo que atrairia questionamentos de muitos dos outros Jedi no sistema, alguns até hierarquicamente superiores. Jora Malli fazia parte do Conselho Jedi, e mesmo que estivesse planejando renunciar sua posição para assumir o posto no Farol da Luz Estelar, ainda não saíra do Conselho. Tecnicamente, Jora poderia ordenar que Avar parasse o que estava fazendo.

Não que ela fizesse algo assim, mas por que arriscar?

Avar pensou em Elzar Mann, que fazia coisas como aquela o tempo todo. *Melhor pedir perdão do que permissão* era basicamente seu credo.

Ele vai adorar isso, pensou, então falou:

– Meus amigos Jedi, aqui é Avar Kriss. Estou na superfície de Hetzal Prime. Vocês sabem que estive observando todos trabalharem duro para proteger este sistema e seu povo. Vocês se saíram incrivelmente bem. Mas outra coisa está para acontecer, uma coisa terrível, e precisamos agir em conjunto para evitá-la. Uma das anomalias do hiperespaço está indo diretamente ao encontro do maior sol do sistema, e é um contêiner de tibanna líquido. Fui informada de que, quando a colisão acontecer, uma rara reação em cadeia causará a destruição completa do sistema. Desviar o contêiner para uma nova rota cabe a nós. Vamos pedir que a Força venha em nosso auxílio. A tarefa pode não ser possível, e qualquer um que ficar corre o risco de morrer se falharmos. A *Terceiro Horizonte* está prestes a deixar o sistema. Qualquer um que queira partir pode atracar nela. Meu desejo de boa sorte seguirá com vocês.

Avar esperou. Embora tenha silenciado o comunicador, a canção do sistema lhe dizia que nenhum caça Vector mudara de curso para acompanhar a *Terceiro Horizonte*, que acelerava para longe. Todos decidiram ficar. Os Jedi estavam com ela.

– Vamos começar – informou.

Guardou o comunicador. Aquilo não seria feito com palavras.

Avar enviou suas ideias por meio das ligações com seus companheiros Jedi. Cada um as receberia à sua própria maneira, uma série de impressões que ela esperava que soassem adequadas a cada um deles. Um plano bastante simples, na verdade:

Há um objeto se movendo realmente rápido. Ele é muito grande e muito pesado. Precisa ter o curso alterado. Vamos encontrá-lo juntos, e aplicaremos a Força contra ele juntos, no mesmo ponto e ao mesmo tempo. Vamos movê-lo, fazendo com que não atinja o sol.

Simples... mas absurdamente difícil. O espaço era enorme e havia muitos Jedi. Coordenar seus esforços para que não competissem e nem se anulassem, e de forma que não tocassem a Força em momentos minimamente diferentes... bem. Aquela era a tarefa. Reclamar não ajudaria em nada.

O sabre de luz de Avar flutuou para fora de sua bainha, pairando no ar através da Força. Flutuou até que o cabo estivesse diante do rosto da Jedi, a guarda nivelada com os olhos. O sabre de luz se acendeu com um estalo e um chiado, e um feixe de luz verde se estendeu para cima, iluminando o campo de grãos azuis ao redor.

A arma começou a rodar, lentamente, como as pás de um moinho de vento. Fazia um som ao se mover pelo ar, um zumbido baixo e grave. Avar inspirou, expirou, e a lâmina acelerou aos poucos. O tom de sua passagem pelo ar mudou, deixando de ser um zumbido grave e se tornando um tom mais alto, uma adorável nota perfeita. O sabre de luz se movia com rapidez, a lâmina rápida demais para ser vista; ele se tornara um círculo de luz com um centro metálico brilhante.

Era belo, mas Avar fechou os olhos. Ela não precisava ver. Precisava escutar. Seu sabre não era apenas uma arma. Ali, naquele momento... era um instrumento.

A nota da lâmina se elevou, tornando-se reverberante. O zumbido usual do sabre de luz em combate substituído por um tom puro e cristalino.

Sua consciência era a canção do sabre, e ela aumentou a velocidade de rotação da arma até que a nota produzida estivesse precisamente sincronizada com...

Sim, pensou Avar Kriss. *Posso escutar*.

A mente dela se expandiu, a canção do sabre ressoando de modo harmônico com o grande coro da Força, num único instante se tornando o sistema inteiro e tudo o que havia nele, particularmente cada um dos Jedi ali presentes, cada um conectado com a Força de um modo único.

O que ela escutava como uma canção, Elzar Mann via como um profundo e interminável mar tempestuoso. O Wookie Burryaga era uma folha solitária em uma gigantesca árvore com raízes profundas e galhos que alcançavam o céu. Douglas Sunvale via a Força como um enorme conjunto de engrenagens interconectadas, feitas de uma variedade infinita de materiais que iam de cristais a ossos. Bell Zettifar dançava com o fogo. Loden Greatstorm dançava com o vento.

Aquela não era como a rede mais simples que ela erigira antes. Era mais profunda. Todos os Jedi estavam com a Força, e a Força estava com todos eles. E ela, Avar Kriss, podia tocar a todos, não importando a forma como cada um enxergava a Força.

No entanto, ela precisava localizar o alvo, o compartimento de tibanna que avançava em direção ao sol para destruir a todos. Embora não tivesse uma canção própria, era algo que poderia ser sentido. Um silêncio, uma cesura, uma fermata de duração e tamanho precisamente exatos.

Lá, pensou ela.

Avar Kriss o encontrara, sem dúvidas. Ele estava... perdido. Ela o perdera.

– Droga! – exclamou, e tudo vacilou e quase se desfez.

Ela perdera a anomalia, e não conseguia encontrá-la de novo, não em meio ao caos de tudo que se movia no sistema. Era como ver uma flor específica em uma campina florida tomada pelo vento, olhar para outro lado e depois tentar encontrar a mesma flor novamente.

O tempo se partia, fragmentos de instantes voavam para o vazio, para nunca voltar. Ela precisava encontrar. Precisava... não poderia falhar. Era sua responsabilidade. Ninguém mais poderia...

Não. O que ela dissera antes?

Vamos encontrá-lo juntos.

Avar Kriss tinha um sistema repleto de Jedi trabalhando ao seu lado. Cada um tinha a própria conexão com a Força, talvez diferente da dela, mas não menos poderosa.

Clamou por ajuda, e a ajuda veio.

Estala Maru foi o primeiro a encontrar a anomalia. Avar podia ver a Força através dos olhos do companheiro: para Maru, a bomba de tibanna era uma única luz numa janela em um pequeno prédio numa cidade em que a noite era interminável. Mas assim que Estala a vira, foi apenas questão de apontar para que os outros Jedi olhassem na mesma direção, e todos olharam.

A tarefa voltou para as mãos de Avar.

Mais uma vez, ela expandiu a própria percepção, medindo quão próxima a bomba estava de atingir a estrela, o que não demoraria muito. O calor do sol já fazia a extremidade frontal do revestimento externo do tanque emitir vapor. Eles precisavam agir.

Há um objeto se movendo realmente rápido. Ele é muito grande e muito pesado.

Precisa ter seu curso alterado.

Vamos aplicar a Força contra ele juntos, no mesmo ponto e ao mesmo tempo.

Avar Kriss mostrou aos Jedi o que fazer, e, unidos, eles alcançaram a Força. Não se pouparam. Agiram com desespero disciplinado, usando toda energia que tinham.

Vamos movê-lo.

Não muito longe da Lua Frutada, Te'Ami perdeu a consciência. Um icor amarelo escorria de sua boca.

Vamos movê-lo.

Um grupo de cinco caças Vector voando em formação perdeu o controle da Flutuação, tamanha a concentração que dedicava ao esforço de desviar a bomba de tibanna. Duas das naves colidiram antes de recuperarem o controle, e os três Jedi a bordo delas foram perdidos.

Vamos movê-lo.

Agora, pensou Avar.

Através do sistema, os Jedi alcançaram a Força. Alguns fecharam os olhos, outros ergueram os braços, alguns meditaram sentados no chão enquanto outros flutuavam acima dele. Alguns estavam em suas naves, outros na superfície. Muitos se encontravam sozinhos, mas outros estavam com membros da Ordem, ou rodeados por pequenos grupos de pessoas que, de alguma maneira, sentiam a importância do que estava acontecendo, mesmo que não pudessem acessar a Força.

Dezenas de Jedi, agindo em unidade.

A galáxia *tremia*. Uma mão invisível agarrou a bomba de tibanna com firmeza e a lançou para o lado. Com gentileza e precisão, como se jogasse um ovo para alguém que deveria pegá-lo sem que quebrasse em suas mãos.

Avar escutou.

Eles conseguiram. Moveram o tibanna.

Mas também falharam.

O tanque não se movera o bastante. Ainda estava em rota de colisão com o sol, e naquele mesmo momento Avar sentia o líquido se aquecendo no interior do contêiner, a pressão se elevando, preparando-se para uma explosão que anunciaria outra ainda maior.

De novo, disse ela aos Jedi, para aqueles que ainda conseguiam escutar e responder. Muitos caíram inconscientes com a tensão da primeira tentativa, o que significava que o fardo para os restantes seria ainda maior.

Precisamos tentar de novo.

Avar sentia a fadiga na canção, de todos os companheiros em sua grande Ordem, daqueles heróis que ficaram para proteger pessoas que nunca encontraram e que provavelmente nunca encontrariam, pessoas que nunca saberiam a escolha ou os sacrifícios que faziam por elas. Nada daquilo importava.

Sentiu os companheiros deixarem a exaustão de lado, se reerguerem e renovarem sua concentração.

Não apenas isso, sentiu que outros Jedi também se concentravam para ajudar, em Coruscant e em toda a galáxia. Mesmo Yoda – onde quer que estivesse com sua pequena tropa de jovens aprendizes –, com sua grande e sábia mente, cantava sua parte no coro de forma dolorosamente bela, com uma voz de pura luz que contradizia sua aparência física. Não que a matéria crua importasse.

Avar não teria acreditado que algo como aquilo era possível, mas assim como dissera ao almirante, não havia algo que não pudesse ser feito através da Força. Sua grandiosa Ordem estava a seu lado, assim como ela estava com sua grandiosa Ordem, e a Força estava com todos eles.

Vamos movê-lo.

Outro momento escolhido, outro grande esforço.

Vamos movê-lo.

Avar sentiu os Jedi repetindo as palavras com ela, cada um à sua maneira, através de sua visão particular da Força. Não, não apenas repetindo. Entoando. Cantando.

Vamos movê-lo.

Mais Jedi caindo, a maioria apenas colapsando onde estava, ou rodopiando nos caças Vector. Alguns conseguiram recuperar o controle, mas outros foram perdidos para sempre. Rohmar Montgo. Lio Josse.

O Cavaleiro Jedi Rah Barocci cambaleou e caiu de uma torre agrícola na Lua Enraizada, onde estivera ajudando uma família cuja filha sofrera com uma convulsão causada pelo estresse, por causa da ordem de evacuação. Embora a filha se encontrasse calma, a crise terminada, Rah caiu de vinte andares e não se recuperou a tempo de se salvar.

A cada Jedi perdido, a tarefa se tornava mais difícil.

Elzar Mann, sozinho no topo de um promontório rochoso, com vista para um laboratório onde o bacta, a nova droga miraculosa, era produzido em quantidades extremamente limitadas, sentiu a tensão, a inércia da bomba de tibanna que não queria ser movida.

Para Mann, a Força assemelhava-se a um mar sem fundo, interminável, no qual tudo nadava. Brilhante e iluminado próximo da superfície, tornando-se mais escuro nas profundezas, mas um único e grande oceano. Ele o alcançou, deixando-se levar pelas correntezas, indo mais fundo que antes, vendo e sentindo coisas que nunca conhecera. O mar nunca terminava, e ainda havia tanto dele que nunca vira. Uma nova força fluiu através de seu corpo, e a exaustão desapareceu. Ele acrescentou aquela energia à de seus companheiros, dando-lhes tudo o que conseguia.

Vamos movê-lo.

...

...

...

...

Fazendo com que não atinja o sol.

O tibanna entrou na fotosfera externa da maior estrela do sistema Hetzal. Por um momento, um longo momento, a canção cessou. Avar não ouvia nada além de silêncio.

O fragmento foi lançado para fora do sol, tocando apenas suas camadas externas, aquecido, mas intacto, em uma trajetória que o levaria para fora do sistema, inofensivo.

A canção voltou à vida.

A Mestra Jedi Avar Kriss caiu de joelhos ali no campo, em Hetzal Prime. O cabo do sabre de luz, desativado, atingiu o chão instantes depois, afundando suavemente no solo macio.

Avar se permitiu respirar fundo. Uma, duas, três vezes. Então, ergueu o comunicador.

– Obrigada – agradeceu.

Nem Avar Kriss e nem os outros Jedi em Hetzal sabiam que os eventos daqueles momentos eram transmitidos através da Orla Exterior. O sinal chegou até mesmo aos mundos internos da República, apesar do leve atraso causado pelas limitações na rede de comunicação da galáxia. O sinal foi enviado por Keven Tarr, trabalhando de dentro do escritório do Ministro Ecka na Cidade Aguirre, cumprindo sua função apesar de ter tido a oportunidade de partir com a *Terceiro Horizonte*.

A transmissão, a princípio, era um sinal enviado diretamente ao gabinete da chanceler em Coruscant, a pedido dela, fechado e seguro, que permitia a Lina Soh e seus auxiliares terem a informação mais atualizada possível sobre o desastre e como ele avançava em sua fase final.

Keven Tarr, porém, tomou uma decisão. Se aqueles fossem os últimos momentos de Hetzal, seu lar e lar de bilhões de outras pessoas, ele não queria que um lugar tão bom perecesse desconhecido. Alterou as configurações do sinal, removendo a codificação de segurança e o enviando a cada canal, a cada retransmissor, a cada olho e ouvido que pudesse encontrar.

Aquele, à sua própria maneira, era um feito tecnológico tão impossível quanto o que os Jedi estavam tentando.

Em todo caso, os cidadãos da República assistiram enquanto o destino de Hetzal era decidido. Prenderam o fôlego quando os Jedi se uniram para proteger aqueles planetas, cheios de pessoas que eles não conheciam. Aquele pequeno grupo corajoso arriscava a própria vida para salvar outras, e usava seus dons únicos para preservar, para ajudar.

Um suspiro consternado cresceu em mil mundos no momento em que a primeira tentativa falhou, quando ficou claro que os Jedi não tiveram sucesso. Talvez não conseguissem. Alguns desviaram o olhar, sem querer observar o clarão quando a estrela explodisse, seguido pela morte de bilhões de seres sencientes.

Outros não puderam desviar o olhar, e viram o que aconteceu em seguida. A estrela não explodiu. As pessoas não morreram.

Na galáxia, gritos de alívio e alegria. Sim, carrancas fechadas da parte daqueles que viviam nas trevas, esperando que os Jedi falhassem, que fossem esmagados, que morressem. Mas eram poucos.

Aquela República valorizava e celebrava a vida e aqueles que a preservavam.

Aquilo foi uma vitória.

Pelo menos naquele dia, a luz prevaleceu.

Estava terminado.

CAPÍTULO DEZOITO

Não estava terminado.

No sistema Ab Dalis, mais adiante na mesma hipervia que a *Legacy Run* percorria quando encontrou seu fim, sete fragmentos daquela nave emergiram do hiperespaço, logo após a zona de acesso.

Um deles, não o maior e nem o menor, era um pedaço da superestrutura do enorme cargueiro, uma viga de suporte feita de duraço, ainda presa a um grande pedaço da fuselagem da nave.

Os fragmentos se moviam pouco abaixo da velocidade da luz, mas não eram energizados, estavam inertes eletronicamente e surgiram bem no meio da zona de acesso ao hiperespaço por onde naves poderiam chegar ao sistema. As matrizes de sensores e sistemas de vigilância não detectaram os fragmentos até que fosse tarde demais e, mesmo que os tivessem detectado, não havia nas imediações nenhum cruzador da República cheio de Jedi prontos para salvar o dia.

Todos os sete fragmentos viajavam pela elíptica do sistema, mas Ab Dalis não era tão densamente povoado quanto Hetzal. O espaço era imenso, e os fragmentos, em comparação, minúsculos.

Seis deles não atingiram nada, atravessando o sistema e saindo dele sem incidentes.

O sétimo atingiu o planeta mais densamente povoado do sistema, uma vastidão pantanosa interrompida apenas por fábricas do tamanho de cidades, bairros pobres habitados pelos trabalhadores daquelas fábricas e, aqui e ali, torres habitadas por aqueles que lucravam com ambas as estruturas. O fragmento foi vaporizado no impacto, mas o abalo devastou uma daquelas cidades, dizimando seus bairros pobres e torres altas.

Aproximadamente vinte milhões de pessoas foram mortas.

Aquela foi a primeira Emergência.

INTERLÚDIO

OS NIHIL.

Ab Dalis. Nunca fora um mundo adorável, sempre envolto em nuvens espiraladas de coloração marrom, como se os pântanos da superfície tentassem escapar da gravidade do planeta. Naquele momento, no entanto, parecia ainda pior que o habitual. O impacto orbital forçara uma colossal nuvem de vapor de água e lama para o ar e grande parte dela se ionizara, causando gigantescas tempestades elétricas que tremeluziam através da atmosfera do planeta.

Parecia algum tipo de inferno.

Um comboio de seis cargueiros conseguiu atravessar o sistema, para longe do planeta arrasado. Junto com suas famílias, carregavam toda a força de trabalho da Tecnologias Garello, uma empresa de pesquisa e produção de materiais intermediários com base no distrito de Keftia. Além das pessoas, os cargueiros também levavam grande parte das pesquisas mais importantes da companhia, bancos de dados, equipamentos e recursos financeiros. Enquanto o desastre se desenrolava em Ab Dalis, tudo aquilo fora colocado a bordo das seis naves para ser tirado em segurança do planeta, num enorme esforço que consumiu totalmente o dia e a noite que se passaram desde o impacto.

O chefe executivo da companhia, Larence Garello, disponibilizara as outras naves da empresa para os esforços de auxílio do governo ab dalisiano, mas escolhera se preocupar com os próprios negócios e funcionários primeiro. Muitas pessoas dependiam da Tecnologias Garello, e ele queria assegurar que, assim que a crise passasse, cada pessoa que tivesse confiado nele estivesse sã e salva, e continuasse trabalhando para uma companhia que seguiria produzindo as ideias e os produtos que ajudavam tanta gente.

Muitos empresários ab dalisianos do mesmo nível de Larence o repreenderam pelo enorme gasto da operação para recolher tudo e sair temporariamente do planeta, mas ele não se importou. Os oligarcas e trilionários se importavam mais com uma viga de duraço em suas fábricas do que com as pessoas que trabalhavam nelas. Larence era rico, sim, mas aquilo se devia ao fato de que as boas pessoas que ele empregava davam o máximo de si. E ele estava decidido a cuidar de cada uma delas.

O comboio seguia em direção à fronteira externa do sistema, onde pararia para esperar e observar o desenrolar da situação.

No entanto, antes que as naves alcançassem seu destino, elas encontraram algo estranho.

Parecia com uma tempestade, ou uma nuvem tempestuosa, talvez. Um gigantesco redemoinho de vapor cinza-azulado no espaço, denso e ameaçador, bem no caminho do comboio. Do interior do redemoinho, cintilavam luzes fracas, como os relâmpagos nas nuvens de vapor e poeira sobre os pântanos de Ab Dalis.

A nave à frente do comboio era a *Arbitrage*, capitaneada por um Shistavaneno de pelagem escura chamado Odabba, um indivíduo bondoso e de pulso firme que trabalhara para a Tecnologias Garello por mais de uma década. Ele escaneou a nuvem, mas os sensores não puderam fornecer informação alguma. O capitão ordenou que todas as naves mudassem de curso, contornando a coisa, o que quer que ela fosse. Era melhor prezar pela segurança.

Mas não havia segurança, não mais.

A tempestade se iluminou. Uma enorme torrente irregular de energia se lançou do meio da nuvem, passando direto pela *Arbitrage* para atingir outra das naves do comboio, a *Diligência de Maree*, nomeada em homenagem à mãe de Larence Garello.

A nave atingida brilhou intensamente por um momento, cercada por fogo fosforescente, e então ficou escura, as luzes de navegação na extensão de seu casco e ao redor dos motores se apagando. A *Diligência de Maree* vagou à deriva para longe do restante do comboio, com seus sistemas claramente desativados.

O Capitão Odabba ordenou que o comboio erguesse os escudos e se preparasse para batalha, mas as seis naves eram de carga, não de guerra, e na pressa de deixar o planeta nenhum caça fora arranjado. Os veículos de carga estavam quase completamente desarmados, cada um contando apenas com uns poucos canhões laser.

Mais um lampejo da nuvem, e depois outro, e se tornou impossível pensar neles como qualquer coisa além de relâmpagos, grandes descargas de energia numa escala difícil de lidar. Cada uma das duas últimas descargas encontrou um alvo no comboio Garello, mas os escudos das naves já estavam ativados. Embora nenhuma delas tenha sido toda desabilitada da mesma maneira que a *Diligência de Maree*, as defesas de ambas as naves foram duramente atingidas.

Contudo, cada lampejo de luz iluminara o interior da nuvem e, apenas por um momento, os seres a bordo das naves do comboio puderam ver o que os esperava. Naves. Muitas naves.

Como se a terceira e última descarga fosse um sinal, as naves ocultas pela estranha nuvem dispararam, zumbindo como um enxame. Elas eram coisas feias e compactas, com espinhos se projetando sem um padrão aparente. Pareciam ferramentas desenvolvidas para espancar alguém até a morte. Muitas podiam ser tripuladas apenas por um ou dois pilotos, mas algumas eram maiores, e no meio da nuvem havia uma embarcação muito maior. A nave tinha, no mínimo, o mesmo tamanho dos cargueiros do comboio, mas não era de carga. Aquela era uma coisa cruel, construída para guerra e para destruição.

Todas as naves tinham duas coisas em comum, não importando o tamanho ou o design: três traços brilhantes de cada lado, como um tipo de pintura de guerra; e um estranho acessório ligado aos seus motores, uma treliça metálica no formato de meia-lua, cheia de um fogo verde ondulante, de propósito desconhecido.

Os cargueiros do comboio começaram a disparar rajadas de laser, finas e anêmicas se comparadas à ameaça que enfrentavam. Os inimigos eram... tantos.

Surgiram rumores entre os tripulantes do comboio da Tecnologias Garello. A esperança foi substituída por pânico e terror. Eles viram as descargas elétricas e os símbolos nas naves. Acreditavam saber quem os atacava.

Os Nihil.

O Capitão Odabba deu a ordem de retirada, para que as naves se virassem e voltassem para Ab Dalis. Ele sabia que era inútil, mas talvez fosse menos inútil do que ficar e lutar. Talvez alguma das naves conseguisse, de alguma forma, se manter em segurança.

Os Nihil. Um ano antes, nem Larence Garello e nem ninguém contratado por ele teria ouvido esse nome. Nos últimos meses, porém, aquelas palavras ganharam um significado quase simbólico através da Orla Exterior, como uma praga ou uma fera da qual não se podia escapar ou resistir.

Os Nihil eram saqueadores, ladrões, assassinos e sequestradores. Podiam estar em qualquer lugar, a qualquer momento, aparecendo de repente. Trabalhavam no espaço, em planetas, em cidades ou regiões selvagens. Moviam-se como espíritos e matavam como demônios. Se eram realmente monstros ou apenas agiam com selvageria monstruosa, não estava claro. O que se sabia deles era ofuscado pelo que não se sabia.

O mais importante de se saber sobre os Nihil era: eles tomavam o que queriam e destruíam o que não queriam, e mesmo que às vezes se escutassem histórias sobre sobreviventes de encontros com os Nihil, nunca se contavam histórias sobre alguém que os enfrentara.

Um grande contingente de naves inimigas cercou a já desabilitada *Diligência de Maree*, girando ao redor dela de forma caótica, mas de algum modo consciente, como um enxame de insetos rodeando um corpo, sem nunca colidirem uns com os outros.

Cada uma das naves dos Nihil disparou projéteis. Não foram disparos de laser ou mísseis. Aquelas coisas eram parecidas com arpões, e cada uma delas penetrava fundo no casco da nave cargueira sem escudos e indefesa.

Em unidade, os veículos dos Nihil giraram cento e oitenta graus, posicionando seus motores contra a *Diligência de Maree*, e então os ligaram. Longos feixes de fogo foram disparados de cada nave, e elas tensionaram os cabos que as ligavam ao cargueiro.

Da ponte de comando da *Arbitrage*, Larence Garello assistiu horrorizado, pensando nas pessoas naquela nave, nas milhares de pessoas naquela nave.

Suas famílias. Larence dissera que trouxessem suas famílias, que ele as manteria em segurança.

A *Diligência de Maree* se despedaçou.

Ela não explodiu, apesar de uns poucos focos de chamas em um ou outro ponto. Provavelmente porque os sistemas da nave estavam desativados depois do primeiro ataque dos Nihil. Qualquer que fosse a causa, ela se partiu em pedaços, seus compartimentos e corredores expostos ao vácuo. Objetos menores e destroços foram lançados, rodopiantes, ao espaço, e Larence Garello, chefe executivo da Tecnologias Garello, sabia que alguns daqueles objetos eram pessoas.

– Continuem atirando – gritou o Capitão Odabba para a tripulação da ponte. – Solicitei ajuda de Ab Dalis e eles vão enviar o que puderem. Só precisamos aguentar firme.

Embora Larence não fosse um militar, mesmo ele sabia que aquelas eram palavras vazias. Uma catástrofe planetária consumia Ab Dalis. Seu governo era corrupto e ineficiente depois de gerações de subserviência a todos aqueles oligarcas e trilionários, e, mesmo que pudesse, não mandaria ninguém.

Mais uma rajada da arma semelhante a um relâmpago foi disparada, emanando da grande nave da frota dos Nihil, a nave de guerra no centro. Ela atingiu um dos outros cargueiros, que se desativou assim como a *Diligência de Maree*. Os restantes no comboio presumiram que aquela nave, em breve, também seria destruída e saqueada pelo enxame necrófago de Nihil.

De fato, as naves inimigas cercaram o cargueiro desativado, e mais uma vez os cabos começaram a ser lançados... mas daquela vez algo diferente aconteceu. Talvez o reator do cargueiro ainda não estivesse completamente inerte, ou algum outro erro tenha sido cometido, mas a nave de carga explodiu. Uma bola de luz branca envolveu o veículo da Tecnologias Garello, bem como muitas das naves dos Nihil que o cercavam, e ainda que o coração de Larence Garello sofresse com a perda de mais pessoas, ele sentiu uma onda de triunfo selvagem pensando que pelo menos a explosão levara alguns daqueles bastardos com ela.

– Estamos sendo abordados – disse o Capitão Odabba, com a voz lúgubre, observando os sinais de alerta e os indicadores de ameaça piscando nas telas. – Vou abrir os armários de armas. Não temos blasters para todos. Qualquer um com experiência militar terá prioridade. Os demais... encontrem algo que possam usar para lutar.

Ele se afastou do painel de controle no anexo da ponte onde ficava o arsenal limitado de armas do cargueiro.

Antes que pudesse dar dois passos, no entanto, a escotilha da ponte foi arrombada, como se um gigante a chutasse para dentro. Ela foi arrastada pela ponte, esmagando e provavelmente matando um dos membros da tripulação do Capitão Odabba. A mulher Klatooiniana morreu sem emitir som algum.

Três recipientes brancos foram arremessados do corredor externo para dentro da sala, e a ponte se encheu de um gás cinza-azulado grosso e denso. Foi instantâneo. Num instante, o ar era respirável, e no seguinte tudo estava perdido em uma neblina... ou uma nuvem de tempestade, talvez.

Larence Garello tentou prender a respiração, mas o choque dos eventos deixou seu coração acelerado, e ele não era mais tão jovem. Respirou fundo, mas aquilo não era ar, e seu corpo reagiu quase de imediato ao veneno.

Ele olhou para a escotilha, onde os Nihil estavam entrando na ponte. Observou os inimigos enquanto perdia lentamente a visão. Viu as máscaras que usavam e soube que, como quer que se parecessem por baixo delas, queriam ser vistos como monstros pela galáxia.

Larence Garello deu um último suspiro ardente, e então soube que não seria um daqueles poucos sobreviventes de um encontro com os Nihil.

PARTE DOIS
As Trilhas

CAPÍTULO DEZENOVE

CORUSCANT. PRAÇA DO MONUMENTO.

Lina Soh repousou a mão na superfície áspera de Umate, o pico mais alto da cadeia Manarai. O cume daquela montanha estava cerca de vinte metros acima de sua cabeça, e a base encontrava-se em algum lugar cinco mil duzentos e dezesseis níveis abaixo, no fundo do planeta-cidade que era Coruscant. Aquele se mantinha como um dos poucos pontos onde a topografia original do planeta poderia ser vista. Bem abaixo, a estrutura da montanha fora incorporada à cidade, tornando-se um tipo de colmeia de túneis, corredores e câmaras revestidas de duraço e permacreto, quase indistinguível de outras partes do planeta. Mas ali, um pouco do planeta restava, selvagem.

Pessoas de todas as partes da República vinham até a Praça do Monumento para ver Umate, e muitos agiam como Lina Soh: tocavam sua superfície e reservavam um momento para refletir. Um anel escurecido na base do pico servia como evidência às incontáveis mãos que o tocaram ao longo de gerações. Todas aquelas mentes, toda aquela consciência, e todas aquelas muitas perspectivas.

Umate possuía significados diferentes para seres diferentes: resistência, a imperturbabilidade da natureza apesar dos esforços dos seres sencientes em transformar a galáxia ou mesmo a novidade de ver um elemento natural em um mundo artificial.

Para Lina Soh, chanceler da grande República que estava levando luz para os muitos mundos da galáxia, unindo-os em um grupo esclarecido no qual qualquer coisa seria possível, Umate representava... escolha.

As pessoas que planejaram o planeta-cidade poderiam ter removido a montanha a qualquer momento de sua história milenar, mas geração após geração não a removera. Esta decisão, esta escolha, de preservar aquele único lugar, aquela única coisa, foi tomada repetidas vezes. Muitos sistemas políticos já reivindicaram Coruscant até aquele dia, de impérios brutais até as mais puras democracias, mas todos escolheram manter Umate como ele era, e a Praça do Monumento foi elevada século a século conforme novos níveis eram adicionados à superfície do planeta.

O progresso, embora crucial e inevitável, não era o único objetivo. Cuidado também era importante. Escolha.

A Chanceler Soh se afastou da montanha e se virou. Matari e Voru levantaram suas grandes cabeças e andaram na direção dela. As grandes e belas criaturas sentiam seu humor e sabiam que estava pronta para seguir em frente. Os dois targons – gêmeos, um macho vermelho e uma fêmea amarela, ambos mais altos que a chanceler, com pelagem grossa e orelhas tufadas – assumiram suas habituais posições, um de cada lado de Lina, ajustando o passo conforme ela se afastava de Umate. Os gatos gigantes a acompanhavam a todos os lugares, agindo como guardas, companheiros e até mesmo como confidentes. Ela costumava falar com eles enquanto trabalhava em suas ideias ou planos. As criaturas não entendiam as palavras de Lina, mas targons tinham um pequeno grau de habilidades empáticas, por mais raras que fossem em espécies predadoras. Matari e Voru poderiam não compreender... mas entendiam. Acima de tudo, as criaturas eram completamente leais. Lina trabalhava na política. Lealdade era a qualidade mais valorizada.

A superfície do Nível 5.216 ao redor do cume de Umate fora transformada em uma área verde, num esforço realizado para reproduzir as árvores e plantas originais que poderiam ter sido vistas no sopé da montanha inúmeros milênios antes, quando a superfície do planeta ainda era acessível. Ninguém sabia de fato se as escolhas dos responsáveis pelo projeto do parque eram acuradas, mas o resultado, sem dúvida, era bastante adorável.

Normalmente, a Praça do Monumento ficava repleta de turistas, todos esperando sua vez de tocar Umate, numa longa fila que se estendia por quase todo o caminho entre o parque e a Praça do Senado. Naquele momento, porém, o lugar estava deserto, esvaziado pela Força de Segurança de Coruscant. Lina poderia ter marcado aquela reunião em seu gabinete ou em qualquer outro lugar do planeta, mas gostava de estar ali. Mais do que qualquer outro ponto, era lá que ela se sentia realmente conectada ao restante da República. Aquilo enlouqueceu suas equipes de segurança, porque Lina estava, em tese, vulnerável a ataques aéreos enquanto permanecesse em lugares abertos (embora acreditasse que Matari e Voru fossem capazes de derrubar um deslizador, caso a situação chegasse a tal ponto). No momento, Lina não se preocupava com um ataque, aéreo ou não. Aquele era o coração do Núcleo, e a República estava em paz, exceto por eventuais disputas regionais. Ela estava tão a salvo na Praça do Monumento quanto estaria em sua própria cama.

Vamos esperar que isto continue assim, considerou ela, pensando sobre o que acontecera com a *Legacy Run* e em tudo que aquilo poderia significar.

Norel Quo, seu principal auxiliar, um Koorivar albino, algo um tanto incomum entre seu povo, esperava por ela a uma distância respeitosa.

– Você está pronta, chanceler? – perguntou ele.

– Estou, Norel – respondeu Lina. – Espero que ninguém se incomode por eu tirar um tempo. Não venho muito aqui e, considerando a conversa que estamos prestes a ter, pensei que seria bom estar centrada.

– Você é a chanceler da República – disse Norel, virando-se para acompanhar o passo de Lina enquanto eles caminhavam para longe da montanha e adentravam mais no parque, com os Guardas da República pessoais de Lina, vestidos de azul, acompanhando-os em formação. – Eles vão esperar.

O caminho fez uma curva ao redor de um bosque de árvores billian, cujos galhos sulcados assoviavam na brisa do entardecer, levando a uma pequena clareira adiante. Lá, o compromisso de Lina Soh aguardava: um grupo de algumas das pessoas mais poderosas do planeta e, portanto, de toda a República. Quatro Jedi: o Quermiano Yarael Poof e a Togruta Jora Malli, ambos membros do Conselho Jedi; o imponente Trandoshano Jedi Sskeer, segundo em comando de Malli; e a Mestra Avar Kriss, que estivera diretamente envolvida com a resolução do desastre da *Legacy Run* no sistema Hetzal. O Senador Izzet Noor, de Serenno, porta-voz da maioria dos Territórios da Orla Exterior. Jeffo Lorillia, seu secretário de transportes. Por fim, o Almirante Pevel Kronara, da Coalizão de Defesa da República, organização criada com recursos de muitos mundos para lidar com os raros conflitos regionais que não pudessem ser administrados pelas forças de um único planeta. Kronara não comandava a CDR, mas era um membro de alta patente com conhecimento direto dos assuntos que seriam discutidos.

Alguns poucos guardas da Força de Segurança de Coruscant se posicionavam discretamente nas extremidades da clareira, e um droide serviçal com acabamento de cobre polido estava por perto, pronto para qualquer auxílio solicitado.

As sete pessoas conversavam entre si, mas ficaram em silêncio enquanto Lina se aproximava. Ela andou diretamente para Avar Kriss, sorrindo. Estendeu os braços e pegou as mãos da Jedi, segurando-as e olhando nos olhos da outra. Avar parecia cansada, mas aquilo, considerando a provação que atravessara, não era surpresa.

– Mestra Kriss, em nome de toda a República, por favor, aceite minha gratidão por tudo o que fez em Hetzal. Você e os outros Jedi salvaram bilhões de vidas, sem mencionar a produção de alimentos da Orla Exterior.

– Somos todos a República, Madame Chanceler – retrucou Kriss, com um leve sorriso. – Fizemos o que podíamos.

– É inspirador, e simboliza tudo o que desejo que esta República seja. Ajudamos uns aos outros, e todos crescemos e prosperamos juntos.

Lina soltou as mãos da Jedi, direcionando-lhe outro sorriso. Em seguida, olhou para o restante do grupo.

– Decidi expandir o bloqueio do hiperespaço em mais quinhentos parsecs ao redor de Hetzal até segunda ordem.

O Senador Noor deixou escapar um assovio baixo. Ele era um homem alto e magro, envelhecido, mas vigoroso, careca, a não ser por uma exuberante e longa franja de cabelo branco, caindo sobre as golas de suas vestes verde-claras.

– Isso vai estrangular aquela parte da Orla Exterior, chanceler. Você tem ideia de quanto tráfego percorre aquelas rotas? Comércio, transportes, remessas...

– Não é para sempre, senador. Mas estas Emergências continuam acontecendo... Quantas foram até agora?

O Almirante Kronara gesticulou para o droide serviçal, que projetou um mapa plano da Orla Exterior no ar, centralizado em Hetzal, exibido em vermelho. Havia vários outros sistemas também marcados na mesma cor, criando um círculo bastante grosseiro ao redor do local do desastre original. Todos eles eram circulados por um anel vermelho, que representava o contorno do bloqueio das rotas do hiperespaço.

– Quinze até o momento, chanceler – respondeu o Almirante Kronara. – Podemos estar ignorando algum, obviamente, já que nem todos os fragmentos da *Legacy Run* atingiram algum planeta. Presumimos que outras partes estão emergindo do hiperespaço sem serem detectadas.

– E ainda não sabemos o que causou isso?

– Ainda não – respondeu o Secretário Lorillia, com seu Básico marcado por um forte sotaque. – Meus analistas nunca viram algo assim, mas estamos trabalhando no problema.

– Por isso, em teoria – disse Lina –, é possível que qualquer nave viajando através do hiperespaço possa ser destruída de forma parecida?

O secretário de transportes assentiu, desconfortável. Era um Muun bastante pragmático, e não gostava de qualquer tipo de incerteza. Seu objetivo, e o objetivo do departamento galáctico inteiro sob seu controle, era manter os espaçoportos ativos, cargas em movimento e o transporte de passageiros chegando e partindo pontualmente. A possibilidade de haver algum problema com o hiperespaço, o sistema pouco compreendido que permitia que toda a República existisse... bem, Lina imaginava que aquele poderia ser o pior pesadelo de Jeffo.

– O risco de novos acidentes parecidos com aquele é a razão do bloqueio das vias, e o motivo de elas continuarem bloqueadas até que saibamos mais – disse Lina.

Os lábios finos de Lorillia se contraíram, e ele ergueu as mãos, batendo os dedos compridos e finos lentamente, duas vezes. Lina lhe deu um tapinha reconfortante no ombro.

– Está tudo bem, Jeffo. Sei que essa decisão vai tornar seu trabalho mil vezes mais desafiador, mas lhe darei todo o apoio que puder. Espero que entenda que isso é necessário. As Emergências já são ruins o bastante. Não podemos apenas permitir que outra nave se despedace como a *Legacy Run*.

Ela apontou na direção de Kronara e Avar Kriss.

– Na próxima vez, pode ser que não tenhamos Jedi e heróis da República por perto para salvar o dia.

O Secretário Lorillia assentiu com um movimento breve, recompondo-se.

– É claro, chanceler. Conte comigo. Farei com que isso funcione.

Lina levou um tempo para avaliar os relatórios que recebera, depois se virou para os membros presentes do Conselho Jedi que, embora ouvissem com atenção, não comentavam nada.

– Algo da parte de vocês? – perguntou Lina.

– Podemos dizer que esses eventos não parecem resultado da ação direta de usuários da Força – disse Yarael Poof. A cabeça do Quermiano ondulava para frente e para trás sobre seu pescoço alongado, como uma flor acariciada pela brisa. – Não somos oniscientes, mas por enquanto não temos evidências nesse sentido.

– Estive em Hetzal – acrescentou Jora Malli, uma mulher miúda com as vestes brancas e douradas do Templo Jedi. Ela parecia um pouco frustrada; ficava batendo um dedo contra uma das belas caudas listradas que se projetavam de sua cabeça. Togrutas possuíam uma certa realeza enquanto espécie, com seus montrais se elevando como coroas, e as caudas da cabeça semelhantes a uma toga natural sobre o corpo. Mesmo a coloração contribuía para o efeito; nesse caso, uma pele laranja-clara, com notáveis marcas faciais brancas que lembravam uma máscara de baile. Lina sabia que aquelas características eram simples resultado de evolução, pigmentação de camuflagem, mas, combinadas, conferiam aos Togrutas uma relativa autoridade natural ao interagir com a maioria dos seres sencientes da galáxia. Jora Malli, de forma consciente ou não, se aproveitava completamente daquele efeito.

Lina tivera de lidar com a mulher algumas poucas vezes no passado, mas adquirira a sensação de que faltava a Jora a paciência característica dos Jedi. Gostava de pressionar os problemas até que as respostas se revelassem, tentando várias coisas até que uma funcionasse, em vez de considerar todas as alternativas e tomar uma atitude decisiva. Em outras palavras, ela preferia se manter ocupada.

Aquela era a razão, presumiu Lina, de o Conselho Jedi ter oferecido a Jora Malli a função de coordenar a seção da Ordem na nova estação da Orla Exterior, o Farol da Luz Estelar. A estação seria a principal responsável por atender virtualmente qualquer problema relacionado à República ou aos Jedi naquela gigante extensão do espaço. Ela teria autoridade similar à de um almirante da CDR e de um administrador territorial da República, com todas as decisões mais importantes tomadas por maioria de votos. Uma questão atrás da outra para resolver, intermináveis negociações e solução de problemas, milhares de tarefas a serem feitas ao mesmo tempo. A função perfeita para ela.

– Ainda que Sskeer e eu tenhamos chegado após o começo da tragédia da *Legacy Run* – continuou Jora Malli –, se a Força tivesse sido usada para causá-la, acredito que eu ou qualquer outro dos Jedi presentes no sistema teria percebido. Mestra Kriss, em particular, estava profundamente conectada à Força quase desde o começo dos eventos.

Sskeer sibilou concordando.

O Senador Noor se aproximou de Lina, colocando-se no campo de visão da chanceler, uma atitude um pouco agressiva que fez Matari e Voru curvar as orelhas. O senador pareceu não notar, a ideia de que simples feras ousassem atacá-lo nem lhe passou pela cabeça.

– Chanceler, preciso perguntar novamente – disse Noor –, por quanto tempo pretende manter as hipervias bloqueadas? Nem todos os mundos da Orla Exterior são autossuficientes. Bilhões de pessoas dependem daquelas rotas para obter alimentos e outros itens essenciais.

– É claro que não deixarei o povo passar fome, senador – respondeu Lina, levemente exasperada. – Já temos uma crise, não vou começar uma segunda tentando resolver a primeira. Só quero mitigar as chances de outro desastre pelo menos até que sejamos capazes de entender com o que estamos lidando. Se for necessário, vou autorizar um transporte limitado de bens essenciais pelas hipervias.

Ela se virou para Kronara.

– Vou pedir que assegure o bloqueio, almirante. Você pode articular junto aos outros comandantes da CDR para posicionar cruzadores nos faróis do hiperespaço relevantes? Não quero ninguém reativando partes da rede de navegação. Nenhum informe náutico vai impedir que aquelas vias sejam utilizadas.

– Será uma mobilização maior do que qualquer outra que tenhamos realizado nos últimos tempos, Madame Chanceler, mas certamente.

– Obrigada – agradeceu Lina.

Ela deu dois passos adiante, ficando bem diante do mapa dos Territórios da Orla Exterior, projetado no ar.

– Todos nós queremos que isso termine assim que possível. Além do objetivo imediato de evitar mais mortes e mais destruição, vocês sabem que tenho planos para esta parte da galáxia. A estação Farol da Luz Estelar vai tornar a República mais do que um ideal distante que faz curtas aparições quando nossas naves passam pela região, ou quando tentamos coletar os impostos. Estaremos lá, com eles, ajudando de Bunduki a Bastion.

A Chanceler Soh tocou o mapa com o indicador, e um único ponto, brilhante como uma estrela, surgiu, mais ou menos no centro da região interditada pelo desastre hiperespacial em curso.

O Farol da Luz Estelar. Finalmente concluída após um extenso e desafiador processo de construção, a gigantesca estação fora construída para atender a muitos propósitos: uma embaixada da República que, caso necessário, servisse como fortaleza; uma maneira de demonstrar a presença de segurança e desencorajar atividades de invasores e saqueadores; um posto avançado Jedi com o maior contingente fora do próprio Templo de Coruscant, onde eles poderiam pesquisar e escutar a orientação da Força. Espaços culturais exibindo a beleza dos muitos mundos daquele setor. Uma matriz de retransmissão que iria aprimorar as comunicações na região em dez vezes. As mais modernas instalações médicas na Orla Exterior – naquele exato momento, sobreviventes dos desastres em Hetzal e Ab Dalis eram tratados no Farol apesar de a estação ainda não estar oficialmente aberta.

A Chanceler Soh tinha planos para muitas Grandes Obras, que se estendiam de infraestrutura a cultura – a Feira da República, a construção de matrizes de comunicação em andamento por toda a galáxia, a pesquisa para decifrar o cultivo de bacta, a negociação de um novo tratado entre os Quarren e os Mon Calamari, todos os tipos de inovações tecnológicas e além –, mas a estação Farol da Luz Estelar, e as outras estações planejadas para a rede Farol... seriam a razão pela qual ela seria lembrada. A maior das Grandes Obras, tirando a República do Núcleo e transformando-a em uma verdadeira entidade galáctica.

Tudo aquilo, porém, era bastante oneroso, tanto em créditos quanto em capital político. Mesmo em uma era de paz e iluminismo, quando o comércio florescia e os cofres estavam relativamente cheios, havia aqueles que preferiam o *status quo*. Na visão deles: as coisas com certeza estavam indo bem, mas sempre poderiam ficar ruins, e por que gastar créditos quando poderiam se tornar necessários no futuro? A República era enorme, o que impossibilitava um consenso completo. Um grupo de três pessoas poderia encarar o mesmo problema e chegar a três soluções totalmente distintas. Multiplicando isso por trilhões seria possível ter alguma noção do que era exercer o governo galáctico. Mas Lina o fizera, não por meio de promessas que não tinha a intenção de cumprir, nem por meio de ameaças ou do abuso de poder de seu gabinete. Ela apenas fizera o seu melhor para mostrar aos mundos da República o que eles poderiam se tornar se estivessem unidos. Quão melhor tudo poderia ser. Quão único era aquele momento na História, e o quanto eles precisavam aproveitar as circunstâncias para avançar e, idealmente, estendê-las para que as muitas gerações que viriam pudessem conhecer a paz e a prosperidade que eles naquele momento desfrutavam.

O Farol da Luz Estelar simbolizava tudo o que ela queria para a República, e cada membro do Senado sabia disso. Se ele fosse bem-sucedido, o restante se tornaria muito mais fácil. Se falhasse...

– Não vou colocar vidas em risco – disse a chanceler –, mas todos vocês sabem quão importante é, por muitas razões, que a cerimônia de inauguração do Farol da Luz Estelar aconteça na data programada.

Jora Malli falou, com um tom de voz mais brando do que antes. Aquela era uma questão para a qual ela trazia a resposta.

– Estive há pouco no Farol. A estação está concluída, faltam apenas alguns detalhes e uma boa limpeza. Um pequeno atraso não deve impactar a agenda.

Ela gesticulou para Avar.

– Mestra Kriss também esteve lá recentemente, logo antes do desastre da *Legacy Run*, para a visita de inspeção, revisando o setor Jedi. Como a estação lhe pareceu?

– Como você disse, Mestra Malli – respondeu ela. – Não sou nenhuma especialista, mas a Administradora Tennem afirmou que o Farol da Luz Estelar poderá ter sua cerimônia de inauguração conforme o planejado. Se não fosse pelo bloqueio, os últimos pequenos detalhes estariam completos dentro de poucas semanas. Ela não parece o tipo de pessoa exagerada.

– Então tudo bem – disse Lina. – Vamos descobrir. Tenho algumas perguntas.

Ela ergueu a mão e começou a contar as perguntas nos dedos, curvando-os para a palma um a um.

– Quantos fragmentos restam da *Legacy Run*? Algum deles contém sobreviventes, e, se contém, há alguma chance de eles serem resgatados? São cidadãos da República e, se tivermos como salvá-los, devemos salvá-los. Há alguma maneira de prever onde qualquer Emergência restante pode ocorrer? E o mais importante...

Ela fechou o punho.

– ... o que realmente aconteceu, e por quê? O hiperespaço está seguro, ou esse é só o começo?

Ninguém respondeu. Todos sabiam que era melhor não especular.

– Estou lhes pedindo que descubram. Vocês representam os administradores, os políticos, as forças de segurança e, é claro, os Jedi. Alguns estiveram presentes no desastre da *Legacy Run*. Entre vocês deve haver conexões e habilidades mais do que suficientes para determinar o que aconteceu e evitar que aconteça de novo. Os recursos da República e toda a autoridade do meu gabinete estão disponíveis para vocês. Criem as equipes que quiserem, convoquem qualquer um que seja útil. O Farol da Luz Estelar deverá ser aberto dentro de trinta dias. Gostaria de usar a ocasião para celebrar o triunfo da República contra a adversidade. *Não* quero abrir aquela estação enquanto uma grande parte da galáxia estiver bloqueada, enfatizando a inabilidade da República em manter seus cidadãos seguros. Usem a cerimônia de inauguração do Farol da Luz Estelar como prazo. *Descubram*, meus amigos. Acredito que são capazes.

A Chanceler Lina Soh esticou os braços para os lados, enterrando as mãos nos pelos de Matari e Voru, buscando o conforto na presença e no calor dos animais. Então, olhou acima das copas das árvores, para o cume de Umate apenas vinte metros acima. No passado, a montanha deveria ter dominado aquela parte do planeta, a rainha da cadeia Manarai. Agora não passava de um pequeno pedaço de rocha cutucando a superfície de um mundo que a engolira completamente, ofuscada por tudo ao redor dela.

No entanto, Umate permanecia lá, beneficiada pela escolha de preservar a montanha, mesmo em sua forma reduzida, geração após geração. Lina Soh apreciava aquilo, a maneira como as sociedades poderiam escolher o legado acima do progresso ali representada, na rocha bruta.

Mas, para a chanceler, Umate tinha outro significado. Um simbolismo que ela nunca diria, não em voz alta, porque ia contra o espírito geral de otimismo, esperança e possibilidade que era o alicerce do seu governo e, na verdade, de toda a República.

Aquele significado era: não há nada tão grande que não possa ser engolido. Nada tão forte que não possa ser humilhado. Nada tão alto que não possa ser reduzido. Nem montanha, nem República.

– Não sou inclinada a afirmações extremas – disse a chanceler, ainda observando o cume de Umate –, mas, se isso continuar piorando e, de alguma forma, perdermos a capacidade de navegar o hiperespaço, será o fim de tudo. Não existirá mais República.

Seu olhar mudou da montanha para o céu noturno. Coruscant era um planeta-cidade, emitindo luz o tempo todo, impossibilitando a observação das estrelas mesmo durante a noite. Apenas alguns pontos de luz eram visíveis, brilhando fracamente, separados por grandes porções de nada.

– Apenas planetas, sozinhos na escuridão.

CAPÍTULO VINTE

SISTEMA HETZAL. A *TERCEIRO HORIZONTE*.

O droide de montagem moveu os destroços para o lugar, seus braços de manipulação realizando os últimos ajustes no fragmento metálico. Como o droide sabia onde colocar a peça no quebra-cabeça geral que estava sendo montado, ou o propósito original de cada parte daquele monte de escombros, era tarefa para um circuito motivador computacional avançado, e além do que Elzar Mann poderia entender facilmente. Para ele, um fragmento de duraço parecia idêntico ao próximo.

No entanto, o processo demonstrava estar funcionando. Dentro de uma grande área retangular do espaço, iluminada por enormes refletores, o contorno do que uma vez fora a nave *Legacy Run* era claramente visível. Cerca de uma dúzia de droides de montagem trabalhava para carregar destroços para fora de um imenso cargueiro parado exatamente fora do alcance das luzes. Um a um, os droides empurravam pedaços de metal e plastoide para algum lugar da zona de reconstrução, alguns tão grandes quanto compartimentos e outros pequenos como segmentos de fiação. Era como se tentassem reconstruir a espaçonave a partir de pedaços de lixo encontrados aqui e ali.

Na verdade, a tarefa era mais ou menos aquela. Depois de saírem do hiperespaço, destroços do desastre inicial em Hetzal foram coletados, rastreados por uma enorme rede de satélites, estações de monitoramento e telescópios. O sistema fora montado durante o desastre por um habitante local aparentemente brilhante chamado Keven Tarr – um homem jovem e pálido, que naquele exato momento estava de pé a mais ou menos um metro à esquerda de Elzar. No entanto, não estava sozinho. Um grupo se reunira para testemunhar a espaçonave destruída, encarando, em silêncio, os destroços por meio de um painel de exibição no convés de observação da *Terceiro Horizonte*.

Não restava muito. Os droides de montagem faziam o melhor, mas muitas partes da *Legacy Run* foram destruídas no impacto com objetos do sistema Hetzal, ou simplesmente atravessaram o sistema e desapareceram antes de serem coletadas. Algumas foram encontradas em outros sistemas, através das Emergências, que totalizavam dezoito até o momento. Aquelas partes, quando possível, também eram levadas para lá. Muitas, porém, ainda deviam estar no hiperespaço, esperando para emergir e devastar alguma outra parte da Orla Exterior. O objetivo de tentar reunir todos aqueles destroços era justamente este: estimar quantos ainda precisavam ser localizados.

Para saber quão pior as coisas poderiam ficar.

Elzar notou que uma das partes menores dos destroços se movia para fora de sua posição, possivelmente perturbada pelos propulsores de algum dos droides de montagem ou apenas sendo movida por uma lufada de vento estelar. Então, ergueu a mão e fez um gesto sutil, e a peça voltou para o lugar, como se guiada por um toque invisível.

Elzar sentiu um olhar sobre si e deu uma olhada para a direita, de onde a Mestra Jedi Avar Kriss o observava. Ela certamente o percebera usando a Força – aquele, entre muitos outros, era um dom de Avar. Ela chamava de canção, e sempre a escutava.

Ele deu uma piscadinha. Avar revirou os olhos, mas o canto de sua boca se ergueu em um pequeno sorriso. Não conseguia evitar.

Elzar sabia que Avar pensava que ele usava a Força, de tempos em tempos, para propósitos frívolos, mas não conseguia entender aquela opinião. Alguém capaz de usar a Força deveria usar a Força. Por que deveria reservá-la para ocasiões especiais? Não era como se a Força fosse se esgotar. Avar ouvia a canção, Elzar via o mar, de amplitude e profundidade infinitas. A Força não tinha começo ou fim, e era impossível esgotá-la.

Por isso, se o Cavaleiro Jedi Elzar Mann pudesse ajudar um droide de montagem em dificuldades usando um empurrãozinho da Força, por que não o faria? Qual era o problema?

Ele sabia que Avar concordava, ainda que nunca admitisse. Aquele pequeno sorriso lhe disse tudo o que precisava saber.

– Quanto da *Legacy Run* temos aqui? – perguntou Jeffo Lorillia, o Secretário de Transportes da República. O pobre homem parecia tenso. Um músculo em sua testa infinitamente longa parecia ter desenvolvido um tique nervoso. Era compreensível. O trabalho dele era garantir viagens seguras e confiáveis por toda a República, e a chanceler acabara de estender o bloqueio das vias do hiperespaço na Orla Exterior por mais cinquenta parsecs depois da décima oitava Emergência próxima de Dantooine.

Keven Tarr consultou o datapad em suas mãos.

– Tenho aqui os diagramas da superestrutura da nave – disse ele – e o manifesto da empresa de transportes que lista tudo o que ela carregava. Diria que obtivemos cerca de um terço. Nossos cérebros captam os contornos do que construímos ali e os preenchem, nos fazendo pensar que temos a nave completa... mas na verdade não temos tudo isso.

Elzar pensou que aquilo se parecia com o fantasma de uma nave, mas decidiu não fazer tal observação em um sistema onde tantas pessoas haviam morrido. Ab Dalis estava ainda pior, é claro.

Vinte milhões de mortes em seu mundo primário era uma tragédia inenarrável, mas Hetzal sofrera muitos danos. E, pelo jeito, mais se espalharia através da Orla.

– Então isso vai demorar eras para terminar – resmungou o Senador Noor. O representante da Orla Exterior entendia as consequências do bloqueio ao hiperespaço tanto quanto o Secretário Lorillia. Aqueles mundos já eram considerados remotos por alguns, e se viajar para eles fosse algo impossível... Bem, a galáxia continha muitos mundos. Era fácil esquecer um setor inteiro, se necessário.

– Ainda não sabemos, senador – disse Avar. – A investigação mal começou.

O Senador Noor fez uma carranca para Avar.

– E enquanto isso, Madame Jedi – disparou ele –, o pobre povo da Orla Exterior, que depende das vias de transporte para a própria existência, rasteja em direção ao caos a cada momento. Já estou escutando relatos de gente acumulando recursos em vários planetas, e o impacto econômico cresce a cada dia.

Noor apontou para os restos iluminados da *Legacy Run* pairando no espaço, através da janela de observação.

– Por que é que estamos aqui? É uma nave cargueira destruída. Por que isso importa? Precisamos sair daqui e descobrir o que aconteceu. Encontrar o responsável.

– Você acredita que o desastre foi deliberado, senador? – perguntou Elzar. – Um ataque?

Noor levantou as mãos.

– A que outra conclusão eu deveria chegar? Hetzal é o coração agrário da Orla Exterior. Talvez algum planeta distante, na região do Núcleo, tenha invejado o volume de créditos que fluía aqui e quis devastar nosso suprimento de comida. Talvez tenham sido os Selkath, irados com a possibilidade do bacta acabar com seus negócios. Tudo o que sabemos é que nem a República e nem os Jedi estão fazendo qualquer coisa para encontrar o culpado. Vocês estão apenas encarando o espaço! O que você está fazendo aqui? Você nem é parte do comitê da chanceler!

– Eu lhe asseguro, senador, que este homem nunca esteve apenas encarando qualquer coisa – disse Avar. – Permita-me lhe apresentar a Elzar Mann, um Cavaleiro Jedi que conheço há muito tempo. Ele esteve presente aqui no sistema durante o desastre. Foi fundamental em ajudar os Jedi a evitar que o compartimento de tibanna atingisse o sol. Sem a força dele, Hetzal não existiria mais.

– Todos fizemos a nossa parte – murmurou Elzar. Em seu íntimo, porém, sentia-se satisfeito por Avar ter percebido. Dezenas de Jedi trabalhando juntos naquele momento final, milhares, na verdade, se o que Avar lhe contara estivesse preciso, e, apesar de tudo, ela sabia especificamente o que ele fizera.

– É claro – disse o Senador Noor. – Agradecemos seus esforços. Mas meu argumento se mantém. Estamos ficando sem tempo. Afinal de contas, o precioso Farol da Luz Estelar da chanceler está lá, mofando no espaço, esperando para ser ativado. E se uma Emergência atingir *aquilo*, hein? Posso apostar que *aí* vocês enfim começarão a se mexer.

Elzar Mann esticou o braço e repousou a mão sobre a boca do senador. Acima de seus dedos, observou os olhos do homem se arregalarem, em choque.

– Shh – disse Elzar. – Estamos nos mexendo, juro. Só que de formas que você não consegue ver. A Força não sente necessidade de anunciar suas ações. Ela apenas age.

Em seguida, retirou a mão. O senador estava atordoado, em silêncio, que fora o objetivo desde o princípio. Na verdade, todos os presentes pareciam igualmente surpresos.

Elzar acreditava que, às vezes, era importante lembrar as pessoas que, não importa o quanto elas se achassem importantes, na verdade, eram apenas pessoas.

Ele provavelmente poderia ter obtido o mesmo resultado com um truque mental. A mente de Noor, como a da maioria dos políticos, parecia fraca. Mas, sem dúvida, Avar não aprovaria, e Elzar sabia disso. Em geral, aquilo não importaria tanto. Avar Kriss era uma amiga antiga e próxima, o que significava que eles podiam discordar e até brigar como se fossem ratos scree em um ninho, e no fim ambos os lados ficariam bem. Mas ali, naquele momento... as coisas eram diferentes.

Por causa das ações dos Jedi durante o desastre da *Legacy Run*, o Conselho colocara Avar no comando das respostas dos Jedi às Emergências. Foi uma grande atribuição, e quem ela escolhera como parceiro naquela investigação? Oh, ninguém mais do que o próprio Cavaleiro Jedi Elzar Mann.

Agora, por que ela o escolhera? Elzar acreditava saber. Avar e ele tinham uma história, certamente, trabalhavam bem juntos e ele era bom com muitas técnicas da Força, incluindo algumas bastante obscuras, mas o Jedi acreditava que nenhuma dessas era a razão. Muitos outros Jedi eram tão qualificados quanto. Elzar imaginava que Avar o escolhera porque se sair bem naquela missão poderia fazer com que ele obtivesse a única conquista real que almejava entre os Jedi: ser consagrado Mestre. Alguém que se tornava Mestre poderia seguir os próprios estudos, avançar através da Força nos próprios termos. Na verdade, o Conselho esperava que os Mestres fizessem exatamente isso. Parecia o paraíso, mas um paraíso que, até então, se mantivera esquivo. Se sair bem na investigação da *Legacy Run*, mostrando ao Conselho que ele poderia ajudar a Ordem a alcançar os objetivos dela tanto quanto ele queria alcançar os dele poderia fazer uma grande diferença.

Em outras palavras, Avar Kriss o escolhera como parceiro porque estava tentando ajudar... e Elzar não queria dar motivo algum para ela se arrepender.

Por isso, sem truques mentais. Bom, a menos que não tivesse outro jeito.

– Sou boa em antecipar problemas, senador – disse Avar. – Meu colega aqui, Elzar Mann, é bom com soluções. Ele tende a encontrar caminhos no meio de muitos problemas, caminhos que outros não conseguem enxergar. Prometo que vamos descobrir isso. Como você mesmo disse, estamos ficando sem tempo.

Ela se virou mais uma vez para observar o que restava da *Legacy Run*.

– Vejo aqui dois problemas a resolver. Eles abrangem todo o restante. Primeiro, as Emergências. Precisamos assegurar que nada do que aconteceu em Hetzal e Ab Dalis aconteça novamente. Segundo, precisamos descobrir o que está causando as Emergências, que talvez seja também o que levou ao desastre original. Acredito que estes destroços podem nos ajudar com isso, mas é apenas um palpite. Não sou uma cientista forense. Ainda assim, sei que é possível aprender coisas impressionantes a partir de pequenos fragmentos materiais, se o tipo certo de análise for aplicado. Estamos fazendo isso?

– Sim. Tenho técnicos do meu departamento se debruçando sobre os dados, e aprendemos mais a cada nova peça que encontramos – respondeu o Secretário Lorillia. – Nada conclusivo, até agora, mas pode existir uma maneira mais fácil de obter uma imagem muito mais clara.

Ele gesticulou para uma tela de vídeo na câmara, exibindo um diagrama detalhado da *Legacy Run* em sua forma original, antes de ser destruída.

– Esta classe de cargueiro tem um sistema de gravação de voo dedicado. Extremamente resistente, construído com o único intuito de sobreviver a desastres catastróficos. Ele pode nos contar mais sobre o que se passou nos momentos finais, antes da *Legacy Run* ser desintegrada.

– Também pensei nele, secretário, mas os droides de montagem ainda não o encontraram – disse Keven Tarr, revisando suas anotações. – Ele pode já ter emergido em algum lugar, ou ainda pode estar perdido no hiperespaço.

– Impossível dizer – observou Lorillia. – Temos que esperar e torcer para que ele seja encontrado.

– Bem – disse Keven –, tive uma ideia sobre isso. A rede de monitoramento que montei durante o desastre era projetada para acompanhar todo o sistema solar em tempo real e rastrear os destroços o mais de perto possível. Encontrar novos fragmentos que emergiam do hiperespaço e seguir suas trajetórias. É assim que parecia a situação enquanto estava acontecendo.

Ele segurou seu datapad, ativando a função de projeção para exibir uma imagem maior do sistema. Linhas longas e finas atravessavam Hetzal, todas suavemente curvadas em arcos com os três sóis como centro.

– Há muita informação aqui – disse Keven. – E quando eu as vinculo com as outras dezoito Emergências...

Keven pressionou alguns comandos no datapad e a imagem mudou, expandindo-se para exibir uma boa região da Orla Exterior. Mais linhas finas apareceram aqui e ali. Dezoito conjuntos além daquelas que surgiram originalmente em Hetzal.

– ... elas meio que compõem uma imagem maior. Ainda não entendi, de fato. Não tenho o poder de processamento. Mas, se pudesse ter droides o bastante, navidroides de preferência, porque são bons em calcular rotas hiperespaciais, poderia ser capaz de descobrir onde as Emergências aconteceriam. E, se isso for possível, poderemos nos adiantar a elas e talvez encontrar o registro de voo, se ainda estiver por aí.

Todos ficaram em silêncio.

– Isto é... muito impressionante – disse Elzar. – Você deveria seguir em frente.

Keven deu de ombros.

– Eu gostaria... mas não posso.

– Por que não?

– Como eu disse, preciso de droides.

– Tem droides por toda a parte. Pegue aqueles – disse o Senador Noor, apontando para os droides de montagem no painel de exibição.

– Preciso de muitos.

– Quantos?

– Se forem navidroides, de última geração, então seriam... vinte ou trinta mil, talvez. Como disse, eles são bons nesse tipo de coisa. Se forem droides comuns ou navidroides mais antigos, precisaria de muito mais. Algo em torno de cem mil. E qualquer que seja o tipo deles, precisam estar conectados uns aos outros para funcionar. Um grande problema para resolver.

Mais silêncio.

– A chanceler disse que poderíamos usar cada recurso, não disse? – perguntou Avar.

– Sim, mas dezenas de milhares de navidroides... é... hmm – disse o Secretário Lorillia, comprimindo os lábios, pensando no problema. – Muitos desses modelos são construídos nas naves em que trabalham. Estes poderiam chegar aqui bem rapidamente, mas alguns precisariam ser... hmm. A República não tem toda essa quantidade, mas talvez possamos adquiri-los dos fabricantes... hmm.

– Você deveria começar – disse Elzar. – Quanto antes começarmos, maiores as chances de conseguirmos nos adiantar a essas Emergências. Podemos salvar vidas e, quem sabe, encontrar o registro de voo.

Avar falou:

– Também estive pensando sobre algo que a chanceler falou. Existe pelo menos alguma chance de que este não seja um problema isolado, que haja algo de errado com o hiperespaço em uma escala maior. Alguma ideia de como abordar isso? Não tenho certeza nem por onde começar.

– Se quer saber sobre o hiperespaço, conheço pessoas com quem você deveria conversar – disse o Senador Noor. – Eles não vivem mais aqui, se mudaram para a Orla Média quando a família enriqueceu, mas posso lhes apresentar.

– Quem? – perguntou Elzar.

– O clã San Tekka.

– Conheço o nome... os prospectores?

– Eles preferem o termo exploradores. São um grupo esquisito, mas ninguém conhece o hiperespaço melhor do que eles. Se algo estiver errado, eles provavelmente serão capazes de ajudar.

– Certo – disse Avar. – Secretário Lorillia, você vai trabalhar no problema dos navidroides com Keven Tarr? Elzar e eu vamos encontrar os San Tekka para ver se aprendemos algo. Nos manteremos em contato. Como o senador ressaltou...

Ela olhou para o que uma vez fora a *Legacy Run*.

– ... estamos ficando sem tempo.

CAPÍTULO VINTE E UM

NÃO ESPAÇO.

– Quem nós somos? – rugiu Pan Eyta, com a grave voz amplificada e distorcida pela máscara que usava, que por sua vez era uma versão distorcida do rosto do próprio Dowutino, com uma fronte grande e pesada, e chifres brotando do queixo. Suas palavras rebentaram através do mar de rostos que observavam a ele e aos outros em sua mesa. A maioria da multidão também usava máscaras, com muitos designs diferentes, mas um único propósito. Alguns poucos milhares de pessoas, de muitos planetas da galáxia, unidas pelo desejo de *tomar*, *matar* e *devorar.*

– *OS NIHIL!* – veio a resposta, como se uma trovoada se dirigisse a ele.

– *O que pilotamos?* – gritou Lourna Dee, erguendo um punho cerrado em um braço fino e nu coberto de músculos. Ela era uma Twi'lek de cerca de quarenta anos, com a pele verde de um tom pantanoso e lekku macilentos com listras brancas como osso pendendo da nuca. Vestia uma armadura feita com o couro de um dragão kell e uma máscara combinando, tinha apenas um dos braços nus e uma única faca comprida embainhada e presa em sua coxa.

Lourna estava de pé ao lado de Pan Eyta sobre uma plataforma elevada numa das extremidades do Grande Salão dos Nihil, em uma mesa de banquete repleta de comidas finas e bebidas fortes. Outras dezenas de mesas como aquela estavam dispostas pelo salão, em meio a torres de chamas que iluminavam a escuridão da noite, carregadas de coisas que poderiam ser consumidas à vontade. Comida, bebida, drogas. Tudo à vontade.

– *A TEMPESTADE!* – responderam os Nihil, gritando de volta.

O terceiro e último dos Executores da Tempestade bramiu sua própria pergunta. Aquele era Kassav, um Weequay idoso cuja pele parecia carne ressecada pelo sol, vestindo apenas uma capa de pele, calças de couro manchado e sua própria máscara: uma fina placa de metal malhado com fendas estreitas para seus olhos, nariz e boca. A horrível paródia de um rosto.

– *Quem nos guia?* – rugiu ele.

– *O OLHO!* – veio a resposta, e, ao dizerem aquelas palavras, os Nihil se voltaram para outra plataforma, um pouco mais baixa que a dos Executores, onde havia uma pessoa sentada sozinha diante de uma mesa vazia.

Marchion Ro.

Ele também vestia uma máscara, mas não como as dos demais. Aquela era única, mesmo no Grande Salão dos Nihil. Feita de transparisteel fumê, tinha um único símbolo entalhado, uma gravação brutalista e primitiva de espirais e linhas que evocavam uma estilizada supertempestade destruidora de planetas, como se vista do espaço, cujo olho estava grosseiramente centralizado sobre seu rosto. Usava roupas simples: calças pretas e uma jaqueta sobre uma túnica branca sem mangas e luvas de couro justas, acolchoadas nas articulações. Os braços e as pernas eram compridos, e as partes visíveis de sua pele eram cinza como ardósia. Não carregava nenhuma arma à vista.

Marchion inclinou a cabeça para trás, encarando o vácuo que cercava a todos. Luzes estranhas tremeluziam distantes, no limite da visão, em todo o espectro. Os Nihil chamavam aquele lugar de Não Espaço, e somente eles sabiam como chegar lá, através de caminhos secretos em hipervias tortuosas e não mapeadas nos bancos de dados galácticos. Trilhas entregues por Marchion Ro, e por seu pai antes dele.

O Grande Salão dos Nihil não tinha paredes ou teto, apenas escudos de vácuo invisíveis que criavam um domo de ar respirável sobre uma espessa plataforma de duraço com centenas de metros de comprimento. Aquilo fazia parecer, e transmitia a sensação de, que estava à deriva no meio do nada.

Aquele simbolismo era óbvio, intencionalmente óbvio. Com os Nihil... tudo era luz e vida. Fora deles... a morte vazia e fria.

– O que eu vejo? – perguntou Marchion Ro, a voz baixa, um sussurro e não um grito. A multidão silenciou-se para escutar. – O que seus olhos veem para os Nihil?

– *QUALQUER COISA QUE QUISERMOS!* – A resposta veio como um rugido, imediata, todas as vozes levantadas, com voracidade, certeza e júbilo.

Marchion olhou para Pan Eyta e assentiu. Aquele era o espetáculo do Dowutino. O grande ser ajustou as lapelas do terno de couro, de corte fino, cuja cor turquesa fora escolhida para combinar com sua pele amarela.

– Isso mesmo – disse Pan. – *Qualquer coisa que quisermos.* Exatamente como em Ab Dalis. Destruímos aquele comboio inteiro. Destrinchamos aquelas naves até os *ossos* e pegamos tudo o que elas tinham, e agora todos aqueles que lutaram ao meu lado recebem uma divisão, através da Regra de Três. Com os Nihil, todos comem.

Pan Eyta apontou para fora da plataforma, para a estranha vastidão do Não Espaço, onde o vazio era interrompido apenas pela frota de naves que levara os Nihil até aquele lugar. Marchion Ro lançou seu olhar sobre as naves. Nenhuma delas era igual à outra e, em algum nível, todas refletiam os gostos e a cultura de seus donos.

Todas compartilhavam uma certa estética brutalista e possuíam aquelas semiesferas verdes brilhantes, os motores da Trilha, o milagre da navegação fornecido à organização por Marchion e seu pai.

As naves dos Nihil, pequenas ou grandes, pareciam punhos espinhosos e encouraçados, que se aproximavam para destruir e saquear os cadáveres de suas vítimas. Não havia curvas onde linhas retas bastariam. Extremidades afiadas, uma ausência geral de simetria. As menores, similares a caças, eram as Naves Raio. As maiores eram as Naves Nuvem e as Naves Tormenta. Então, havia os três veículos com tamanho de corvetas dos Executores da Tempestade. Kassav possuía a *Nova Elite*, Pan Eyta comandava sua *Elegencia*, e Lourna Dee... nomeara sua nave de *Lourna Dee.*

Muito maior e mais imponente, assomando atrás do restante da frota dos Nihil, com a silhueta similar à de um predador marinho, estava o palácio e fortaleza voadora de Marchion Ro, cujos corredores vazios e ecoantes compunham sua única casa: a *Olhar Elétrico*.

– É por isso que estamos todos aqui hoje – disse Pan Eyta. – É por isso que estamos celebrando. Voamos e morremos juntos, e quando voltamos... partilhamos as recompensas.

Pan gesticulou para Lourna Dee e Kassav.

– Também preciso agradecer meus companheiros aqui. Ab Dalis foi um trabalho que veio através da minha Tempestade, mas tanto Lourna Dee quanto Kassav deram apoio com suas tripulações. Eles também recebem suas partes.

Ele esticou o braço até a mesa e ergueu um enorme cálice de vinho com especiarias, que mostrou para a plateia antes de se virar para Marchion Ro.

– E um brinde ao Olho dos Nihil, que nos deu as Trilhas e fez com que tudo acontecesse. Nada poderia ter sido feito sem ele.

Pan Eyta inclinou a cabeça para trás, levantou a máscara, e bebeu todo o conteúdo do cálice, com vinho respingando no chão. A multidão rugiu em aprovação, e Marchion Ro ergueu uma das mãos, agradecendo aos Nihil que comemoravam.

– Mas vocês sabem... – disse Pan, abaixando o cálice. – Poderíamos ter feito melhor. Havia seis cargueiros naquele comboio, e só conseguimos pegar cinco.

Ele fingiu insatisfação, balançando a grande cabeça.

– Perdemos um durante o ataque. Um dos cargueiros explodiu enquanto o partíamos, e o que quer que ele tivesse para nós... foi reduzido a poeira quente.

Pan moveu um dos braços em um arco, seu gesto abrangendo todo o Grande Salão.

– Onde está a Tormenta que comandou a tripulação encarregada daquele cargueiro?

Uma onda se espalhou pela plateia conforme cabeças se viravam, procurando o responsável por aquele erro. Alguns momentos se passaram, mas por fim a pressão se tornou grande demais e um homem se levantou. Parte da Tempestade de Lourna Dee, de acordo com os trajes minimalistas que usava. Sua espécie era difícil de identificar, mas usava uma máscara grande, com chifres curvos abaixo das orelhas, fendas estreitas para os olhos e o tradicional filtro montado sobre o nariz e a boca, a melhor ferramenta para sobreviver às várias armas químicas que os Nihil costumavam usar durante os ataques. Ele possuía três faixas brancas dentadas em sua túnica militar, demonstrando sua hierarquia na organização.

– Huh – disse Pan Eyta, virando-se para Lourna Dee. – Parece que é um dos seus, Lourna. Se importa se eu...

– Fique à vontade – disse Lourna, com a voz desprovida de emoção. Ela nunca revelava muito do que se passava por trás de seus olhos azuis e frios como gelo. – O nome dele é Zagyar.

– Zagyar! – gritou Pan Eyta, apontando para o homem. – Traga o restante da sua equipe aqui. Os Nuvens e os Raios.

Zagyar acenou para o grupo sentado à sua mesa, e eles também se levantaram. Sete homens e mulheres, todos mascarados, todos diferentes exceto por compartilharem as fendas brancas para os olhos como as do líder. Enquanto os Nuvens possuíam duas faixas brancas dentadas em algum lugar de suas roupas, os Raios possuíam apenas uma. Avançaram como um grupo, os outros Nihil abrindo caminho para que passassem e se apresentassem diante de Pan Eyta e dos outros.

– O que aconteceu, Zagyar? – perguntou ele. – Por que perdemos um sexto do que fomos lá fora buscar?

Verdade seja dita, o Tormenta não tentou desconversar. Apenas respondeu, direto e claro. Sem embelezar ou esconder a verdade. Marchion Ro respeitava aquilo.

– Um dos meus Raios, uma garota chamada Blit, calculou errado o disparo do arpão. Acabou atingindo um dos tanques de combustível do cargueiro. Aquilo bastou. Bum.

– Imaginei mesmo algo assim. Ela está aqui, o Raio?

– Não. Blit morreu na explosão. A maior parte da minha equipe morreu. Só me restaram estes sete. Dois Nuvens e cinco Raios – disse Zagyar, apontando para os companheiros.

– Entendo – disse Pan. – Mas alguém precisa pagar por aquele erro. Todos perderam quando aquilo aconteceu. *Eu* perdi.

Pan apontou para Marchion Ro, ainda sentado à própria mesa, um metro ou dois abaixo dos Executores da Tempestade.

– O *Olho* perdeu. Isso precisa ser corrigido. Pelos Nihil.

Zagyar, mais uma vez, não demonstrou medo ou raiva, apenas respondeu de forma clara e honesta. Marchion Ro percebeu como o homem se tornara um Tormenta, e aquilo não era algo fácil de se fazer. Um integrante subia na hierarquia dos Nihil sendo bem-sucedido e fazendo o necessário para assegurar que outras pessoas não o fossem.

– O Raio que vacilou pagou com a própria vida. Isso já parece algo.

– É algo... mas ela não está aqui. Você e sua equipe são todos responsáveis. Algum de vocês poderia ter orientado melhor Blit, poderia ter ajudado a garota. Vocês não fizeram isso, e a falha precisa ter um preço, que alguém deve pagar. Vou permitir que você decida.

Zagyar hesitou, olhando para sua equipe, um a um, as máscaras impossibilitando saber o que cada um estava pensando.

Uma cantoria começou no fundo do salão e rapidamente se espalhou, até que todos os Nihil estivessem repetindo as mesmas três palavras.

– Pague o preço!

– Pague o preço!

– *Pague o preço!*

A equipe de Zagyar ficou tensa. Encararam uns aos outros, olhares rápidos e furtivos, sem saber quem seria o primeiro a se mover. Blasters eram proibidos no Grande Salão, mas todos tinham suas lâminas, e suas mãos se moviam na direção dos cabos.

– *PAGUE O PREÇO!*

Marchion Ro virou a cabeça, na direção da extremidade da plataforma, onde uma linha de luz brilhante branca-azulada marcava o limite entre a luz e a vida e o vácuo congelante. Ele detestava aqueles pequenos espetáculos promovidos por Pan, Lourna e Kassav, colocando Nuvens, Raios e Tormentas uns contra os outros.

Todos os Nihil trabalhavam juntos sob o mesmo estandarte, e todos usavam as Trilhas que Marchion lhes dera, mas era só aquilo. Eles eram caos. Cada um por si, cada Tempestade pronto para sabotar os outros. Qualquer Nihil cortaria a garganta de outro pela menor provocação ou por qualquer oportunidade de lucro.

As Trilhas poderiam levar os Nihil a qualquer lugar da galáxia, mas eles se recusavam a ver. O único que conseguia enxergar o potencial da organização era, inevitavelmente, o Olho. Mas o Olho não estava no controle. Cada Tempestade tinha o próprio líder, seu Executor, e Marchion Ro não tinha qualquer influência real sobre nenhum deles. Recebia sua parte dos pagamentos de qualquer trabalho que usasse suas Trilhas, por causa da Regra de Três... mas aquilo era tudo.

O Olho podia ver... mas não podia agir.

Sons de luta chegaram aos ouvidos de Marchion Ro, mas ele não se virou para olhar. Alguém estava pagando o preço.

Ele observou – assim como todos os Nihil – enquanto um dos membros da equipe de Zagyar era arrastado até a extremidade da plataforma, gritando e falando o quanto aquilo era injusto, quão leal ele era. Marchion Ro não sabia quem fora escolhido. Talvez fosse o próprio Zagyar. Não importava. A lição estava clara.

Era esperado que cada Nihil contribuísse. Ou a organização tornaria seus membros ricos, ou os tornaria mais fortes. E um jeito de tornar os membros mais fortes era... eliminando os fracos.

Um corpo flutuava para longe no vazio do Não Espaço, ainda se mexendo. Não por muito tempo.

Pan Eyta olhou de volta para os Nihil. Abriu os braços, observando a todos, enquanto gesticulava na direção das mesas de banquete, das fontes cheias de substâncias inebriantes, bastões mortais e pilhas de outros alucinógenos, como uppowder e downfire.

– Agora aproveitem, meus amigos – disse ele. – Vocês mereceram.

Ele desceu da mesa enquanto os Nihil continuavam as celebrações. Se algum deles guardava alguma inquietação sobre o que acabara de acontecer, manteve a opinião para si, atrás de máscaras, de grandes punhados de comida e de alucinógenos. A música tocava, alta, como o som de placas de metal sendo marteladas em polirritmos complexos.

– Precisamos conversar – disse Marchion Ro, olhando para os três Executores da Tempestade.

Kassav franziu o cenho.

– É uma festa, Marchion. Não ouviu o Pan? Temos muito a celebrar. Por que não relaxa um pouco?

Marchion Ro encarou o homem por três segundos inteiros.

– Há negócios a discutir – esclareceu ele. – É importante, e quero conversar com vocês enquanto estamos todos no mesmo lugar, e antes que fiquem bêbados demais para pensar.

Os Executores da Tempestade se entreolharam, nenhum deles feliz.

Lourna Dee deu de ombros.

– Tá bem, Marchion, tá bem. Vamos lá para trás – disse ela.

Marchion Ro desceu de sua plataforma elevada e caminhou em direção ao fim da plataforma, com os três Executores o acompanhando. Nihil de todos os tipos lhes estenderam as mãos em cumprimento, desesperados para criar alguma conexão com a liderança da organização.

O grupo chegou até a pequena estrutura construída na extremidade do Grande Salão; ela abrigava a câmara de descompressão e os mecanismos de atracação, bem como um pequeno conjunto de salas que oferecia privacidade, quando necessária. Dois droides sentinelas protegiam a entrada, e se curvaram quando Marchion e os Executores passaram. Os droides, com mais de dois metros de altura, eram pintados de preto fosco e, em vez de características mais rudimentares, os três raios dos Nihil brilhavam em suas placas frontais num nítido branco-azulado. Não carregavam armas, e não precisavam delas. Seus corpos e membros eram revestidos com espinhos afiados, e os punhos eram feitos de ligas pesadas que poderiam transformar tecidos e ossos em pasta.

Lá dentro, depois que a entrada se fechou, Marchion se virou para encarar Kassav, Lourna e Pan Eyta, cada um deles unicamente responsável e com completa autoridade sobre uma Tempestade, uma das três grandes divisões dos Nihil.

– Bela festa – disse Kassav.

Kassav era sempre o primeiro a falar. Previsível como o nascer do sol. Ou ele detestava o silêncio, ou era patologicamente inclinado a assegurar que ninguém nunca se esquecesse de sua presença.

Marchion Ro tirou a máscara, levantando o braço e passando a mão pelos longos cabelos escuros, desemaranhando-os. Mesmo que os Executores da Tempestade já tivessem visto Marchion sem a máscara várias vezes, nesse momento, a energia da sala mudou. A aparência dele costumava causar um efeito específico sobre aqueles ao seu redor. A pele cinza-ardósia, os olhos negros, uma certa eficiência em seu físico angular... para muitas espécies da galáxia, as características do povo de Marchion significavam *predador*, em algum nível profundamente inconsciente.

– É uma bela festa, Kassav? – perguntou Marchion. – Tudo o que vi foi uma festa grande. Números. Muitos rostos novos lá no salão. Das Tempestades de cada um de vocês.

– Sempre precisamos de sangue novo – disse Pan Eyta. Sua voz era tão grave que algumas das sílabas tinham alcances subsônicos, tornando seu tom ressonante. – Os Raios encontram novos recrutas e, quando conseguem um grupo grande deles, se tornam Nuvens. Se construírem uma reputação, se tornam Tormentas. Funciona desse jeito, desde sempre. Você sabe disso. Tem sido assim desde que seu pai era o Olho.

Marchion Ro tinha quase certeza de que uma das três pessoas diante dele fora responsável pelo assassinato de seu pai, Asgar Ro. Guardião das Trilhas e o Olho dos Nihil até que Marchion herdasse a posição, e tudo o que vinha com ela, na morte de Asgar. Mas não sabia qual dos Executores da Tempestade cometera o assassinato, e era apenas o Olho. Eles eram os líderes, e cada um comandava milhares de soldados. Marchion tinha uma única aliada verdadeira, e ela não se sairia muito bem em uma luta.

– Eu sei como funciona, Pan – disse Marchion. – Mas as Trilhas não são um recurso infinito. Gente demais significa que podemos nos desgastar demais. Precisamos diminuir um pouco o ritmo.

– Ninguém vai gostar disso – observou Lourna. – Não diminuímos o ritmo. Somos os Nihil.

Marchion colocou o indicador em seu elmo.

– As Trilhas vem de mim. Por isso estou dizendo que precisamos ter cuidado com a próxima etapa. Só isso.

– De novo por causa da República? – perguntou Pan Eyta. – Estamos muito além dela. Sabemos que estão abrindo aquela estação, aquele Farol da Luz Estelar, mas isso não significa que virão atrás da gente. Não acham que somos importantes. Nunca nos incomodaram antes, nem possuem uma força militar organizada. Como poderiam nos pegar, hein? Temos as suas Trilhas, certo?

O Dowutino, mais uma vez, ajeitou seu terno de couro turquesa polido. Pan tinha gostos peculiares. Tudo era muito bem escolhido, das roupas que vestia, dos alimentos que comia até as músicas que escutava. Os Nihil de sua Tempestade seguiam a mesma tendência.

No início, Pan escolhera seus primeiros Raios, que depois escolheram os deles, e semelhantes se atraem.

Cada uma das Tempestades refletia seu Executor. Os subordinados de Pan eram... planejadores meticulosos. No grupo de Kassav, caótico e impulsivo, Raios, Nuvens e Tormentas sempre buscavam o próximo prêmio, a próxima história insana da qual poderiam se gabar enquanto estivessem tão chapados a ponto de mal conseguirem falar. O grupo de Lourna Dee era sutil, reservado, e mantinha suas intenções ocultas até que atingisse o resultado. Os subordinados dela, no geral, também eram os mais cruéis entre os Nihil.

– Não é só por causa do Farol da Luz Estelar, é por causa da situação com a *Legacy Run* em Hetzal – disse Marchion. – Aquelas Emergências estão causando desastres em toda a Orla. Meu pessoal na República disse que eles estão indo a fundo nisso. Montaram uma investigação, e até envolveram os Jedi.

– Jedi – repetiu Kassav, mostrando os dentes afiados. – Sempre quis matar um deles. Daria uma história e tanto.

Marchion sabia que Kassav nunca enfrentara um Jedi. Marchion também não, mas sua família tinha um passado com eles e, por isso, ele crescera escutando histórias. Mesmo alguns poucos Jedi poderiam desestabilizar ou destruir a maior das ambições. Eles podiam... contar com algo. Não apenas a Força, mas a sua própria Ordem. Ela lhes dava confiança, estrutura, a disposição de servir a um propósito maior de espalhar luz pela galáxia. Ela os tornava audazes e os fazia fortes. Marchion não temia os Jedi, mas apenas um tolo não os consideraria uma séria ameaça.

– Sinta-se livre para tentar matar quantos Jedi desejar, Kassav – disse Marchion. – Só nos dê o nome do Tormenta que você quer que tome seu lugar como Executor da Tempestade depois que você morrer.

Ele esperou antes de falar de novo, encarando cada um deles em sequência, deixando seus olhos escuros e frios fazerem a maior parte do trabalho. O silêncio se tornou tensão, e Marchion continuou apenas encarando, testando se algum deles o desafiaria. Não o fizeram. Nem o fariam. Não abertamente. Ele sabia que qualquer um daqueles três lhe arrancaria a cabeça no instante que descobrissem como acessar as Trilhas diretamente, mas aquele segredo estava bem guardado.

– É isso que me preocupa – disse Marchion. – Vocês três realizam suas operações de forma independente, e suas equipes fazem saques por toda a Orla Exterior. A Chanceler Soh decretou um bloqueio na região, e o amplia a cada nova Emergência. Os Nihil são praticamente as únicas naves que podem viajar hoje em dia, porque temos as Trilhas. E se a República cruzar com um grupo de Nihil e descobrir o que somos capazes de fazer? Ou os Jedi? Não queremos a Ordem atrás da gente, nem a Coalizão de Defesa da República.

Ele balançou a cabeça.

– Eu sei que a República não tem uma força militar organizada. Não importa. Não somos numerosos o bastante para lidar com eles, mesmo se for apenas uma força-tarefa da CDR. Acabariam com a gente. Por isso digo que devemos ser discretos. Nada de novas operações por um tempo. Nada de Trilhas. Se o pessoal de vocês ficar insatisfeito, digam que o Olho vê algo especial no futuro, algo grande. Uma nova iniciativa.

– E o Olho realmente vê isso? – perguntou Lourna Dee. – Uma nova iniciativa, quero dizer.

– Sempre estou pensando no próximo passo, Lourna – respondeu ele. – Você sabe disso.

Kassav e Pan Eyta se entreolharam.

– Isso não combina com a gente – disse Kassav.

– Vamos votar – sugeriu Marchion.

– Então, meu voto é que isso é uma grande pilha de esterco de bantha – disse Kassav. – Os Nihil não param. Precisamos continuar *pilotando a tempestade*.

– Sabem – disse Pan Eyta –, acho que concordo com Marchion. Digo que devemos fazer uma pequena pausa. Apenas por um período. Talvez devamos reservar um tempo para planejar, bolar estratégias, descobrir como vamos operar se a República estiver bisbilhotando em nossos territórios.

– Pff – disse Kassav. – É claro. Você e seu pessoal se empanturraram com aquele trabalho em Ab Dalis, então não vão precisar comer por um tempo. E quanto ao restante de nós?

– Talvez você pudesse ter cedido mais do seu pessoal para ajudar, hein Kassav – disse Pan. – Uma simples Nuvem era todo o pessoal de que você podia dispor? Faça-me o favor. De qualquer forma, não me importo de fazer uma pausa. Talvez tire umas férias. Consegui ingressos para a ópera em Cato Neimoidia.

Kassav emitiu um som gutural de desgosto.

O restante da votação era irrelevante. Qualquer decisão relacionada às Trilhas caberia ao Olho, uma regra de longa data. Com o voto de Pan, a decisão de suspender temporariamente as atividades dos Nihil, pelo menos até que a poeira do desastre da *Legacy Run* baixasse, estaria empatada, no mínimo, em dois a dois. Lourna Dee não falara, mas sua decisão era irrelevante, e não surpreendera ninguém por ter esperado para expor sua opinião. Ela parecia preferir que as pessoas soubessem o mínimo possível sobre seus pensamentos. Se aquilo acontecia por razões estratégicas ou patológicas, Marchion não sabia. Provavelmente um pouco de cada.

– Acho que é isso – disse Lourna Dee. – Mas ainda quero falar com vocês sobre um trabalho.

– Oh? – disse Marchion, com a voz aguda.

Pan Eyta e Kassav também não pareciam particularmente espantados. Em geral, os Executores da Tempestade podiam autorizar os ataques dos próprios subordinados sem perguntar para os outros, mas qualquer coisa que necessitasse das Trilhas precisava de uma votação. Geralmente aquilo significava que Marchion seria o fator determinante, porque na maioria das vezes os dois Executores que não tinham participação no referido trabalho votavam contra. Não era um sistema ruim, na verdade. Como Olho, Marchion era o guardião das Trilhas, e por isso ele deveria ter a palavra final sobre como elas seriam utilizadas.

– Tenho um novo grupo em minha Tempestade – continuou Lourna. – Sete Raios sob uma Nuvem. Vieram até mim com um plano muito interessante. Encontraram uma família de colonos, com várias conexões, em um planeta de mineração. Meus rapazes querem sequestrá-los e pedir um resgate para seus familiares ricos. É inteligente.

– Não, Lourna. Já disse. Todos concordamos. Sem ataques até que a poeira de Hetzal baixe.

Ela deu um passo na direção dele, com o rosto concentrado e o olhar intenso.

– Estou lhe dizendo, Marchion, vai ser fácil. O planeta é Elphrona, que não tem muita força de segurança, e pelo jeito a família decidiu viver de forma rústica, isolada e por conta própria no meio do nada. Alvos fáceis. A gente entra e sai.

Marchion ficou quieto, e Lourna interpretou como um sinal para continuar falando.

– A Nuvem pediu por algumas Trilhas. Você sabe... por garantia. Sei que estamos sob pressão, mas esse grupo novo tem muito potencial. Quero colocá-los no negócio, dar a chance de provarem seu valor. Estou lhe dizendo, essa operação vai compensar, e muito.

– Elphrona... – disse Marchion. – Existe um posto avançado dos Jedi naquele planeta.

– Existe? – perguntou Lourna Dee, deixando claro que já conhecia a informação.

Marchion ficou em silêncio. Os Nihil não eram só mais um grupo de saqueadores, como milhares de outros que operavam na Orla. Eram especiais, poderosos... e a razão para aquilo estava nas Trilhas. De todas as maneiras que importavam. Elas faziam dos Nihil o que eram. Permitiam que suas equipes utilizassem o hiperespaço de formas proibidas para quaisquer outras naves da galáxia. Pequenos saltos para dentro de poços gravitacionais, acesso ao hiperespaço praticamente de qualquer lugar em vez de precisar realizar cálculos elaborados ou ter de ir até zonas de acesso desobstruídas... aquilo era o que permitia às naves dos Nihil aparecer e desaparecer à vontade, como espíritos. Podiam estar em qualquer lugar, a qualquer momento, e nenhuma defesa os impediria.

As Trilhas tornavam os Nihil o que eles eram, mas elas vinham de uma única fonte, que não era inesgotável, e, recentemente, Marchion colocara exigências significativas sobre aquela fonte, tanto para alimentar o crescimento dos Nihil quanto para apoiar seus próprios planos. O desastre da *Legacy Run* não era a única razão pela qual ele queria que o ritmo das coisas diminuísse por um tempo.

A ideia de Lourna Dee, no entanto... trazia possibilidades.

Não havia necessidade de uma votação formal. Lourna Dee, sem dúvida, estava a favor, e os dois votos do Olho lhe assegurariam que seguisse em frente, se Marchion Ro concordasse.

– Certo – disse ele. – Me envie o plano, o que vocês acham que precisam, e lhes darei algumas Trilhas. Mas não façam nada que atraia a atenção daqueles Jedi. Entrem, peguem a família e saiam.

– Obrigada – disse Lourna Dee, e saiu. Como sempre, a mulher não proferia palavras além das necessárias.

Kassav e Pan Eyta se entreolharam, e então olharam de volta para Marchion Ro.

Pan deu de ombros e saiu, acompanhando Lourna Dee até a celebração do lado de fora.

Kassav não.

Marchion ergueu a máscara e a recolocou sobre a cabeça.

– Não sei como isso pode ser justo, Ro – disse o Weequay. – Você dando trabalho para Lourna Dee, entregando Trilhas a ela, mas dizendo a Pan e eu que precisamos parar. Também tenho gente para alimentar. Quase mil pessoas na minha Tempestade, e nenhuma delas vai ficar satisfeita com isso. Que tal eu lhe mandar algumas ideias, e quem sabe você escolhe uma a que eu possa dar prosseguimento? Você recebe uma parte, também. Um terço para o Olho, como sempre. Não se interessa?

Eles voltaram para o Grande Salão, passando pelos guardas droides, que mais uma vez inclinaram as cabeças enquanto o Olho e o Executor caminhavam.

Marchion andou até a extremidade da plataforma. Kassav o seguiu de perto, parando sobre as luzes azuis que sinalizavam o limite dos escudos de vácuo.

– Seu pai nunca teria feito uma coisa dessas – disse Kassav. – Desativar as Trilhas? Esqueça. Não Asgar Ro. Ele não era nenhum covarde, não mesmo.

Marchion Ro se manteve no mais absoluto silêncio.

– Meu pai está morto, Kassav – disse ele por fim. – Eu sou o Olho agora. Você pode fazer o que quiser com sua Tempestade, mas as Trilhas vêm de mim. Não gosta? Quer fazer um joguinho comigo, tentar tomar o que tenho? Vá em frente. Mas esteja avisado...

Ele apontou para o vácuo do lado de fora.

– ... existe um preço.

CAPÍTULO VINTE E DOIS

A ORLA EXTERIOR.
POSTO AVANÇADO DE ELPHRONA.

– O que você está esperando? – perguntou Loden.

Bell se aproximou aos poucos da beira do penhasco e deu uma olhada para baixo. O chão não parecia mais próximo do que nas últimas quatro vezes que checara. Olhou de volta para seu mestre, que estava de braços cruzados. Ele sorria, mas era um daqueles sorrisos que pareciam mais uma profunda cara de desaprovação.

Vá em frente, dizia aquele sorriso. *A menos que você prefira ser um Padawan pelo resto da vida.*

A Ordem Jedi estabelecera postos avançados pelos setores menos povoados da República, tanto como uma oportunidade de explorar novas regiões como para oferecer assistência àqueles que, naquelas áreas ermas, pudessem precisar. Não tão grandes quanto templos completos, os postos contavam com equipes de três a sete Jedi, normalmente com níveis de experiência variados. Ser enviado para um desses postos era uma etapa comum no regime de treinamento de um Padawan, e era aquilo que Bell fazia em Elphrona. Loden e ele estiveram ali por um tempo, embora ocasionalmente realizassem tarefas fora do planeta, como a inspeção ao Farol da Luz Estelar que resultara com ambos no meio do desastre da *Legacy Run*. Depois daquilo, deveriam ter sido transferidos de volta para Coruscant via *Terceiro Horizonte*, mas o bloqueio ao hiperespaço da Chanceler Soh os enviara, mais uma vez, ao posto avançado durante aquele período.

O Conselho achava que, até que a crise terminasse, os Jedi poderiam ser mais necessários na Orla Exterior do que o normal. Até aquele momento, porém, o bloqueio não parecia muito diferente da vida normal no posto avançado. Para o Jedi Padawan Bell Zettifar, ela significava uma série de ordens constantes de seu mestre para que realizasse tarefas completamente impossíveis sob o pretexto de "treinamento".

O vento aumentou, empurrando e afastando Bell da beira do penhasco. Ele inalou o odor peculiar de Elphrona: metal aquecido e poeira.

A Ordem em geral construía seus postos avançados de forma que se mesclassem à paisagem e à cultura do planeta em que se localizavam. O posto em Kashyyyk era uma gigantesca casa na árvore. Em Mon Cala, uma enorme balsa de coralito cultivado, com algas pardas na parte inferior, que servia como um habitat para as criaturas marinhas locais, similar a um recife de corais, enquanto acompanhava a correnteza.

Elphrona era um mundo árido de ardósia e argila, topograficamente diverso. Possuía a superfície quase toda coberta por longas cordilheiras, compostas em sua maioria de ferro e outros minerais ferrosos, que se espiralavam em arcos que seguiam os padrões do campo magnético do planeta. Da órbita, aquilo parecia lindo, como se um calígrafo tivesse entalhado o mundo inteiro com uma pena inimaginavelmente grande. Do chão, parecia bem com o que se imaginaria de uma enorme bola de metal, um mundo cujos ossos estavam muito próximos da pele.

Naquele lugar difícil, os Jedi construíram seu posto junto à encosta de uma montanha, ou melhor, dentro dela. Uma face da montanha de ferro fora cortada, entalhada com formões laser para que se assemelhasse à entrada de um templo, sustentada por colunas. Duas enormes estátuas de Cavaleiros Jedi com os sabres de luz empunhados em prontidão flanqueavam a entrada. Sobre as portas, um gigantesco símbolo da Ordem, asas estendidas para cima envolvendo uma lança de luz das estrelas que brilhava para cima e para fora da galáxia.

Bell não amava Elphrona. Sem dúvida, ficaria mais feliz com o posto de Mon Cala, por exemplo, onde a brisa carregava o aroma do mar e da vida, e não de ferrugem. No entanto, ele amava aquele posto avançado. Era simples e majestoso ao mesmo tempo. Tudo o que um Jedi deveria ser.

Estava amanhecendo, e a luz do sol nascente alcançou o electro do símbolo dos Jedi, iluminando-o com o fogo refletido. A visão do topo onde estava não poderia ser melhor. Era perfeita.

Bell Zettifar, Jedi Padawan, a absorveu. Em seguida, começou a se virar, com a intenção de dizer ao seu mestre, o Cavaleiro Jedi Loden Greatstorm, que não estava pronto para aquele exercício específico naquele dia, e que gostaria de ler um pouco mais sobre as técnicas antes de simplesmente *pular de um penhasco tão perfeito.*

– Acredito em você – ouviu o mestre dizer uns poucos metros atrás dele.

Bell percebeu o mestre alcançar a Força, e sentiu algo como uma mão no meio das costas. E então, ele foi empurrado com força, bem para fora do penhasco.

A aproximadamente trinta quilômetros dali ficava o assentamento de Esperança de Ogden, uma cidade bastante grande construída e mantida sobre os sonhos daqueles que pensavam que poderiam transformar a riqueza mineral do planeta em riquezas particulares. A indústria mineradora de Elphrona tinha um século de idade, mas, através das décadas, o governo do planeta resistira com sucesso aos esforços de enormes empresas galácticas para comprar e consolidar seus recursos. O planeta inteiro estava dividido em uma grade, e nenhuma família, corporação, empresa ou associação tinha permissão de possuir mais de quatro lotes ao mesmo tempo.

Aquilo significava que muito do planeta ainda não fora reivindicado, e quem saberia quais tesouros poderiam estar abaixo da superfície, prontos para serem descobertos? Incursões anteriores revelaram minerais raros, auródio e platina, e até substâncias mais estranhas, como um veio de cristais, certa vez. Elphrona era um cofre de tesouros do tamanho de um planeta e, de algum modo, pertencia a todos que lá moravam. Esperança de Ogden, como um lugar, tinha um nome bastante adequado. Era um local de possibilidades, onde todos tinham chances iguais de sucesso e liberdade. A Chanceler Lina Soh muitas vezes citava Elphrona em seus discursos como um símbolo do espírito da República. Embora fosse um lugar duro, no geral, era um bom lugar.

Uma família de um próspero e populoso mundo do Núcleo viera para aquele lugar. Mãe, pai, um filho e uma filha. Adquiriram dois lotes vizinhos um do outro, localizados a uma hora de distância de Esperança de Ogden, se usassem deslizador, ou um pouco mais no caso de uma tempestade de ferrugem. Com a ajuda dos droides, construíram um lugar para viver. No início apenas uma grosseira e desagradável estrutura de permacreto, nada além de um abrigo contra o sol e o vento, mas que com o tempo se tornou a casa deles. Mais salas, mais janelas, uma estufa, um segundo andar, decoração e todos aqueles pequenos toques que transformavam uma casa em um lar. Eles cavaram o solo, procurando por quaisquer tesouros que estivessem sob seus pés.

A família poderia ter usado os droides para fazer a maior parte do trabalho, mas não era para aquilo que haviam se mudado para Elphrona, por isso cada um fazia sua parte. Os filhos estudavam com seus tutores droides e cresciam mais a cada dia. Os pais trabalhavam, planejavam e acreditavam ter tomado a decisão correta para a família.

Até que numa manhã, a mãe, chamada Erika, enquanto consertava um droide escavador, ergueu os olhos e reparou numa nuvem esquisita não muito distante de sua casa. Era estranha, diferente de tudo o que ela já vira. Por um lado, estava tão próxima do chão quanto um nevoeiro. Por outro, Elphrona era um planeta árido. Havia água, mas ela circulava em rios e canais subterrâneos, bem abaixo da superfície. Chuva era um evento que acontecia uma vez a cada década.

Então não... não poderia ser um nevoeiro.

Além do mais, aquela nuvem parecia estranha... tinha um brilho de um azul metálico. Como uma nuvem de tempestade, embora ela não visse uma daquelas desde que deixara seu mundo natal alguns anos antes. E parecia se mover numa direção. Na direção deles.

– Ottoh – ela chamou o marido, que não estava muito longe, e distribuía comida para seu pequeno rebanho de steelees. Os animais de pernas compridas reuniam-se ao redor do cocho, e sua empolgação para receber a refeição matinal era óbvia. – O que você acha que é aquilo?

Ottoh se virou para olhar. Congelou. Diferente da esposa, ele se mantinha informado sobre os assuntos da galáxia, não se isolara por completo das notícias da República. Por isso, ele ouvira histórias, e sabia o que significava quando uma tempestade se aproximava lentamente de uma casa, negócio ou família.

– Pegue Bee – disse ele, largando o saco de ração. – Vou procurar Ronn. Precisamos entrar em casa e trancar tudo. Agora.

Erika não questionou nem hesitou. Estavam a muitos quilômetros de qualquer ajuda, e mesmo um bom mundo nos Territórios da Orla Exterior era cheio de perigos. Ela chamou a filha e correu para dentro de casa.

– Ronn – gritou Ottoh, sem tirar os olhos da nuvem. – Entre em casa, *agora*!

Dez ou mais figuras começavam a se tornar visíveis com a aproximação da neblina. Ele não conseguia ver detalhes, mas sabia quem eram. Ouvira histórias de saqueadores terrivelmente cruéis que apareciam do nada e desapareciam da mesma forma, deixando nada em seu caminho além do terror de que poderiam voltar.

Os Nihil.

Bell alcançou a Força. Sabia que, como um Jedi, poderia sobreviver àquela queda. Já vira Loden fazer coisas similares muitas vezes no passado, mais recentemente em Hetzal Prime, mas no treinamento também. Loden conseguia despencar como uma rocha para então, no último momento, desacelerar para um pouso perfeito. Aquilo não era voar. Até onde Bell sabia, nenhum Jedi nascido sem asas poderia voar. Mas também não era exatamente cair.

Bell sabia que aquilo poderia ser feito, e sabia que Loden acreditava que ele conseguiria. Caso contrário, seu mestre não teria usado a Força para arremessar ele daquele penhasco obscenamente alto. Bell acreditava que o Conselho Jedi desaprovaria o assassinato acidental de um Padawan, mas também acreditava que Loden conseguiria se safar na conversa, provavelmente argumentando que a Ordem não encontraria qualquer utilidade em um Padawan incapaz de dominar algo tão simples quanto uma queda controlada.

Tudo aquilo passou pela cabeça de Bell poucos segundos depois de seu mergulho começar. Com um esforço enorme, ele se concentrou em encontrar e avivar a chama da Força em seu interior, e através dela se conectar com as correntes de ar que passavam por seu rosto e chacoalhavam seus dreadlocks. Loden lhe explicara como realizar aquela manobra em segurança, embora tivesse sido frustrantemente vago na descrição de como ela deveria funcionar.

No geral, a ideia era se guiar para as correntes ascendentes e as usar como base para desacelerar a queda. Uma vez que se entendesse aquilo, também se esperava que a Força fosse utilizada de maneira a empurrar o chão no sentido contrário, conforme ele se aproximava. Dois elementos capazes de desacelerar a queda o bastante para permitir um pouso seguro. Bell conseguira executar aquilo com facilidade treinando no Templo, enquanto caía de alturas menores, ou se estivesse caindo em uma plataforma repulsora que preveniria qualquer ferimento real.

Mas naquele momento, caindo de um penhasco e encarando uma mutilação terrível, *se tivesse sorte*, ele mal conseguia se lembrar do que Loden lhe dissera para fazer. Bell sabia que o verdadeiro desafio não consistia em dominar a Força, mas dominar o medo, sempre o maior teste do Jedi.

Um teste no qual ele estava prestes a falhar. E daquela altura, sabia que nem mesmo Loden Greatstorm poderia segurá-lo. Aquele era o fim. Bell fechou os olhos. O medo tomou conta, e ele nem tentou resistir. Pediu por serenidade, e esperou que morresse rápido, sem ficar quebrado e agonizando sobre as rochas pontiagudas na base do penhasco.

O vento parou de passar rapidamente por ele.

Bell abriu os olhos e viu o chão, mais ou menos um metro abaixo dele. Então caiu, atingindo-o com força, embora não tão forte quanto seria se a queda não tivesse sido interrompida.

Bell rolou, resmungando, e uma sombra se projetou sobre ele.

– Você precisa aprender isso logo – disse Indeera Stokes. – Loden vai mesmo acabar matando você uma hora dessas.

Ela estendeu a mão, que Bell aceitou para que a Jedi o ajudasse a se levantar. Indeera era uma Tholothiana de pele escura, apenas alguns tons mais clara que a de Bell, com elegantes tentáculos brancos no lugar do cabelo e olhos tão azuis que pareciam brilhar, assim como os de todos os outros membros de sua espécie que Bell já encontrara. Usava vestes arranhadas e gastas, com a insígnia Jedi em branco sobre um dos ombros. Carregava o coldre do sabre de luz em uma tira de tecido amarelo pendurada diagonalmente sobre o peito e mantinha um lenço de nanodobras ao redor do pescoço, útil como máscara durante tempestades de poeira e moldável em quase qualquer forma que ela pudesse desejar.

De pé ao lado de Indeera estava uma pequena criatura quadrúpede, quase toda coberta de manchas pretas, brancas e cinza, mas com alguns pontos de vermelho e laranja aqui e ali e de olhos amarelo-claros. Uma charhound, nativa de Elphrona. Ela deu alguns passos para frente e cheirou a mão de Bell; o jovem a coçou atrás das orelhas, e o pequeno animal ronronou de satisfação.

– Oi, Brasa – disse Bell. – Bom te ver, também.

Ele deu uma última coçada no animal e olhou novamente para Indeera.

– Loden pediu para você me pegar? – perguntou, enquanto tirava a poeira das vestes, originalmente brancas, mas bastante gastas, manchadas e mosqueadas pelo uso.

– Sim – respondeu Indeera. – Não há nenhuma vergonha nisso. Nenhum Jedi é perfeito em tudo desde o começo.

Indeera lhe estendeu o cabo do sabre de luz dele. O jovem nem mesmo o sentira caindo do seu lado. Bell o pegou e guardou no coldre, preso em sua cintura.

– Nenhuma vergonha... – repetiu ele.

Loden sabia que ele falharia desde o princípio.

– Só não entendo por que ele insiste tanto nesse assunto – disse o jovem. – Eu claramente não consigo fazer isso.

– Porque um dia você vai cair de verdade de um penhasco, e ele não estaria fazendo o trabalho dele se não continuasse tentando evitar que você morra quando isso acontecer. Jedi caem de lugares altos com muita frequência. Você precisa estar preparado.

Indeera se virou na direção do caminho que levava ao posto avançado.

– Vamos – disse ela. – Porter está fazendo o desjejum. Um Cozido de Nove Ovos, e me disse para encontrar algumas pimentas de pedra, também.

– Você acha que Loden vai me deixar comer antes de me jogar do penhasco de novo? – perguntou Bell.

– Vou insistir com ele – respondeu ela. – Ninguém deveria morrer de estômago vazio.

– Uau – disse ele. – Muito gentil da sua parte.

Então a acompanhou pelo caminho, com Brasa seguindo ao lado deles.

Ottoh ergueu seu monóculo e o colocou diante do olho. A configuração do dispositivo lhe permitia ver as assinaturas térmicas do lado de fora através das paredes, o que era ótimo, porque os Nihil já haviam destruído as câmeras de segurança de sua propriedade. Os monitores da sala segura mostravam apenas estática.

Até aquele momento, todas as partes do sistema de segurança refinado instalado na mudança já haviam falhado. Os reforços automatizados de duraço funcionaram como prometido, selando automaticamente as portas e janelas tão logo toda a família estivesse dentro de casa, mas sem as câmeras eles estavam praticamente cegos.

Tudo que Ottoh tinha era o monóculo, e as silhuetas grosseiras que ele exibia com a configuração de infravermelho. Os Nihil apareciam como silhuetas vermelhas e púrpuras, com cabeças estranhas e deformadas. Ottoh já vira centenas de espécies aliens, mas nunca algo semelhante aos Nihil. Aquilo o fez pensar que eles talvez estivessem mascarados, o que fazia sentido com as histórias que ele ouvira e com o fato de que usavam gases químicos tanto para se esconder quanto para incapacitar suas vítimas. Mas saber aquilo não os tornava menos ameaçadores. Eram monstros que apareciam de repente.

O gás, sem dúvida, fora utilizado do lado de fora, mesmo que o monóculo não conseguisse captar nada. O rebanho de steelees da família estava caído de lado no cercado, todos mortos ou inconscientes, e até onde Ottoh sabia nada tocara os animais.

– As portas seladas vão manter o gás do lado de fora? – perguntou Erika, que evidentemente estava pensando de forma parecida.

– Foi o que a empresa prometeu. A sala segura deve ser resistente contra tudo, exceto contra os níveis mais altos de fogo de blaster, e impermeável contra armas químicas e radiológicas.

– Você não mencionou explosivos – disse a esposa. – E se eles trouxeram explosivos?

Ottoh não respondeu.

– Bem, o que quer que tenham trazido, estou pronta para lutar – disse ela.

Ele baixou o monóculo e a observou.

Erika tocou uma última vez em seu datapad e o entregou para que o esposo visse, mostrando os elementos do plano que armara.

– Pensei no deslizador, o que acha?

– Sim – disse Ottoh. – No mínimo ele vai ganhar algum tempo para a gente. Talvez alguém veja a explosão, ou mesmo afugente os Nihil.

Foi a vez de a esposa ficar em silêncio.

– Alguma sorte, Ronn? – perguntou ele ao filho de treze anos e que trazia tudo o que vinha com aquela idade. Naquele momento, porém, o garoto não demonstrava ansiedade alguma, não tinha nenhuma resposta atravessada, apenas fazia exatamente o que lhe fora pedido, esforçando-se para manter a família viva.

Ronn estava usando o comunicador da família, tentando alcançar alguém em Esperança de Ogden que pudesse ajudar. A filha, Bee, de nove anos, encolhia-se contra o pai em busca de segurança, abraçada a um varáctilo de pelúcia que o pai não a vira tocar durante anos.

– Não consigo enviar um sinal, pai. Verifiquei a previsão do tempo e tem uma tempestade de ferrugem bem grande entre a gente e Esperança de Ogden. Acho que está atrapalhando as transmissões.

– Continue tentando, filho – disse Ottoh. – Sua mãe vai ganhar algum tempo para a gente.

Um grande *buum* veio de baixo. Não o som de uma explosão, mas o som de metal contra metal. Ottoh olhou pelo monóculo mais uma vez e viu que um grupo de quatro Nihil se reunira ao redor da entrada da casa. Estavam posicionados como se carregassem algo, os quatro ao mesmo tempo, mas a visão térmica do monóculo não conseguia captar o objeto. Ottoh imaginou que provavelmente fosse um aríete feito de duraço.

– Estão tentando arrombar a porta – disse Ottoh.

Outro *buum*.

– Agora, Erika! – disse Ottoh.

A esposa pressionou o controle no datapad.

Do lado de fora, Ottoh pôde ver os quatro droides escavadores saindo do modo de repouso no cercado não muito distante da casa principal. Suas silhuetas térmicas no monóculo eram verdes e amarelas, porque emitiam um tipo de calor diferente do dos Nihil, mas claramente visíveis.

As máquinas abandonaram o cercado e se moveram com rapidez, acelerando através do pátio. Os droides escavadores eram equipamentos industriais, poderosos e barulhentos, projetados para abrir buracos golpeando o solo duro e recolher o cascalho resultante. Não tinha como se moverem de modo furtivo, mesmo que o gás que presumivelmente ainda circulava ao redor da propriedade pudesse lhes oferecer alguma cobertura. O quarteto de droides se separou: dois seguiram na direção da entrada da casa, e os outros na direção do deslizador.

Ottoh se permitiu apreciar a habilidade com a qual a esposa fazia aquilo, operando de forma manual simultaneamente as funções autônomas dos quatro droides, controlando-os e fazendo funcionar de maneiras para as quais eles não eram projetados, guiando-os com rapidez por meio de informações de seus circuitos de monitoramento na pequena tela do datapad. Mesmo com toda aquela complexidade para gerenciar, cada droide se movia em linha reta, sem vacilar, direto contra seus alvos.

– Muito bom, Erika... você está conseguindo!

– Não... fale comigo... agora... – disse ela, a voz tensa com a concentração.

Rajadas de blaster, vistas em um branco quente através do monóculo, começaram a ser disparadas por ambos os grupos de Nihil: os quatro na entrada da casa e outros seis reunidos ao redor do deslizador. Os saqueadores perceberam a aproximação dos droides... sem surpresa alguma.

Embora as máquinas fossem resistentes, construídas para suportar grandes impactos e temperaturas, não eram impenetráveis. Um dos droides parou de se mover, depois outro.

– Mais rápido, Erika! Eles estão destruindo os droides!

A esposa não respondeu, apenas lhe dirigiu um olhar rápido. Ottoh entendeu. Ela estava controlando os droides a partir do datapad, e soube assim que eles ficaram inoperantes. Não precisava dos avisos dele. Ottoh percebeu logo que terminou de falar. Ele só queria... *fazer* algo.

Atrás dele, Ottoh ouviu a voz do filho falando rapidamente, e percebeu que o garoto conseguira contato com alguém através do comunicador. Esperança de Ogden mantinha uma pequena força de segurança; todos os lotes contribuíam com o orçamento dela anualmente. A estação não era tão longe dali. Se a família conseguisse aguentar mais um pouco...

Um terceiro droide parou de funcionar, e faíscas verdes e quentes projetavam-se de onde a cabeça da máquina estivera fixada poucos momentos antes.

Restava apenas um dos droides, e Ottoh observava enquanto a máquina seguia em frente. Ele a viu desviar do disparo de um Nihil, e mais uma vez se admirou com a habilidade da esposa. Que operador poderia fazer um droide escavador *esquivar-se* de um disparo? Pelo visto, aquela com a qual ele se casara.

O último droide foi atingido, bem no núcleo, e sua velocidade se reduziu abruptamente.

– Maldição! – disse a esposa.

– Acabou? – perguntou Ottoh.

– Não – respondeu Erika, com a voz fria e segura. – Não acabou.

Ottoh ouviu os dedos da esposa batendo furiosamente contra a tela do datapad, e quaisquer que fossem as mudanças e ajustes que ela estava fazendo pareciam funcionar. O último droide guinou para frente, avançando numa velocidade cada vez maior. Os Nihil não pararam de atirar, mas o droide parecia completamente impenetrável. Perdeu um braço, depois outro. Metade da cabeça desapareceu, mas prosseguia.

O droide alcançou o deslizador dos Nihil, e Ottoh tirou o olho da frente da lente do monóculo antes que ela se tornasse toda branca. Um enorme barulho veio do lado de fora, não um *buum,* mas um *BUUM*. Definitivamente uma explosão.

Os droides escavadores eram máquinas de mineração. Algumas vezes escavavam, outras vezes organizavam ou carregavam destroços... mas, de vez em quando, precisavam explodir buracos em rocha metálica e densa com pequenas cargas de explosivos de alta potência. Pelo som, Erika usara de uma única vez tudo o que o droide tinha.

– Humpf – suspirou a mulher, parecendo satisfeita. – Quantos eu peguei, querido?

Ottoh levantou o monóculo mais uma vez e olhou para fora. A cena estava radicalmente diferente: o deslizador dos Nihil sumira, assim como o droide escavador, ambos substituídos por pilhas de metal retorcido incandescente. Ele regulou o dispositivo para reduzir o brilho, procurando por... lá. Contou as silhuetas... quatro próximas das chamas, e nenhuma delas se movia. Mas duas outras continuavam vivas, uma se arrastando devagar para longe dos escombros e outra sendo carregada pelo grupo que usava o aríete na porta principal. Aquele grupo, infelizmente, tinha sido protegido da explosão pela casa.

– Não o bastante – disse Ottoh. – Mas já ajudou.

Ele baixou o monóculo e se virou para o filho, que falava baixinho com Bee, numa voz suave.

– Conseguiu falar com alguém, Ronn? – perguntou Ottoh. – Ouvi você no comunicador. A ajuda está a caminho?

Ronn olhou para cima. Seu rosto estava soturno.

– Consegui falar com a segurança de Esperança de Ogden, pai – disse o garoto. – Falei para eles o que estava acontecendo. O homem do outro lado estava fazendo um monte de perguntas, mas parou quando eu disse que os Nihil estavam aqui. Ele... ele... ele disse que estavam longe demais para chegar aqui a tempo. O homem disse que sentia muito... mas só parecia estar com medo. Tentei ligar de novo, mas não atenderam mais.

– Covardes – cuspiu Erika.

Um som veio de baixo: um *tum*, de algo pesado atingindo a porta da frente, seguido de uma voz.

– Vocês não deviam ter feito aquilo – disse a voz de fora, soando baixa e estranha. – Íamos apenas levar vocês.

tum

– Agora também vamos machucar vocês.

– Quer mais do cozido? – perguntou Porter Engle, olhando para a cumbuca vazia de Bell. – Imagino que cair dê fome.

Do outro lado da mesa, Loden gargalhou. Bell, porém, não se importou. Já tinha superado. Em algum momento, ele aprenderia a parar uma queda com a Força, e mesmo que não conseguisse, não havia motivo para recusar uma segunda cumbuca do Cozido de Nove Ovos de Porter.

Porter Engle era uma lenda. Estivera na Ordem Jedi por mais de trezentos anos, um Ikkrukkiano robusto que, naquele momento, era mais barba do que qualquer outra coisa. Ele explorara carreiras completas em quase todas as funções primárias dos Jedi em sua época: professor, explorador, diplomata, guerreiro. As histórias sobre ele em cada uma daquelas ocupações bastariam para lhe assegurar prestígio nas crônicas. Por exemplo, ele tinha apenas um olho, pois o outro fora perdido há muito tempo, e a longa cicatriz em seu rosto trazia uma história própria. Mas agora que se aproximava do fim da vida, sua última e mais recente vocação parecia ser a culinária. O cozido realmente levava nove tipos diferentes de ovos, mas Porter só revelava cinco deles. As fontes restantes eram ou muito raras ou muito revoltantes para que ele contasse. Quaisquer que fossem os ingredientes, o resultado era *ótimo*.

Debaixo da mesa, Bell sentiu Brasa se mexer. Ela se deitara entre suas botas, e o calor interno que emanava se fazia notar mesmo através do couro grosso. Brasa não era tola. Entre todos os Jedi de Elphrona, Bell era de longe o mais inclinado a lhe oferecer um ou dois bocados de comida durante as refeições.

Certo dia, a criatura aparecera na entrada da construção, magricela, tremendo e com uma ferida infeccionada no quadril.

Indeera cuidara do ferimento, Porter a alimentara, Bell lhe dera um nome e Loden permitira que ficasse, ao declarar que a Força trouxera um novo membro para a equipe. Aquilo era quase uma trapaça contra as regras da Ordem sobre estabelecer vínculos, porque certamente se esperava que os Jedi cuidassem dos seus companheiros de equipe, se certificassem de que estavam seguros, felizes, bem alimentados, com os pelos escovados e... bem, os Jedi do Posto Avançado de Elphrona se tornaram bastante afetuosos com Brasa, com ou sem as regras.

– Sim, por favor – disse Bell, estendendo a cumbuca. – Ele está incrível hoje.

– São as pimentas de pedra – disse Porter, satisfeito, servindo outra porção do espesso ensopado amarelo. – Encontrei algumas bem duras e boas no mercado.

Jedi veteranos podiam viver onde quisessem quando a passagem do tempo reduzisse naturalmente sua habilidade e desejo de se envolver com o trabalho mais ativo da Ordem. A maioria permanecia no Templo de Coruscant, que mantinha alojamentos para os membros mais idosos viverem seus dias como desejassem. Porter Engle tomara o caminho oposto, pedindo que lhe atribuíssem uma função no Posto Avançado de Elphrona. Ele parecia ter a intenção de continuar útil o máximo de tempo possível, apesar da idade avançada, e um posto avançado era a melhor maneira de assegurar que seus três séculos de experiência pudessem ajudar a galáxia diretamente.

Em um dia comum, um Posto Avançado Jedi poderia ser chamado para resolver uma disputa, proteger uma cidade contra saqueadores, levar criminosos à justiça, ensinar crianças, oferecer assistência médica ou apenas usar a Força em qualquer uma das milhares de formas que era possível usá-la para ajudar as pessoas. Nem todos os problemas precisavam ser resolvidos por um Jedi, mas, quando eles chegavam nesse ponto, as pessoas normalmente se sentiam agradecidas por morar em um mundo que abrigava um posto avançado.

– O Farol da Luz Estelar está quase pronto para a inauguração – disse Loden, enquanto Bell atacava a segunda cumbuca do cozido.

– Faltam umas poucas semanas – disse Indeera. – Mas o bloqueio do hiperespaço pode atrasar o evento.

– Hmm... espero que não – disse Porter Engle, sentando-se à ponta da mesa. – Não seria o fim do mundo se a estação não abrisse na data correta, mas sei que é importante para os planos futuros da chanceler que tudo corra bem. E eu também gostaria de vê-la. Parece estar bonita.

– E está – concordou Loden. – O que você achou, Bell?

– Deslumbrante – disse Bell. – Tem uma zona de biosfera onde os visitantes podem observar recriações de vários mundos dos Territórios da Orla Exterior. A selva de Dantooine, uma planície de gelo de Mygeeto... gostei dela.

Loden largou sua colher na cumbuca vazia.

– A ideia é exibir a diversidade dos mundos daqui – disse ele. – Eles vão mudar as biosferas de tempos em tempos, levar criaturas diferentes... é bastante ambicioso.

Indeera falou, sem tirar os olhos do datapad que estava lendo:

– A estação inteira é bastante ambiciosa. E é só a primeira de muitas, não? Acho que a chanceler tem toda uma rede de faróis planejada. Li algo sobre isso.

– Foi o que nos disseram no conclave – respondeu Bell.

– Lina Soh e suas Grandes Obras – disse Engle Porter. – Acho que ela é fantástica. Se existe um momento para faróis, redes de comunicação e assistência social, é agora. Lembro quando a galáxia estava se unindo, alguns séculos atrás... não podíamos pensar em nada além de sobrevivência. Precisamos usar esta época de prosperidade para construir algo significativo para o futuro.

– Você acha que a rede de postos avançados da Ordem vai ser fechada quando todos os faróis estiverem ativos? – perguntou Bell.

– Espero que não – respondeu Porter, inclinando-se e colocando as mãos atrás da cabeça. – Este estilo de vida me cai muito bem. Um dia diferente do outro, ver como as coisas acontecem, ajudar as pessoas sempre que precisam... não é tão ruim.

Ele gesticulou para um droide serviçal, que se aproximou deslizando sobre sua esteira e começou a recolher a louça do desjejum. Estavam sentados na sala de jantar do posto, um aposento confortável e de teto baixo, um dos oito dispostos ao redor da câmara principal, uma ampla área circular projetada ao redor de um grande símbolo da Ordem Jedi inscrito no piso. Alojamentos de descanso, a cozinha, um depósito, o hangar, uma sala de combate para treinos com sabre de luz... todos acessíveis a partir da área central, assim como a Força tocava todas as coisas igualmente.

– Falando nisso – continuou Porter –, quais são os seus planos para hoje?

– Vou levar um dos caças Vector até uma região no hemisfério sul – disse Indeera. – Alguns mineradores acreditam que podem ter encontrado um veio de essurtânio. Eu mesma nunca vi, dizem que tem algumas propriedades raras, talvez até um pouco reativas à Força. Espero poder comprar e trazer uma amostra para estudá-la.

– Leve Bell com você – disse Loden.

– Para ela poder me jogar para fora da cabine? – perguntou Bell.

– Você é muito sábio, meu Padawan – disse Loden.

– Bem, eu vou lavar a louça – disse Porter. – E quanto a você, Loden?

– Um lote no norte está tendo problemas com um ninho de cromantes. Pensei em ir dar uma forcinha.

– Eles não podem apenas levar uma unidade de exterminação? – perguntou Indeera.

– Provavelmente – disse Loden. – Mas talvez eu *queira* lutar contra uma centena de cromantes.

Bell balançou a cabeça. Ele também queria lutar contra uma centena de cromantes, mas sabia que era melhor não questionar. Ele ia pular de outra nave, e era o que faria naquele dia.

Um apito baixo veio da câmara central, e os quatro Jedi viraram a cabeça na direção do som, que alertava para uma transmissão no sistema de comunicação emergencial do posto avançado. Loden alcançou e tocou um painel de controle na mesa, puxando a transmissão para a câmara em que eles estavam. Uma voz soou, quieta e cheia de tensão.

– Uh, Jedi... aqui é... não. Não quero me envolver. Mas tem uma família dona de um lote, a cerca de trinta quilômetros a sudeste da cidade. Pai, mãe e duas crianças. Os Blythe. Captei uma transmissão para a estação de segurança de Esperança de Ogden. Eu monitoro aquele canal com o meu comunicador, como um passatempo. De qualquer forma, eles estavam pedindo ajuda. A família está sendo atacada... pelos Nihil. A segurança de Esperança de Ogden não vai. Acho que estão com medo. Eu também estaria, as histórias que ouvi sobre os Nihil... Mas a pessoa que pediu ajuda... era um *garoto*. Ele parecia... a situação parecia realmente muito ruim. Talvez vocês pudessem ir até lá? Ajudar de alguma forma? Estou enviando as coordenadas. Não quero me envolver, não com os Nihil. Mas... achei que vocês deveriam saber.

A mensagem terminou.

Brasa percebeu a tensão na sala. Debaixo da mesa, ela tossiu, emitindo um pequeno som, como o de uma bota pisando em um pedaço de carvão.

– Os Nihil – disse Indeera.

– A família – disse Porter Engle.

Sua voz soou bastante fria. Talvez pela primeira vez, Bell olhou para o homem e não viu mais o chef Ikkrukki barbudo e piadista, inventor do Cozido de Nove Ovos, que conhecia tão bem. Em vez disso, ele viu o Jedi que já fora chamado de Lâmina de Bardotta.

– Vamos – disse Loden.

CAPÍTULO VINTE E TRÊS

A ORLA MÉDIA. NABOO.

Avar Kriss inclinou-se sobre o parapeito ornamentado de pedra entalhada e olhou através do lago para uma pequena ilha arborizada, que se elevava em um pico baixo no centro. Um pequeno povoado de construções diminutas com telhados alaranjados se debruçava sobre a margem do lago, mas além dele a ilha parecia intocada.

– Varykino – disse Elzar Mann, aproximando-se e ficando ao lado dela.

Avar olhou para o amigo. Ele parecia bem. Feliz, os olhos escuros reluzindo, um sorriso iluminando seu rosto, embora pudesse ser resultado da bebida que tinha em mãos, algo esverdeado em uma tigela de vidro sem alça. Ela não sabia o que era aquilo, mas conhecia Elzar, então provavelmente era a bebida alcoólica mais fina de que seus anfitriões dispunham. E levando em conta quem eram os anfitriões, deveria ser de fato muito fina.

– O quê? – perguntou ela.

– Varykino – disse ele, apontando com a bebida na direção da ilha. – É o nome da ilha. É um retiro para artistas, um lugar para excluídos criativos viverem juntos e confabularem profundamente. Um poeta mora lá, um homem chamado Omar Berenko. Dizem que é brilhante.

Elzar olhou para ela. Passou uma mão pelo seu cabelo escuro e curto, naturalmente ondulado.

– Parece agradável – disse ele. – Precisamos lembrar dela, quando estivermos velhos e a Ordem não tiver mais utilidade para algum de nós. Eu não me importaria de passar meus dias em contemplação silenciosa. Talvez descobrindo como pescar com a Força.

Ele deu um gole na bebida, e seu rosto adquiriu a expressão de alguém impressionado.

– Contanto que tenhamos um fornecimento frequente disso aqui. Pela luz, como é bom.

– Deixe-me experimentar – pediu Avar, e ele lhe passou a tigela.

Ela deu um gole e o gosto suave e picante da bebida fez sua língua formigar.

– Sem dúvidas – disse ela. – É deliciosa. Mas vá com calma. Estamos aqui a trabalho.

Elzar deu um último gole e depositou a tigela sobre o parapeito; um droide serviçal de um dourado brilhante se aproximou e recolheu o recipiente, mas não se afastou muito para o caso de algum dos Jedi precisar dele novamente.

– Seus proprietários estão a caminho? – perguntou Avar para o droide. – Estamos esperando há um tempo.

– Com certeza, Mestra Jedi – respondeu o droide, com uma voz amável. – Mestres Marlowe e Vellis estão terminando alguns assuntos urgentes, mas já me notificaram de que estarão aqui em breve. Se desejarem, sentem-se enquanto aguardam.

O droide apontou com um braço longo e esguio para uma área de estar mais no fundo da varanda, onde havia sofás e assentos elegantes e uma pequena mesa de quartzo com diversos refrescos sobre ela. Avar presumiu que era o lugar onde Elzar conseguira a bebida. Havia muita riqueza ali. Apenas possuir uma propriedade na região dos lagos de Naboo já estava fora do alcance de qualquer pessoa, com exceção das famílias mais ricas da galáxia. No entanto, a decoração não criava uma sensação de ostentação, mas de cuidado e bom gosto. Os proprietários da casa não tentavam impressionar, cada decisão ali fora tomada levando em conta a simplicidade e a integração com a paisagem natural que, por si só, certamente já era impressionante.

Como que para reforçar tal percepção, uma brisa gentil soprou através do pátio, fazendo balançar as millaflores que pendiam de trepadeiras suspensas nas treliças acima. O aroma das flores preencheu os sentidos de Avar, e a canção da Força se intensificou com toda aquela beleza.

Era fácil esquecer que estavam ali para prosseguir com a investigação sobre a atual crise galáctica. Avar se forçou a se concentrar. A contemplação silenciosa poderia esperar a aposentadoria. Por um instante, e apenas um, ela se permitiu considerar a ideia de passar aquele tempo com Elzar Mann, algo que jamais contaria; ele nunca a deixaria esquecer daquilo.

Outra Emergência, outra tragédia, acontecera no sistema Ringlite, onde milhares de pessoas morreram. Apenas os bravos esforços dos esquadrões de segurança do sistema evitaram o pior. A Chanceler Soh ampliara o bloqueio do hiperespaço mais uma vez. O Senador Noor não protestou contra a decisão, a necessidade era óbvia, mas a pressão para resolver o caso de uma vez por todas aumentava.

O encontro daquele dia talvez fosse a chave.

Como se tivessem aquilo em mente, dois homens apareceram na extremidade do pátio e caminharam até ela e Elzar. Marlowe e Vellis, o descendente do império San Tekka e seu esposo.

Ambos eram pálidos, com cabelos loiros e olhos azuis. No entanto, as semelhanças terminavam ali; o rosto de Vellis parecia esculpido em granito, enquanto as feições de Marlowe eram mais suaves. Ainda assim, eles pareciam um casal, e, como a casa, tudo neles irradiava riqueza, conforto e tranquilidade.

Avar se perguntou o que os ancestrais de Marlowe pensariam do que a família se tornara. A família San Tekka fizera fortuna há aproximadamente um século como prospectores do hiperespaço, pessoas de trato rude que buscavam rotas através dos lugares inexplorados da galáxia, da mesma forma que exploradores planetários buscavam passagens entre cordilheiras mortíferas. A exploração do hiperespaço era tão perigosa quanto; muitos que tentaram acabaram perdidos para sempre, à deriva no meio do nada e sem formas de voltar para casa. Os San Tekka pareciam levar jeito para a coisa, porém, normalmente encontravam as rotas mais curtas e rápidas para se viajar de um ponto a outro na galáxia. Eles vendiam aquelas rotas para comerciantes, governantes e empresários, e em alguns casos criavam pedágios hiperespaciais, onde dados de navegação poderiam ser adquiridos por um valor. Toda aquela receita se acumulou. Os San Tekka estavam, naqueles dias, entre as famílias mais ricas da galáxia, e suas equipes de prospectores, agora chamados de hipertopógrafos para dar um ar respeitoso à atividade, continuavam a farejar novos e lucrativos caminhos entre as estrelas.

A galáxia era infinita, e as pessoas sempre iriam querer viajar por ela com mais velocidade e segurança.

– Bem-vindos à nossa casa – disse Marlowe, estendendo a mão para Avar. – É uma honra receber convidados Jedi.

Ela segurou a mão dele e a balançou brevemente. Elzar fez o mesmo com Vellis.

– Por favor, vamos nos sentar – disse Vellis, gesticulando na direção dos sofás. – O droide serviçal me informou que já provaram a essência de teia-seda, umas das minhas favoritas também. Mas há muito mais que vocês podem provar. O que preferirem.

– Obrigada – agradeceu Avar.

O grupo se sentou, e Avar tocou a Força com gentileza para sentir o estado emocional de seus anfitriões. Eles estavam completamente relaxados. Não que ela esperasse nada diferente. Um terraço próximo de um lago com o amor da sua vida e uma quantidade de créditos suficiente para mil vidas? É claro que os San Tekka estariam relaxados.

– O Senador Noor nos disse que vocês estão investigando os terríveis desastres na Orla Exterior – disse Marlowe, enchendo um copo com um líquido vermelho e o entregando a Vellis. – Não sei muito bem o que podemos fazer, mas certamente ficaremos felizes em ajudar. Izzet é um velho amigo, e sabemos que ele tem responsabilidades sobre a Orla Exterior. Qualquer coisa que ele precisar.

– Isso sem mencionar todas as pessoas na linha de fogo – disse Elzar, com uma leve irritação na voz.

– É claro – disse Vellis. – Somos todos a República.

– As Emergências já são ruins o bastante, e estamos trabalhando em uma maneira de prever onde as próximas vão acontecer – informou Avar.

– Sério? Interessante – disse Marlowe. – Como isso é possível?

– Aconteceu de Hetzal Prime ter um gênio analista de sistemas no Ministério da Tecnologia. Ele está tentando construir uma rede de navidroides... ligar seus processadores para analisar os dados que temos do desastre original e das Emergências. Não é garantido. O problema parece ser conseguir o número suficiente de droides para realizar os cálculos.

Marlowe e Vellis se entreolharam rapidamente e trocaram informações, algum tipo de comunicação invisível que Avar não conseguiu detectar.

– Talvez consigamos ajudar nisso – disse Vellis. – Temos um conjunto de algoritmos próprios que usamos para modelar prováveis rotas hiperespaciais. Se o analista de vocês estiver interessado, podemos enviar alguns de nossos navuladores, especialistas em hipervias, para ajudá-lo a refinar o sistema.

– Normalmente preferimos manter nossos segredos comerciais confidenciais – acrescentou Marlowe. – Mas vidas estão em jogo.

– Muito obrigada – disse Avar. – É muita generosidade. Vamos colocá-los em contato com o analista, o nome dele é Keven Tarr. Estou certa de que ele vai aceitar toda a ajuda que puder receber.

– Mas não foi por isso que viemos aqui – disse Elzar.

– Hum? – disse Marlowe, erguendo uma fina sobrancelha.

– Não se trata apenas de parar as Emergências. Queremos nos assegurar de que algo como o que aconteceu com a *Legacy Run* não se repita nunca mais e, para isso, precisamos saber o que causou o desastre. Sua família sabe mais sobre o hiperespaço do que qualquer um na galáxia, ou pelo menos foi o que o Senador Noor nos disse. Vocês têm alguma teoria?

– Bom, lemos os relatórios na HoloNet, mas eles eram bastante superficiais. Vocês têm informações adicionais?

Elzar retirou um chip de dados da túnica e o entregou a Vellis.

– Isto é tudo que temos até agora. O pessoal do Departamento de Transportes da República analisou os destroços e, com base nos padrões dos danos, parece que a *Legacy Run* se desintegrou em trânsito.

– Uma colisão? – perguntou Marlowe.

– Não – respondeu Avar. – Parece que a nave tentou realizar uma manobra que forçou sua superestrutura além da capacidade. Estou simplificando, mas parece que ela se partiu em pedaços.

Vellis e Marlowe ficaram em silêncio por um tempo. Vellis abaixou o copo. Avar achou que ele nem sequer provara a bebida.

– Estou certo de que ambos vocês sabem disso, mas a natureza do hiperespaço significa que não há nenhuma razão para qualquer tipo de manobra. Ele é vazio. Não há nada para colidir. As rotas são precisamente calculadas de maneira a assegurar que colisões assim sejam impossíveis.

– Sabemos disso – disse Elzar. – Todos sabem disso. Mas... algo aconteceu lá, e pessoas continuam morrendo e sofrendo em toda a Orla Exterior. Fingir que algo é impossível é apenas perda de tempo.

Ele apontou para o chip de dados que Vellis ainda segurava.

– Estamos analisando algumas possibilidades. Está tudo no chip. Um erro do piloto foi nosso primeiro palpite, mas verificamos. A capitã da *Legacy Run* era uma mulher chamada Hedda Casset. Ex-militar, veterana condecorada. Difícil imaginar que ela poderia cometer um erro que resultaria na destruição da própria nave. Tudo indica que ela era estável e focada.

– Um motim? – aventou Marlowe.

– Por quê? – retrucou Avar. – Era uma nave cheia de colonos. Um transporte de rotina do Núcleo para os Territórios da Orla Exterior. Nada incomum ou muito valioso a bordo.

– Coisas estranhas podem acontecer psicologicamente quando se está no espaço profundo – disse Marlowe. – Temos histórias de família que vocês não acreditariam. A loucura toma conta antes que se possa perceber.

– Não duvido – disse Elzar. – Mas era uma viagem direta em uma rota bastante utilizada. Os oficiais do DTR entrevistaram alguns dos sobreviventes que resgatamos, e eles não disseram nada que indicasse algo do tipo. Motim está no fim da lista.

– Talvez a nave tenha apresentado algum defeito? – sugeriu Vellis.

– Não é impossível, mas é improvável – continuou Avar. – A *Legacy Run* era uma embarcação antiga, mas sabemos pelos registros de manutenção que a Capitã Casset a mantinha nas melhores condições, e que a nave passara por uma revisão completa apenas duas viagens antes da que a destruiu.

– Nossa teoria atual é que ela encontrou algo na hipervia e tentou evitar a colisão – interrompeu Elzar.

– Impossível – disse Marlowe. – Acabei de dizer. O hiperespaço não funciona dessa maneira.

Avar captou um pequeno impulso de Elzar. Não era uma palavra, nem uma mensagem, mas algo que ela compreendeu mesmo assim. Conhecia Elzar há muito tempo, eles foram jovens estudantes juntos, depois Padawans, e desenvolveram uma conexão, um vínculo através da Força que fazia com que algumas vezes não precisassem usar palavras para entenderem um ao outro.

Mas se Elzar *tivesse* usado palavras, ela sabia que o que sentia emanando dele significava: *Ele está mentindo*.

Elzar era melhor em detectar mentiras do que ela. No que se tratava de seu dom particular, uma compreensão natural do caminho da Força que tocava todos os seres vivos da galáxia, Avar achava que nenhum outro Jedi na Ordem era mais habilidoso do que ela mesma. Bem, talvez Mestre Yoda. Mas quando se falava em compreender pessoas... Elzar Mann era um especialista. Ela acreditava que ele nem precisava usar a Força para aquilo.

No entanto, Avar suspeitava que ele estivesse cogitando usar a Força naquele momento, de um jeito que a maioria dos Jedi chamava de toque mental, e Elzar chamava de truque mental. De acordo com o Cavaleiro, aquela era uma maneira mais honesta de descrever o que realmente era feito. Elzar ergueria dois dedos em um gesto sutil e tocaria a mente de Marlowe San Tekka com a Força, e então o homem faria qualquer coisa que o Jedi dissesse.

Avar sabia que o toque mental era uma ferramenta da luz, mas preferia abordagens indiretas em vez de interferir no caminho de outra pessoa. Elzar também tinha suas dúvidas, mas enxergava a técnica como uma forma de abrir a mente das pessoas para a verdade, uma forma de oferecer clareza, de lhes permitir sentir a vontade da Força. Em outras palavras: ele era um solucionador de problemas, e o toque mental, sem dúvida, solucionava problemas.

Ela enviou um impulso próprio através do vínculo que compartilhavam, um que ele reconheceria de imediato, simples e direto.

Não.

Elzar se virou e a encarou com o rosto inexpressivo, mas facilmente lido por ela. Sua boca se torceu em um pequeno e leve sorriso que dizia: *certo, você me pegou*. Em seguida, ele voltou a olhar para os San Tekka.

– Você tem certeza absoluta de que uma colisão é impossível, Vellis? – perguntou Avar. – Talvez uma nave negligente, ou um asteroide...? Certamente deve haver uma forma de um objeto ser deixado à deriva nas hipervias.

Vellis balançou a cabeça.

– O hiperespaço não é como o espaço de verdade. Uma vez que uma nave, ou qualquer outra coisa, entre nele, não existe como encontrar algo. Ela estará numa bolha de espaço-tempo com a qual nada mais pode interagir porque, até onde sabemos, cada via é um plano de existência distinto.

Avar soube que, pelo resto de sua vida, se lembraria daquelas palavras sempre que viajasse através do hiperespaço. Um salto para a velocidade da luz se tornara um evento rotineiro, mas cada vez que acontecia significava um passo para longe de tudo o que era familiar, uma jornada para outro universo, um novo reino. Embora a canção da Força fosse bela, às vezes sua vastidão indescritível a deixava se sentindo insignificante, apesar de toda a concentração, de todo o treinamento de Avar. A canção poderia deixá-la cambaleante.

Outro impulso de Elzar: *mentindo*. Mais um dela: *não*.

– Seja como for – disse Avar –, a *Legacy Run* morreu, junto com muitas pessoas a bordo, e milhões já morreram por causa das Emergências. Sua família já passou mais tempo estudando o hiperespaço do que qualquer outra na galáxia. Vocês já encontraram alguma coisa assim?

– Não – respondeu Marlowe categoricamente, e daquela vez não houve nenhum sinal de mentira por parte de Elzar.

– Então, vocês não acham que haja algum problema com o hiperespaço? – perguntou Elzar.

– Vamos olhar as suas informações – disse Vellis, erguendo o chip de dados. – Mas, por enquanto, é difícil imaginar algo do tipo. Não acho que precisem se preocupar com outra *Legacy Run*. Nosso palpite, baseado em mais de um século de experiência naquelas vias...

– ... é de que aquele foi um evento isolado – concluiu Marlowe.

Avar se levantou, e Elzar, disfarçando sua surpresa, fez o mesmo.

– Obrigada – disse ela. – Não temos como expressar o quanto estamos agradecidos por vocês enviarem seu pessoal para ajudar Keven Tarr em Hetzal. Vamos para nosso próximo compromisso, mas podemos entrar em contato se tivermos novos questionamentos?

– É claro – respondeu Marlowe, também se levantando. – Como dissemos, é uma honra e um privilégio ajudar os Jedi e a República no que vocês precisarem.

Os últimos cumprimentos foram trocados, e Avar e Elzar deixaram o complexo San Tekka, indo em direção à Proa-longa que os trouxera até Naboo e aguardava em uma plataforma de pouso do lado de fora dos portões.

– Eles estavam escondendo alguma coisa – disse Elzar. Seu tom era suave, mas Avar sabia que ele estava frustrado. Uma emoção familiar para ele. Estava sempre... insistindo.

– Tenho certeza disso, Elzar. São negociantes. Não sabemos se o que esconderam sequer é relevante. Os San Tekka não pareceram maliciosos. Pelo contrário, eles se ofereceram para compartilhar alguns de seus segredos mais valiosos para ajudar a salvar vidas.

Elzar ficou em silêncio, mas ela sentiu uma aceitação relutante da parte dele.

– Vamos continuar nossa investigação, ver se podemos descobrir mais alguma coisa. Se necessário, podemos voltar e questioná-los de novo. Fizemos progresso aqui. Fique satisfeito.

– Pelo menos a bebida era boa – disse Elzar, e caminhou na frente, rumo à Proa-longa.

A brisa soprou através da varanda, e Marlowe e Vellis San Tekka se sentaram em silêncio, olhando através do lago para Varykino, onde alguns gênios se isolavam, produzindo arte que, provavelmente, jamais seria vista por alguém fora da pequena ilha.

– Sabe com o que isso se pareceu, não? – perguntou Vellis.

Ele ergueu sua taça de vinho, batendo a unha do indicador na borda algumas vezes, depois a recolocou na mesinha de quartzo.

– Não é possível – respondeu Marlowe. – Ela não pode estar viva. Estaria velha demais.

– Assim espero – disse Vellis. – Para o bem dela, por todos os deuses...

O sol brilhava nas ondas do lago, e os dois homens pensavam na história de seu clã, de onde sua riqueza realmente viera, e na grande tragédia em seu âmago.

– ... assim espero.

CAPÍTULO VINTE E QUATRO

HIPERESPAÇO. A *OLHAR ELÉTRICO*.

A nau almirante de Marchion Ro viajava através do hiperespaço, de uma forma que nenhuma outra nave da galáxia conseguiria. Seu curso não estava definido, passando de uma zona de acesso para outra, através de uma hipervia bem definida. Não... a *Olhar Elétrico* não se movia, ela manobrava. A gigantesca nave descia e subia, fazendo curvas impossivelmente fechadas, mergulhando em pequenas ramificações da via principal e se encontrando num espaço inexplorado completamente novo. Ela seguia por rotas que não podiam ser vistas e nem repetidas.

Seu caminho era mapeado por Mari San Tekka, e Marchion Ro lhe dava total liberdade. Ela tinha controle absoluto sobre os sistemas de navegação da nave, mesmo que a viagem ficasse um tanto turbulenta, ou, de vez em quando, até aterrorizante. E daí? Aquelas viagens faziam Mari se sentir bem e feliz, permitiam a ela testar suas teorias e trabalhar em novas ideias.

Pilotar a *Olhar Elétrico* a acalmava e fazia com que se sentisse confortável, de forma que, quando Marchion lhe pedisse Trilhas específicas, ela fosse capaz de fornecê-las sem se exaurir ou se frustrar.

Pela janela de observação, ele olhava para as paisagens impossíveis através das quais ela guiava a nave. Era como voar por uma nevasca de flores feitas de luz verde brilhante. Belo e horripilante ao mesmo tempo.

Viajar através do hiperespaço sob condições normais era uma experiência diferente de qualquer outra. A nave entrava em uma via e seguia por um constante turbilhão de nada durante um tempo definido, para então sair e voltar ao espaço real.

O voo de Mari, no entanto, era mais parecido com o de um veloz inseto alado, que ziguezagueava de flor em flor, mudando de direção sem se preocupar com coisas como inércia, aceleração ou desaceleração.

Aquelas habilidades tinham um custo, tanto em desgaste quanto em combustível, embora a *Olhar Elétrico* fosse especialmente equipada para lidar com aquilo por meio de um motor de Trilha de design único. O primeiro do tipo, na verdade, de aparência similar aos de todas as outras naves dos Nihil, mas com capacidades muito aprimoradas. Aqueles motores permitiam aos Nihil traduzir as Trilhas em dados de navegação que, por serem considerados *impossíveis*, seriam rejeitados por quaisquer outros sistemas convencionais. Eram a chave de tudo o que faziam e o que ainda fariam.

Marchion possuía a enorme nave havia muito tempo, e seu pai antes dele, ambos assombrando os espaços vazios projetados para milhares de tripulantes, mas que, devido ao tempo e à traição, eram habitados por apenas uns poucos. Os Ro, pai e filho, não tinham um mundo natal; abandonaram-no havia muito tempo. A nave era o mais próximo que Marchion tinha de um lar, assim como Mari San Tekka era o mais próximo de uma família que lhe restara.

Marchion Ro olhou atentamente para Mari, deitada em uma alongada cápsula selada com um painel frontal transparente. Fios a conectavam a fontes de energia no convés, e grandes tanques de vários medicamentos borbulhavam por perto, seus conteúdos gotejando em tubos conectados à cápsula. A máquina era essencialmente uma grande cápsula médica projetada para manter Mari tão saudável e confortável quanto possível para uma humana que já vivia havia bem mais de um século.

Mari estava em um estado de concentração específico que ela alcançava ao fazer essas viagens, traçando rotas através do turbilhão do hiperespaço que apenas sua mente era capaz de enxergar. Ninguém mais parecia capaz daquilo, e nenhum navidroide chegava perto. Cérebros droides podiam mapear rotas através de caminhos já estabelecidos, mas o que Mari fazia não era nada parecido. Ela encontrava caminhos entre caminhos, por meio de uma mistura de instinto e análise matemática inconsciente que operava em um nível que ela não era capaz de explicar.

Marchion lhe perguntara, é claro, várias vezes, assim como seu pai e sua avó. Se fosse possível replicar o dom de Mari San Tekka, não existiriam limites ao que poderia ser conquistado. Mari tentara, mas era como explicar por que sempre existiam mais estrelas não importando quão longe se viajasse ou quão profundamente se observasse. Algumas coisas apenas eram, e não podiam ser explicadas.

Ou reproduzidas.

Quando Mari San Tekka morresse, e aquele dia talvez não estivesse muito distante, apesar da melhor tecnologia médica que era aplicada para estender seu tempo de vida, as Trilhas morreriam com ela. Naquele momento, o que tornava os Nihil mais do que apenas outra gangue de saqueadores lutando por território na Orla Exterior desapareceria.

Marchion pressionou um controle na parte externa da cápsula médica de Mari, e falou:

– Você pode nos levar de volta, Mari?

A mulher idosa o ignorou, e a *Olhar* saltou novamente. Marchion se preparou para o solavanco sem nem pensar. Algumas pessoas mal conseguiam se manter em pé quando Mari San Tekka guiava a nave em uma de suas pequenas viagens, mas ele vivenciara aquilo desde criança.

– Mari? – disse ele, mais uma vez.

Nenhuma resposta. O hiperespaço turbilhonava do lado de fora da janela de observação, e os olhos de Mari o acompanhavam, enxergando trilhas visíveis apenas para ela.

Marchion Ro franziu o cenho. Pressionou outro controle no painel da cápsula médica, e o corpo inteiro de Mari se tensionou enquanto uma corrente elétrica média o atravessava.

Ele desejou que ela não o forçasse a fazer aquilo. A mulher não era robusta, e Marchion não sabia quantos choques ela aguentaria. Seu médico, um rotundo Chadra-Fan chamado Uttersond, uma vez descrevera o coração de Mari San Tekka como uma lanterna de papel.

Mas Marchion não dispunha de tempo para ela ficar perdida na própria mente. Ele tinha planos, questões, os Nihil precisavam das Trilhas e as Trilhas vinham de Marchion Ro. Na verdade, elas vinham daquela velha mulher à qual ele vinculara todo seu futuro, aquela mulher que ele *mantinha viva* e *paparicada* e que só queria pilotar sua nave através da galáxia em vez de apenas...

Ele pressionou o controle de novo, e o corpo de Mari ficou rígido.

... entregar...

De novo.

... o que ele...

De novo.

... *precisava*.

Mari San Tekka colapsou contra o suporte da cápsula médica, e seu corpo tremia e chacoalhava. Sua boca se abriu, com saliva brilhando nos cantos, e seus olhos reviravam.

Um alarme começou a tocar, um bipe baixo e insistente, que Marchion sabia servir para chamar o doutor Uttersond. Pressionou outro controle e o alarme cessou.

Ele se inclinou sobre a cápsula médica, assistindo enquanto Mari San Tekka convulsionava. A cápsula começara os procedimentos de emergência; agulhas se estenderam em braços atuadores de ambos os lados e foram introduzidas nas veias protuberantes dos braços magros da mulher, enquanto pás metálicas planas deslizaram sob as vestes dela para estimular seu coração.

Talvez este seja o fim, pensou ele. *Todas as coisas que fiz, todos esses anos de planejamento... podem acabar bem aqui, hoje.*

A ideia tinha um atrativo perverso. Fascinado, ele observou o corpo miúdo de Mari San Tekka tremendo, imaginando se a vida dela estava prestes a embarcar em... bem, uma trilha completamente nova.

Seu indicador pairou acima do controle do alarme para Uttersond. Ele não sabia o que o médico idiota poderia fazer, mas talvez fizesse algo, e estava pressionando o controle quando Mari San Tekka tossiu, com um som alto e esganiçado, parando de convulsionar.

Ela abriu os olhos e olhou ao redor, maravilhada. Fixou a visão em Marchion e sorriu, um sorriso largo e gentil como o de uma criança.

– Olá, Marchion – disse ela. – Eu me perdi de novo? Desculpe-me. Sabe como fico quando estamos viajando. Há tanto para se ver.

Mari San Tekka acionou um controle no painel abaixo de sua mão com o indicador, e Marchion sentiu a *Olhar* sair do hiperespaço.

– Está tudo bem, Mari. Está tudo bem.

Mari girou a cápsula médica para a posição vertical, de modo que, em vez de olhar para cima, ela podia olhar de frente para Marchion. Sua mente estava embaçada pela idade, mas seu olhar não, seus olhos eram límpidos e focados, e ela nunca parecia perturbada pelas próprias orbes negras.

– Bem, foi uma boa descoberta, de qualquer forma. Encontrei um novo caminho entre Pasaana e Urber. Deve reduzir em um terço o tempo de viagem, talvez mais. Você vai fazer uma fortuna!

Mari San Tekka fora uma prospectora do hiperespaço desde os seis anos de idade. Algo acontecera a ela enquanto viajava com a família pela vastidão interestelar que a mudara. Mudou sua mente, abrindo-a para enxergar coisas que ninguém mais conseguia, as Trilhas. Durante alguns anos, ela usara aquela habilidade em benefício da família, e levara a eles riqueza e renome... mas tamanha fama viera com um preço.

A família de Marchion Ro tomara... roubara Mari San Tekka, não havia motivo para colocar aquilo de outra forma. Eles usaram suas habilidades para encontrar coisas que, na época, acreditavam precisar e depois apenas... a mantiveram. Contaram a ela quaisquer histórias que fossem necessárias para que se mantivesse feliz e trabalhando. Passaram-na de geração em geração, até que por fim ela acabou indo morar na *Olhar Elétrico*.

Mari San Tekka parecia acreditar que ainda trabalhava como prospectora. Às vezes, ela pensava que Marchion Ro era o pai dela (ou o pai dele, ou a avó), às vezes pensava que era seu filho, às vezes que era seu carcereiro, e outras vezes que era um parceiro de negócios. Sua percepção de tempo se tornara confusa ao longo das décadas, embora sua habilidade de encontrar novas hipervias não tivesse se reduzido, e não apenas as Trilhas que Marchion solicitava para os Nihil. Mari mapeara rotas novas e secretas por toda a galáxia, do Núcleo Profundo ao Espaço Selvagem. Parecia pensar que Marchion Ro as vendia para a República, ou para qualquer forma de governo que ela acreditasse estar à frente da galáxia. Aquela crença era consistente, qualquer que fosse a identidade que ela atribuía a ele.

Na verdade, Marchion não utilizava as novas rotas de Mari. Ele as armazenava no banco de dados central da *Olhar Elétrico*. Poderia chegar a hora em que elas se mostrariam valiosas a ele... mas muito ainda tinha que acontecer até tal dia chegar.

Ainda assim, acreditar que estava sendo útil fazia Mari San Tekka feliz, e quando ela estava feliz era mais facilmente convencida a fazer o que ele de fato precisava.

– Muito, muito obrigado, Mari – disse Marchion. – Pode mandá-la para o computador, que nós vamos enviar para os compradores. Você é fantástica.

Mari sorriu, subitamente tímida. Ela era tão *boa*, tão *inocente*. Ele odiava o quanto precisava dela.

– Como as coisas estão indo com o seu trabalho, Marchion? – perguntou ela. – Aquele seu plano grande e sofisticado. Está fazendo algum progresso?

Marchion contara algumas coisas para aquela mulher... coisas que ele não contara a nenhum outro ser vivo. Ele dizia para si que era porque precisava da expertise dela, e não por não ter ninguém mais para conversar.

Ele pensou na pergunta. As Trilhas, e a própria Mari, eram seu legado, passado a ele por seu pai. Asgar Ro não criara os Nihil, nem nunca os comandara. Marchion também não. Ambos serviram como o Olho, o que soava impressionante, mas na verdade o Olho apenas prestava um único serviço, de prover as Trilhas, pelo qual os verdadeiros líderes dos Nihil, os Executores da Tempestade, pagavam extremamente bem.

No entanto, Asgar Ro não levara as Trilhas aos Nihil apenas pelos créditos que elas valiam. Ele tinha outro objetivo em mente: redenção e vingança, para sua família e muitas outras. Ele não vivera para ver os frutos desse objetivo, e passara a tarefa ao filho.

Completar aquele trabalho exigiria transformação. Os Nihil deveriam se tornar algo completamente diferente do bando desorganizado, egoísta e devastador que era. Até pouco tempo, Marchion não fora capaz de ver qualquer maneira de realizar aquilo... mas agora não tinha mais escolha. Por séculos, a República deixara que a Orla Exterior se governasse, mas as coisas estavam mudando. Naquele momento, uma enorme estação, o Farol da Luz Estelar, era construída, e o que eles chamavam de alcance galáctico Marchion chamava de demonstração de força.

Os Nihil precisavam evoluir imediatamente, antes que fosse tarde e a República levasse sua lei, sua ordem e seu controle para a Orla Exterior. E, é claro, os Jedi. Não havia como se esquecer deles.

– Meu plano está... em andamento – respondeu ele. – Alguns obstáculos aparecendo no caminho, e os próximos passos vão exigir bastante sutileza. De algumas maneiras, é uma época perigosa para mim. Na verdade, estava esperando que você pudesse me ajudar com uma coisa.

Mari levantou uma mão frágil, e seu sorriso desapareceu.

– Oh, você quer algumas Trilhas. Preciso mesmo? Tive tanto trabalho descobrindo aquela nova rota... fiquei bastante cansada, com certeza. Posso fazer mais tarde? Depois de um cochilo?

Dê um choque nela, pensou ele. *Dê choques e mais choques até que ela pegue fogo dentro dessa maldita cápsula.*

– Não – disse Marchion. – É apenas uma pergunta. Eu só queria que você pensasse sobre uma coisa. O chefe preparou seu prato predileto para o jantar. Podemos mandar trazer, se for ajudar.

Mari suspirou.

– Tudo bem, Marchion – disse ela. – Se você realmente precisa. Sabe, seu pai nunca exigiu tanto de mim quanto você faz. Sinto falta dele.

Os dedos de Marchion Ro se contorceram sobre o botão que ativaria a corrente elétrica no interior da cápsula médica. Seu pai estava morto. Marchion não seguiu e não seguiria o caminho daquele homem. Mari San Tekka e os Executores da Tempestade poderiam alfinetá-lo quantas vezes quisessem, sugerindo que ele não estava à altura. Não importava. Seu pai estava morto.

Ele respirou fundo e fechou a mão enluvada.

– Obrigado, Mari – disse ele. – Aqui está o que eu gostaria que você fizesse.

Ele puxou um chip de dados de seu cinto e o conectou em um leitor acoplado na cápsula médica de Mari. A informação foi exibida no interior do painel frontal da cápsula, num azul brilhante, em linhas de informação que subiam rapidamente e descreviam os últimos momentos dos fragmentos do que uma vez fora a *Legacy Run* enquanto se espalhavam pelo sistema Hetzal. Os olhos de Mari San Tekka se estreitaram, captando toda a informação, sem deixar passar nada.

– Oh, querido – disse ela. – Pobre nave. Que tragédia.

– Aham – disse Marchion Ro. – E não acaba aí. Pedaços daquela nave estão saindo do hiperespaço por toda a Orla Exterior. Estão chamando de Emergências. Há um fragmento em particular, um pedaço da ponte de comando que contém os registros de voo da nave. A República está procurando por ele, porque acreditam que vai lhes contar detalhes que querem saber sobre o que aconteceu com a *Legacy Run.*

– Sim, entendo – disse Mari, ainda observando os dados que eram exibidos no interior da cápsula.

– Eles estão tentando construir algum tipo de máquina, composta de muitos navidroides conectados uns aos outros, que esperam usar para prever onde os fragmentos perdidos da *Legacy Run* vão aparecer. Eu só quero saber se isso é possível. Algo assim de fato pode ser feito?

Mari não hesitou. Ela deu risada, e o som foi surpreendentemente vívido. Marchion não fazia ideia de onde aquilo viera. Parecia que o peito dela poderia colapsar com o simples toque de um dedo.

– É claro, bobinho. Poderia fazer isso para você agora mesmo. Posso lhe dizer onde cada pedaço da nave vai aparecer. Não demora muito. Mas é que... estou muito cansada.

Marchion congelou. Tudo estava claro, naquele único instante, cada passo que ele precisava tomar se revelara para ele. Havia opções, rotas alternativas, ele teria que fazer escolhas, improvisar... mas tudo fazia parte de um único caminho, que levava ao que ele buscara durante toda a vida.

Seu comunicador chiou, e ele o pegou.

– Sim? – disse Marchion.

– Ela teve outra convulsão – afirmou a voz estridente do doutor Uttersond através do aparelho. – Vi nos meus monitores.

A voz do Chadra-Fan era excessivamente irritante, mesmo quando não tinha o tom de repreensão que usava no momento.

– Ela está bem – disse Marchion.

– Não, senhor. Com todo o respeito, não está. Ela precisa descansar. Nada de prospecção ou Trilhas por pelo menos uma semana. Ela está em frangalhos, precisa recuperar as forças.

– Obrigado, doutor. Entendi.

– Entendeu, senhor? Porque às vezes eu me questiono. Imagino que...

Marchion encerrou a transmissão. Ele fitou Mari San Tekka, o sorriso inocente em seu rosto enquanto observava os fragmentos da *Legacy Run* matarem e destruírem através de Hetzal.

– Aprecio muito a sua ajuda, Mari – disse ele. – Preciso resolver algumas coisas, mas voltarei mais tarde. Você pode começar agora? Vou mandar o chef trazer seu jantar. Você pode trabalhar enquanto come.

A mulher de idade não respondeu. Acenou vagamente com a mão, sua cápsula médica voltando à posição horizontal. Ela estava mergulhando de novo, sua mente tremeluzindo junto dos caminhos rodopiantes que apenas ela compreendia, enquanto começava a trabalhar no problema.

Marchion Ro deixou a câmara de Mari, dirigindo-se à ponte da nave. A *Olhar* era quase toda operada por droides e por tripulantes contratados de fora dos Nihil. Ele não confiava nos Tormentas e Nuvens, e com certeza em nenhum dos Raios. Nenhum deles. Nem mesmo os Executores da Tempestade eram permitidos a bordo de sua nave. Ninguém sabia de onde vinham as Trilhas, mas se descobrissem... bem, qualquer um poderia manter uma cápsula médica funcionando.

Quando chegou na ponte, uma bela câmara inteiramente entalhada a partir do tronco de uma única e gigantesca árvore wroshyr, importada de Kashyyyk e moldada por artesãos por um valor exorbitante, Marchion foi até sua cadeira de capitão sem dirigir uma única palavra à sua tripulação. Pressionou o botão que acionava as telas privativas ao redor de seu assento, as quais se desdobraram como telas de comunicação.

Outro botão pressionado, e Kassav, Pan Eyta e Lourna Dee apareceram nas telas.

– Deixe-me adivinhar, você está com medo do grande Jedi malvado e não quer nos dar nenhuma Trilha – disse Kassav, como sempre o primeiro a falar e o último a se calar.

Pan Eyta e Lourna Dee continuaram em silêncio.

– Não tenho medo dos Jedi, Kassav. Porém, como não sou um idiota, os considero uma ameaça grave. Eles podem destruir tudo o que construímos.

Kassav parecia ter mais coisas a dizer, por isso Marchion continuou falando, sem lhe dar a chance.

– Sei que vocês estão frustrados por estarmos sem atividades – disse ele. – Sem incursões. Bem. Sabem aquela iniciativa que mencionei? Está em andamento. Vamos mudar um pouco as coisas. Vou enviar para vocês uma lista de Emergências, as que ainda não aconteceram. Vão até elas e vejam que oportunidades vocês conseguem encontrar para a gente. O único detalhe é que não podemos usar as Trilhas. Vocês precisarão planejar suas operações sem elas. Apenas táticas e técnicas padrão.

Lourna e Pan não falaram nada, mas ele pôde ver que ambos estavam pensando, calculando, tentando decidir o quanto aquilo os ajudaria ou prejudicaria, que tipo de jogo ele estava jogando, o quanto conseguiriam mudar sua mente, ou se por fim chegara o momento de colocarem em prática os planos que Marchion estava certo de que faziam de assassiná-lo, roubar tudo o que ele tinha e tomar as Trilhas para eles.

Daquela vez, Kassav não falou tão rápido. Provavelmente estava pensando nas mesmas coisas que os outros dois.

– Estou de fato impressionado – disse Kassav, por fim. – Isso parece muito bom. Mas como faremos o trabalho por nossa conta e você não está nos fornecendo nenhuma Trilha, a divisão deveria ser diferente. Proponho que o Olho não fique com um terço dos resultados. Que tal... dez por cento? Parece justo.

Marchion deu a ele um sorriso que não era nada sorridente.

– Aqui está o que posso fazer, Kassav. Se você não quer as Emergências, posso enviá-las apenas para Pan Eyta e Lourna Dee. Ou para nenhum de vocês. Vocês decidem. Mas, se receberem informações do Olho, devem pagar por elas como sempre fazem, ou não receberão Trilhas nunca mais. Os resultados serão divididos como sempre são. A Regra de Três se aplica.

Kassav não gostou daquilo. Marchion não se importou.

– A República também está tentando descobrir onde as Emergências vão acontecer, e eles estarão lá tão logo aconteçam, por isso usem seus melhores subordinados – disse ele. – Vocês vão querer chegar e sair. Talvez encontrem um local de desastre para ser saqueado. Talvez queiram pedir resgate pela informação sobre onde uma Emergência está prestes a acontecer... mas façam isso de forma anônima e enviem os créditos para uma de nossas contas secretas. O que quero dizer é: sejam sutis. Se o pessoal da República descobrir que alguém sabe onde as Emergências estão acontecendo, isso pode trazê-los até nós, e não precisamos desse tipo de problema.

Ele se inclinou para frente.

– Faz sentido para vocês?

Os Executores da Tempestade assentiram, e Marchion Ro interrompeu a conexão. Então, pensou por um momento. Tudo estava claro. Tão claro. Pressionou um controle no braço de sua cadeira de capitão.

– Levem o jantar para a senhora – disse ele.

CAPÍTULO VINTE E CINCO

ELPHRONA.

Um *clang*, e o veículo chacoalhou. Bell ouviu Indeera xingar baixinho, mas não reduziram a velocidade. Na verdade, passaram a se mover mais rápido, com o ruído do motor aumentando.

Brasa se agitou ao lado de Bell, ansiosa, e ele afagou a pelagem do animal, sentindo a variação de temperatura na coloração da criatura.

– Está tudo bem, garota – disse Bell. – Indeera só esbarrou em alguma coisa. Tudo bem.

Eles estavam em outro veículo projetado pelas Empresas Valkeri para os Jedi: uma Vanguarda, veículo terrestre equivalente ao caça Vector. Também era ocasionalmente chamado de Roda-V, mesmo que não utilizasse rodas para se locomover. Cada posto avançado Jedi contava com pelo menos um deles como equipamento padrão, e a máquina era projetada para operar em todos os muitos ambientes planetários nos quais aquelas instalações se situavam. Ela poderia se deslocar como um transporte sobre rodas ou lagartas, ou como um deslizador movido por repulsores para terrenos acidentados demais mesmo para tanques. Uma Vanguarda possuía utilidade limitada como veículo anfíbio ou até mesmo submersível, sendo capaz de ficar completamente selada, se necessário. Era capaz de tudo, menos de voar, e fazia-se de fato útil em Elphrona, onde o forte campo magnético do planeta tornava algumas regiões completamente inóspitas para naves.

Sua estética geral era análoga à dos caças Vector: linhas suaves e elegantes, com curvas e bordas retas integradas em um conjunto geométrico atraente. Atrás dos assentos da cabine do condutor, ocupada, no momento, por Indeera Strokes e Loden Greatstorm, ficava uma grande área de passageiros multiuso, com espaço para armazenar quaisquer equipamentos necessários em uma missão. Embora as Vanguardas fossem mais robustas do que os Vectors, eram construídas com vários dos mesmos recursos relacionados aos Jedi de suas primas voadoras. O sistema de armas exigia um sabre de luz como chave e muitos dos controles eram de natureza mecânica, e não constituídos de componentes eletrônicos, podendo assim, durante uma emergência, ser operados com o uso da Força.

Nenhum Jedi usava a Força para realizar algo que pudesse ser feito facilmente com as mãos, mas muitas vidas já haviam sido salvas por causa da possibilidade de destravar a escotilha de uma Vanguarda à distância, disparar suas armas, ou até mesmo colocá-la em movimento. Bell não acreditava ser capaz de fazer uma coisa daquelas, e não tinha certeza se Loden seria. Indeera... talvez. Ela era, de longe, a mente mais tecnológica do grupo. Sempre que usavam a Vanguarda, era ela quem conduzia, e aquele dia não foi exceção.

Ela escolhera a rota mais direta para o destino deles, uma linha reta através de uma paisagem tomada por um conjunto de colinas baixas. Havia uma estrada que levava do posto avançado até Esperança de Ogden, e que passava ao redor dos lotes, mas era um caminho indireto. Seguir aquela estrada tomaria um tempo que eles, de acordo com a emergência da mensagem que receberam, não pareciam ter. Por isso, o caminho era acidentado e irregular... mas rápido, principalmente com Ideera no controle.

A Vanguarda chegou ao topo de uma elevação.

– Fumaça – disse Loden.

Bell se virou para olhar através da janela da Vanguarda e viu a que seu mestre se referia, uma coluna larga de fumaça escura aparecera bem à frente no caminho, no momento em que eles se viram sobre as colinas.

– Se aquela não é a propriedade dos Blythe, está bem perto. Você acha que... – disse Indeera.

– Acho – respondeu Loden. – Pelo que ouvi falar, os Nihil são destruidores. Tomam o que querem e deixam escombros por onde passam. Também usam armas de gás... pode ser o que estamos vendo.

– Parece fogo, para mim – disse Indeera. – Assuma o controle, Loden. Vou pegar um Véu e ver se consigo dar uma olhada no que vamos encontrar.

– E isso nos dará uma chance de reagir em múltiplas frentes caso os Nihil ainda estejam lá, ou se deixaram alguma surpresa – comentou Loden.

Indeera assentiu. Ela se levantou do assento enquanto Loden pegava o volante. A Vanguarda desacelerou.

Indeera foi para o compartimento de passageiros, passando por Porter Engle, sentado em silêncio, com seu único olho encarando o nada.

Por fora, o Ikkrukki estava calmo, mas Bell sentia uma energia turbulenta dentro do homem. Porter Engle, o gentil cozinheiro, criador de receitas inventivas e distribuidor de provérbios úteis, estava sendo colocado de lado. O que surgia em seu lugar se parecia com um vulcão dormente começando a acordar, fervilhando e de prontidão, repleto de um poder inimaginável. O Jedi ancião invocava um fantasma: uma de suas vidas anteriores. Uma versão dele mesmo cuja história era contada por Padawans. Alguém cujo tipo de pessoa que atacava uma família de colonos indefesos deveria rezar para nunca encontrar.

– Você está bem, Porter? – perguntou Bell.

– Sim – respondeu o velho Jedi, sem desviar o olhar.

Bell decidiu deixar o ancião em paz. Ele não tinha medo de Porter, ambos eram Jedi. Mas... não tinha muita certeza sobre como se sentiria ao encontrar um fantasma.

Indeera passou rapidamente por eles em direção à traseira do veículo, onde dois deslizadores Véu estavam presos em prateleiras, um acima do outro. Como todo o equipamento que as Empresas Valkeri construíam para a Ordem, eles também eram projetados para usuários da Força, e como tais eram máquinas delicadas e muito ágeis. Pouco mais que um assento fixado a uma estrutura oca de duralumínio, com um único repulsor e quatro peças similares a pequenas asas que brotavam das laterais, um Véu era basicamente um graveto voador. Mas quem soubesse como pilotar um daqueles, teria um veículo rápido e manobrável ao extremo. Um grupo de pilotos habilidosos, com sabres de luz empunhados, poderia abater pelotões inteiros de veículos blindados enquanto devolviam o fogo de blaster para seus agressores.

Véus também eram incrivelmente divertidos, e Bell pegava um para passear entre as colinas e vales ao redor do Posto Avançado de Elphrona sempre que Loden lhe dava uma rara hora de folga.

Indeera tirou um dos Véus da prateleira, depois, com o pé, destravou o controle que mantinha a escotilha traseira da Vanguarda. A escotilha se abriu, e o ar de aroma metálico rugiu para dentro do compartimento.

– Tenha cuidado – disse ela para Bell, antes de sair. As asas do Véu se abriram enquanto ela saltava para fora. O Padawan a viu seguir o vento para longe, sumindo num piscar de olhos.

Bell fechou a escotilha de novo. Ele se levantou, foi para a frente da Vanguarda, passando por Porter, que permaneceu em silêncio, e se sentou no assento que acabara de ficar livre. Brasa estava deitada entre eles, e Loden esticou o braço para afagar a cabeça da criatura e tirar os olhos do que os esperava à frente.

Pelo para-brisa, a fonte da coluna de fumaça se revelou como uma casa de dois andares, elemento central do que uma vez fora uma pequena e organizada propriedade, que parecia uma operação de garimpo.

Loden desacelerou a Vanguarda e parou a poucas centenas de metros do fogo. Então, olhou para Bell e perguntou:

– Sente algum sobrevivente?

Bell acessou a Força. Nada. Apenas um vazio frio.

– Não – respondeu ele.

– Eu também não – disse seu mestre. – Mas precisamos conferir. Ver se deixamos passar alguém, ou se encontramos pistas sobre o que aconteceu. Vamos fazer justiça aqui, de um jeito ou de outro.

Loden abriu a porta de seu lado da cabine do condutor e desceu para o chão. Bell fez o mesmo, e Brasa desceu depois dele. Porter apareceu instantes depois, com a mão repousando sobre o cabo do sabre de luz embainhado.

Bell se deu conta de que nunca vira o homem idoso sacar a arma. Nem uma única vez.

Loden ergueu o comunicador e falou:

– Chegamos na propriedade dos Blythe, Indeera. Parece que os Nihil incendiaram o lugar. Vamos dar uma olhada ao redor. Você vê alguma coisa?

– Nada – respondeu a voz de Indeera. – Estou sobre uma elevação a cerca de meio quilômetro. Consigo chegar rápido se algo acontecer. Aviso vocês, se vir alguém se aproximando.

– Ótimo – disse Loden, guardando o comunicador de volta no cinto.

– Vamos, mas devagar.

Loden deu alguns passos adiante, na direção da casa queimada. Eles passaram por um curral, onde vários steelees aterrorizados corriam e golpeavam o chão com as patas, os olhos enormes e as narinas dilatadas. Porter ergueu uma mão.

– Acalmem-se, amigos – disse ele, e os animais se acalmaram imediatamente, repousando sobre seus joelhos e se amontoando no cercado.

– Deslizador destruído – disse Loden, apontando para uma pilha de destroços não muito longe da casa. – Corpos, também. E um punhado de droides escavadores, destruídos por fogo de blaster. Meu palpite é que a família tentou usá-los para se defender. Não funcionou, não o bastante.

Porter os chamou, próximo do curral dos steelees, onde estava abaixado observando de perto um trecho de solo revirado junto do portão.

– Os Nihil levaram alguns dos steelees da família quando perderam o deslizador. Consigo ver a história toda aqui na terra. Seis pessoas, quatro cativos.

Ele se levantou, e sua face parecia tão fria que seria capaz de extinguir o fogo.

– Dois deles eram crianças.

Bell olhou para a casa mais atentamente. Havia algo na porta. Parecia estranho, como escrita, ou...

Ele se aproximou. A porta da casa dos Blythe fora marcada com três riscos dentados que ziguezagueavam de cima a baixo. As extremidades eram irregulares, selvagens, como se entalhadas por uma vibrolâmina ligada em baixa potência.

– Tem alguma coisa aqui – disse ele, dando outro passo.

As linhas pareciam... eletricidade. Três raios dentados.

O calor do fogo era intenso, mas o símbolo, de um jeito primitivo, era fascinante. Ele se aproximou, a fim de observar a marca o mais claramente possível.

Brasa latiu, um som agudo e inconfundível de alarme.

Bell parou e se virou para ela.

– O que foi, garota? – perguntou ele, e logo percebeu o motivo pelo qual Brasa o alertava. Quatro trilhas de terra elevada, aproximando-se dele numa velocidade incrível.

Minas toupeira, Bell teve tempo de pensar, e depois fez duas coisas.

Primeiro, usou a Força para empurrar Brasa. Tentou ser gentil, mas seu objetivo era afastá-la do perigo. Qualquer dano que ele causasse a ela não seria tão grave quanto o que sofreria se fosse pega na explosão. Depois, ele saltou para cima, sacando o sabre de luz.

As minas toupeiras eram projetadas para avançar contra seu alvo pouco abaixo da superfície do solo e então se lançarem no ar, explodindo a mais ou menos um metro de altura, enviando um anel horizontal de estilhaços junto com uma coroa de chamas e calor intenso. Eram mortais e cruéis. A maioria das pessoas nem tinha a chance de reconhecer o que as atacava antes de ser morta por uma arma daquelas.

Duas minas pularam para fora do solo, cilindros cinza-escuros com bocas trituradoras cheias de engrenagens em uma das extremidades, a forma pela qual elas se deslocavam sob a terra. Conforme Bell alcançava o ponto mais alto de seu salto, agarrou ambas com a Força e as arremessou o mais longe que conseguiu contra o ar, um movimento reflexo que ele esperava ser capaz de resolver o problema.

As duas minas restantes não saíram da terra, porque seus primitivos cérebros eletrônicos não tinham certeza de onde estava seu alvo, agora que Bell se distanciara.

Um grande barulho, um *whoomph*, e poucos segundos depois, ambas as minas arremessadas explodiram.

Bell sentiu uma onda de calor intenso, mas suportável.

Ele caiu, vendo o fim do rastro de uma das minas bem abaixo de si, e tentou se direcionar o melhor que pôde.

Bell pousou, penetrando o solo com o sabre de luz, empalando uma das minas remanescentes. O último dos explosivos se lançou ao ar e ele reagiu sem pensar, sendo guiado pela Força, e a cortou no meio pouco antes de ela atingir a altura máxima.

As duas metades da mina toupeira, cortada perfeitamente ao meio, caíram no chão, e Bell levantou o olhar.

Ele viu que Loden e Porter também estavam lidando com ataques, cada um à sua maneira. Loden usava a Força para arrancar as minas do chão antes que elas se aproximassem, e as enviava para o alto, onde explodiam inofensivas sobre as planícies de ferrugem.

Porter estava abaixado, com o sabre de luz ativado, uma lâmina azul brilhante que ele empunhava ao contrário.

O Jedi ancião apenas cortava as minas ao meio enquanto elas se lançavam para cima do chão. Uma após a outra, a manobra que Bell realizara uma única vez e ainda não entendera de fato como conseguira fazer, Porter fazia repetidas vezes. A expressão no rosto do Ikkrukki idoso nunca mudava. Sua lâmina lampejava, o metal caía, e ele continuava intacto.

Tanto Bell quanto Loden estavam fascinados. Ambos eram bons espadachins, e Loden afirmava ser ótimo. Mas aquilo não se comparava a nada que já tivessem visto. Não no Templo Jedi, não do Mestre Yoda ou Zaviel Tepp, ou mesmo do velho Arkoff. Bell não imaginava como seria enfrentar Porter Engle em combate.

A demonstração de habilidade era bela, e eles não conseguiam parar de assistir. Por isso, nenhum dos dois percebeu a mina toupeira que abriu caminho sob a Vanguarda e se lançou para cima, destruindo-se num paroxismo de alegre autoimolação. A explosão partiu o veículo ao meio e lançou Bell e Loden contra o chão num impacto que eles quase não conseguiram amortecer com a Força.

– Vocês estão bem? – soou Indeera, com urgência na voz. – Loden! Porter! Respondam! O que diabos está acontecendo aí? De repente tudo começou a explodir!

Loden resmungou e girou, ficando com as costas contra o chão. Depois, puxou o comunicador do cinto.

– Estamos bem, Indeera – disse ele. – Os Nihil deixaram algumas surpresas para a gente. Minas toupeira. Parece que acabamos com todas, mas perdemos a Vanguarda.

– Se deixaram minas, significa que acreditavam que poderiam ser seguidos – disse Indeera. – Quer dizer que foram embora.

– Também acho – disse Porter, andando, com o sabre de luz de volta à bainha. – Meu palpite é que eles têm uma nave pousada em algum lugar em uma das zonas de trânsito. Os campos magnéticos são muito densos aqui, por isso não puderam apenas pousar e capturar a família. Tiveram que pousar e vir de deslizador. A família destruiu o deslizador, por isso eles roubaram os steelees e os levaram de volta para a nave.

– Como é que vamos alcançá-los agora? – perguntou Bell, levantando-se do chão. – A Roda-V já era.

– Ainda restam três steelees – disse Porter. – Posso colocar selas neles e usar a Força para convencê-los a trabalhar conosco, a darem tudo de si para recuperar seus semelhantes. Se nos apressarmos, podemos pegar esses monstros antes de eles levarem os Blythe para fora do planeta.

– Faça isso – disse Loden, erguendo o comunicador mais uma vez. – Indeera, estamos indo atrás dos Nihil, temos aqui uns animais que podemos usar de montaria. Volte ao posto avançado e pegue um Vector. Talvez precisemos segui-los para fora do planeta.

– Entendido – disse Indeera. – Que a Força esteja com vocês.

Loden recolocou o comunicador no cinto e caminhou até os restos ardentes da Vanguarda. As duas metades do veículo estavam separadas por vários metros, e pedaços de destroços espalhavam-se pelo espaço aberto entre elas. Ele parou próximo do que fora a cabine do condutor.

– O que está fazendo? – perguntou Bell.

– Os sistemas internos da Vanguarda são reforçados contra ataques. Em tese, dá para abrir vários buracos de blaster em uma delas e ela vai continuar funcionando. Esta pobre Roda-V aqui não vai mais a lugar algum, mas talvez ainda possa se mostrar útil.

Ele ergueu a mão, e um longo painel metálico na frente da Vanguarda destruída começou a vibrar, afastando-se ligeiramente do restante da máquina.

– Ajude-me, Padawan – disse ele. – Esta coisa está bem presa.

Bell ergueu a mão, e o painel metálico enegrecido se soltou, voando para trás e deslizando pelo chão. Loden se curvou e observou os mecanismos internos da Vanguarda.

– Hmm – disse ele. – Parece intacto.

Ele fez um gesto com a mão, fechando-a em punho, e Bell ouviu o som de metal retorcendo e estalando dentro do compartimento do motor, ruídos de pequenas travas sendo forçadas além do limite.

Loden colocou a mão no interior da máquina e removeu um tubo metálico de cerca de um metro e meio de comprimento, com um tipo de cesta de arame em uma das extremidades contendo um módulo de potência compacto. Fios se esticaram e puxaram quando ele levantou o conjunto, cujo tubo suspendia componentes eletrônicos ligados a um painel metálico plano que balançavam conforme a peça era tirada da Vanguarda.

Bell observou enquanto seu mestre rapidamente teceu os fios em uma espécie de alça e prendeu tudo em um dos ombros. As extremidades do tubo apareciam por trás do ombro e da cintura dele.

– Uff – disse Loden. – Pesado.

Ele olhou para Bell e reparou no olhar inquisitivo do Padawan.

– Só para garantir – disse Loden, sorrindo.

Porter voltou do curral, segurando as rédeas de três steelees prateados, já com as selas e prontos para serem montados.

– Conectem-se com sua montaria o melhor que puderem. São bons animais, mas vamos exigir muito deles. Vocês precisam explicar o quanto isso é importante.

Bell não sabia ao certo o que aquilo significava, mas presumiu que deveria descobrir logo, ou seria arremessado pela montaria e ficaria para trás.

O jovem colocou o pé em um dos estribos e subiu nas costas da montaria, não com tanta suavidade quanto gostaria, mas o que importava é que estava sobre ela. O steelee relinchou, sacudindo a cabeça e dando pequenos passos para os lados. O animal bateu um casco contra o chão, demonstrando sua irritação por ter um cavaleiro obviamente inexperiente, e faíscas voaram de onde o metal atingiu a pedra.

– Qual é a direção, Bell? – perguntou Loden, já em sua própria sela.

Bell ampliou sua consciência, buscando por medo, dor, raiva... e encontrou. Não tão longe quanto imaginara. Eles tinham uma chance.

– Para lá – disse, apontando.

Eles partiram.

CAPÍTULO VINTE E SEIS

FRAGATA MÉDICA DA REPÚBLICA, CLASSE-*SALVATION*, *PANACEIA*.

– Estou desconfortável com isso, Mestre – disse Burryaga. – Nós estávamos apenas fazendo nosso trabalho.

Ele falou em Shyriiwook e, até onde sabia, a única pessoa a menos de um parsec de distância que conseguiria compreender o que falara era sua mestra, a Cavaleiro Jedi Nib Assek, de pé ao seu lado. Mas não queria que ninguém pensasse que estava reclamando, ou que não quisesse estar ali; aquela era uma ocasião solene. Ambos usavam seus trajes do Templo para acompanhar o momento. Para ele, era apenas um tabardo com várias camadas e um cinturão azul-celeste, sem mangas, mas Nib estava toda vestida em branco e dourado, com o longo cabelo grisalho preso em um coque, e as botas e o cabo do sabre de luz tão polidos que brilhavam.

– Isto não é para nós, Padawan – disse Nib. – Estamos aqui para dar a essas pessoas alguma sensação de conclusão, alguma paz. Elas queriam nos encontrar. Vamos. Não vai ser tão ruim.

Os dois Jedi estavam próximos da entrada da câmara de teto elevado, semelhante a uma catedral. A enorme sala ocupava a maioria da porção central da *Panaceia*, uma gigantesca nave de auxílio médico, uma das Grandes Obras da Chanceler Soh. Nos anos após sua conclusão, a nave fora enviada a diversas zonas de conflito, lugares de desastres e áreas afetadas por surtos de contágio, como evidência tangível do comprometimento da República com seus cidadãos, em especial os mais vulneráveis. Mais recentemente, Soh enviara a nave ao sistema Hetzal, para recolher e tratar os sobreviventes do desastre da *Legacy Run*.

A enorme câmara central da *Panaceia*, chamada de convés de observação, era um domo de aço transparente. Sob circunstâncias normais, o domo revelava o que quer que acontecesse no exterior da nave, mas, em respeito à maioria dos ocupantes da câmara, uma escolha diferente foi feita. Em vez do escuro vazio do espaço, os circuitos internos do domo tornaram sua superfície opaca, com tons sutis de verde e azul se movendo através dele, e uma luz amarela acolhedora brilhando no topo. Os psicólogos médicos da nave reproduziram sutilmente as cores, sons e sensações de um planeta como os que os colonos a bordo da *Legacy Run* esperavam estabelecer como seus novos lares. Quer dizer, se seu transporte não tivesse sido destruído em um instante de terror e fogo, e eles não tivessem sido jogados no hiperespaço num desastre que ainda não terminara.

Burryaga acompanhava as Emergências de perto. Como estivera presente no início do desastre e desempenhara papel fundamental em sua resolução, sentia-se profundamente conectado àquela situação terrível. Queria se manter envolvido e ajudar no que pudesse, até que a lenta tragédia por fim terminasse. Entre outros esforços, ele lia os relatórios diários enviados pelo gabinete da chanceler sobre o estado da crise. Nos últimos dias, concentrava-se na agitação crescente à medida que os efeitos do bloqueio hiperespacial cada vez maior eram mais sentidos. Mas também discutia as Emergências. Vinte e uma, naquele momento, e uma das últimas destruíra uma instalação orbital de transporte sobre Dantooine que coordenava enormes remessas de ajuda aos Territórios da Orla Exterior cada vez mais isolados.

Nib Assek caminhou para o centro do convés de observação, onde cerca de trinta pessoas se reuniam, conversando em voz baixa. A equipe da *Panaceia* distribuíra lanches, e a maioria das pessoas segurava copos com bebidas. Parecia uma festa... mas não era.

Aqueles eram os primeiros sobreviventes da *Legacy Run* a serem resgatados, os mesmos cujo medo Burryaga detectara pouco antes de ele, Nib, Te'Ami e Mikkel Sutmani quase destruírem o compartimento de passageiros que os abrigava. Os sobreviventes se reuniram lá para encontrar seus salvadores Jedi e da República – era tanto uma tentativa de conclusão quanto uma chance de expressar gratidão pessoalmente. Aquilo deixava Burryaga desconfortável. Não se agradecia um Jedi por ser um Jedi.

Joss e Pikta Adren, os pilotos casados da Proa-longa, não pareciam ter qualquer ressalva do tipo. Estavam completamente confortáveis, já conversando com alguns passageiros da *Legacy Run*. Burryaga não tinha qualquer problema com aquilo, claro. Os dois foram parte integrante do resgate, e o jovem Wookie se sentia contente por estarem ali, ao menos para que afastassem dele um pouco das obrigações sociais.

Burryaga analisou os sobreviventes do cargueiro. Sentiu, através da Força, a estranha tensão entre aquelas pessoas, uma peculiar mistura de arrependimento, vergonha, júbilo e alívio. Síndrome do sobrevivente, pressupôs.

Nib cumprimentou um jovem casal de forma calorosa, abraçando uma de cada vez. Enquanto soltava a segunda mulher, a Jedi gesticulou com os dedos na direção do Padawan, fazendo um sinal que ele conhecia como "avance para a batalha", um dos sinais secretos entre mestre e aprendiz.

Burryaga suspirou e avançou, ajustando o cinturão, sentindo o peso confortável do cabo polido do sabre de luz, embainhado na lateral. Ele brilhava tanto quanto o de Nib, embora o dele fosse feito com o âmbar de uma árvore wroshyr branca de Kashyyyk, mundo natal dos Wookies, com uma guarda larga em electro. Não que ele esperasse usar o sabre de luz naquele lugar, mas "avance para a batalha" pareceu bastante adequado. Sua mestra sabia o quanto ele detestava reuniões como aquela. Nenhuma daquelas pessoas seria capaz de entender seu idioma. Às vezes, aquilo era bom, porque normalmente as pessoas presumiam que aqueles que não falavam também não escutavam. Bastante útil durante momentos em que estivesse tentando coletar informações, mas aquela não era uma batalha de verdade, e ele não estava em território inimigo. Era apenas um tipo estranho de evento social, e Burryaga não imaginava que poderia aprender muita coisa, não importa quantas conversas escutasse.

Apesar disso, sabia que Avar Kriss pedira a Nib que perguntasse gentilmente sobre as experiências dos sobreviventes da *Legacy Run*, para ver se algum detalhe sobre o desastre poderia surgir. Mestra Kriss e o parceiro, Elzar Mann, buscavam por pistas sobre o que acontecera. Ela acreditava que algum dos sobreviventes poderia ter lembranças reprimidas que talvez emergissem assim que estivessem mais afastados do evento original, tanto em tempo quanto em distância. Mas buscar aquela informação era trabalho de sua mestra, não dele. O Wookie não sabia como poderia pedir às pessoas que lhe contassem suas histórias sob aquelas circunstâncias. Nenhuma delas entenderia uma palavra do que ele dissesse.

Talvez se a *Panaceia* tivesse um droide tradutor a bordo, mas havia apenas alguns droides terapêuticos, com olhos largos e movimentação serena, e alguns droides pílula flutuando ao redor. Afinal, era uma nave médica.

Burryaga caminhou até três pessoas que conversavam quietas entre si: um casal Mimbanês e uma mulher humana. Eles pareciam lívidos, mirrados. Mesmo a pele escarlate e os grandes olhos azuis e sem pupilas dos Mimbaneses pareciam pálidos. Era compreensível. Todos tinham passado o que parecera uma eternidade sacudindo através do espaço naquele compartimento de carga, certos de que iriam morrer a qualquer momento. Burryaga ergueu uma mão em saudação.

– Olá – disse ele, em Shyriiwook, esperando e recebendo o conjunto familiar de expressões vagas em resposta.

– Mestre Jedi – respondeu o homem Mimbanês, em Básico. – É uma honra conhecê-lo. Somos muito gratos por tudo o que fez.

– É claro, senhor – respondeu Burryaga. – Não precisa nos agradecer, toda a vida é preciosa, e somos todos a República.

Mais expressões vagas. Ele conteve um suspiro.

– Ei, Burry – ele ouviu uma voz chamar, e a procurou.

Era Joss Adren e a esposa, Pikta. Ambos traziam bebidas nas mãos e pareciam completamente relaxados. Burry não sabia como eles conseguiam. Talvez fossem as bebidas. Os dois pilotos caminharam até o pequeno grupo.

– Vocês podem não saber – disse Joss. – Mas este é Burryaga. Ele é a razão de vocês estarem vivos.

– Ahn, querido, talvez houvesse um jeito melhor de escolher as palavras para dizer isso? – sugeriu Pikta. Ela era pequena para uma humana, mas perto do esposo parecia menor ainda. Joss Adren lembrava o tronco de uma árvore com uma cabeça no topo.

– Mas é verdade – disse Joss. – Estávamos prontos para vaporizá-los... digo, não sabíamos que estavam a bordo. Pensávamos que vocês eram apenas outro fragmento, e queríamos ter certeza de que não colidissem com nada. Mas aí o Burryaga aqui ligou o comunicador e começou a berrar como uma tempestade. Ele sentiu vocês lá dentro e nos impediu de atirar no último instante.

Ele sorriu.

– Mas foi por pouco. Por muito *pouco*. Mais um segundo e...

Pikta bateu no braço do esposo, com força.

– Ai! – exclamou Joss.

– Vamos, querido – disse ela, levando o esposo embora.

Os três sobreviventes encaravam Burryaga. Ele se sentiu quente e quis arfar, porém sabia que algumas pessoas viam aquilo como um movimento ameaçador. Mas ele era um Wookie, é claro que seus dentes eram afiados, e...

– O que ele disse é verdade? – perguntou a mulher Mimbanesa. – Foi mesmo por pouco?

Ele assentiu, e os rostos dos passageiros ficaram bastante pensativos. Burryaga se sentiu muito envergonhado. Eles o estavam tratando como algum tipo de...

Burry decidiu aproveitar a oportunidade para escapar, e foi até as mesas de lanches. Ele estava faminto, o que não era incomum. Seu pelo era de cor clara, na maioria dourado, com faixas aqui e ali com coloração de mogno mais escuro. Estava na flor da idade, e comia sempre que tinha chance.

As mesas de lanches estavam cheias, os droides da *Panaceia* se certificavam daquilo, mas olhando de relance ele vira que eram apenas queijos, pães, frutas, vegetais frescos, patês, molhos e doces... nada de carne. Wookies podiam comer de tudo, mas, naquele momento, Burryaga sentia que precisava de mais sustância do que canouras e pipaíbas poderiam oferecer.

Mesmo assim, comida era comida. Ele pegou o que era oferecido, enchendo um prato e começando a comer. De boca cheia, pelo menos ninguém o envolveria numa conversa.

Devorando um fruto verde brilhante que nunca vira antes, e que era realmente muito bom, Burryaga correu os olhos pela sala, observando aquela estranha recepção num tipo de bosque ilusório flutuando no meio do espaço profundo. Pequenos grupos de pessoas. Nib Assek em uma conversa animada com uma família, Joss no meio de uma história com outro grupo, que sorria. Pikta segurava a mão de uma mulher, ouvindo concentrada o que ela falava.

Burryaga pensou por um momento nos outros dois Jedi envolvidos no resgate daquelas pessoas, Mestres Te'Ami e Sutmani. Como eles conseguiram escapar daquela tarefa? Seu humor azedou, e ele comeu o restante da fruta, com sementes e tudo, mastigando em pedaços e engolindo.

Então, virou-se novamente para as travessas de comida, pensando em experimentar um dos queijos, quando algo capturou seu olhar. Lá, ao lado, parado em uma das extremidades do chão branco e encarando as manchas rodopiantes azuis e verdes no domo do convés de observação, estava um garoto humano ruivo, sem falar com ninguém. Um dos droides terapêuticos postara-se próximo dele, com o rosto largo e alegre transitando entre uma variedade de tons pastéis enquanto conversava com a criança. Burryaga nunca fora especialista em estimar as idades de outras espécies, mas acreditava que o menino tinha dez anos, talvez um pouco mais.

Ele não respondia ao droide, apesar dos esforços da pequena e amigável máquina. Apenas a encarava, perdido em quaisquer pensamentos que ocupavam sua mente.

Burry baixou o prato e caminhou naquela direção, alcançando a Força enquanto andava. Sentiu uma enorme tristeza vindo do garoto, misturada com... culpa. Culpa por algo monstruoso e imenso, um sentimento que ninguém daquela idade deveria sentir.

Ele andou até o menino. Os olhos da criança estavam vazios, como dois fossos em seu rosto.

– Eu sou Burryaga – disse ele, tocando o próprio peito, mesmo sabendo que o garoto não o entenderia. Então, apontou para a criança. – Qual é o seu nome?

Obviamente, os gestos eram universais o bastante e o menino deu um sorriso triste.

– Serj – disse ele. – Serj Ukkarian.

Burryaga gesticulou na direção dos outros sobreviventes, com uma expressão questionadora no rosto.

Serj olhou na direção do gesto, um olhar lento, longo e triste, que parecia não ter fim, como se procurasse por algo que sabia que não estava entre os sobreviventes. Alguém, mais provavelmente.

Ele balançou a cabeça.

Burryaga esticou os braços e envolveu o menino em um abraço. Não conseguia entender por que ninguém ainda fizera aquilo. Quando alguém estava ferido, devia se fazer o possível para curar.

Quando alguém estava perdido, devia se fazer o possível para encontrar.

Com a Força, ele fez o que pôde para confortar o pobre Serj. Não podia eliminar seus sentimentos ruins, mas conseguiu tirar um pouco do peso, tornar o fardo do menino um pouco mais leve.

Serj estava tenso, mas aos poucos começou a relaxar, abandonando parte do que quer que estivesse carregando. Burryaga sentiu o menino começar a tremer em seus braços, e percebeu que a criança estava chorando.

– Fui eu – disse Serj, com a voz abafada contra o peito de Burryaga. – É tudo culpa minha. Eu estava invadindo os sistemas da ponte porque a Capitã Casset se achava muito esperta. Queria mostrar que ela não sabia tanto quanto dizia... Ia colocar um holovídeo nas telas da ponte, mas, quando entrei, eu vi... eu vi... e aí a nave se partiu. Eu estava no compartimento oito, mas minha mãe e meu pai estavam no doze, e ainda não foram encontrados. Acho... eu acho...

Ele desabou em soluços. Burryaga o amparou pelo que pareceu um longo tempo.

No entanto, o menino ainda não terminara de falar, e Burry ouviu tudo o que a criança tinha para contar. Por fim, quando Serj parecia ter falado tudo, o Wookie o soltou e se afastou um pouco.

– Você – disse Burry, tocando a testa do garoto com gentileza – não fez nada errado.

O menino juntou os indicadores, depois os separou aos poucos, fazendo mímica de uma explosão.

Burryaga sacudiu a cabeça gentilmente, e sorriu para Serj.

– Você não fez nada errado – disse ele de novo.

O garoto certamente não podia falar Shyriiwook, mas poderia entender aquilo, e entendeu.

Burryaga conduziu Serj até Nib Assek, que conversava com outro grupo de sobreviventes.

– Você precisa ouvir isso, Mestra – disse ele.

Ela o olhou, curiosa.

– Este é Serj Ukkarian – disse Burryaga, dando um tapinha no ombro do menino, que de repente parecia muito tenso. Era compreensível, ser o centro das atenções dos Jedi podia ser muito intimidador. – Ele teme ter perdido sua família no desastre, e deveríamos fazer tudo o que pudermos para ajudá-lo.

Nib Assek assentiu.

– É claro – disse ela. – Tudo o que pudermos.

O tom dela era respeitoso, mas também um pouco curioso. A mestra não entendia por que ele levara aquela criança até ela, afinal de contas, quase todos naquele convés tinham uma história triste para contar.

– Serj acessou os sistemas da ponte da *Legacy Run* logo antes do acidente – disse Burryaga. – Ele estava planejando fazer uma pegadinha, nada de mais, mas como parte dela ele invadiu as telas, e quando o fez, conseguiu ver de relance o que estava acontecendo lá fora que pode ter feito a nave se desintegrar.

– Fascinante – disse Nib, evitando, de propósito, olhar diretamente para Serj, para não assustar o garoto. Ela conseguia sentir seu estado emocional tão bem quanto Burryaga. Bom, talvez não com a mesma facilidade, já que emoções eram os pontos fortes de Burry na Força, mas a tensão e a confusão no menino ardiam como uma árvore em chamas contra o céu noturno. Um jovem aprendiz em seu primeiro dia no Templo poderia sentir o tumulto em Serj.

Depois de pensar por um momento, ela se virou para o menino e se abaixou sobre um dos joelhos, ficando na mesma altura dele.

– Burryaga me contou que você é muito corajoso – disse ela.

Serj não respondeu.

– Ele também me disse que você viu algo quando invadiu os sistemas da *Legacy Run*, logo antes de tudo acontecer. Estamos tentando de tudo para parar as Emergências e evitar que algo assim volte a acontecer. Sei que deve ser uma lembrança dolorosa, Serj, mas pode me contar o que viu? Pode explicar para mim?

Serj olhou para os Jedi, e seus olhos ficaram vazios e distantes mais uma vez.

– Raios – disse ele. – Pareciam três raios.

CAPÍTULO VINTE E SETE

ELPHRONA.

– Nós vamos ficar bem – disse Erika, olhando para os olhos dos filhos enquanto falava, primeiro Bee, depois Ronn.

Ronn era mais velho, a poucos anos de se tornar independente, mas naquele momento ambos pareciam bebês, aterrorizados e desesperados por palavras reconfortantes de seus pais.

A integrante dos Nihil que estava com eles no carrinho bufou.

– É – disse ela. – Vão ficar bem.

Ela usava uma máscara, como os demais, mas Erika sabia que era uma Trandoshana pela aparência dos braços, compridos em comparação com o torso, de pele cinzenta e pedregosa brilhando ao sol e terminados em garras brancas em forma de gancho. Uma única linha dentada de tinta azul dividia sua máscara da testa ao queixo. Ela portava um rifle, tinha um blaster no coldre e só a galáxia poderia saber quais outras armas.

Erika e a família não poderiam sobrepujar aquela mulher, mesmo que os quatro conseguissem se libertar das algemas de plástico que lhes prendiam os braços atrás das costas. Eram dois mineradores e seus filhos, e Ottoh mal estava consciente; ele levara um forte golpe na cabeça quando os Nihil finalmente conseguiram invadir a casa.

Eles não iriam ficar nada bem.

Mas não se dizia aquilo para crianças.

– Continuem corajosos – disse Erika.

Eles avançavam ao longo de uma estrada de terra que contornava dois conjuntos de colinas. Ferro à esquerda e magnetita à direita, e o campo magnético gerado por elas era parte da razão pela qual naves não sobrevoavam aquela parte de Elphrona, e o motivo de eles ainda não terem alcançado a nave dos Nihil e sido levados do planeta. Com o deslizador destruído, os Nihil decidiram acrescentar roubo de animais à sua lista de crimes e tomaram cinco dos steelees do rebanho dos Blythe para escapar.

Os sequestradores puseram arreios em dois dos animais e os colocaram para puxar o carrinho repulsor que carregava a família. Outros três acompanhavam de perto, um Nihil por montaria. Erika notou, com desprezo, que os bandidos não tinham experiência em montar os animais, e não distribuíam o peso corretamente. Eles batiam nos steelees com os calcanhares e estapeavam as ancas tentando fazer com que corressem mais depressa, sem perceber que, se apenas se sentassem de modo adequado, os animais se moveriam duas vezes mais rápido.

Não que Erika pretendesse explicar aquilo. Quanto mais lentamente o grupo avançasse, melhor. Porque alguém estava vindo ao resgate deles, e quanto mais tempo levasse para que os Nihil alcançassem sua nave, melhores as chances de que seus perseguidores os alcançassem.

Ronn fora o primeiro a notar. Ele estava sentado no carrinho, encarando a direção que deixavam para trás conforme avançavam, o que significava que podia ver tudo atrás deles.

O filho cutucara a perna da mãe gentilmente. Três batidas curtas, num sinal óbvio. Ela olhou para ele e articulou uma palavra com os lábios: *Quê?*

Ele não se moveu, apenas olhou para trás da mãe com os olhos e depois para ela de novo. Então, olhou para trás dela novamente, na direção do caminho que tinham percorrido, depois para ela mais uma vez.

Ronn aconchegou a irmã e falou, em voz alta:

– Não chore, Bee, este lagarto idiota não vai te machucar.

Aquilo lhe rendera um chute da guarda Trandoshana, que ele suportou em silêncio. Seu filho corajoso, muito corajoso. Mas a distração também permitira a Erika virar a cabeça rapidamente e olhar para o que Ronn vira: centelhas, à distância.

Não muito perto, mas não muito distantes, também. Ela olhou várias vezes depois daquilo, aproveitando cada oportunidade para uma espiadela, e seus perseguidores se aproximavam cada vez mais.

As centelhas eram idênticas àquelas produzidas por suas próprias montarias, sempre que os cascos dos steelees se chocavam contra a rocha metálica. Manadas de steelees selvagens correndo durante a noite eram uma das maravilhas naturais de Elphrona. Eles também faziam um barulho alto, um *tchk* rápido e agudo, que ajudava a distinguir o que eram os sons parecidos emitidos pelos indivíduos montados que se aproximavam.

Três, pensava ela. Não pôde deduzir mais nenhum detalhe, mas julgava serem três, galopando lado a lado.

Ninguém mais, além dos dois, parecia ter percebido. A guarda Trandoshana mantinha os olhos sobre os prisioneiros. E os Nihil, é claro, olhavam apenas para frente. Agarravam-se em suas selas, tentando se manter seguros.

Erika lançou a Ronn um olhar questionador, e ele respondeu com o olhar mais parecido com um dar de ombros possível. O filho não sabia quem estava atrás deles, e ela sabia que ele não conseguira nenhuma ajuda de Esperança de Ogden.

Talvez a equipe de segurança do assentamento tivesse reunido coragem e enviado um grupo para ajudá-los, mas eles estariam usando deslizadores, e não montarias.

Aquilo não fazia nenhum sentido, mas representava um pouco de esperança, algo em baixa naquele momento.

Ela arriscou outra espiada, apenas para ver se estavam se aproximando, mas daquela vez a sorte não ajudou. A guarda viu o que ela fazia e também olhou, vendo os perseguidores imediatamente. Àquela altura, era impossível não perceber. As centelhas projetavam-se alto de ambos os lados, como se as pessoas que os seguiam estivessem galopando sobre uma estrada de chamas.

A guarda dos Nihil levantou-se no carrinho e gritou para o restante do grupo.

– Problemas! Estamos sendo seguidos. Parecem três...

Então, Ottoh, que apenas fingia estar inconsciente, aguardando por uma oportunidade como aquela, estalou a língua contra o céu da boca em três cliques. Foi um som alto, e todos os cinco steelees, treinados e bem tratados por seus donos, reconheceram o comando e obedeceram de imediato.

Eles brecaram, seus cascos de duraliga travando no solo com o campo organomagnético que lhes permitia escalar até mesmo as montanhas mais íngremes de Elphrona. A manobra simplesmente eliminara toda a velocidade em um único e abrupto movimento.

Velocidade, mas não o momentum, não a inércia. Três dos Nihil foram arremessados para fora de suas selas, jogados para frente a uma grande velocidade. A guarda, que estava na pior posição possível quando os steelees pararam, sem equilíbrio e de pé sobre um carrinho repulsor em alta velocidade, também caiu. Foi jogada para o alto e para fora, como se disparada pelo próprio rifle.

Pouco depois, veio um som pesado e duro, entre um estalo e um baque, o som de algo muito sólido se quebrando ao atingir algo ainda mais sólido.

Erika não viu acontecer porque estava, junto com a família, esmagada contra a frente do carrinho repulsor, num emaranhado de braços, pernas e futuros hematomas. Apesar de tudo, ela teve certeza de que aquilo soara como o crânio de um Trandoshano se abrindo contra siderita dura.

Já vão tarde.

– Todo mundo está bem? – perguntou Erika.

– Estou – respondeu Bee. Criancinha durona.

– Machuquei minha mão, mas nada de mais – disse Ron.

– Desculpe por não avisar vocês – disse Ottoh, levantando-se daquela bagunça. – Não teria funcionado se não fosse de surpresa. Agora tentem fazer o que faço.

Ele rolou sobre as costas, depois recolheu as pernas para perto do peito e esticou os braços o máximo possível tentando passar os pulsos algemados por cima dos pés, de forma que pelo menos pudesse usar as mãos novamente.

Erika se preparou para repetir a manobra. Se pudessem usar as mãos, talvez conseguissem encontrar uma forma de se libertar, ou ao menos correr.

A coronha de um rifle atingiu a cabeça de Ottoh, e ele desabou. Seus olhos estavam revirados e atordoados. Embora vivo, Erika não sabia quanto dele sobrara. Seu esposo não estaria preparando mais nenhuma surpresa, daquilo ela tinha certeza.

Os Nihil não estavam acabados. Eles caíram, alguns com força, mas continuavam ali, ainda possuíam armas, e estavam bastante irritados. O que golpeou Ottoh ergueu o rifle se preparando para outro golpe, que Erika sabia ser bem capaz de partir o crânio dele, se é o que primeiro já não o fizera.

Ela se lançou para frente, protegendo Ottoh com o próprio corpo, tentando interceptar o golpe.

– Não! – gritou ela.

O rifle a atingiu na lateral, e ela se encolheu de dor, que foi imediata e imensa. Mas antes ela do que Ottoh.

– Se afaste ou também vai morrer – rosnou o Nihil, de voz grave e estranha.

Alguém mais do lado de fora do carrinho agarrou o agressor e o puxou para trás. Erika estava lutando para respirar, mas ainda conseguia escutar.

– Não mate nenhum deles.

– Asaria está morta. Ela está *morta*.

Asaria, pensou Erika. *Que nome adorável*.

– Esses *mineradores* estúpidos já mataram *metade* de nós, Dent.

– Isso mesmo – ela escutou Ronn sussurrar.

– É hora de alguma *retaliação*.

– Eu disse *não*. Cada um que a gente matar são vinte e cinco por cento a menos que podemos conseguir. Não me importo com quantos de nós eles mataram, isso só aumenta a nossa parte. Mas também perdemos um *deslizador*, e isso quer dizer que já estamos no vermelho. Precisamos de cada crédito que pudermos conseguir. Não mate *nenhum* deles. Você é só um Raio. Eu sou uma Nuvem. Você faz o que eu disser.

Um longo momento de silêncio se seguiu, e Erika sabia que a vida dela, de seu esposo e talvez do restante de sua família dependia de quanto aquele Raio respeitava aquela Nuvem, o que quer que aquilo significasse.

– Está bem – ouviu o primeiro Nihil cuspir e se afastar.

Erika exalou lentamente.

– Ottoh – disse ela.

Sem resposta. Então, decidiu apenas acreditar que ele ainda estava vivo. Esperança era uma escolha, e não era injustificável. À distância, ela ouvia o som do bater de cascos. Os perseguidores se aproximavam.

– Precisamos matar qualquer um que esteja nos seguindo – disse a líder dos Nihil para o restante do grupo. Uma Nuvem, ela dissera se chamar. – Egga, Rel, subam nas colinas, dos dois lados. Encontrem pontos onde tenham uma boa visão do desfiladeiro. Mack, Buggo e eu vamos seguir para a nave. Vamos levar a família com a gente, para que eles tenham que seguir por esse caminho. Acabem com eles.

Erika escutou enquanto aqueles combinados eram realizados e, com um tranco, o carrinho começou a se mover de novo, ganhando velocidade rapidamente.

Mas agora não havia mais nenhum guarda, e ela foi capaz de completar a manobra que o esposo mostrara, passando as mãos presas atrás das costas para a frente. Primeiro, verificou o pulso de Ottoh, que estava forte e estável. Embora inconsciente, talvez estivesse bem. Depois de checar o esposo, Erika se virou para os filhos. Tocou o rosto de Bee e a beijou, depois segurou as mãos de Ronn.

– Vocês dois estão sendo muito fortes, muito corajosos. Estou tão orgulhosa de vocês.

– O papai está bem? – perguntou Bee.

– Vai ficar. Não se preocupe com seu pai. Só fique calma e pronta para fazer o que eu falar, quando chegar a hora. Por enquanto, tente passar as mãos para a frente, como eu fiz. Você é como uma minhoquinha enrolada, vai conseguir. Sei que vai. Você também, Ronn.

Ela observou enquanto os filhos se contorciam da forma que ela pedira.

E agora?, pensou.

Erika tinha um marido inconsciente e duas crianças para salvar, e...

Ela se lembrou dos perseguidores. Ajuda, talvez, e estava a caminho.

Então, esticou-se para agarrar a extremidade do carrinho e se levantou, olhando para trás. Eles certamente deveriam estar próximos... e estavam. O atraso do truque de Ottoh com os steelees surtira efeito. Eles não deveriam estar a mais de quinhentos metros para trás.

Ela já podia ver: três figuras, montando bem e galopando com rapidez. Eram habilidosos, diferente de seus captores.

Erika quis gritar, para avisar que estavam se aproximando de uma armadilha, mas não sabia se eles seriam capazes de escutá-la, e não queria causar nada que fizesse os Nihil se contentarem com uma margem de lucro de setenta e cinco por cento.

Então, algo aconteceu.

Três linhas de luz surgiram dos perseguidores que se aproximavam rapidamente: uma dourada, uma azul e outra verde, e Erika entendeu o que estava acontecendo, e quem eram aquelas pessoas.

– Pela luz – suspirou ela. – São os Jedi.

CAPÍTULO VINTE E OITO

HIPERESPAÇO. A *NOVA ELITE*.

– Estão prontos para pilotar a tempestade? – gritou Kassav.

Ele segurava um bulbo de estilhaço, macio e azul brilhante, com um bico fino em uma das extremidades, projetado para tornar a droga acessível a quase todos os tipos de anatomia de troca gasosa na galáxia. Qualquer usuário com nariz, tronco, estômatos, tromba ou algum tipo de cavidade estranha no rosto poderia usar um bulbo daqueles. O que era bom, porque sua equipe tinha todas aquelas opções e outras mais.

Os tripulantes da *Nova Elite* ergueram os próprios bulbos, sorrindo com a expectativa. A música reverberava em cada superfície: um estrondoso punk de destroços, em que cada instrumento usado pelas bandas era forjado a partir de partes de naves destruídas.

Kassav deu uma boa inalada no bulbo e *boom*, sua mente se iluminou. Tudo ficou mais nítido e claro. Ele conseguiria fazer aquilo. Conseguiria. Conseguiria *fazer aquilo*. Conseguiria fazer qualquer coisa.

O Weequay observou enquanto sua tripulação fazia o mesmo. Alguns pressionavam o bulbo diretamente contra o filtro de gás de suas máscaras, um truque interessante que intensificava os efeitos. Viu a energia que ondulava entre eles, o ímpeto, a afobação, aquela dose de açúcar que fazia tudo brilhar, reluzir e chiar. Ele soltou seu bulbo vazio no convés e sorriu.

– Sensação *boa*, não? – gritou, cuspindo as palavras. – Uma sensação de *Nihil*, certo?

Seu pessoal rugiu. Alguns tinham espasmos no ritmo da música. Outros apenas tremiam.

– Beleza, aproveitem, tirem um tempo, mas depois tomem a lustrosa. Precisamos estar afiados para este trabalho. Vamos pilotar a tempestade, não nos entregar a ela, certo?

Para dar o exemplo, como um líder devia fazer de tempos em tempos, tirou uma pílula amarela e laranja de dentro da túnica. Então a ergueu, mostrando para a tripulação, depois colocou o comprimido na boca e o engoliu. A intoxicação do estilhaço assumiu uma nova e rodopiante qualidade quase de imediato, como grandes e poderosas ondas num mar revolto, com as quais se devia tomar cuidado, mas... que poderiam ser surfadas.

Aquilo, de certa forma, o lembrava do hiperespaço. Não o normal, mas os caminhos estranhos das Trilhas de Marchion Ro. Kassav se virou para olhar através da janela de observação da ponte, contemplando enquanto passavam pela hipervia. Túneis construídos de intermináveis faixas de luz, muitas cores atravessando e se entrelaçando umas nas outras. Havia algum significado ali, mas ele não era esperto o bastante para descobrir.

Kassav não fazia ideia de onde as Trilhas vinham. Marchion Ro era muito reservado sobre o assunto e nunca dava muitos detalhes, assim como o pai fizera no passado. Às vezes, ele tinha vontade de descobrir o segredo na base do blaster, ou ainda melhor, no fio de uma lâmina, mas os Ro não eram estúpidos. Pelo menos, Asgar Ro não fora. Sabia o que tinha em mãos com as Trilhas, e que as pessoas as cobiçariam. E, ainda que Marchion Ro não fosse igual ao pai, não passasse nem perto, na verdade, ele herdara todo o esquema de segurança que Asgar planejara. A *Olhar Elétrico*, aqueles guardas droides retorcidos e espinhosos que usava... aproximar-se de Marchion era difícil. Ele também deixara claro que as Trilhas tinham as próprias defesas. Se o Olho morresse, as Trilhas morreriam junto. Aquilo não acontecera quando Asgar morreu, mas Marchion não tinha um filho para herdar os negócios da família.

No entanto, não eram apenas naves espaciais e droides assassinos protegendo Marchion Ro. Também havia a própria estrutura que seu pai insistira que fosse adotada pelos Nihil quando, muitos anos antes, trouxera as Trilhas. Antes daquilo, o grupo era muito menor, mal uma gangue, na verdade. Mantinha as atividades em um minúsculo canto da Orla, próximo da Mortalha de Thull em Belsavis, aceitando quaisquer pequenos trabalhos que pudessem. Asgar Ro aparecera um dia e oferecera as Trilhas, em troca de um terço de tudo que fosse obtido por operações que as utilizassem. Mas não era tudo, ele também queria um voto.

Qualquer trabalho que usasse as Trilhas exigia uma votação completa entre os três Executores da Tempestade e do Olho, que seria favorecido por qualquer empate. Aquilo não parecera grande coisa na época, mas significava que ele, Lourna Dee e Pan Eyta estavam sempre uns contra os outros de alguma forma, sempre cortejando o Olho para obter as Trilhas. Em teoria, os três poderiam se unir para ir atrás de Marchion, mas havia muita hostilidade entre eles. Durante a maior parte do tempo, Kassav mal conseguia dividir a mesma sala com Lourna Dee e Pan Eyta, e menos ainda contemplar a ideia de dividir o trono com eles.

Marchion estava isolado, e deveria ser completamente vulnerável... mas, de alguma forma, não era. O sistema que o pai, muito mais sagaz, criara o protegia. Era irritante... mas funcionava.

Diabos, Kassav copiara muitas das ideias de Asgar Ro dentro de sua própria facção.

O Executor tinha três Tormentas no topo da hierarquia de sua Tempestade: Gravhan, Dellex e Cara Molhada. Os três queriam ter a posição de Kassav, mas nunca trabalhariam juntos para derrubá-lo, porque assim nenhum deles se tornaria o Executor da Tempestade.

Seriam apenas três Tormentas compartilhando o poder. Sim. Era um ótimo sistema.

Os três Tormentas estavam na ponte da *Nova Elite*, e todos inalaram o estilhaço logo depois de Kassav. Ele não tinha certeza se todos também tomaram a lustrosa, ou se as Nuvens e Raios de suas tripulações também haviam tomado... mas tudo bem. Um pouco daquela atitude desafiadora não era algo ruim. Os Nihil baseavam-se naquilo. Não seria um grande problema, contanto que todos fizessem o que fosse ordenado.

E todos fariam. Aquele era outro ponto que tornava os Nihil um sistema tão bom, mesmo que a verdade estivesse profundamente escondida, difícil de enxergar a menos que se estivesse bem perto do topo da organização. Na superfície, os Nihil tratavam sobre liberdade, sobre se libertar dos sistemas de controle da galáxia. Esqueça a República, esqueça os Hutts, esqueça qualquer coisa além de fazer o que deseja na hora em que deseja. Aquele era o discurso, era a ferramenta usada para recrutar pessoas. Pilote a tempestade, parceiro, pilote a tempestade.

No entanto, uma vez que alguém se tornasse um Nihil, ainda continuaria sob as botas de outro, mesmo que elas nem sempre fossem notadas por causa das festas regadas a estilhaço e pela empolgação de tomar o que se quisesse, no momento em que quisesse. Mas ainda precisaria obedecer aos superiores, e aos superiores dos superiores. Caso contrário, na melhor das hipóteses, o Nihil não receberia a parte que lhe caberia pela Regra de Três. Na pior, receberia uma vibrolâmina no pescoço, ou seria expulso do Grande Salão pelo caminho mais doloroso. Todos precisavam se manter na linha, todos pagavam o preço. Bem, todos exceto Marchion Ro e os Executores da Tempestade: ele, Lourna Dee e o brutamontes chamativo Pan Eyta. Será que ele já se tocara de quão idiota parecia, um Dowutino tentando acompanhar as tendências da moda? Não importava.

Os Nihil eram apenas outra forma de controle, um maquinário projetado para enriquecer as pessoas no topo da organização.

Sim, era um ótimo sistema.

Kassav inspecionou seu pessoal, o alto escalão de sua Tempestade. Gravhan, Cara Molhada, e lá estava Dellex bem diante dele, o único olho orgânico brilhando por causa do estilhaço. Ah, ela definitivamente não ingerira a pílula de lustrosa. Os subordinados dos três estavam organizados atrás de cada um.

– Eis o que vamos fazer – disse Kassav. – Vamos enrolar aqueles otários, fazê-los nos pagarem tanto dinheiro que não restarão dois créditos em todo o maldito sistema. Vamos tomar tudo o que eles têm, e vão ficar *felizes por nós.*

Todos gostaram daquilo. Sorrisos selvagens e palavras de concordância brotaram da tripulação.

– Estamos prestes a sair da velocidade da luz em um sistema chamado Eriadu que está penando muito com o bloqueio hiperespacial da República, sem comida suficiente na região. Os boatos dizem que as pessoas estão prontas para derrubar seus governantes. Por isso, os caras já estarão com problemas e não vão querer arranjar mais nenhum. Perfeito para a gente. Tudo vai começar a acontecer bem rápido assim que aparecermos, precisamos correr por causa da forma como as Emergências estão acontecendo. Tormentas, suas equipes já estão informadas? Todos sabem o que fazer?

– Não posso falar por estes dois palhaços, Kassav, mas meu pessoal sabe exatamente o que fazer – disse Gravhan, tocando uma presa. Ele era um Chevin, basicamente uma enorme cabeça, de pele cinzenta enrugada com longos tufos de cabelo loiro no couro cabeludo. Parecia lento e pesado, e talvez até fosse, mas certa vez Kassav o vira rasgar um guarda em dois com as próprias mãos. Eles estavam assaltando um banco num minúsculo assentamento em algum planeta gelado e remoto. Gravhan apenas pegou o homem e... bem, se a Tempestade de Kassav tivesse um lema, seria algo como *A força bruta prevalece*, e o Chevin o representaria. Quem duvidasse, que perguntasse para o guarda.

– Meu pessoal também está pronto, chefe – disse Dellex. – Estive fazendo uma simulação com eles desde que você explicou o plano.

– Aposto que sim – disse Gravhan, e alguns dos Raios dele gargalharam, indivíduos estúpidos demais para saber que ninguém iria querer ficar mal com Dellex.

Kassav conhecia a mulher havia muito tempo, e já tivera até mesmo um lance com ela no passado. Sabia que se achava terrivelmente feia, e por isso gastava todos seus créditos em elegantes aprimoramentos mecânicos para o corpo. A cada nova parte brilhante se tornava mais bonita. Mas todo aquele metal não mudava em nada sua personalidade. Embora certamente se tornasse cada vez mais bonita, também ficava cada vez mais fria. Kassav tinha a impressão de que aqueles Raios da tripulação de Gravhan que deram risada acabariam sendo encontrados com o crânio partido qualquer noite daquelas.

Bem. Não era problema dele. Sempre haveria mais Raios.

– Afirmativo – disse Cara Molhada, fazendo sinais de positivo com os polegares de onde se sentava diante do principal computador da nave.

Às vezes, as pessoas imaginavam que Cara Molhada tinha aquele nome porque era um Gungan... mas essa não era a única razão. No passado, quando ele participava das incursões, normalmente terminava coberto de sangue da cabeça aos pés. Encharcado mesmo. Aquilo aconteceu vezes o bastante para que as pessoas o chamassem assim, e como ele nunca matara ninguém por aquele motivo, devia ter gostado. Muitas vezes, era difícil dizer do que Cara Molhada gostava ou não.

Mas Cara Molhada também era um hacker. E um dos bons. Invadia sistemas de computador desde criança, e passara a usar aquelas habilidades para fazer todo tipo de coisas ruins em seu tempo livre. Coisas invasivas e cruéis.

Também não era problema de Kassav.

– Vamos em frente – disse ele.

A *Nova Elite* saiu do hiperespaço no sistema Eriadu. Não detectou muito tráfego espacial, sem surpresa alguma. Por causa do bloqueio, o planeta não recebera muitas remessas de combustível para naves recentemente. A ausência de tráfego também significava que talvez os satélites de monitoramento já os tivessem detectado. Tudo bem, eles não estavam lá para se esconder, e se os eriaduanos quisessem enviar algumas naves de patrulha para investigar... bem, era por isso que Dellex e Gravhan estavam lá. Seus artilheiros eram *letais*.

– Cara Molhada... manda bala – disse Kassav, apontando para seu tenente.

O Gungan se pôs a trabalhar, acessando a rede de comunicações do sistema, passando por cima de quaisquer medidas de segurança e códigos de acesso que estivessem em seu caminho, indo cada vez mais fundo, até encontrar o que procurava.

Ele pressionou uns últimos comandos e fez outro sinal de positivo.

– Você está dentro, chefe – disse ele.

Uma voz soou através do sistema de som da ponte, rouca, fria e sibilante. A voz de uma pessoa poderosa, que não estava habituada à ocorrência de coisas não previamente ordenadas.

– Quem está aí? Esta rede de comunicações é restrita – disse Mural Veen, então governadora planetária de Eriadu. – E o que diabos é essa... música?

Ops, pensou Kassav.

Ele pressionou um controle, e o volume do punk de destroços diminuiu para um sussurro.

– Olá, governadora – disse Kassav. – Sou seu novo melhor amigo.

Silêncio do outro lado da linha. Ela esperava para ver o que o intruso queria.

– Vocês devem ter visto uma nave sair do hiperespaço próximo da borda do sistema. Sou eu, e tudo que precisam saber sobre nós é que somos a única nave capaz de atravessar o bloqueio da Chanceler Soh. Por isso, essa é a coisa mais importante que deve manter em mente enquanto esta pequena conversa se desenrola. Posso fazer coisas que ninguém mais consegue.

– Deixe-me adivinhar – disse a governadora. – Vocês atravessaram o bloqueio de maneira furtiva e agora vão tentar nos vender comida a algum preço ridiculamente alto? Não respondo bem a extorsão.

– Isso ainda vamos ver, madame – retrucou Kassav, enfatizando a última palavra e arrancando pequenas risadas dos Nihil presentes na ponte, todos escutando atentos como se fosse a melhor apresentação que já tivessem visto. – Mas vou lhe dizer algo – continuou ele. – Me ofende saber que vocês pensam que somos apenas contrabandistas comuns. Somos muito mais que isso.

– Então, quem diabos são vocês? – perguntou ela.

– Já disse. Sou seu novo melhor amigo. Seu salvador, na verdade.

Silêncio.

– Posso não saber quem você é, mas sei onde está – disse Mural. – Minhas equipes acabaram de localizá-los. Vou encerrar esta chamada e enviar os cruzadores de segurança para trazê-los sob custódia. Não sei qual é o seu joguinho, mas poderá explicá-lo de dentro de uma cela em Eriadu. Se resistirem, serão reduzidos a átomos.

– Tem certeza de que quer fazer isso? – provocou Kassav.

– Absoluta. Adeus. Não tenho tempo para isso.

– Na verdade – disse ele. – Concordo. Três Emergências estão a caminho do seu sistema. Logo estarão aqui. Sabemos onde e quando elas acontecerão. Podemos pará-las, se vocês pagarem.

– Do que você está falando? Ninguém pode prever as Emergências.

– E ninguém pode voar no hiperespaço na Orla Exterior.

– Já ouvi o bastante. Estamos enviando os cruzadores. Poderá contar o que sabe durante o interrogatório.

– Se virmos suas naves se aproximando, iremos embora. E você será a causa da morte de bilhões dos seus.

Kassav sorriu, a alteração causada pelo estilhaço e pela pílula melhorava a cada segundo. Sentia que estava voando, empurrado ao longo da crista da onda da droga, de braços abertos, implacável. Sabia desde o início que aquele era um bom plano. Vira a lista de Emergências que Marchion Ro entregara aos Executores da Tempestade e logo percebeu aquela oportunidade. Era tão boa, na verdade, que se esquecera de mencionar a Marchion ou a algum dos outros Executores que pretendia se aproveitar dela. Ops. Que coisa. Nenhuma Regra de Três para reduzir aquela conquista.

Kassav percebeu que ainda não dissera o que queria para a governadora. Balançou a cabeça. Precisava mesmo se manter focado.

– Governadora, é simples. Se me der cinquenta milhões de créditos, ninguém precisa morrer. Posso parar as Emergências, e você salvará seu povo. Vou simplificar as coisas para você, também...

O Weequay ergueu um dedo, e Cara Molhada enviou as informações bancárias criptografadas que permitiriam à Governadora Veen depositar o dinheiro de forma irrastreável diretamente na conta secreta controlada por Kassav. Não uma conta dos Nihil, mas uma do próprio Kassav.

– Você está louco – disse a governadora.

– Você é cética. Entendi. Aqui. Deixe-me ajudá-la.

Kassav ergueu um segundo dedo, e Cara Molhada enviou mais um pacote de dados.

– Vocês acabaram de receber as coordenadas da primeira Emergência. Aliás, não estão muito distantes da minha posição. Escolhemos este lugar por um motivo. Pode conferir.

Kassav ergueu um terceiro dedo e fez um sinal na direção de Gravhan, que assentiu e se virou para seu pessoal nas estações de armas.

– A qualquer momento agora... qualquer momento... – disse Kassav.

Um pedaço da arruinada *Legacy Run* saiu do hiperespaço a cerca de trinta segundos-luz da *Nova Elite*, exatamente onde Kassav dissera que sairia. Graças a Marchion Ro, às Trilhas e a qualquer domínio do hiperespaço que lhe permitira conhecer as rotas que todos os fragmentos percorreriam, Kassav estava próximo de obter milhões de créditos.

Ele olhou para os marcadores de alvo exibidos na parede de projeção da ponte, os quais já estavam travados no fragmento. Parecia um compartimento, intacto. Ele ouvira que algumas daquelas coisas tinham pessoas a bordo, colonos que estavam no cargueiro antes de ele se desintegrar.

Oh, bem. Não era problema dele, também.

– Fogo – disse Kassav.

A equipe de Gravhan era muito boa. Uma torrente de torpedos e de lasers foi disparada pelos sistemas de armas da *Nova Elite*, diretamente contra o fragmento. Todas acertaram ao mesmo tempo, e o compartimento foi vaporizado, desaparecendo da formação de combate na parede de projeção. Tiro perfeito. Claro, eles sabiam contra o que estariam mirando com antecedência e planejaram tudo aquilo... mas, ainda assim, precisava parecer impressionante.

– Pronto – disse Kassav, virando-se de novo para observar através da janela de observação dianteira onde, em algum lugar na direção do sol, a Governadora Mural Veen provavelmente se sentia um pouco menos segura de si. – Agora você viu que estou sendo honesto. Mais duas Emergências se aproximam. A próxima será em noventa segundos. Você tem as informações da conta. Pague, ou encare as consequências.

– Bastardo – disse a Governadora Veen.

– Vai saber – retrucou Kassav. – Nunca conheci minha mãe, nem meu pai. Não acho que isso importe. O que importa são as escolhas que fazemos na vida, não as nossas origens. Como a escolha que você deve fazer neste momento, governadora.

Os segundos se passavam. Kassav olhou para Cara Molhada, que balançou a cabeça. Nenhuma transferência. Meio desgostoso, Kassav fez um gesto para o Gungan seguir adiante.

Outro conjunto de coordenadas foi enviado, vinte segundos antes da Emergência. A *Nova Elite* não estava próxima o bastante daquela para chegar a tempo. A Emergência aconteceria, e nada poderia impedir. Mesmo assim, ela serviria a um propósito.

– Acabei de enviar as coordenadas da segunda Emergência – disse Kassav. – Você poderia ter evitado o que vai acontecer a seguir, governadora. Lembre-se disso.

Outra parte da *Legacy Run* voltou ao espaço real, movendo-se rápido demais para que qualquer um pudesse reagir.

Eriadu tinha um produto de exportação primário, lommita, um minério utilizado na produção de transparisteel, a liga que representava o principal componente das janelas de observação e escotilhas de naves espaciais. Quando a Chanceler Soh decretou o bloqueio hiperespacial, os transportes de carga que saíam do sistema completamente carregados de lommita ficaram sem ter aonde ir. Então, reuniram-se em uma região de espaço aberto próxima da zona de onde era seguro acessar o hiperespaço, esperando a reabertura das vias.

O fragmento atravessou um dos transportes, fazendo-o explodir no mesmo instante. A onda de choque destruiu quatro outras naves antes que pudessem ativar os escudos.

– Ai – disse Kassav. – Lá se vão algumas centenas de tripulantes, sem mencionar toda aquela lommita. Quanto isso vai custar para o seu sistema, governadora? Aposto que bastante dinheiro. Agora você está numa posição pior do que antes. Lembre-se, mais uma Emergência está a caminho. Vocês têm cerca de quatro minutos. Desta vez, não serão centenas de vidas perdidas. Serão bilhões. Talvez até a sua. Você tem as informações da conta, não espere demais.

– Isso é maldade – disse a governadora. – Você sabe disso, não?

Kassav virou-se para encarar sua Tempestade e revirou os olhos. Mais risadas.

– Você está rindo? – A voz que veio pelo comunicador soou incrédula. – Você está *rindo*?

– Sim, governadora. É engraçado, só isso. Não é maldade. São *negócios*.

– Vocês estão enviando essas Emergências de algum modo, não? Estão fazendo isso. É a única explicação possível.

– E isso importa? Está perdendo tempo, governadora. Dois minutos.

Verdade seja dita, Kassav estava ficando um pouco nervoso. Eles precisavam se mover rápido para interceptar a terceira Emergência, caso contrário, não seriam capazes de impedi-la. E ele percebeu que era importante que a detivessem, ou aquele esquema talvez não funcionasse da próxima vez, não é? Nem sabia se voltaria aos Nihil depois daquilo, não com cinquenta milhões de créditos na conta e uma Tempestade inteira leal a ele, além de uma lista de outras Emergências das quais poderia tirar proveito.

Sim, Marchion Ro sem dúvida não era igual ao pai, liberando facilmente uma informação valiosa como aquela. O homem tinha um estranho senso de lealdade com os Nihil. Pensava que eram algo além do que de fato eram. Os Nihil constituíam um grupo de criminosos, e se havia uma coisa que Kassav sabia sobre criminosos era que não se deveria confiar neles.

Ele era o exemplo perfeito.

Noventa segundos.

– Governadora, seu tempo está acabando.

– Vocês são monstros.

– Assim como você, se decidir não salvar seu povo.

– *Certo* – cuspiu a Governadora Veen. – Os fundos estão sendo transferidos agora.

Ele olhou para Cara Molhada, que fez outro sinal de positivo. Kassav apontou para Dellex, que acionou os motores que os colocariam no caminho da terceira Emergência assim que ela aparecesse.

Os artilheiros de Gravhan começaram a trabalhar novamente, preparando a saraivada que destruiria o último fragmento e garantiria seus pagamentos.

– Você deveria saber – disse a Governadora Veen pelo comunicador – que transmiti nossa conversa para o Senador Noor, que a espalhará para toda a Orla Exterior. Também enviamos uma varredura da sua nave, que conferimos com as silhuetas em nossos bancos de dados. A *Nova Elite*, possuída por Kassav Milliko, que presumo que seja você. Já obteve seu pagamento, senhor Milliko... mas acredito que seus problemas estejam apenas começando.

– Problemas? Que problemas? Estamos salvando vidas. Nós somos os *heróis*, governadora.

Kassav falava em prol de todos os Nihil ao redor dele, que ouviam cada palavra, mas seu estômago ficou um pouco... Talvez ele não tivesse pensado em tudo. Bom, não havia nada a fazer naquele momento.

– Vá – disse, apontando para Dellex.

Ela assentiu e a nave saltou, mas o tempo era curto. Tão curto que a equipe de Gravhan teria que começar a atirar assim que os motores parassem. Mas tudo bem, teriam tempo.

No entanto, não tiveram. A terceira Emergência ocorreu da forma esperada, e sim, o fragmento da *Legacy Run* se dirigia diretamente contra a lua habitada de Eriadu, com população estimada em um ponto dois bilhões. A equipe de Gravhan acionou as armas conforme esperado, bem a tempo.

Exceto que o alvo não estava ali. A *Nova Elite* errara o cálculo por um mínimo impulso, e ultrapassou demais o ponto que deveriam alcançar. Estavam muito longe da Emergência, e os torpedos e feixes de laser disparados não atingiram nada.

Kassav percebeu de imediato. Lançou um olhar para Dellex, que também percebeu. Ela olhava diretamente para ele.

– Chefe, devo... devo ter errado os cálculos de navegação. Não sei como isso aconteceu.

Kassav tinha suas suspeitas. O único olho orgânico da mulher ainda brilhava, tomado pelo estilhaço, dando a certeza de que ela não tomara a lustrosa. Não precisava de muito para errar um cálculo de navegação e Dellex, em geral, era excepcional por causa de seus componentes mecânicos, mas daquela vez... daquela vez...

O fragmento da *Legacy Run* colidiu com a lua. Todos que estavam na ponte viram acontecer. Foi mostrado na parede de projeção, claro como o dia. Uma grande nuvem em formato de cogumelo e repleta de escombros se formou na superfície, ondas de choque percorreram o pequeno mundo, com o tanto de fogo e fumaça escura que acompanhavam explosões realmente grandes. Como uma tempestade ou algo do tipo.

Uma voz soou através do comunicador, ecoando ao redor dos Nihil, em absoluto silêncio.

– Você vai pagar por isso – disse a Governadora Mural Veen, e sua voz talvez tivesse o tom mais gélido que Kassav já ouvira. – Uma coisa eu juro: *vingança*. As pessoas de Eriadu são caçadoras. Você e seus monstros agora se tornaram nossas pres...

Kassav pressionou um comando no painel de controle, silenciando a voz.

Ele encarou sua Tempestade e soube o que estavam pensando.

Um ponto dois bilhões de pessoas.

Bem.

Não era problema dele.

– Tire a gente daqui – disse ele.

– Para onde? – perguntou Dellex, com a voz anormalmente contida.

Kassav pensou. Aquelas pessoas em Eriadu conheciam seu nome. Conheciam sua nave. Ele conseguira o dinheiro, mas não gostou do tom das palavras da governadora. Não parecia ser o tipo de gente que esquece. Ele precisaria de proteção. Precisaria ser parte de algo maior. Precisaria...

– De volta – disse ele, resignado. – De volta aos Nihil.

CAPÍTULO VINTE E NOVE

SISTEMA HETZAL. A LUA ENRAIZADA.

Keven Tarr observou por cima do platô. A visão era de tirar o fôlego.

Cinquenta e sete mil oitocentos e dezessete navidroides, conectados entre si numa matriz gigantesca. Todos de diferentes modelos e tamanhos, das mais novas unidades compactas e independentes, com pernas ou outros componentes de mobilidade que lhes permitiam se mover de nave para nave, a unidades de processamento retiradas dos veículos nos quais foram originalmente instaladas. O poder computacional variava bastante de droide para droide, mas, no fim das contas, a combinação era muito impressionante.

Se apenas conseguir os droides fora um desafio (auxiliado pelos esforços heroicos do Secretário Lorillia, para ser justo, já que ele requisitara navidroides por toda a galáxia), conectar todos em rede foi quase impossível. A ideia era fazer os processadores funcionarem em paralelo, de forma que várias seções poderiam trabalhar em partes diferentes do problema ao mesmo tempo. Keven projetara o sistema de cima para baixo, mas fazer tudo aquilo funcionar sozinho teria levado meses, um tempo de que ele não dispunha.

Além de conceber a ideia, em primeiro lugar, e obter os droides que a comporiam, ele também precisou organizar um time de engenheiros treinados em arquitetura positrônica e configuração de redes, muitos deles.

Em Hetzal, havia algumas pessoas com as habilidades necessárias, mas o número nem se aproximava da quantidade necessária. Os San Tekka enviaram uma dúzia de navuladores, pessoas com implantes estranhos ao redor das cabeças raspadas, os quais lhes permitiam realizar cálculos com a mesma precisão de droides, ainda retendo as nuances conceituais que suas mentes orgânicas poderiam alcançar. Sem dúvida úteis, mas ainda insuficientes para construir a matriz dentro de um prazo razoável. Uma vez mais, reunir os recursos necessários consistia em utilizar os contatos disponíveis do Senador Noor, do Secretário Lorillia e dos vários aliados de cada um deles. Eles conseguiram a ajuda necessária, e até mais. Keven tinha engenheiros alocados vindos de tão longe quanto Byss e Kuat. O lema *Somos todos a República* nunca soara tão verdadeiro.

Keven não fazia ideia do custo em influência e em capital para construir aquilo, e nem se importava.

Queria apenas colocar a matriz para funcionar.

O sistema tinha três nodos primários, cada um com seus próprios subnodos. Todos os três principais elementos foram atribuídos a partes diferentes do cálculo geral. O primeiro foi projetado para criar uma simulação computadorizada do desastre original utilizando todos os dados disponíveis. O segundo modelava todas as Emergências conhecidas até então, e o terceiro, de longe o maior e mais complexo, executava um algoritmo específico projetado para descobrir onde as próximas Emergências aconteceriam.

O terceiro nodo era o mais complicado. Os dois primeiros apenas descreviam coisas que já haviam acontecido. O terceiro deveria prever o futuro.

E se eu puder fazer uma coisa dessas, pensou Keven, *eu serei basicamente um Jedi.*

Mas ele não era, claro. Alguns Jedi de verdade estavam de pé a uma pequena distância dele, a dupla que encontrara algumas vezes antes, que ajudara com os San Tekka. Avar Kriss e Elzar Mann. Ambos pareciam agradáveis, mas, honestamente, Keven não se parecia nem um pouco com eles. Avar era confiante e competente ao extremo, e Elzar parecia alguém saído de uma holonovela, com sua pele oliva e o cabelo escuro ondulado, apenas um homem bonito.

Keven Tarr talvez se assemelhasse a um droide, ou um daqueles navuladores (embora ele fosse grato por não precisar usar um daqueles implantes). Ele gostava de sistemas, regras, e dos sistemas e das regras por trás daqueles sistemas e regras. Na verdade, tudo podia ser resumido nisto: sistemas e regras.

Aquela afirmação era verdadeira para pessoas, para droides, e para a galáxia inteira e tudo nela contido. Quanto mais profundos os sistemas que se aprendesse a acessar, ou as regras que fossem compreendidas, maiores as possibilidades de se gerar mudança. Fora aquilo que o ajudara a subir tão rápido em Hetzal, que lhe permitira assumir uma posição importante no Ministério da Tecnologia antes dos vinte e cinco anos. Ainda criança, descobriu que quatro tipos diferentes de plantação interagiam em um tipo complexo de relacionamento, e que uma praga normalmente combatida não era uma praga de verdade, mas sim um parceiro simbiótico das plantações. Se permitissem que as plantas ocupassem os mesmos campos ao mesmo tempo em vez de serem cultivadas em separado, e se permitissem que a chamada praga vivesse, não apenas os rendimentos gerais seriam mais altos, mas as safras de sementes e grãos produzidos também seriam de melhor qualidade. Mais ainda, o surgimento de um tipo de fruto híbrido duas vezes ao ano não aconteceria sem a contribuição de todas as quatro plantas.

Aquele pequeno projeto lhe rendera tudo o que de fato queria: acesso a sistemas maiores e melhores aos quais ele poderia se dedicar a fim de entendê-los. As autoridades hetzalianas lhe davam atribuições cada vez mais importantes, desde desenvolver algoritmos para rotação de plantações até a criação de modelos climáticos, tarefas que ele achava profundamente envolventes e recompensadoras. O único ponto frustrante era como tudo parecia lento. Mesmo com seu alto cargo no Ministério da Tecnologia do sistema, não podia apenas explorar qualquer coisa que quisesse. Ainda havia muito que ele não podia acessar sem permissão.

No entanto, aquilo foi escolha dele. Keven sabia que poderia se tornar um ótimo hacker, invadindo centrais computadorizadas de todos os tipos, mas não gostava da ideia. Acreditava na lei e acreditava na República. Decidira havia muito tempo que a única maneira pela qual ele trabalharia com sistemas realmente significativos seria conquistando esses privilégios por meio de sua habilidade e dedicação.

Bem, parecia que o momento havia chegado. Não ficaria muito maior do que ele estava prestes a tentar.

Ele, Keven Tarr, ia invadir o hiperespaço.

Uma brisa leve e fresca tocou seu rosto, deslizando sobre o platô e ignorando a matriz. Um bom sinal.

Keven deu uma olhada nos outros observadores que estavam de pé não muito longe, conversando baixinho entre si. Se tivesse opção, o primeiro teste de sua máquina teria acontecido de forma privada para o caso de algo dar errado. Mas aquilo era tão importante, o tempo era tão curto e os recursos investidos na montagem da matriz haviam sido muito altos. Várias pessoas, pessoas poderosas, escolheram apoiar a ideia de Keven, e todas queriam estar presentes para ver se ela valia o esforço.

O Senador Noor e sua assistente, Jeni Wataro. O Secretário Lorillia. O Ministro Ecka. Os dois Jedi, é claro, que estavam conversando com Marlowe e Vellis San Tekka que, sem dúvida, foram incrivelmente prestativos. Além de fornecerem os doze navuladores, também providenciaram ferramentas de modelagem do hiperespaço muito além daquelas a que Keven teria acesso por conta própria. Ele assinara todo tipo de acordos com o departamento legal da companhia deles, dizendo que nunca usaria nada daquela tecnologia para nenhum outro propósito, mas não fora um problema. Na verdade, ele pensava em ver com os San Tekka se gostariam de tê-lo trabalhando com eles depois que tudo aquilo terminasse. Hetzal era seu mundo natal, mas ele estava pronto para seguir em frente. O planeta também era um sistema, que ele já invadira e hackeara o máximo possível. Em frente, para sistemas maiores e mais profundos.

Claro, se não conseguisse fazer a matriz funcionar, nenhuma daquelas possibilidades empolgantes aconteceria. Quando alguém fala que vai *tentar* fazer algo, as pessoas escutam que ela *vai fazer* algo. E, caso esse alguém não consiga alcançar o objetivo, as mesmas pessoas verão aquilo como um fracasso. E culparão quem tentou fazer. Não era exatamente justo, principalmente porque prever o futuro com uma gigantesca matriz de computadores feita de cérebros de droides conectados era algo basicamente impossível. Mas era daquela forma que o sistema chamado sociedade funcionava, e Keven Tarr jamais teria o poder necessário para mudar tal conjunto de regras.

Sua situação era binária. Sucesso ou fracasso. Ele fizera tudo que estava ao alcance para garantir o primeiro resultado. Aquilo era tudo.

Ele ergueu o comunicador e falou:

– Vocês já conectaram o último lote de droides?

O aparelho chiou. Tantos droides reunidos em um único lugar estavam causando interferência. Era possível sentir o gosto de metal recém-forjado no ar.

– Ainda falta um – respondeu o Chefe Suboficial Innamin, da Coalizão de Defesa da República, Suboficial Innamin até recentemente, promovido devido a seus esforços heroicos durante o desastre da *Legacy Run*. Ele e o companheiro de bordo, Peeples, que fora promovido de guarda-marinha a tenente, decidiram permanecer no sistema depois do desastre para ajudar como pudessem, a fim de honrar o sacrifício de seu capitão, Bright, que morrera durante uma tentativa de resgate em uma estação solar.

Keven gostava do fato de os dois oficiais estarem contribuindo com suas habilidades, considerava uma demonstração de nobreza e bondade. Mas mais importante, Innamin tinha o treinamento necessário em engenharia para ser particularmente útil ali na Lua

Enraizada e para supervisionar Peeples, ainda que o tenente fosse tecnicamente seu superior. Peeples parecia não se importar, e até mesmo oferecera trocar de cargo com Innamin, o que o chefe suboficial, depois de deixar escapar um longo suspiro, recusou. De qualquer forma, a dupla já terminava de conectar o subnodo incumbido de modelar a quinta Emergência.

Secretamente, e nunca expressando em voz alta, Keven desejava que mais algumas Emergências tivessem ocorrido. Cada uma era um ponto de dados, e até então vinte e nove delas já haviam acontecido. Nada mal, um conjunto de dados muito bom, mas, quanto mais informações alimentassem a máquina, melhor. Ele não teria uma segunda chance, por várias razões.

Na verdade, principalmente por uma razão, um detalhe que ele decidira não contar para as pessoas que o ajudaram a coletar todas aquelas máquinas raras e valiosas para compor sua matriz.

Keven espiou na direção de Jeffo Lorillia, o secretário de transportes da República, não muito longe dele no platô e bastante engajado em uma conversa com o Senador Izzet Noor, cujo rosto comprido mostrava-se anormalmente animado. Lorillia conseguira favores incríveis para reunir tantos navidroides em tão pouco tempo. Para a frustração do Senador Noor, a Orla Exterior ainda estava na quarentena hiperespacial, mas a requisição do secretário tirara tantos navidroides de circulação que a Orla Exterior não era a única a sofrer com escassez de suprimentos. Os transportes de cargas por toda a República começavam a ser afetados.

Sim, se o algoritmo de Keven funcionasse corretamente, eles saberiam onde as Emergências ocorreriam, e poderiam encerrar o bloqueio, mas aquele era um grande se. Keven tinha apenas cinquenta e sete mil droides, quando o número ideal incluía no mínimo o dobro disso. Os cálculos que seriam executados levariam pelo menos o dobro do tempo, mesmo forçando a rede ao limite. Todo aquele esforço prolongado sobre a máquina geraria... bem... Keven tinha suas dúvidas sobre quantos daqueles preciosos cérebros eletrônicos resistiriam ao processo. Esse era o detalhe essencial que ele escolhera não compartilhar com o Secretário Lorillia. A matriz, uma vez ligada, estaria faminta. E se alimentaria de... navidroides.

Mas aquela era a única solução que ele encontrara. Precisava tentar, mesmo sabendo o que poderia acontecer a ele se falhasse. Era o que boas pessoas fariam.

– Peeples! Tire sua pata daí! O que você pensa que está... oh, na verdade, acho que foi uma ideia muito boa! – A voz do Chefe Suboficial Innamin soou através do comunicador, um pouco distante, como se tivesse se virado para gritar com alguém próximo dele. Depois ela voltou, alta e clara. – Estamos prontos aqui, senhor Tarr. A ligação foi concluída.

– Obrigado, chefe suboficial. E pode me chamar de Keven. Libere a área e retire todas as outras equipes que encontrar aí fora. Saia do platô e volte para a plataforma de observação.

– Hein? Por quê?

– Apenas retire todos, certo?

Keven ergueu um datapad, a unidade central de controle da matriz inteira. Fez uma breve oração para Matrona Videira, santa padroeira da região onde ele crescera em Hetzal Prime, então pressionou um único botão que ligou a coisa toda.

Mais adiante no platô, o Senador Izzet Noor abanou o rosto enquanto a enorme matriz de navidroides em rede zumbia ao ser acionada. Soava como um enxame de insetos, não um som na verdade, mais como uma sensação, logo abaixo do nível da real percepção. Ele também fazia uma prece, mas não para Matrona Videira, e sim sussurrando repetidas vezes um "por favor, por favor, por favor".

Mundos por toda a Orla Exterior estavam à beira da revolta. Ainda que a chanceler tivesse autorizado carregamentos de apoio a planetas que sofriam com a falta do tráfego hiperespacial, a vida continuava muito diferente do habitual, e remessas ocasionais de rações de emergência não eram a melhor forma de aplacar os ânimos.

Se aquele esquema insano com droides não funcionasse, ele teria de implorar à Chanceler Soh que, apesar do risco, reabrisse as hipervias. Em algum momento, ela precisaria perceber que o dano causado às pessoas da Orla superava o risco de outra crise como a da *Legacy Run*.

– Consegue acreditar naquilo tudo? – perguntou Noor para Jeni Wataro, sua assistente mais próxima nos últimos dez anos. Ela era uma Chagriana, com pele azul e espessos tentáculos com chifres nas pontas pendendo das laterais da cabeça e dispostos sobre seu tórax. Wataro era indispensável para o trabalho dele de incontáveis maneiras. Noor acreditava que todo político deveria ter um assistente Chagriano.

– O que quer dizer, senador? – perguntou ela.

Noor gesticulou vagamente na direção da gigantesca matriz de droides espalhada sobre o platô diante deles.

– Tudo *aquilo*, Wataro. Use seus olhos. Teremos despesas enormes e nenhuma garantia de que vai funcionar. Não vejo motivo algum para não reabrir as hipervias. E sabe do que mais? – continuou ele, virando-se para ela. – Com base no que aconteceu em Eriadu, tem mais alguém lá fora que certamente possui a habilidade de prever as Emergências.

Wataro assentiu.

– Por que estamos fazendo esta estupidez com droides enquanto o Almirante Kronara e a CDR deveriam estar caçando quem quer que tenha tentado extorquir os eriaduanos? – Noor prosseguiu. – Esse tal de Kissav, acho que foi esse o nome que a Governadora Veen disse. Nós devíamos encontrá-lo e perguntar onde serão as próximas Emergências! Pronto. Fácil.

Noor fez uma carranca para a matriz novamente. O ruído inicial se aprofundou em um zumbido desagradável, não um som, mas uma sensação que penetrava até os ossos.

– Respeito as escolhas da chanceler, mas gostaria que ela considerasse uma abordagem diferente – disse ele.

– Talvez você devesse concorrer ao cargo, senador – comentou Jeni.

Ela sempre dizia aquilo, e o senador sabia que era um tipo de resposta passivo-agressiva, como se apontasse sua hipocrisia em criticar a chanceler sendo que ele mesmo nunca *concorrera* ao cargo.

– Talvez eu faça, Wataro, talvez eu faça – disse ele. – Aguarde e confie.

Uma grande tela foi montada na plataforma de observação acima da matriz, e exibia uma simulação aproximada do desastre da *Legacy Run*, numa velocidade dez vezes maior do que de fato ocorrera. Keven Tarr, os Jedi, o senador e outros membros da República e oficiais locais assistiam solenes aos eventos representados. Muitos deles estiveram presentes enquanto tudo acontecia, enquanto pessoas morriam. Não tantas quanto poderiam ter morrido, mas, ainda assim, uma tragédia, e ninguém falou durante a exibição.

Keven olhou para seu datapad, que lhe fornecia um conjunto de informações essenciais, o estado da matriz de navidroides. Todos os cinquenta e sete mil setecentos e oito processadores, executando cálculos incrivelmente complexos no limite de suas capacidades. Keven podia, com uns poucos toques, ampliar qualquer um dos três nodos principais para olhar os subnodos, agrupamentos menores e até droides individuais. A matriz fora projetada para funcionar como um enorme cérebro, com neurônios, células nervosas e tudo mais.

As leituras indicavam a velocidade com que cada nodo, unidade e droide individual funcionava. Informações úteis, mas não os dados nos quais Keven se concentrava. Não, ele estava preocupado com outro indicador, também exibido ao fim de cada longa sequência de informações... a temperatura.

Tamanha quantidade de processadores rodando a toda capacidade virara basicamente um forno colossal. Keven planejara o melhor que pôde, e era por aquela razão que a matriz fora construída em um lugar aberto, exposta ao vento e às temperaturas relativamente baixas da Lua Enraizada. Poderia ter construído no espaço, mas a temperatura não se dissiparia no vácuo e seria um problema ainda maior.

Muitos dos droides possuíam unidades internas de resfriamento, as quais constituíam a fonte do zumbido que aumentava no platô e se tornava cada vez mais alto e insistente. Ele não precisava checar o datapad para saber que as temperaturas estavam subindo, e rápido.

Por sorte, os observadores pareciam capturados pelos eventos que se desenrolavam na grande tela: cada heroico resgate de sobreviventes da *Legacy Run*, cada morte trágica, cada sucesso por um triz. Apesar dos crescentes problemas com a matriz, Keven se permitiu apreciar, por um momento, a grandiosidade dos feitos ali alcançados pelas equipes de Jedi e da República.

O sistema Hetzal deveria ter desaparecido. O fato de que se mantinha ali, na superfície da Lua Enraizada, era assombroso. Chacoalhou a cabeça, observando a simulação enquanto o último fragmento avançava na direção de um dos sóis de Hetzal, o tanque de tibanna em estado líquido que quase destruíra o sistema inteiro. Ele se lembrava daqueles momentos com clareza. Tivera certeza de que morreria em instantes, uma certeza profunda... e aquilo não acontecera.

Os Jedi se uniram para mover uma gigantesca peça de metal, que não queria ser movida, com precisão exata, perfeitamente coordenados embora estivessem a milhões de quilômetros uns dos outros.

Era impossível. Ainda assim, conseguiram.

Eles tiveram sucesso. Ele não poderia falhar ali.

A simulação do desastre da *Legacy Run* estava concluída, e um segundo nodo se ativou, modelando a primeira Emergência. A tela exibiu os sete fragmentos aparecendo no sistema Ab Dalis, e o impacto do último contra o planeta. Os observadores continuaram em silêncio. Mais uma tragédia, dessa vez não evitada por uma intervenção milagrosa dos Jedi.

Keven, porém, parara de olhar para a tela. Não podia tirar os olhos do datapad. As temperaturas subiam mais rápido do que antecipara. Para seu algoritmo funcionar, os sistemas precisavam modelar de forma contínua tudo o que acontecera, cada detalhe, cada fragmento, cada trajetória, tudo de uma vez. Conforme cada nova Emergência se somava à simulação, o trabalho aumentava.

Parecia que o calor já se erguia do platô. Decerto era fruto de sua imaginação. Keven esfregou a manga em seu antebraço: estava úmida.

Não. Não era imaginação. A matriz estava esquentando, e ainda faltavam cerca de trinta Emergências para modelar.

O Senador Noor se moveu, desconfortável. Então, virou-se para sua assistente, apontando para cima da matriz de droides, que brilhava e fazia subir uma neblina de calor contra o céu da manhã.

– Wataro – disse ele. – Aquilo está... como aquilo deveria funcionar?

– Eu... não tenho certeza – respondeu ela, pegando um pedaço de tecido de sua túnica e secando pequenos pontos esverdeados de suor que surgiram em sua testa.

Keven estava preocupado com o Nodo Cinco. O Secretário Lorillia fizera o melhor possível, mas era óbvio que nem todos queriam abrir mão de seus melhores e mais avançados navidroides, não importando quão nobre fosse a causa. Uma boa quantidade de droides na matriz era de modelos antigos ou mesmo fora de serviço. Embora ainda conseguissem executar a tarefa, não o faziam tão bem ou tão rápido quanto os outros.

Ele distribuíra os droides mais antigos por toda a matriz, numa tentativa de equilibrar o volume de trabalho, mas era inevitável que algumas seções acabassem com uma quantidade um pouco maior de máquinas de menor capacidade. O Nodo Cinco era uma delas. A temperatura aumentava rapidamente, e era só questão de tempo até que...

Um jorro de faíscas subiu da matriz, e Keven nem precisou olhar para saber que vinha do Nodo Cinco. Um dos navidroides mais antigos acabara com os circuitos estourados, o calor basicamente derretendo seu núcleo computacional.

– Droga – disse ele.

– O que está acontecendo, Tarr? – ele ouviu o Senador Noor perguntar.

Keven não respondeu. Não tinha tempo. Se o Nodo Cinco caísse, toda a simulação teria de recomeçar, e ele sabia que provavelmente não o deixariam fazer tudo de novo. Aquela talvez fosse sua única chance. Por sorte, ele antecipara o problema. Pelo menos em algum nível.

Um grupo de droides pílula flutuou para um dos lados da matriz, todos equipados com unidades de resfriamento capazes de soprar rajadas de ar gelado onde fosse necessário. Ele os mantivera na reserva até então, mas a hora chegara.

Então, pressionou comandos no datapad e vários dos droides pílula se dirigiram para o Nodo Cinco, disparando rajadas de ar gelado de seus componentes de ventilação que imediatamente começaram a reduzir a temperatura. Ótimo. Tudo estava ótimo.

Pelo menos, enquanto os refrigeradores dos droides pílula aguentassem, e enquanto não perdesse mais navidroides. Cinquenta e sete mil setecentos e quatro, no momento, e ele nem deveria ter tentado começar sem ao menos setenta e cinco mil deles.

O Nodo Sete estava começando a aquecer, mas Keven aprendera a lição. Mandou mais alguns droides pílula naquela direção para resfriar a seção antes que algo desse errado.

Vai funcionar, pensou ele. *Eu consigo fazer isso.*

O Nodo Catorze se ativou, modelando a décima nona Emergência, e imediatamente sobrecarregou, cinquenta droides de uma vez jorrando fagulhas como as do Nodo Cinco. Talvez um erro de conexão, ou talvez uma fração particularmente complexa da simulação.

– Não! – gritou Keven.

Ele estava pouco consciente das vozes ao redor, fazendo perguntas, oferecendo conselhos, preocupadas... não tinha tempo para elas, nem mesmo um instante. A matriz encontrava-se à beira de uma falha em cascata.

Vinte droides pílula foram enviados para o Nodo Catorze, metade dos que restavam, e o sistema mal chegara a dois terços da simulação.

Vão me culpar, pensou ele. *Vão dizer que foi culpa minha. Só estava tentando ajudar. Fiz o meu melhor. Fiz o meu...*

Uma mão tocou seu ombro, e Keven se sobressaltou. Olhou e viu quem era: a Jedi, Avar Kriss. Alguns passos atrás dela estava o outro, Elzar Mann. Os dois pareciam estar sempre juntos.

– Fique calmo – disse ela, e ele ficou. Keven se sentiu melhor apenas por ela estar ali.

– O que está acontecendo? – perguntou Avar.

– A matriz está gerando muito calor, mas não posso interromper a simulação agora. Ou ela chega até o fim, ou nada disso teve sentido. Ainda não descobrimos nada. Se desligarmos agora, tudo terá sido jogado fora.

Outro jorro de fagulhas. Nodo Onze. Trezentos e oitenta e dois droides perdidos, todos de uma vez. Cinquenta e sete mil duzentos e setenta e dois restantes.

Keven enviou os últimos droides pílula para resfriar aquela seção, o que funcionou por um tempo, mas uma rápida olhada no datapad mostrou que havia pelo menos outros quatro nodos com problemas sérios.

Os Nodos Três e Oito explodiram. Cinquenta e três mil quatrocentos e doze. Se chegassem a menos de cinquenta mil, era o fim. Nenhuma reorganização e equilíbrio de carga de trabalho criaria poder de processamento onde ele não existia.

A brisa cessou, e o pouco resfriamento adicional que ela providenciava se foi junto. Não havia mais nada que Keven pudesse fazer. Era o fim.

Avar Kriss continuava usando a Força para ajudar o jovem rapaz a controlar o pânico. Não era fácil. Keven Tarr queria perder o controle por completo. Sentia culpa, vergonha, frustração... sentimentos que provavelmente não eram justos e nem merecidos, mas emoções quase nunca seguiam a lógica.

Ela olhou para Elzar.

– Ideias?

– Ele precisa resfriar as coisas?

– Foi o que ele disse.

– Certo – disse Elzar, com um tom pensativo. – Talvez eu tenha uma ideia. Nunca tentei algo assim, mas a teoria tem fundamento. Você vai conseguir sentir o que vou fazer. Qualquer coisa que puder fazer para ajudar viria bem a calhar. Não acho que consigo sozinho.

Elzar se sentou no chão, dobrando as pernas juntas, depois ergueu os braços e fechou os olhos. Avar estendeu a consciência, tentando acompanhar o que ele fazia. O Jedi chamava a Força... mas para fazer o quê?

Ela suspeitava que aquele fosse algum de seus... aperfeiçoamentos. Ideias sempre brotavam na mente dele, formas pelas quais poderia usar a Força para fazer coisas diferentes, novas maneiras para o lado luminoso atender a seu chamado. Ele falhava, o tempo todo, mas Avar achava o comprometimento do companheiro em buscar novas ideias para os Jedi inspirador. Para Elzar Mann, os Jedi não estavam nem perto de ser tão interessantes quanto poderiam.

Avar escutou a canção da Força... e de repente compreendeu o que Elzar tentava fazer.

Impossível, foi o conceito básico o suficiente que ela formulou para enviar a ele pela conexão emocional bastante tênue que a Força mantinha entre os dois.

Ele sorriu, sem abrir os olhos.

Ajude-me, ele enviou de volta.

Elzar Mann falava com o ar. Ele estava quente lá perto da superfície, acima dos droides que trabalhavam furiosamente, mas muito mais fresco no alto. O ar quente subia, como deveria, mas com lentidão. Não rápido o bastante.

Ele pediu à Força que o ajudasse com aquilo, e ela respondeu, embora vagarosamente. O ar era mais pesado do que aparentava.

Então, as coisas se tornaram um pouco mais fáceis, e Elzar soube que Avar estava com ele. Aquilo era bom. Tudo ficava mais fácil quando ela estava ao lado dele. Literalmente, na verdade. Ele abriu os olhos por um instante para ver que ela se ajoelhara ao seu lado, com os braços descansando sobre as pernas, as palmas voltadas para cima e os olhos fechados, o rosto levemente inclinado para o céu.

A pequena porção de ar quente subiu, ambos os Jedi criando correntes para soprá-lo para o céu acima do platô. Aquilo fez muito pouco para resfriar a matriz de navidroides, embora não fosse bem a ideia ali.

Conforme o ar quente subia, alcançava zonas mais frias da atmosfera. O ar aquecido carregava umidade com ele, evaporada da superfície. Aquelas pequenas moléculas de água encontravam umas às outras, se tocavam, se conectavam.

Elzar e Avar faziam aquilo juntos, empurrando o ar, ajudando-o a fazer o que ele faria de qualquer jeito, contribuindo para as partículas de água se unirem. Elzar sentia algo como exultação. Não orgulho, aquele não era o caminho Jedi, mas a alegria de conseguir realizar uma tarefa difícil em duas pessoas conectadas em um nível tão profundo, sem qualquer necessidade de um explicar ao outro o que estava fazendo.

Eles sempre foram daquele jeito, desde seus dias como Padawans. A conexão entre ambos tornava muitas coisas melhores, mas se ele fosse honesto consigo... também tornava algumas coisas piores.

Os dois Jedi se esforçavam. Elzar sentia a exaustão tomando seu corpo. Ele e Avar trabalhavam apenas com uma pequena região da atmosfera, um volume de ar relativamente minúsculo. Dando forma e modelando, tentando levá-lo até uma massa crítica que permitiria ao sistema climático da lua fazer o restante do trabalho. Estavam basicamente criando uma semente, mas ainda era um trabalho extenuante. Seu corpo começou a suar, e ele soube que a crescente temperatura da matriz era apenas parcialmente responsável por aquilo. Cada respiração se tornou mais difícil, e seu peito parecia pressionado por uma máquina, como se o ar se movendo acima fosse drenado diretamente de seus pulmões.

No entanto, Elzar Mann não parou, nem Avar Kriss, e, aos poucos, algo começou a surgir no céu acima do platô. Enorme e escurecendo gradativamente conforme o tempo passava.

Uma nuvem.

Cinquenta e um mil e oitocentos droides restavam, e como Keven conseguira manter a simulação intacta, a tela agora exibia a trigésima primeira Emergência, o que significava que eles estavam a apenas minutos de o sistema ser capaz de modelar as coisas que já tinham acontecido para começar a projetar as coisas que ainda *aconteceriam*, mas não havia a menor possibilidade de a matriz resistir todo esse tempo. Cada um dos droides estava no vermelho, mesmo os modelos mais avançados. Keven manobrava os droides pílula por entre a matriz inteira em grandes arcos, tentando resfriar a coisa toda de uma vez. Até certo ponto, funcionava, garantindo mais alguns segundos, mas seu datapad já mostrava que as reservas de fluido refrigerador estavam quase todas na casa de um dígito.

Àquela altura, só lhe restava esperar ser capaz de prever uma ou duas Emergências... mesmo poucas poderiam evitar tragédias futuras. Tinha quase certeza de que não conseguiriam localizar o sistema de registro de voo da *Legacy Run*, que era um óbvio objetivo secundário daquele esforço, já que poderia ajudar a entender o que acontecera ali e, com sorte, evitar que acidentes do tipo acontecessem de novo.

Mas, como não se negam pequenas coisas boas, Keven continuou usando os sistemas restantes, pressionando-os até onde podia, mesmo que algumas outras centenas de navidroides queimassem e fossem destruídas.

Algo lhe atingiu a nuca, assustando-o. Foi de leve, talvez um inseto ou...

Outro impacto, daquela vez nas costas de sua mão que passava rapidamente pela superfície do datapad, e ele percebeu o que estava acontecendo.

– Está... chovendo – ele ouviu o Senador Noor dizer.

E, de súbito, com o estrondo de um trovão, estava. Chuva, caindo do céu sobre a matriz. Vapor chiava dos navidroides superaquecidos, e Keven precisou esfregar a mão na tela do datapad para afastar a água e conseguir ler. A temperatura caía rapidamente, em todos os nodos. Os navidroides eram reforçados para operar no vácuo, um pouco de água não lhes faria mal algum.

Nuvens de vapor subiam da matriz, e Keven se virou para olhar. Primeiro para os Jedi, Avar Kriss e Elzar Mann, que se ajoelharam lado a lado com os braços levantados e olhos fechados, tremendo ao manter o esforço enquanto a chuva encharcava suas vestes. Pareciam tentar levantar uma nave espacial com as próprias mãos. O sol ainda cintilava sobre o platô, e a luz brilhava através da chuva, criando um espectro reluzente ao redor dos dois.

Atrás dos Jedi extenuados, a tela finalmente exibia algo novo: uma zona desabitada do espaço onde a trigésima quarta Emergência ocorreria.

Apenas trinta e três Emergências haviam ocorrido até aquela data.

O sistema funcionava. Estava prevendo a localização de Emergências futuras, e permaneceria estável enquanto a chuva durasse.

Keven percebeu que, no fim, não falhara. Ele, Keven Tarr, filho de um fazendeiro de Hetzal Prime, hackeara o hiperespaço.

Que estranha era aquela galáxia.

CAPÍTULO TRINTA

ELPHRONA.

Porter Engle se curvou sobre o pescoço de seu steelee, sussurrando para ele, ainda que usasse a Força para acalmar os músculos da criatura, que tremiam.

– Você é um ser luminoso – disse ele. – Não há dor, não há fadiga, não há medo. Você é luz e velocidade, e não há nada neste mundo que seja mais belo. Estou aqui com você. Estamos juntos. Vamos realizar grandes feitos. Vamos salvar aquela família.

A lâmina de seu sabre de luz zumbia enquanto avançava, perseguindo os desgraçados que haviam sequestrado quatro pessoas inocentes de sua própria casa. Do que Loden os chamara? Os Nihil.

Porter Engle não sentia raiva. Ele fora um Jedi durante quase três séculos. Sabia muito bem aonde a raiva poderia levar. Encontrara uma maneira melhor de expressar suas emoções quando encarava situações como aquela. Não sentia raiva.

Sentia certeza.

Certeza de que uma grande injustiça fora cometida.

Certeza de que podia resolver a situação.

E, principalmente...

... certeza absoluta de que aqueles... Nihil... jamais fariam aquilo novamente.

De um jeito ou de outro.

Ele assumira a liderança, conduzindo sua montaria um pouco à frente de Loden Greatstorm e Bell Zettifar. Porter gostava de ambos. Loden tinha um senso de humor sobre as coisas que era muito bem-vindo entre os Jedi. Porter encontrara muitos em sua Ordem que levavam as coisas a sério demais. A vida era longa, e eles possuíam o dom da Força. Por que ser tão estoico? Os votos não significavam que estavam mortos.

E Bell... Bell era um jovem maravilhoso. Ainda estava se descobrindo, mas tinha apenas dezoito anos. Alguém daquela idade não deveria mesmo conhecer muito sobre si. Mas algum dia ele seria o tipo de Jedi que serviria de exemplo para as gerações futuras.

Contanto que Loden não o matasse antes em um de seus treinamentos.

Porter voltou a se concentrar na tarefa que tinha em mãos. Dois aclives de siderita pontiaguda se elevavam de ambos os lados, e o caminho à frente se estreitava. Os Jedi não diminuíram a velocidade, mas alinharam suas montarias, avançando em fila única pelo cânion.

Os Nihil com os prisioneiros ainda estavam a alguma distância, mas os Jedi se aproximavam. Não demoraria muito. Porter se recordou de batalhas passadas, e pensou em estratégias para situações com reféns. Os Nihil claramente pensavam que a família era valiosa, e não iriam querer que se ferissem sem necessidade. Aquilo dava uma vantagem a ele e sua equipe. Mesmo assim, precisavam se mover rápido. Seria melhor se um deles, talvez Loden, usasse a Força para libertar a família enquanto Bell e ele fossem na direção dos sequestradores.

As chances de aqueles Nihil nunca terem enfrentado Jedi antes eram grandes. A maioria das pessoas nunca o fizera, e mesmo se tivessem ouvido histórias, meras palavras não estariam à altura da experiência. Por isso, eles poderiam não saber quão tolo seria tentar lutar usando blasters. Disparar um blaster contra um Jedi era quase a mesma coisa que disparar contra si mesm...

Um mínimo sinal de perigo, fosse por alguma manifestação da Força ou apenas devido a muitas outras travessias através de desfiladeiros estreitos com inimigos no horizonte. O som de um disparo de blaster. Porter Engle moveu o sabre de luz para desviar o ataque, mas ele não era o alvo.

Seu steelee se ergueu, a dor que preenchia sua mente e seu coração ecoaram através de Porter. O Ikkrukki desfez a conexão com o animal e saltou para o chão enquanto a montaria se contorcia no solo, cavando, com seus cascos metálicos, sulcos na terra batida. O Jedi deu uma cambalhota no ar, usando o sabre de luz para desviar de mais alguns disparos. Os Nihil claramente estavam escondidos nas colinas, esperando para emboscar os Jedi.

Porter aterrissou.

– Covardes – cuspiu ele.

Mais disparos choveram na direção dos Jedi, de ambos os lados, mas agora ele vira os tiros, cuja cadência e ângulo informavam tudo o que ele precisava saber. Eram apenas dois atiradores.

– Continuem! – gritou para Loden, que havia desacelerado um pouco. – Não deixem que os outros Nihil levem a família para a nave! Vou cuidar desses monstros aqui e encontro vocês o quanto antes.

Loden assentiu em silêncio, e seguiu pelo caminho junto com Bell, ambos defletindo disparos perdidos enquanto avançavam.

Porter Engle ficou sozinho no cânion, não muito longe do corpo de sua montaria caída, um nobre animal que fizera seu melhor.

– Vocês se acham espertos, não? – disse. – Atiraram no meu steelee e o tiraram de mim.

Os Nihil se mantiveram em silêncio. Sem disparos nem movimentos. Talvez de fato fossem mais espertos do que ele pensara. Estavam certamente circulando ao redor dele, tentando encontrar uma nova posição para atacar. O Jedi permitiu que tentassem.

Porter gritou na direção das rochas acima.

– Antes de matarem meu steelee, admito que ainda não tinha decidido sobre como lidar com vocês. Todas as possibilidades estavam em jogo. Mas aquela criatura vivia na luz, e vocês a tiraram dela. Não tinham o direito. Obrigado por mostrarem o que realmente são. Tornaram as coisas muito mais simples.

Ele girou lentamente, com o sabre de luz erguido, observando as colinas. Já sabia o que ia acontecer. Qualquer um que mirasse contra a montaria de um homem em vez de disparar contra ele diretamente, qualquer um que atacasse de tocaia, também seria o tipo de gente que...

Disparos, três deles, às suas costas. Claro.

Porter girou, bloqueando o primeiro, o segundo, e devolvendo o terceiro para a direção que viera. Percebeu movimentos nas rochas acima e saltou, mais alto do que sabia que os Nihil acreditariam ser possível. No alto, viu o homem que disparara contra ele. Porter arremessou seu sabre de luz, que cortou o ar como um disco giratório e inescapável.

O atirador Nihil se abaixou atrás de um afloramento de siderita, acreditando estar protegido. Não estava. A lâmina atravessou a rocha e, em seguida, o corpo do homem. Porter lamentou que um ser vivo e pensante, um filho da Força, tivesse feito escolhas que o levaram a tal fim.

O segundo atirador disparou contra Porter antes de ele aterrissar, e antes de recuperar seu sabre de luz. Ele estava no ar, sem sua principal forma de proteção, o que tornava a situação um pouco mais complexa. Mas de tempos em tempos Jedi perdiam suas armas, e qualquer Cavaleiro Jedi merecedor do título passara algumas boas horas desenvolvendo estratégias para defesa desarmada.

Porter alcançou a Força e ergueu a mão, com a palma para a frente, defletindo a rajada de volta e enviando-a para a colina de onde viera. Não precisava. Poderia ter desviado a rajada com a mente, ou a congelado no lugar. Mas rebater um disparo de blaster tal qual um inseto... era como passar um certo recado.

– Eu vi você, amigo – gritou ele, puxando o sabre de luz de volta. – Vi exatamente onde está se escondendo.

O cabo da arma se chocou contra sua mão com um *whap* que sempre lhe parecia totalmente satisfatório, e seus dedos grossos deslizaram nas ranhuras do cilindro metálico desgastado por dezenas de milhares de horas de prática e combate.

– E logo vou vê-lo novamente.

Porter Engle correu colina acima, movendo-se mais rápido do que o Nihil provavelmente conseguia ver, pulando para cima e de um lado ao outro. Sem mais disparos de blaster. Tinha a sensação de que o Nihil sobrevivente pensara melhor naquela emboscada e resolvera fugir dali.

Quando chegou ao topo da colina, descobriu estar certo. O Nihil montava outro steelee, tentando fazer o animal se mover, batendo nas laterais dele com os calcanhares. Não gritava com a pobre criatura, cuja cabeça estava baixa e os cascos plantados no chão, pois sabia que não deveria fazer barulho. Mas Porter tinha certeza de que sob circunstâncias normais o outro estaria praguejando, usando cada palavrão que pudesse imaginar.

– Aposto que foi você quem atirou no meu animal – disse Porter.

O Nihil se virou, disparando seu blaster, e o conflito terminou da única maneira possível.

Porter tinha certeza absoluta.

O Nihil caiu de cima do steelee, com um buraco fumegante atravessando sua máscara.

Porter Engle não desperdiçou mais tempo com o bandido. Desativou o sabre de luz e o guardou na bainha, aproximando-se do steelee traumatizado, com a mão estendida.

– Oi, rapaz... – disse ele. – Você é um ser de luz. O que me diz de fazermos algo bom?

O steelee o encarou com os olhos arregalados. O Jedi tocou o flanco do animal, que se acalmou. Pegou as rédeas, preparando-se para montar na sela.

Então, o Nihil com o buraco na máscara se levantou. Ergueu o rifle para atirar, e Porter Engle percebeu que aquele saqueador provavelmente era de alguma espécie cujo cérebro poderia estar em alguma outra parte do corpo, sendo capaz de sobreviver a um disparo na cabeça. Significava que Porter, cujas mãos se ocupavam com o steelee, estava prestes a morrer.

Tais pensamentos passaram por sua cabeça, junto com um estranho momento de tristeza por causa de um de seus aprimoramentos a uma receita de torta que não poderia mais experimentar, e ele preparou seu espírito para se unir à Força.

Um borrão preto, cinza e vermelho-alaranjado saltou das rochas diretamente contra o Nihil ferido.

Brasa, pensou Porter, com espanto. Ele esquecera completamente dela.

O animal abriu a mandíbula e cuspiu um grande jorro de chamas amarelas, que envolveram o Nihil antes que ele usasse a arma. Um estranho grito oco soou de dentro da máscara do saqueador, e ele rolou pelo chão tentando apagar as chamas que consumiam seu corpo. Brasa não parou, continuou ateando fogo contra o bandido até que ele parasse de gritar, e de se mexer.

Então, ela fechou a boca e caminhou até Porter, que cuidadosamente se abaixou e a coçou atrás de uma das orelhas. O animal estava quente, como seu forno lá no posto avançado. Aquilo até que fazia sentido. Ela deveria ter percorrido todo o caminho desde a casa incendiada até ali, e os Jedi estavam tão concentrados em perseguir os Nihil que não pensaram que também poderiam estar sendo seguidos.

– Boa garota – disse ele. – Boa garota.

Porter montou no steelee e partiu, descendo a encosta em um ritmo acelerado, com Brasa correndo a seu lado, avançando na direção que Bell e Loden seguiram na tentativa de salvar a família.

Loden Greatstorm e Bell Zettifar encurtaram bastante a distância entre eles e os Nihil à frente, mas não a tinham vencido completamente. As naves dos sequestradores estavam visíveis, pousadas sobre a areia com cor de ferrugem, fora da zona na qual era impossível voar.

Duas, parecidas com pilhas de cubos e espigões soldados, ambas marcadas com as três linhas que eles viram na porta da casa dos Blythe. Os Nihil estavam quase alcançando as naves, junto com os prisioneiros levados no pequeno carrinho.

– Nunca vamos alcançá-los a tempo – disse Bell.

– Eu sei – respondeu Loden.

Ele tirou as mãos das rédeas do steelee, mas a criatura não diminuiu o ritmo de seu forte galope, que produzia faíscas a cada passo. Bell presumiu que seu mestre conduzia a montaria com os joelhos e com um cuidadoso uso da Força. Após um único e suave movimento, Loden girou o tubo metálico que removera da Vanguarda destruída ao redor de seu corpo, apoiando-a sobre um ombro. Pegou o sabre de luz da bainha e o juntou na placa metálica plana conectada aos componentes eletrônicos do tubo, e o módulo de potência na extremidade se iluminou com uma luz dourada, a mesma cor da lâmina de Loden.

Bell então percebeu o que Loden tirara do veículo: o canhão laser da Vanguarda, sua arma antiaérea alimentada pelo cristal kyber. Ele prendeu o fôlego, sem conseguir acreditar no que estava prestes a acontecer.

Loden *atirou*, e da extremidade do tubo um raio de luz dourada foi disparado, como a lâmina de um sabre de luz, só que mais denso, de alguma forma, mais *presente*. As extremidades da lâmina do sabre desapareciam em uma brancura intensa, mas aquela rajada ficara mais espessa e escura, como o tom âmbar dos primeiros raios do sol numa manhã de outono. E o *som*... Bell o escutara com seus ossos, não com os ouvidos. No momento em que a arma disparou, todos os outros sons cessaram.

O steelee de Bell se ergueu, e o jovem precisou lutar para recuperar o controle, perdendo o impacto do raio. Mas ouviu o som completamente único de metal sendo superaquecido e vaporizado num único instante, seguido por dois baques distintos.

Quando sua montaria se acalmou e avançou para emparelhar com Loden, cujo steelee obviamente não perdera o ritmo, Bell viu o que a arma causara. Uma das naves dos Nihil fora cortada ao meio, a seção do centro simplesmente... sumira. As duas extremidades restantes caíram no chão, com fogo e faíscas jorrando das pontas superaquecidas.

– Uau – disse Bell.

Fez seu steelee acelerar e chamou Loden.

– Pegue a outra nave!

– Não posso – respondeu seu mestre, apontando para frente com a arma fumegante antes de jogá-la para o lado, onde se chocou retinindo contra o chão duro e metálico e foi deixada para trás em um instante.

Bell olhou para onde Loden indicara e entendeu de imediato. Os Nihil perceberam o risco que a nave restante, sua última rota de fuga, corria, e se reposicionaram de forma que o carrinho repulsor que carregava a família ficasse diretamente na linha de tiro. O canhão da Vanguarda não era preciso, ao menos não quando removido da carcaça do veículo. Loden não poderia arriscar outro tiro, que quase certamente acertaria a família.

– Talvez seja melhor assim – disse Loden. – Se tivesse disparado duas vezes, a coisa inteira poderia ter explodido na minha mão. Tive que deixar o módulo de resfriamento na Roda-V.

– O que vamos fazer, Mestre? – perguntou Bell.

– O que pudermos – respondeu ele.

Não era muito reconfortante. Se Loden Greatstorm não tinha ideias, as coisas estavam complicadas.

Os dois se aproximavam dos Nihil, e as complicações da situação começavam a sobrecarregar a capacidade de planejamento de Bell. Ele teria de confiar na Força, deixar que ela guiasse suas escolhas.

Algo aconteceu à frente. Bell e Loden escutaram um disparo de blaster, e logo depois uma pessoa foi jogada do carrinho. Os Nihil seguiram adiante, abandonando o corpo imóvel no chão duro.

– Não é um Nihil – disse Bell. – Não está de máscara. Eles mataram um dos reféns?

Loden ficou em silêncio.

Os Jedi avançaram, e os detalhes se tornavam mais claros a cada metro. A vítima era a mãe.

– Ela está viva – disse Bell. – Ainda posso senti-la.

Como se para confirmar as palavras do jovem, a mulher levantou um braço de onde estava. Um gesto fraco e doloroso, mesmo à distância.

Além dela, os Nihil quase chegavam até a nave.

Os Jedi alcançaram a mulher. Pararam os steelees e saltaram das selas. Havia uma ferida fumegante em um dos lados dela, provavelmente não letal, ao menos não de imediato.

– Por favor – disse ela, com a voz fraca e baixa. – Meus filhos, meu marido. Por favor, vocês precisam...

– Nós vamos – afirmou Loden, com a voz confiante. Se a confiança era verdadeira ou apenas para confortar a mulher, Bell não sabia. – Qual é o seu nome?

– Erika – disse ela. – Erika Blythe.

Loden estendeu uma mão na direção do ferimento de blaster.

– Erika, posso ajudar com seu ferimento, usando a Força. Consigo estabilizar você por tempo suficiente para levá-la até o posto avançado, onde há tratamento médico.

– Mas minha família – disse ela, com a voz tornando-se mais forte conforme Loden fazia o que podia com relação ao ferimento.

– Nós vamos salvá-los.

Através do terreno, os três ouviram o mesmo som. Os motores da nave dos Nihil eram acionados.

– Não! – gritou Erika, tentando se levantar. Bell não sabia o que ela pensava ser capaz de fazer, mas o desespero em sua voz era mais profundo do que qualquer dor que ainda estivesse sentindo.

Loden se levantou, pegando o sabre de luz da bainha.

– O que foi, Mestre?

A nave dos Nihil levantou voo, afastando-se rapidamente. Loden ativou a lâmina.

A nave fez uma curva no ar, virou-se e começou a voltar. Na direção deles.

– Eles vão matá-la?

– Não – disse Loden. – Ela era uma isca. Eles sabiam que iríamos parar para ajudá-la. Vão tentar *nos* matar.

A nave espacial dos Nihil se lançou contra eles, bruta e feia, com os três raios pintados no casco com uma tinta reflexiva que brilhava com o sol forte de Elphrona.

– Fique atrás de mim, Padawan – disse Loden. – Proteja Erika.

Como?, pensou Bell. *É uma nave espacial.*

Mas ele era obediente. Na falta de outras ideias, colocou-se entre a nave e a mulher ferida, e sacou o sabre de luz.

Loden mudou de postura, colocando-se de lado para a nave que se aproximava. O joelho da frente estava dobrado, e ele segurava o sabre de luz com ambas as mãos. Parecia uma parede de duraço. Invencível.

Mas é uma nave espacial, Bell pensou novamente.

Os Nihil dispararam uma torrente de rajadas laser de sua nave. A maioria passava longe, uma pessoa era um alvo bastante difícil para uma nave, mas alguns foram precisos.

Loden Greatstorm rugiu, um grito de guerra que ecoou na vastidão vazia de Elphrona. Seu sabre de luz lampejou, rápido demais para que Bell entendesse o que ele fizera, e os raios de laser se afastaram. Os pés de Loden derraparam para trás, levantando poeira com cor de ferrugem, e ele grunhiu, como se uma enorme e pesada marreta tivesse atingido seu estômago.

Ele caiu de joelhos, com o sabre de luz falhando, enquanto a nave dos Nihil passava acima deles.

– Mestre – gritou Bell.

– Estou... bem – disse Loden. – Mas... não acho que consigo... fazer isso de novo.

Bell olhou para cima. A nave retornava para um segundo ataque.

Ele ligou o sabre de luz, a lâmina verde se ativando com um zumbido.

Então, colocou-se de lado para a nave. Dobrou o joelho da frente. Fez de si uma barreira que não poderia ser atravessada por mal algum.

Não tem jeito, pensou ele. *Se Loden mal conseguiu...*

Não havia jeito. Também não havia escolha.

Bell alcançou a Força.

Raios de laser no céu acima. Cinco disparos.

Bell se preparou, olhando para dentro de si, não para cima.

Um novo som, uma explosão, como uma tosse abafada.

Aquilo era...

Virou a cabeça para cima e viu dois caças Vector sobrevoarem a nave dos Nihil, que soltava uma espessa fumaça preta de um dos motores.

Os caças voaram ao redor, fazendo uma curva incrivelmente fechada, numa Flutuação de duas naves e, à medida em que se inclinavam, Bell viu que apenas uma das naves tinha piloto.

– Indeera – disse Loden, ajeitando-se dolorosamente. – Pela luz, veja o que ela está fazendo.

Maravilhado, Bell percebeu o que via. Indeera estava *pilotando ambas as naves*. Algumas das funções dos Vectors podiam ser operadas remotamente através da Força em casos de extrema emergência, mas operar era uma coisa, e pilotar era outra. Indeera estava espelhando os movimentos do próprio caça com a segunda nave, um feito de concentração que Bell mal podia compreender.

Era espetacular.

Os Nihil pareciam mais aterrorizados do que impressionados. A nave deles sacudiu e se dirigiu para o céu aberto, acelerando aos poucos e deixando uma trilha de fumaça.

Os dois caças Vector se aproximaram para aterrissar não muito longe de Bell, Loden e Erika. O pouso não foi tão suave quanto poderia, e as naves deslizaram um pouco pelo chão antes de parar, mas, considerando o que Indeera estava fazendo, Bell não se sentiu no direito de criticar.

Ambas as cabines se abriram, e Indeera se levantou.

– Vamos! – gritou ela. – Podemos tentar alcançá-los antes que cheguem na zona de acesso do hiperespaço e escapem.

Loden se virou para Bell.

– Eu levaria você, aprendiz, mas você precisa levar Erika para o posto avançado. Tem dois steelees. Assim que chegar lá, coloque-a na enfermaria e...

– Sei o que fazer, Mestre – disse Bell. Ele não estava desapontado, exatamente, mas sabia onde poderia ser mais útil, e não era carregando Erika Blythe lenta e cuidadosamente de volta ao posto avançado.

– Ela não vai aguentar – disse uma voz.

Bell e Loden se viraram para ver que Porter Engle surgira, praticamente do nada, com Brasa a seu lado. Um terceiro steelee estava parado perto, e o Jedi ancião se abaixou próximo a Erika sobre um joelho, com a mão acima do ferimento.

– Isso é grave. Ela precisa de tratamento no caminho. Sou eu quem tem de levá-la ao posto avançado. Sou, de longe, o melhor médico entre nós quatro.

Loden não perdeu tempo. Os Nihil se afastavam mais a cada segundo.

– Que a Força esteja com você, Porter – disse ele. – Bell, venha comigo.

Ele correu na direção do Vector, que aguardava.

– Hora de voar.

CAPÍTULO TRINTA E UM

ESPAÇO PROFUNDO. PROA-LONGA DA REPÚBLICA *AURORA III*.

Pikta Adren se espreguiçou, sentindo os músculos relaxarem um pouco. Ela queria pedir que Joss esfregasse seus ombros, mas a trigésima nona Emergência iria acontecer dentro de tão pouco tempo que não quis arriscar que ele estivesse fora do assento do piloto quando chegasse a hora. Ainda faltavam alguns minutos, mas não havia razão para arriscar.

Seu esposo poderia lhe fazer uma massagem mais tarde, presumindo que haveria "mais tarde". De alguma forma, eles tinham se envolvido nos esforços para lidar com as repercussões do desastre da *Legacy Run*, e tudo corria bem. Estavam recebendo para aquilo e ainda por cima fazendo algo nobre. Mas deveriam estar de férias. Ela reservara uma passagem para Amfar assim que o turno deles no esforço de construção do Farol da Luz Estelar acabasse, e aqueles dias chegaram e se foram. Ela perdera o depósito e não sabia se a República a deixaria compensar e...

Credo, ela estava chateada consigo por se concentrar em algo tão mesquinho. Naquele momento, Joss e ela literalmente protegiam a galáxia. Ou pelo menos boa parte dela.

Ainda assim, ela deveria estar em uma praia naquele exato momento, vestindo algo minúsculo, bebendo algo delicioso, deitada ao lado de seu belo marido que também estaria vestindo algo minúsculo, pensando no momento em que ambos se livrariam daqueles trajes mínimos, preocupados em inventar maneiras de satisfazerem um ao outro.

– Está pronta, querida? – perguntou Joss.

Ele parecia empolgado. Certamente não estava pensando que preferia estar em uma praia. Joss vivia para aquilo.

Mesmo assim, pensou ela, *eu também.*

Uma dupla de empreiteiros salvando os Territórios da Orla Exterior, trabalhando juntos e fazendo com estilo. Não era tão ruim.

– Pronta, querido – respondeu ela, colocando as mãos de volta sobre o painel.

– Acabei de verificar com o restante do time – disse Joss. – Estão todos prontos. Seja lá o que aparecer, podemos lidar com o problema.

Pikta murmurou concordando, deixando Amfar de lado e voltando a concentrar sua mente na tarefa à frente. A República conseguira, de algum modo, descobrir como prever onde as Emergências ocorreriam. Ela ouvira uma história sobre algum tipo de megaprocessador construído com dezenas de milhares de droides ligados à Força capazes de prever o futuro, mas tinha certeza de que aquilo não fazia sentido algum. De qualquer forma, tinham identificado três pontos onde o dispositivo de registro de voo da *Legacy Run* emergiria, e formaram um time para interceptá-los, um após o outro.

Outros times trabalhavam para recuperar possíveis sobreviventes em outros locais de Emergência. Ainda era possível existir alguém vivo em módulos de passageiros apesar do tempo que se passara desde o desastre original, e todos os esforços para levar essas pessoas de volta para casa estavam sendo realizados. Aquelas missões obviamente eram muito importantes, mas o registro de voo era crucial, já que não apenas forneceria informações sobre como a nave fora destruída, mas também ajudaria a evitar que aquilo acontecesse de novo.

O bloqueio hiperespacial na Orla Exterior continuava de pé, e Pikta sabia que muitos mundos estavam sofrendo. Ouvira rumores sobre revoltas por causa de alimento nas cidades sumidouro de Utapau, mesmo com a autorização da Chanceler Soh para remessas de auxílio especiais. E claro, a construção do Farol da Luz Estelar finalmente estava concluída, mas a cerimônia de inauguração e a abertura oficial foram suspensas. Em termos de orgulho profissional, aquilo doía um pouco. O lugar deveria ser lindo e ajudar tantas pessoas. Joss e ela trabalharam duro na parte que lhes cabia, e ela queria ver a estação funcionando na data correta.

A equipe de recuperação incluía quatro Proas-longas e dois caças Vector dos Jedi, com seus velhos amigos Te'Ami e Mikkel Sutmani, o que fazia sentido. Afinal de contas, os quatro tinham inventado as técnicas utilizadas em Hetzal que salvaram a Lua Frutada durante o desastre original. Eles aprimoraram aquelas ideias e estavam preparados para o que quer que fosse acontecer naquele momento.

Pikta achava que aquela Emergência provavelmente seriam apenas destroços quaisquer, sem nada interessante. Se fosse assim, eles poderiam apenas deixar que seguisse sua trajetória. Estavam em uma região desabitada do espaço, longe de qualquer coisa que pudesse ser ameaçada de se chocar com pedaços do que fora uma nave espacial.

– Armas preparadas – disse ela. – Tudo mais também está pronto: grampos magnéticos, reservas de combustível em ordem, a coisa toda.

– Ótimo – disse Joss. – Assim que terminarmos aqui, precisamos partir para o local da próxima Emergência. Mal vamos ter tempo de chegar lá.

– Você realmente acredita que podemos nos envolver num combate? – perguntou ela.

– Duvido, mas você sabe o que aconteceu em Eriadu. Alguém mais por aí também previu uma Emergência. Três, na verdade. Estamos procurando por uma nave chamada *Nova Elite*, uma corveta modificada. O Almirante Kronara falou sobre ela quando repassou a missão. Não sabemos como eles estão envolvidos, mas existe ao menos uma chance de que possam aparecer por aqui, também. Precisamos estar preparados para qualquer coisa. Se tivermos que lutar, vamos lutar.

Pessoalmente, se chegasse a tal ponto, Pikta planejava deixar que os Jedi se encarregassem daquilo. Ela não tinha medo de uma batalha, mas era uma simples mecânica. Ficava mais do que feliz em deixar o combate para os magos espaciais altamente treinados.

– Lá vem ela – disse Joss. – Trigésima nona Emergência em cinco, quatro, três...

– ... dois, um – disse Belial, de seu posto na estação de monitoramento. – Aí está.

– Escaneie e me diga se parece com um dispositivo de registro de voo – disse Lourna Dee.

Ela estava de pé com os braços cruzados na ponte de sua nau almirante, a *Lourna Dee*, olhando para a pequena frota que a República reunira para aquela pequena missão. Bando de heróis. Uhú.

Lourna Dee amava sua nave, e era por isso que a batizara com seu próprio nome. Qualquer um que tivesse problemas com aquilo era bem-vindo para discutir o assunto com ela. Até o momento, ninguém se apresentara.

Cada um dos Executores da Tempestade de Marchion Ro tinha uma nave de guerra própria, um testemunho dos gostos pessoais do dono bem como das possibilidades inerentes nos Nihil como uma organização. Trabalhe duro, cace bem, siga as Trilhas e qualquer um poderia, também, possuir um cruzador de batalha personalizado algum dia. A *Nova Elite* de Kassav passava a sensação do interior de uma casa noturna cafona. A nave de Pan Eyta, a *Elegencia*, era bela, com as superfícies revestidas em couro macio e com um sistema de iluminação projetado para realçar perfeitamente cada pequena e adorável escolha de design que ele fizera.

A *Lourna Dee* era única de uma forma toda diferente.

O cruzador era equipado com toda sorte de dispositivos e blindagem, o que o tornava quase impossível de se detectar em uma varredura. Defletores de calor, revestimento ablativo, motores duplamente selados que reciclavam quase toda a assinatura do escapamento nos sistemas de suporte de vida e de armas da nave, e mais. Aquilo lhe custara uma pilha de créditos, mas tornou a nau almirante de sua Tempestade quase invisível até mesmo para os sensores mais poderosos.

Normalmente, um ataque realizado pela *Lourna Dee* acontecia assim: o piloto inimigo pensava *Espere, de onde aquela nave apare...* e era vaporizado logo em seguida.

Ali... bem, teria de esperar para ver. A *Lourna Dee* era equipada o bastante para derrubar quatro Proas-longas e alguns pequenos caças Vector, se conseguisse atacar de surpresa e continuar se movendo. Mas aquilo talvez significasse ter de revelar sua nave, e era uma opção que *não* estava no cardápio daquela operação. Os Executores da Tempestade haviam chegado a um raro acordo quando votaram para aprovar aquela missão: os Nihil precisavam evitar *qualquer* sugestão de que estivessem conectados às Emergências ou à *Legacy Run*.

Havia duas razões para isso. A primeira, claro, era a gigantesca patacoada de Kassav em Eriadu. Sua estúpida tentativa de extorquir o planeta, que dera tão errado e fora uma tentativa *tão óbvia* de ficar com o lucro inteiro do trabalho só para si, lançou uma luz indesejada sobre os Nihil. Os eriaduanos espalharam o nome e as especificações da nave de Kassav por toda a HoloNet. Ainda que não houvesse qualquer ligação direta com os Nihil, era mais tensão do que eles queriam. Depois daquilo, Kassav ainda tivera a pachorra de voltar rastejando para o Grande Salão. Ofereceu os trinta milhões de créditos que disse ter conseguido no trabalho de Eriadu e pediu por proteção.

Pan Eyta e Lourna Dee quiseram jogar Kassav para fora do salão ali mesmo, pelo caminho difícil, mas Marchion Ro votara para ele continuar lá, para ter uma chance de resolver a bagunça. Disse algo sobre como a experiência de Kassav poderia ser útil, já que ele era dos velhos tempos, e como a Tempestade era tão leal a ele... talvez não fosse um melhor momento para agitar o pessoal. Mas, como o Weequay não teve voto naquela decisão, eram os votos de Pan Eyta e Lourna Dee contra os dois votos de Marchion, e pela tradição dos Nihil os empates favoreciam o Olho... então Kassav ainda estava por lá.

A *segunda* razão de aquela missão ser tão importante envolveu algo que Marchion descobrira de um de seus espiões na República: a principal assistente daquele senador arrogante da Orla Exterior, Noor. De acordo com a espiã, a investigação da República levantara algumas pistas bastante fortes de que a *Legacy Run* explodira em Hetzal porque encontrou uma nave dos Nihil na hipervia, viajando ao longo de uma Trilha. Marchion analisara alguns dados e tudo parecia plausível. Surpresinha indesejável.

E então, a República construíra algum tipo de superdroide capaz de executar análises de alto nível sobre o hiperespaço. A máquina dera a eles o momento e a localização de todas as próximas Emergências, incluindo algumas onde o dispositivo de registro de voo da *Legacy Run* poderia aparecer. Se os investigadores da República o encontrassem, provavelmente o usariam para obter a prova definitiva de que os Nihil estavam ligados a *tudo*, não apenas ao fiasco de Kassav em Eriadu – o que alguém poderia argumentar que teria acontecido mesmo que ele não estivesse ali –, mas também a cada morte em Hetzal, em Ab Dalis e em todo o restante. Jedi tinham morrido em Hetzal. Se eles descobrissem que os Nihil eram a razão de tudo... bem, Marchion Ro parecia bastante cauteloso com a Ordem, e Lourna Dee também não gostava muito da ideia de que os Jedi viessem atrás dela.

Toda a operação dos Nihil poderia estar em risco. A República não podia encontrar aquele registro de voo. Ele deveria ser destruído, e só havia um Executor da Tempestade apto para o serviço... Lourna Dee com sua corveta de batalha furtiva. Por isso ela estava vagando no sistema para o qual Marchion Ro a enviara, através de uma Trilha, escondendo-se, esperando para ver se aquela Emergência lhe daria um alvo ou se ela precisaria ir até o próximo local na lista do Olho.

– Não é o dispositivo – disse Belial, olhando para as telas diante de si.

O Devaroniano era apenas um Nuvem, não um Tormenta, mas Lourna Dee achava que ele subiria de nível rapidamente. O cara era esperto e competente. Sangue frio durante uma crise. Impassível. Pessoas como ele se encaixavam bem na organização dela.

– Parece um daqueles módulos de passageiros.

– Hã... – disse um de seus outros tenentes, um humano chamado Attaman. – Vocês acham que ainda estão vivos lá dentro? Devem estar viajando pelo hiperespaço há semanas.

Lourna Dee não respondeu. Observou os pequenos brilhos de luz à distância quando o time da República entrou em ação, realizando seu feito heroico, trabalhando em um resgate definitivamente heroico.

Ela quase deu a ordem para que atirassem. Ela quis.

Um punhado de mísseis poderia destruir todas as seis naves e o módulo de passageiros da *Legacy Run* com tanta rapidez que eles nem teriam tempo de perceber que estavam mortos.

Por mais satisfatório que aquilo parecesse, ainda poderia dar errado e eles já estavam com problemas o bastante. Marchion fora muito claro, a ponto de realmente tentar lhe dar uma ordem. "Não deixe que eles saibam que você está lá, a menos que seja necessário. A menos que o registro de voo apareça, apenas siga em frente", dissera ele.

Ela teria de colocá-lo em seu lugar em breve. Havia uma hierarquia para ser respeitada. Na verdade, Lourna Dee gostaria de apenas tirar o Olho de cena, e se não houvesse uma grande possibilidade de também acabar tendo de lutar contra Kassav e Pan Eyta, ela provavelmente arriscaria. Ganhando ou perdendo, duvidava que Marchion a culparia por aquilo. Era o estilo dos Nihil.

Talvez no futuro, quando toda a poeira desse problema com a *Legacy Run* tivesse baixado.

– Insira as coordenadas e nos tire daqui – disse Lourna Dee.

Marchion Ro fornecera Trilhas para toda a operação, rotas através do hiperespaço lhes garantiriam chegar ao próximo local bem antes do time da República. E se aquela Emergência fosse o registro de voo, bem.

Talvez ela conseguisse matar alguém naquele dia, afinal.

– É isto! – disse a voz de Joss Adren pelo comunicador. – A varredura confirma que a quadragésima Emergência é a seção da ponte que tem o dispositivo de registro de voo da *Legacy Run* acoplado. Raios, não conheço o megadroide da República que descobriu, mas acertou em cheio. Todos em suas posições. Estamos com uma Proa-longa a menos, mas temos planos para isso. Vamos usar o plano de recuperação número quatro. Tem base na trajetória do fragmento, e deve funcionar melhor. Fiquem calmos e façam sua parte.

Mikkel Sutmani empurrou os controles da nave para frente, e seu caça Vector avançou em disparada. Ele sentiu Te'Ami fazendo o mesmo a estibordo, em algum lugar fora do alcance. Pôde ver as três Proas-longas restantes à frente, posicionando-se.

A quarta Proa-longa do time original ficara para trás, no local da última Emergência, para dar assistência aos sobreviventes da *Legacy Run* que estavam no fragmento. Os colonos traumatizados precisavam de atendimento médico e terapêutico. Alguns deles morreram durante a inimaginável jornada, e o horror daquela experiência não seria facilmente resolvido. Eles seriam levados para a *Panaceia*, realocada de Hetzal para um ponto próximo da posição do Farol da Luz Estelar, onde poderiam encontrar outros sobreviventes e trabalhar com uma equipe já bem treinada para lidar com seus problemas particulares. A situação era terrível, mas pelo menos estavam vivos, e não mais vagariam pelo espaço na direção de uma morte lenta e excruciante.

Mikkel tirou os sobreviventes da sua mente, voltando a se concentrar na tarefa que tinha em mãos. Seu papel ali era basicamente o mesmo que tivera durante o desastre original em Hetzal: usar a Força para desacelerar o pedaço da superestrutura da *Legacy Run* enquanto as Proas-longas a laçavam e rebocavam com os grampos magnéticos. O fragmento ainda viajava a uma velocidade incrível, mas todos haviam praticado aquelas manobras diversas vezes. O que no início era impossível se tornou... bem, não exatamente rotineiro, mas factível.

– Vamos a fundo nesse trabalho, hein, Te'Ami? – disse Mikkel, mudando o comunicador para o canal exclusivo dos Jedi, ouvindo seu tradutor converter seu Ithoriano para o Básico, de forma que ela entendesse. – O capitão da República está confiante, mas estamos com uma Proa-longa a menos do que planejamos. A tarefa talvez seja mais desafiadora do que o esperado.

– Concordo – disse Te'Ami.

Suas naves aceleraram na direção do fragmento em um arco idêntico e na mesma velocidade, como uma só.

– Estava pensando, Te'Ami – disse Mikkel. – Depois do ocorrido em Eriadu, parece claro que a República e os Jedi vão trabalhar juntos para ir atrás desse tal Kassav. Estive considerando me voluntariar para essa missão. Parece um bom uso para minhas habilidades. Será que você faria o mesmo? Nós trabalhamos bem juntos, é claro, e você é uma Jedi extraordinária. Ficaria orgulhoso em tê-la como parceira.

– Ora, ora, Mikkel – admirou-se Te'Ami, entretida. – Acho que nunca ouvi você falar tanto de uma única vez. Esqueceu seus votos? Nós, Jedi, não devemos criar vínculos.

– Não estou *criando vínculos* – respondeu ele, esganiçado. – Só acho que podemos fazer um bom trabalho juntos. Trazer um pouco de luz para a galáxia. Nossas habilidades se complementam.

– Acho que vou ter que denunciá-lo para o Conselho – comentou ela.

– Faça o que achar apropriado – disse ele, com a voz severa, tanto a verdadeira quanto a que soou através do tradutor.

Ela riu.

– Estou te provocando, Mikkel – disse Te'Ami. – Muito me agradaria trabalhar com você em uma missão. Se o Conselho concordar, vamos sair daqui e vasculhar cada canto da galáxia atrás do...

O sinal de ameaça do Vector se acendeu. Mísseis, saídos do nada e numa grande quantidade de ao menos doze, avançavam diretamente contra o fragmento com o registro de voo.

– O que é isso? – perguntou Mikkel.

– Estão indo na direção do fragmento – respondeu Te'Ami. – Estão tentando destruir o registro.

– Hmm – disse Mikkel. – Talvez seja Kassav novamente. Parece que vamos trabalhar juntos em missão mais cedo do que esperávamos, Mestra Te'Ami.

– Parece que sim, Mestre Sutmani.

Mikkel puxou o sabre de luz da bainha e o segurou contra o console de ativação no painel de controle. Seu monitor de armas destravou e se acendeu, brilhando em verde enquanto se conectava com o cristal dentro do cabo de seu sabre.

Nas telas, ele viu que as Proas-longas também estavam cientes da ameaça. As três naves se espalhavam, posicionando-se para tentar destruir os mísseis.

Seus sistemas rastrearam o ponto de origem dos mísseis até... nada. Espaço vazio. Aquela quantidade de mísseis sugeria uma nave de guerra de bom tamanho, mas nada daquilo aparecia no visor.

Ele deixou a questão de lado. Identificar o agressor poderia esperar. Proteger o fragmento, aquele era o objetivo.

Mikkel começou a atirar, rajadas sendo disparadas de seu caça Vector na direção dos mísseis. Àquela altura, as Proas-longas também tinham começado a atirar, uma combinação de medidas ofensivas e defensivas dedicada a destruir ou desviar os mísseis. Não importava o que fosse feito, contanto que nenhum dos projéteis atingisse o registro de voo.

Um dos mísseis desviou em direção a uma daquelas medidas defensivas, uma nuvem de lâminas com energia estática ativa emitida por uma das Proas-longas, projetada para servir como um alvo falso para os sistemas de mira da arma. A Proa-longa que lançara a isca manteve a posição, claramente presumindo que o míssil explodiria assim que atingisse a nuvem metálica. Em vez disso, a arma entrou na nuvem, que se movia e girava... mas não houve explosão. Mikkel sentiu o que estava prestes a acontecer, mas estava longe demais. Não havia tempo o bastante. Ele alcançou a Força, mas *não havia tempo o bastante*. O míssil atravessou a nuvem de lâminas, impactando diretamente o casco da Proa-longa.

Então, a explosão aconteceu.

– Maldição! – veio a voz de Joss Adren pelo comunicador.

Nada mais foi dito. Os Jedi e as duas Proas-longas remanescentes se puseram a trabalhar, sem saber a origem dos mísseis, sem saber se poderiam morrer a qualquer momento, apenas fazendo o que podiam fazer.

Lourna Dee assistia enquanto mais alguns de seus mísseis eram destruídos ou explodiam inofensivos contra as defesas posicionadas pelas Proas-longas. No entanto, ainda havia mais cinco em jogo, e apenas um precisava atingir seu alvo. A vitória era só uma questão de tempo.

Ela também tinha vários outros mísseis guardados, embora não quisesse disparar mais uma leva a menos que fosse absolutamente necessário. A *Lourna Dee* mudara de posição logo após o disparo, mas as tripulações da República sabiam que ela estava por lá. Havia uma boa chance de conseguirem detectar a assinatura de sua nave na mesma hora em que disparasse de novo.

O objetivo era destruir o registro de voo e dar o fora. E só.

No entanto, se chegasse a tal ponto, ela destruiria alegremente cada uma daquelas naves além do registro de voo.

Alegremente.

Mikkel disparou, e o míssil que tinha na mira explodiu, apenas segundos antes de alcançar o fragmento.

Ele exalou, a respiração escapando de cada uma de suas bocas.

Apenas dois projéteis restavam, e nenhum estava a seu alcance. Era vez dos outros agirem.

Mikkel observou enquanto a Proa-longa de Joss e Pikta Adren lançava um daqueles grampos magnéticos dos quais eles sempre se orgulhavam – vários deles, talvez todos que houvesse naquela nave, desenrolando seus cabos finos e infinitamente longos – e o míssil mudou de curso, atraído pelo magnetismo dos grampos.

Engenhoso.

O míssil explodiu, mas, mesmo que os grampos certamente tivessem sido destruídos, ainda havia mais uma Proa-longa remanescente que poderia recuperar o registro de voo. A missão ainda poderia ser cumprida.

Mais um míssil restava e Te'Ami avançava contra ele em rota de interceptação. Nem as Proas-longas e nem o próprio Mikkel teriam chances de alcançar o projétil, mas Te'Ami poderia derrubá-lo sem problemas. Ela era uma atiradora incrível.

De fato, uma torrente de rajadas laser disparou da frente do caça Vector da Jedi, errando o alvo, mas mirando... então, outro míssil apareceu no visor de Mikkel, indo diretamente para Te'Ami. Seu computador de mira tentou descobrir a localização do atacante. Um vago e trêmulo contorno apareceu em suas telas, e sumiu. O que quer que estivesse atirando neles com certeza possuía algum tipo de sistema de camuflagem, mas aquele não era o maior problema.

– Te'Ami! Tem outro míssil! Não consigo...

– Estou vendo, Mikkel! Quieto. Tenho trabalho a fazer.

Mikkel Sutmani observou, a sensação de impotência diante da destruição da Proa-longa momentos antes amplificada mil vezes. Te'Ami aumentou a velocidade de seu Vector, tentando ir mais rápido do que o míssil que ia em sua direção e alcançar o projétil original antes que ele atingisse o registro de voo.

O caça Vector de Te'Ami chacoalhou e serpenteou, disparando rajadas laser e errando todas, enquanto tentava atingir o alvo e escapar do que a perseguia.

Mikkel jogou o próprio caça para frente sabendo, mais uma vez, que não tinha tempo. Ele alcançou a Força, ciente de que através dela nada era impossível, ciente de que *poderia* alcançar o míssil que perseguia a nave de Te'Ami e fazer com que mudasse de curso ou detonasse. Podia sentir a velocidade do projétil, seu contorno, o metal de seu revestimento, os gases superaquecidos que saíam do propulsor que o movia na direção de sua companheira Jedi.

– Peguei – veio a voz de Te'Ami pelo comunicador, satisfeita, contente.

Mikkel quase tinha o míssil sob seu controle... podia sentir, como se agarrasse o projétil com a mão. Podia destruir a arma. A Força era sua aliada, e que poderosa aliada era. Ele espremeu o míssil... que de repente, numa violenta explosão de fogo, se foi. Mas não por ação dele.

O míssil se foi.

Assim como Te'Ami.

A perda o atingiu como uma onda de choque, não menos intensa do que aquela que matara sua colega. Mikkel fechou os punhos, buscando por serenidade em seu espírito.

Os visores de mira de seu caça se iluminaram com informações: o contorno completo e a localização da nave que assassinara

Te'Ami, bem como especificações detalhadas de suas defesas e seus armamentos.

– Uau, vocês estão vendo isso? Alvo travado, corveta de batalha... coisa feia – disse a voz de Joss Adren. – Não é a *Nova Elite*, é outra nave. Mestre Sutmani, que tal usarmos seu caça Vector e minha Proa-longa para persegui-la enquanto o Capitão Meggal pega o registro de voo?

Mikkel não respondeu. Não perguntou de onde aquelas informações vieram, nem fez nenhuma outra pergunta. Apenas empurrou os controles de sua nave para frente, até o limite, e os motores de seu caça Vector rugiram em resposta.

Tenho trabalho a fazer, pensou ele.

– Maldição – gritou Lourna Dee, mais emotiva do que normalmente preferia ser.

O maldito Jedi destruíra seu último míssil antes que ele atingisse o alvo. Sim, aquele Jedi em particular morrera, mas Lourna ainda não fora bem-sucedida em sua missão, e parecia que provavelmente também revelara sua posição. Uma Proa-longa e um caça Vector vinham direto para ela.

– Lançamos mais mísseis? – perguntou Attaman.

– Sim – respondeu Lourna. – Lance o restante, tudo o que tivermos. Vamos matar esses idiotas também, e depois vamos atrás do fragmento.

A *Lourna Dee* tremeu de leve enquanto seu conjunto de mísseis remanescente era disparado, mais meia dúzia deles deixando rastros de fumaça enquanto avançavam na direção dos dois pontos de luz crescentes que vinham no sentido de seu cruzador.

O Jedi... o maldito Jedi naquele maldito caça Vector... derrubou *quatro* deles. Os outros dois foram na direção da Proa-longa, que destruiu um com uma rajada laser e desviou outro com uma isca de calor.

– Quem... são esses caras? – perguntou Belial.

Ele estava preocupado. Lourna Dee podia ouvir. Por isso, naquele caso, ela também estava. A *Lourna Dee* não era projetada para combates diretos. Era construída para atacar de tocaia, destruir seu alvo e dar o fora. Contava com escassa blindagem, poucos escudos, e também não tinha muito a oferecer no quesito canhões de laser.

Será que uma Proa-longa e um caça Vector seriam capazes de destruir sua nau almirante? Apenas aquelas duas pequenas naves?

Lourna Dee decidiu que não queria descobrir.

Kassav ou mesmo Pan Eyta poderiam ter tentado e se metido em algum tipo de situação de combate até a morte, mas ela era mais esperta que qualquer um deles. Quando as circunstâncias mudavam, ela avaliava as probabilidades, analisava as opções e, então, escolhia a melhor disponível. E ali, só havia uma.

– Ative a Trilha e nos tire daqui – disse ela. – Nós perdemos.

CAPÍTULO TRINTA E DOIS

SOBRE ELPHRONA.

Ultident Margrona, apenas Dent, que desde a adolescência detestava o nome Ultident por achar que soava pretensioso, arrancou sua máscara e a largou no chão da cabine. Não se importava se os mineradores idiotas vissem seu rosto. Ela precisava de ar, precisava respirar.

– Eles estão vindo, Dent! – disse Buggo. – Chegando rápido.

Dent sabia. O Jedi atingira de raspão os motores da sua nave com um disparo de blaster, e o máximo que ela conseguia agora era alcançar oitenta por cento da velocidade máxima. Eles tinham a Trilha de Lourna Dee que lhes permitiria sair do sistema, mas o motor de Trilha da nave precisava fazer os cálculos para o salto em uma região específica dentro do poço gravitacional de Elphrona, e aquela região estava longe demais para ser alcançada antes que os Jedi a pegassem. Dent ouvira histórias sobre o que aqueles caças Vector podiam fazer. Embora parecessem mirrados, eram capazes de despedaçar uma nave maior, um tiro de cada vez. Não seria nem uma disputa. Ela acabaria com os motores completamente destruídos, à deriva no vácuo, aquilo se tornaria uma situação com reféns e como poderia funcionar?

Você é uma Nuvem, disse ela a si mesma. *Não seria uma Nuvem se não fosse inteligente. Você não é um Raio estúpido. Pense. Pilote a tempestade.*

Se tivessem a nave incapacitada pelos Jedi, poderiam ganhar algum tempo ameaçando matar as crianças e o pai, mas... e depois? Os Jedi não deixariam um bando de Nihil sequestradores escapar. Abordariam a nave e provavelmente matariam, com seus sabres de luz, tanto ela quanto sua tripulação, ali mesmo, justiça de fronteira. *Talvez* eles fossem levados para uma prisão em Elphrona.

Nenhuma das opções era boa. Fracasso completo. Isso não fazia o estilo dos Nihil. Ela podia imaginar o que os outros diriam. "Lembra daquela garota, a Dent? Estragou o trabalho mais fácil de todos, um simples sequestro num planeta no meio do nada. Foi morta junto de todos os Raios que tinha. Que idiota."

Ela pensou rapidamente nos dois Raios que deixara no planeta abaixo, aqueles que já descartara. Imaginou que era possível Egga e Rel ainda estarem vivos em algum lugar do planeta, dando o melhor de si. Dois Raios leais fazendo o que sua Nuvem ordenara.

Eram ambos tão estúpidos. Apenas fizeram o que ela lhes dissera, mesmo que estivessem sendo *obviamente* enviados para o abate a fim de que Mack, Buggo e ela ganhassem tempo e conseguissem fugir do planeta com a carga. Não, os dois idiotas já estavam mortos, com certeza. Não entraram em contato e, se tivessem derrotado os Jedi, já teriam pedido que os buscassem.

Droga, pensou ela.

Aquele *deveria* ser o trabalho mais fácil de todos. Ela estava tão orgulhosa de si por pensar nele. Ouvira falar sobre aquelas quatro pessoas que tentaram ir sozinhas para a Orla Exterior, viver *de verdade*, que se desligaram da família rica em Alderaan. Aquilo a deixou tão *aborrecida*. Aqueles Blythe tinham tudo, e jogaram fora para cavar buracos na terra. Algumas pessoas, porém, não podiam fazer escolhas como aquela. Nasciam na terra e morreriam lá, pessoas como Dent. Até os Nihil, pelo menos. Lourna Dee a recrutara com uma promessa... eles estavam juntos naquilo, eram uma família, uma nova família... pareceu tão bom. E estava *dando certo*, também. Ela se tornara Nuvem, encontrou quatro Raios para comandar, tudo estava indo bem.

E então, quando viera com aquela ideia de sequestrar os Blythe e exigir um resgate dos avós ricos lá em Alderaan, da qual seu Tormenta gostara e levara até Lourna Dee em pessoa, que por sua vez levara até Marchion Ro, que também apreciara, ela recebera as Trilhas de que precisava para colocar o plano em ação. Era para *ter funcionado*.

Mas então, os Jedi.

– Chefe, o que vamos fazer? Chefe!

Buggo, incomodando-a, como sempre. Ela devia ter mandado *ele* para emboscar os Jedi nas colinas. Mas era marido de sua prima de segundo grau, de certa forma parte da família, ou do que Dent tinha de mais próximo de uma.

Disparos de laser passaram perto da cabine: tiros de aviso.

Mack estava na artilharia, revidando o fogo, mas ela não acreditava na habilidade dele em derrubar um caça Vector. Eles se moviam como fantasmas, girando e se jogando de um lado ao outro e fazendo coisas impossíveis. Como os próprios Jedi, na verdade.

Dent inclinou-se para frente e pressionou alguns botões no painel de controle. Não deveria fazer contato enquanto estivesse em missão, sinais poderiam ser rastreados, mas o que tinha a perder?

Uma voz soou do comunicador, seu Tormenta, um engraçado e charmoso Ugnaught chamado Zoovler Tom.

– Dent! – disse ele, aparentando estar feliz com o contato. – Qual é a boa notícia? Já está com os pacotes que te enviei para buscar?

– Estou – respondeu ela, tentando esconder o pânico na voz. – Mas entramos numa fria. Há Jedi nos perseguindo. Não vamos conseguir chegar ao ponto de encontro antes de eles nos pegarem. Precisamos de uma nova Trilha, agora mesmo. Ainda estamos na atmosfera, então vai ser uma complicada.

– Jedi, é? – disse Zoovler, não parecendo mais tão feliz. – Trilha numa altitude tão baixa... vai dar problema com o poço gravitacional do planeta. É um pedido e tanto, Ultident.

Dent fechou a cara. Ela contara seu nome real para Zoovler uma vez, num momento de proximidade repleto de birita em uma daquelas festanças. Naquele instante, ele o usava como uma arma. Maldito homenzinho, achava que era tão especial, tão superior apenas por ser um Tormenta. Era apenas um Ugnaught. Se ela escapasse, envenenaria a bebida dele na próxima festa, e riria enquanto o pequeno rosto escurecesse.

– Envie suas coordenadas. Vou ter que correr para fazer a chamada – disse o Tormenta. – Não entre em contato de novo. Ou você vai me ouvir mandando uma nova Trilha... ou não vai me ouvir mais.

A conexão se encerrou.

Pense, ordenou ela.

Levaria tempo até que Zoovler falasse com os outros Tormentas, depois eles precisariam decidir se falariam ou não com Lourna Dee, e ela entraria em contato com o Olho para pedir outra Trilha ou apenas a descartaria. Dent era apenas uma Nuvem... suas chances não eram boas. Mas sabia que os Blythe eram valiosos, e se ainda desse para tirar algo daquilo, todos teriam a ganhar, incluindo Zoovler, Lourna Dee e até mesmo Marchion Ro.

Aquele era o sistema. Era o porquê de os Nihil darem certo. Todos faziam as coisas à sua maneira, viviam como desejavam, tomavam o que queriam... e todos recebiam uma parte, por isso era do interesse de todos manter o sistema funcionando.

No entanto, se os Jedi a pegassem antes de toda aquela conversa e negociação terem acontecido, ninguém ficaria com coisa alguma. Principalmente Ultident Margrona.

– Mack – chamou ela.

– Sim – respondeu ele, ainda disparando contra os Jedi que os perseguiam, sem atingir nada além do ar.

– Pegue uma das crianças – ordenou ela. – A garotinha. Jogue-a pela câmara de descompressão.

– Ahn... – disse Mack, com dúvida na voz.

– O que foi? Agora você tem *escrúpulos*?

– Não – respondeu ele. – Eu não me importo, mas já perdemos a mulher adulta. Se perdermos mais um deles, só vamos receber metade do resgate.

Seu idiota, ela quis gritar. *Quem se importa com dinheiro? Se não pudermos escapar, não teremos nem lucro, nem créditos, nem nossas vidas. Estaremos mortos, seu Raio estúpido!*

– Os Jedi vão tentar salvar a criança – disse ela, esforçando-se para falar com um tom paciente. – É o lance deles. Pode nos dar uma chance de escapar.

Mack resmungou, e ela o escutou se levantar e ir para o fundo da nave, onde os três Blythe restantes estavam amarrados no compartimento de carga.

– Pilote a tempestade, Dent – murmurou ela para si. – Apenas pilote a tempestade.

CAPÍTULO TRINTA E TRÊS

A ORLA EXTERIOR. A *TERCEIRO HORIZONTE.*

– Então, foi isso que causou tanto sofrimento – disse a Chanceler Lina Soh, de seu gabinete em Coruscant.

Ela olhava para um holograma de alta resolução projetado por um de seus droides de comunicação, enquanto Avar Kriss e os outros da força-tarefa das Emergências observavam uma tela de exibição na câmara de instruções da *Terceiro Horizonte*, mas as imagens eram as mesmas: a última coisa que os escâneres da *Legacy Run* viram antes de a nave se despedaçar.

Aquela coisa era uma nave, feia e compacta, com três faixas dentadas e brilhantes em seu casco, exatamente como descritas por Serj Ukkarian na *Panaceia*. Três raios, que o pessoal do Senador Noor confirmou como sendo a insígnia utilizada por um grupo de saqueadores da Orla Exterior conhecido como os Nihil. O veículo se movia pelo hiperespaço, mas não por aquele túnel rodopiante, como fora o caso de cada nave que Avar já vira. A dos Nihil estava *atravessando* o hiperespaço, num ângulo reto em relação à direção que a *Legacy Run* viajava, com estranhas turbulências vermelhas e douradas ondulando em seu rastro.

– Fui levada a entender que esse tipo de coisa era impossível – disse Lina Soh, que acariciava preguiçosamente a cabeça de um de seus gatos gigantes de estimação com a mão esquerda. Avar sabia que os animais se chamavam Matari e Voru, famosos por toda a República, mas não sabia quem era quem.

As palavras da chanceler estavam um pouco atrasadas, por causa da distância entre Coruscant e os Territórios da Orla Exterior. As comunicações do Senado recebiam a maior prioridade nos retransmissores, mas parsecs eram parsecs. Com sorte, aquilo mudaria. Aprimorar a rede galáctica de comunicações era uma das Grandes Obras que Lina Soh planejava, mas que não aconteceria se aquele problema que tinham em mãos não fosse resolvido.

– Deveria ser impossível, chanceler – disse Vellis San Tekka, sentado à mesa próximo de seu parceiro, Marlowe, que assentiu em concordância.

Avar sentiu algo ali. Alguma comunicação sem palavras entre os San Tekka. Uma escolha cuidadosa de palavras.

Talvez Elzar estivesse certo, pensou ela. *Talvez devêssemos tê-los pressionado um pouco mais.*

Era claro que ele pensava o mesmo. Estava sentado à frente dela, do outro lado da mesa, e seus olhares se cruzaram. Quase nada além de um relance, mas ela sabia exatamente o que o amigo estava pensando, mesmo sem o auxílio da Força.

Avar fez para Elzar um pequeno movimento com os ombros. O que quer que os San Tekka soubessem, a ajuda que ofereceram fora inestimável e genuína. Keven Tarr contara a ela que não havia como completar sua matriz de navidroides sem a ajuda dos dois. Avar tinha dúvidas quanto à veracidade daquela afirmação, porque o hetzaliano era claramente um gênio, mas os San Tekka com certeza o ajudaram a terminar o trabalho com mais rapidez, e velocidade era essencial ali.

O gênio em questão estava em outra tela, um droide de comunicação projetava seu holograma contra outra das paredes brancas da câmara. Tarr ficara na Lua Enraizada em Hetzal, e usava a matriz para processar os dados recuperados no registro de voo da *Legacy Run*. O gigantesco cérebro eletrônico de partes unidas fora completamente reparado dos danos sofridos durante a primeira ativação. Na verdade, não apenas reparado, mas aprimorado. A Chanceler Soh ordenara que o Secretário de Transportes Lorillia fornecesse a Keven Tarr quantos navidroides fossem necessários. Se ele quisesse um milhão, deveria tê-los, não importando o custo.

– Alguém pode resumir nossas conclusões até agora, por favor? – pediu Lina Soh.

Todos olharam para Avar. De alguma maneira, ela se tornara a líder daquela força-tarefa, apesar de dividir a sala com um almirante, um senador e vários outros luminares de alto nível.

– Descobrimos que um grupo chamado Nihil estava diretamente ligado à catástrofe em Hetzal e às Emergências subsequentes. São saqueadores de baixo nível que operam na Orla Exterior, basicamente ladrões. Fizeram algumas coisas terríveis, mas são um problema local, controlados pelas forças de defesa e equipes de segurança caso a caso. Por piores que sejam, são um problema pequeno. Embora seja especulação, parece que o que quer que tenha acontecido em Hetzal deu a eles a capacidade de prever as Emergências, de forma similar à matriz de navidroides de Keven Tarr. Pelo que sabemos, eles usaram essa habilidade duas vezes. A primeira, em Eriadu, como parte de uma tentativa fracassada de extorsão. A segunda, no local da quadragésima Emergência, onde tentaram evitar que nossas equipes recuperassem o dispositivo de registro de voo da *Legacy Run*, que sabiam que colocaria tudo o que aconteceu na conta deles.

– Foi onde perdemos uma de suas colegas, a Cavaleiro Jedi Te'Ami, e dois bravos pilotos em uma Proa-longa, Marcus Augur e Beth Petters, correto?

Avar inclinou a cabeça levemente, concordando em silêncio. A chanceler pensou por um momento, coçando atrás da orelha de seu targon e recebendo um ronronar de gratidão em resposta.

– Achamos que esses Nihil causaram o desastre da *Legacy Run* de propósito?

– Não é o que parece – respondeu Elzar Mann.

Ele gesticulou para a tela de exibição principal, que ainda apresentava, repetidas vezes, a nave dos Nihil atravessando o hiperespaço.

– Aquela é claramente uma nave, e armada. Se quisessem destruir a *Legacy Run*, poderiam ter disparado. Não o fizeram. A *Legacy Run* se partiu tentando desviar dela. Além disso, como a Mestra Kriss apontou, são um bando de saqueadores da Orla Exterior. Oportunistas, não estrategistas. Tudo isso parece um horrível acidente.

– Um acidente sobre o qual eles prontamente tentaram lucrar em Eriadu – observou o Senador Noor, batendo com o punho fechado na mesa. – Um acidente que custou muito aos Territórios da Orla Exterior em vidas, oportunidades e riquezas. Eles devem ser responsabilizados.

Atrás dele, sua assistente concordava, uma Chagriana de pele azul, esguia, alta e precisa na maneira de se vestir e de se comportar. Jeni Wataro, recordou Avar.

– Eles serão – disse a Chanceler Soh, erguendo uma mão. – Primeiro, precisamos saber se isso pode acontecer novamente. San Tekka... qual é a opinião de vocês?

Marlowe e Vellis se entreolharam por um instante antes de falar.

– Acreditamos que foi uma infeliz obra do acaso, chanceler – disse Marlowe. – Não achamos que haja um grande problema com o hiperespaço. Aquilo, porém – ele apontou para a tela de exibição, que ainda mostrava a nave de aparência bruta cruzando o caminho da *Legacy Run*, de novo e de novo –, sugere que os Nihil possuem uma compreensão de hiperespaço que, na melhor das hipóteses, é única, e na pior delas é um grande perigo. Aquilo deveria ser investigado, e rápido.

– Bom, perfeito, então – disse o Senador Noor. – Ouviu o homem, chanceler. O hiperespaço está em ordem. A Orla Exterior está sofrendo, e sei que você quer que o Farol da Luz Estelar entre em atividade. É hora de reabrir as hipervias.

– Ainda não, senador – disse ela. – Tomei minha decisão. Sei que está preocupado com a Orla Exterior. Eu também estou... mas sou responsável pela galáxia inteira, e caso tenha esquecido, o hiperespaço vai para todos os lugares. Se os Nihil puderem nos atacar nas hipervias, nenhum lugar estará seguro.

Ela se virou para olhar o Almirante Kronara, de pé no ponto mais distante da câmara de instruções.

– Almirante, quero que ative as cláusulas de defesa nos acordos da CDR. Reúna uma frota dos mundos do tratado e cace os Nihil. Li os relatórios, e mesmo que não haja nenhum dano futuro ao hiperespaço, eles ainda são criminosos perigosos que não deveriam poder operar de modo impune. Mesmo que limitem seus ataques à Orla Exterior, somos todos a República.

– Muito bem, chanceler – disse ele, soando satisfeito.

Mais uma vez, ele era um almirante.

– Vocês têm alguma ideia sobre onde esses Nihil se reúnem? – continuou a Chanceler Soh. – Onde possuem um quartel-general?

– Com a sua permissão, chanceler – interrompeu Keven Tarr, levantando a mão. – Já configurei a matriz para calcular a provável rota do veículo dos Nihil que causou o desastre da *Legacy Run*. Ela se originou em um ponto próximo da Nebulosa Kur. Não sei se é a base deles, mas é um lugar para começarmos.

– Muito bem, senhor Tarr – disse ela, antes de olhar através da câmara de instruções da *Terceiro Horizonte*. – Todos se saíram muito bem até agora. Descobriram a causa da tragédia. Agora lhes dou uma nova missão. Vocês devem se assegurar de que isso nunca mais aconteça novamente. Custe o que custar.

A Chanceler Lina Soh se inclinou para frente, e seus dois gatos levantaram a cabeça, as orelhas se movendo em sinal de ameaça conforme sentiam a intensidade emocional de sua mestra.

Avar, contra sua vontade, apesar de toda sua habilidade e treinamento, ficou feliz por estar a meia galáxia de distância daquela mulher. Não invejava os Nihil, que se encontravam sob o olhar da pessoa que demonstrara a intenção de remodelar a galáxia inteira.

– Eu quero esses Nihil levados à justiça – disse a chanceler. – Até o último deles.

CAPÍTULO TRINTA E QUATRO

NÃO ESPAÇO. O GRANDE SALÃO DOS NIHIL.

Este é o momento, pensou Marchion Ro. *O novo começo.*

Ele estava de pé no meio da enorme plataforma do Grande Salão dos Nihil, aberto dos quatro lados para a inexistência do Não Espaço. Inquietantes luzes multicoloridas piscavam na vastidão distante, sem serem bloqueadas por nada além das silhuetas das naves que trouxeram Marchion Ro e os três Executores da Tempestade para aquele lugar ermo e desolado. O salão estava vazio, nenhuma mesa de banquete interrompia sua extensão, e os quatro se encontravam sozinhos e sem máscaras.

Marchion olhou para aquelas pessoas, Kassav, Pan Eyta e Lourna Dee. Eles se ressentiam de Marchion, e se ressentiam entre si, cada um acreditando que poderia fazer melhor do que os outros. Não havia unidade. Não havia propósito entre os Nihil que não fosse o desejo por lucro e a paixão compartilhada por tomar o que era dos outros, desprezando o sistema. Isso precisava mudar.

Aquele era o momento.

– Ouvi de minha espiã no gabinete do Senador Noor – disse Marchion. – Os Jedi e a República acessaram o registro de voo que recuperaram quando Lourna Dee falhou em sua missão.

Lourna Dee piscou de perplexidade, mas não disse nada.

– Eles sabem que fomos responsáveis pelo desastre da *Legacy Run* – continuou Marchion. – Uma das Nuvens de Pan Eyta retornava de um saque, usando uma Trilha, e quase colidiu com a *Run.*

– Não é culpa nossa! – disse Kassav. – Como poderíamos saber que...

– Não importa se aquilo foi culpa nossa ou não. Eriadu certamente foi – disse Marchion.

Pela primeira vez, Kassav calou a boca.

– O que houve em Hetzal, todas as Emergências, o estratagema idiota de Kassav em Eriadu, e Lourna Dee logo em seguida praticamente provando nosso envolvimento quando tentou recuperar o dispositivo de registro de voo e falhou – disse Pan Eyta, a voz soando como pedras rolando em um despenhadeiro. – Tem o nosso dedo em tudo. Isto é ruim.

– O que acha que vai acontecer? – perguntou Lourna Dee.

– Eles vão nos caçar – respondeu Pan. – A República, e os Jedi também. Não somos mais um bando regional de saqueadores. Somos uma ameaça para eles. Causamos todo o maldito bloqueio hiperespacial. Vão tentar nos tornar um exemplo.

– Olha, conquistamos muitas coisas – disse Kassav. – Todo mundo teve lucro. Não é como se precisássemos fazer isso. Podemos simplesmente... ir embora.

– E todos aqueles Tormentas, Nuvens e Raios em nossas Tempestades? Aqueles que nos seguem e acreditam em nós? E quanto a eles? – questionou Lourna Dee.

Kassav deu de ombros.

– Eles podem fazer o que quiserem. Se quiserem seguir em frente com os Nihil, continuar pilotando a tempestade, é com eles. Não tem nada aqui dizendo que não podemos nos aposentar. O que, temos que ser Executores da Tempestade até o dia em que morrermos? E quanto a desfrutar os espólios de uma vida de trabalho duro?

Pan Eyta bufou.

– Você acha que eles verão isso desse jeito? Vão achar que fugimos com o rabo entre as pernas.

Kassav deu de ombros novamente.

– Os Nihil se baseiam na liberdade, não? Faça o que quiser, quando quiser. Bem, talvez eu queira dar o fora daqui antes que um Jedi puxe o sabre de luz e arranque a minha cabeça.

– Você não disse uma vez que queria lutar contra um Jedi? – perguntou Marchion Ro, com um tom suave. – Que daria uma boa história para contar?

Kassav não respondeu.

Este é o momento, Marchion pensou.

Ele deu um soco bem no rosto estúpido, astuto e selvagem de Kassav. Suas luvas eram reforçadas com placas blindadas e compensadores de aceleração; ele poderia fazer um buraco numa parede de duraço sem sentir uma pontada de dor. Ouviu o barulho do nariz estúpido, astuto e selvagem de Kassav se dobrando sob seu punho e, pela Trilha, aquilo foi bom.

Pan Eyta e Lourna Dee não se moveram. Pareciam atordoados. Aquilo não era algo que o Olho fazia. O Olho não lutava, especialmente contra um dos Executores. Ele não tinha uma Tempestade para apoiá-lo. O Olho ficava com um terço dos lucros e se contentava com aquilo.

A mudança pode ser desafiadora, meus amigos, pensou Marchion.

Kassav cambaleou para trás, com os olhos arregalados e sangue jorrando do nariz, mas apenas por um segundo. O homem não estranhava a dor, também não deveria estranhar socos no rosto de surpresa. Os olhos de Kassav se estreitaram e ele enfiou a mão dentro de sua capa de peles, onde, contra as regras do Grande Salão, mantinha um blaster escondido. O Olho sabia daquilo há anos.

Marchion ergueu o braço e uma das vibroestrelas que mantinha embainhadas próximo ao pulso foi lançada para fora, cortando metade da mão de Kassav junto com a coronha de seu blaster. Pedaços de metal e carne caíram no chão.

Kassav, justiça seja feita, tentou continuar lutando. Sangue escorria de seu nariz e esguichava do que sobrara de sua mão direita, e mesmo assim ele avançou, desferindo um soco bastante confiante com a mão esquerda.

Marchion a agarrou, girou e jogou Kassav na plataforma. Ele caiu com um baque surdo e úmido sobre uma poça do próprio sangue.

– Nngh! – resmungou Kassav, o primeiro som que fizera desde que a luta começara. O homem era durão, sem sombra de dúvida.

Marchion colocou sua bota sobre o peito do Executor da Tempestade. Não com leveza. Apertou com força, como se quisesse empurrar o homem através do convés para o espaço vazio do lado de fora.

– Eu sou o Olho dos Nihil, como meu pai antes de mim – disse ele. – Nós fizemos desta organização o que ela é, e não vou ver você destruí-la com sua fraqueza, medo e ganância. Você cometeu um erro em Eriadu, Kassav, e nos mostrou sua fragilidade. Precisa lembrar como as coisas funcionam, chefe. Os Nihil precisam continuar fortes. E um dos jeitos de continuarmos fortes...

Ele se curvou, estreitando os olhos e exibindo os dentes.

– ... é eliminando os fracos.

Marchion pressionou a bota com mais força.

– Tenho um plano para consertar as coisas – disse ele. – Consertar tudo. Quer ouvir?

Marchion Ro colocou mais peso sobre o peito de Kassav, e o homem grunhiu. Ele assentiu. Marchion deu um passo para trás e observou Kassav se levantar.

– Sei que estão todos preocupados. Não estamos numa situação boa e ela está prestes a piorar. Mas ouçam o que tenho a dizer – disse Marchion.

Os Executores da Tempestade olharam para ele, cautelosos, mas interessados.

– Isto vai resolver tudo – continuou. – Vai tirar a República de cima de nós e talvez até matar alguns Jedi. Vai fazer os negócios voltarem ao normal. Sem mais Emergências. Apenas as Trilhas e os saques. Podemos começar a atrair novos Raios novamente. Os bons tempos continuarão rolando.

A cautela diminuiu, e o interesse aumentou, mesmo em Kassav. Marchion sabia que seria assim. Nenhum deles queria ficar isolado, sem as Trilhas. Todos fizeram pilhas de dinheiro com os Nihil, mas gastavam os créditos tão rápido quanto entravam, em naves refinadas, roupas sofisticadas e banquetes elaborados. A ganância deles era quem decidiria.

– Vejam, somos mais espertos, mais rápidos e temos as Trilhas – prosseguiu. – Estamos dez passos à frente da República. Estou lhes dizendo, podemos consertar tudo. Os Nihil são a minha vida. Não vou me afastar sem lutar.

– Estamos ouvindo – disse Pan Eyta.

– Certo – disse Marchion. – Podemos tomar o dispositivo de registro de voo de volta, e, sem ele, a República não nos encontrará. Podemos ficar quietos por um tempo, nos reorganizar, talvez até mudar para a Orla Média... as Trilhas nos permitem trabalhar em qualquer lugar da galáxia.

Apontou para Kassav e Lourna Dee, cada um com uma mão.

– Vocês dois cometeram grandes erros, e suas tripulações testemunharam. As pessoas estão comentando. Vocês parecem fracos. Seus Tormentas devem estar pensando que talvez seja uma boa hora para tomar o poder de maneira hostil. Vocês podem consertar isso. Façam direito e serão heróis para suas Tempestades.

Marchion sorriu para eles. Um sorriso grande e encorajador. Eles não pareciam reconfortados.

– Kassav, ouvi de minhas fontes na República que o registro de voo foi danificado quando a *Legacy Run* explodiu. Eles recuperaram alguns dados, mas não todos, não o bastante para nos encontrarem. Está sendo enviado para uma instalação especial a fim de que o restante dos dados seja extraído. Intercepte e destrua o transporte.

– Lourna Dee, vá para Elphrona e ajude sua equipe a terminar aquele sequestro. Podemos precisar de fundos, e como aquela operação já está em andamento, talvez, além de nos trazer créditos, também mostre para o pessoal que levamos as necessidades deles em consideração. Este é um momento para unidade. Precisamos nos unir. Eu lhes darei todas as Trilhas necessárias para o que precisa ser feito.

Lourna Dee assentiu. Depois de um tempo, Kassav também.

– Você... precisa que eu faça algo? – perguntou Pan Eyta.

Aquilo era incomum. Um Executor da Tempestade esperando ordens do Olho era... diferente de como as coisas eram feitas. A dinâmica havia mudado. Todos podiam sentir. O momento de eles saírem havia passado. Tinham descoberto que, se quisessem continuar com os Nihil e usufruir todos os seus benefícios, precisavam do Olho para protegê-los deles mesmos.

– Não, Pan – disse Marchion. – Você está tranquilo, por enquanto.

– Devemos votar? – perguntou Lourna Dee.

– Com certeza – respondeu Marchion.

Eles votaram. Foi unânime.

– Vão – ordenou Marchion. – Não temos muito tempo. Salvem os Nihil.

Os Executores da Tempestade saíram, dirigindo-se à câmara de descompressão.

Marchion deixou que se afastassem alguns passos, então falou:

– Kassav.

O homem olhou para trás.

Marchion apontou.

– Não esqueça sua mão.

CAPÍTULO TRINTA E CINCO

SISTEMA ELPHRONA.

Bell não conseguia acreditar no que estava vendo: uma escotilha no casco da nave dos Nihil se abrira... e uma pequena figura fora jogada para fora. Simplesmente... jogada, como se não fosse nada.

Ele arquejou. Loden, à frente dele, no assento do piloto, fez o caça dar um mergulho íngreme.

– Padawan – disse seu mestre. – Você vai salvar a criança. Eu vou continuar e salvar os outros. Não tenha medo. Sinto muito orgulho de ter sido seu professor. Acredito em você.

A cabine do caça se abriu, e o vento rugia tão alto ao redor que conversar era impossível.

Mas o que mais havia para ser dito?

Bell soltou as amarras de segurança e saltou para fora.

A gravidade o tomou imediatamente, e ele caiu rodopiando. Não importava. Estavam quilômetros acima da superfície de Elphrona, o que significava que ele teria algum tempo, mas não muito. Se fosse salvar a garotinha, e tinha certeza de que era uma garotinha, uma criança arremessada para longe pelos Nihil como se fosse lixo, ele precisava se concentrar.

Bell desviou a atenção do caça Vector de Loden, que seguira para cima, continuando a perseguição junto de Indeera, em sua própria nave. Esqueceu-se do chão, do céu, de tudo além da Força, e procurou por aquele pequeno pontinho de luz dentro dele, a sensação de uma criança perdida que precisava ser salva.

Ali.

Bell mal conseguia abrir os olhos contra o vento furioso. Desejou ter um par de óculos de proteção... mas na verdade não precisaria deles, nem dos seus olhos. Ele tinha a Força.

Dobrou os braços e as pernas junto do corpo e se virou para baixo, sentindo avançar mais rápido enquanto se tornava mais aerodinâmico.

Bell alcançou a Força, e pediu a ela que o empurrasse ainda mais rápido. A garotinha estava se debatendo e aquilo certamente criaria alguma resistência do ar, mas logo ambos alcançariam velocidade terminal, então ele não conseguiria mais alcançá-la. Os poucos segundos de queda antes que Bell saltasse da nave sem dúvidas tinham dado a ela uma vantagem significativa.

Mas a Força respondeu, e talvez a suavidade das suas vestes Jedi, feitas de couro, lhe permitiu avançar com mais velocidade do que normalmente poderia. Tudo o que sabia é que estava se aproximando. O terror da criança dos Blythe começava a tomar seus sentidos, aumentando. O medo dela era esmagador.

Bell o colocou de lado.

Conforme se aproximava, esticou o braço e usou a Força para puxar a garotinha para si. Então, envolveu-a em seus braços. Ela lutou. É claro, por que não o faria?

Bell puxou parte de sua túnica para a cabeça de ambos, o bastante para bloquear um pouco do vento, depois olhou para a criança. Não sabia se algum dia veria alguém tão apavorado quanto ela.

Ele apontou para a insígnia Jedi em seu peito. Como um milagre, ela se acalmou. A garotinha sabia o que ele era, e julgou estar salva.

Ainda não, pensou Bell.

Ele a puxou para mais perto, fez uma concha com a mão ao redor da orelha dela para bloquear o vento e falou:

– Feche os olhos. Estou com você agora. Você não está mais sozinha.

Não fazia ideia se ela o escutara ou não, mas fizera o possível para deixar a criança mais calma. Naquele momento, ele precisava se concentrar.

Bell olhou para baixo, estreitando os olhos contra o vento. Buscava por um lugar suave. Água, ou talvez até mesmo um declive baixo onde pudesse rolar, qualquer coisa capaz de amortecer a queda.

Não havia nada. Apenas a grosseira paisagem do planeta. Os torvelinhos das cordilheiras magnéticas e as planícies de ferrugem entre elas. Elphrona era um mundo duro.

Eles estavam caindo, de uma altura centenas de vezes maior do que qualquer coisa que Bell tivesse tentado durante um treinamento, e mesmo neles o Padawan nunca conseguira aterrissar com sucesso. Por um momento, teve a esperança de que Porter Engle apareceria milagrosamente no último instante, mas o Ikkrukki já deveria estar muito distante dali e, de qualquer forma, teria sua própria Blythe para ajudar.

Ninguém estava vindo salvar o jovem e nem a garotinha. Ele teria que fazer tudo, e teria que fazer tudo sozinho.

Bell se abriu para a Força. Não pensou no chão. Pensou na criança em seus braços e em como eram injustas aquelas coisas que aconteceram a ela.

Sabia que tinha o poder para salvá-la, para permitir que ela continuasse vivendo na luz. Por que a Força cósmica lhe dera suas habilidades, se não para aquele propósito?

O vento não era seu inimigo, nem a própria gravidade. Eram ambos parte da Força, assim como ele, assim como a garotinha. Lutar contra ambos significava lutar contra si mesmo.

Não deveria tentar lutar. Deveria tentar compreender.

Bell Zettifar relaxou.

Veio a conhecer algo profundamente, talvez algo sobre a Força. Talvez algo sobre ele mesmo, algo que tentaria entender com mais clareza no futuro. Pensou que aquela era a razão pela qual sempre fora tão ruim em tentar se proteger das quedas, apesar dos esforços de seu mestre em ensinar como fazer.

Ser um Jedi não era proteger a si mesmo.

Era proteger os outros.

O rugido do vento que passava pelas orelhas de Bell diminuiu, tornando-se não mais intenso do que uma brisa forte. Ele podia escutar a pequena Blythe. Ela rezava, ou entoava um cântico. Não conseguia entender as palavras, mas era a mesma frase curta repetida vez após vez.

O vento se aquietou ainda mais, até ficar em silêncio. Bell abriu os olhos. Estavam a pouco mais de dez metros do chão, e desciam suaves, lentos como uma folha, para pousar gentilmente sobre o chão cor de ardósia. Ele conseguiu entender o que a garotinha repetia.

– Eu não estou sozinha.

Bell se sentou. A menina o abraçou.

– Estamos bem agora – disse ele. – Qual é o seu nome?

Ela o encarou, com os olhos arregalados.

– Bee – respondeu. – Mas é como as pessoas me chamam. Meu nome mesmo é Bailen.

– É um pouquinho parecido com o meu – disse ele. – Eu sou Bell. Estamos seguros agora, Bailen. Vai ficar tudo bem.

A garotinha lançou a ele um olhar desconfiado, o olhar de uma criança que sabia que um adulto lhe contava algo que não era real, não importando o quanto ela gostaria de acreditar. Seu rosto ficou triste e ela começou a chorar.

Bell apenas a segurou. Olhou para o céu acima, procurando pelos caças Vector ou pela nave dos Nihil. Nada. Nem um rastro de fumaça.

Vai ficar tudo bem, pensou.

Ele também não acreditava.

INTERLÚDIO

O CONSELHO.

Jora Malli se posicionou diante dos droides de comunicação que transmitiriam sua imagem para Coruscant, para a Câmara no topo do grande Templo da Ordem onde o Conselho Jedi se reunia para deliberar. Naquele momento, ela estava a bordo da *Ataraxia*, a bela e elegante nave dos Jedi, quase um templo em si.

A nave saiu do hiperespaço próxima de Felucia, especificamente para que Jora pudesse participar daquela reunião em particular com o máximo de estabilidade e clareza no sinal. Aquele era, com toda certeza, o último voto que teria como membro do Conselho Jedi. O Farol da Luz Estelar entraria em operação muito em breve, e Jora deixaria oficialmente o Conselho e assumiria seu novo papel no comando do setor Jedi na gigantesca estação espacial.

Jora Malli perdera muitas votações no passado. Ainda que levasse seu papel com seriedade, em geral acreditava que poderia servir à luz de maneira mais efetiva estando lá fora, na galáxia, do que sentada no Templo Jedi. Mas as deliberações daquele dia eram significativas, e o Conselho inteiro se reunira. Aqueles que não estavam presentes fisicamente em Coruscant enviavam sua imagem por meio de holotransmissões de alta prioridade, como Jora fazia.

Os droides de comunicação projetavam uma imagem da Câmara do Conselho para que Jora visse: uma elegante sala circular com grandes janelas em todas as paredes, que garantiam uma visão ininterrupta da paisagem urbana de Coruscant. Era dia no Templo, e o sol brilhava, iluminando o belo mosaico incrustado no chão. As janelas também tinham significado simbólico: o Alto Conselho conduzia seus assuntos abertamente, sem nada a esconder.

Havia doze assentos dispostos em posições equidistantes ao redor da sala, cada um dimensionado e projetado para seu ocupante em particular. Yarael Poof, Rana Kant, Oppo Rancisis, Keaton Murag e Ada-Li Carro estavam presentes em pessoa. Seis outros, incluindo Jora, apareciam por meio de hologramas, com outro droide na Câmara do Conselho projetando suas imagens para os outros participantes. Onze membros do Conselho, todos menos Mestre Rosason, que se encontrava em meio a uma delicada negociação diplomática da qual não podia se afastar.

Jora pensou em seu Padawan, Reath Silas.

Ela desejou que ele estivesse ali. Poderia aprender muitas coisas ao acompanhar uma reunião do Conselho. Verdade seja dita, ela apenas sentia saudades do jovem.

Reath tinha dezessete anos e era um bom aprendiz, mas talvez não estivesse tão empolgado a ponto de acompanhar sua mestra até o Farol da Luz Estelar em vez de permanecer em Coruscant. A fronteira pouco lhe interessava. Bom, era claro, afinal de contas, Reath tinha dezessete anos. Nenhuma estação espacial, não importando quão exótica fosse, poderia se comparar à maior cidade da galáxia.

Jora o deixara para trás, a fim de que o Padawan tivesse um pouco mais de tempo em Coruscant antes que a encontrasse na Orla Exterior, uma gentileza que ela ficara feliz em oferecer. No entanto, assim que o tempo dele no Núcleo terminasse, Reath seria enviado em missão junto de dois Jedi mais experientes, Cohmac Vitus e Orla Jareni, ambos Cavaleiros. Jora tinha suas dúvidas quanto a

Orla, mas Cohmac era sensato. Reath ficaria bem, talvez apenas um pouco frustrado por perder o finalzinho de seu tempo no Núcleo.

Bom, aquela era a vida de um Jedi. Melhor se acostumar a ela ainda cedo.

Ela deu uma olhada para Sskeer, sentado do outro lado da mesa, observando em silêncio com os longos braços terminados em garras dobrados sobre o peito. Ele parecia imponente, como sempre, uma placa de músculos escamosos e dentes afiados em trajes Jedi. Era raro que Trandoshanos se tornassem Jedi, porque a cultura de seu planeta era baseada nos ideais de predação e supremacia, que nem sempre se misturavam muito bem com os preceitos da Ordem. Mesmo quando crianças Trandoshanas possuíam alguma afinidade com a Força, era incomum serem levadas até o Templo Jedi para treinamento. Sskeer, porém, não apenas fora para Coruscant, como também se distinguira, tornando-se um Mestre Jedi de plenos direitos. Tudo era possível.

Jora não imaginou que precisaria dele diretamente durante aquela reunião do Conselho, e achava que ele também sabia daquilo. Mas Sskeer nunca estava longe, e era geralmente quando ela menos pensava que precisaria dele que ele se mostrava mais útil. Sskeer já salvara sua vida quatro vezes.

E contando, presumiu ela.

A reunião começou, e o assunto a ser discutido era de fato importante. A chanceler da República, Lina Soh, pedira aos Jedi que participassem diretamente em uma missão que ela autorizara para que a Coalizão de Defesa da República caçasse e aprisionasse, ou erradicasse, na Orla Exterior, um grupo de saqueadores que se denominavam Nihil.

Aquelas pessoas interferiram com as vias galácticas do hiperespaço no que pareceu um esforço para extorquir enormes somas de dinheiro dos sistemas. Como se não bastasse, as ações deles ainda causaram a morte de bilhões de pessoas e paralisaram grande parte da galáxia.

Os Nihil deveriam ser confrontados. A única questão era o papel dos Jedi naquela ação.

Jora ouviu enquanto os vários membros do Conselho apresentavam seus argumentos. Era colocada muita ênfase em interpretar a vontade da Força, escutar a voz da Força, obter orientações da Força, e assim por diante. Jora achou aquilo um tanto cansativo. Um vórtice filosófico.

Para ela, era bastante simples. Os Jedi estavam profundamente conectados ao lado luminoso da Força, portanto, qualquer escolha que um Jedi fizesse seria a vontade da Força. Estudo e concentração, com certeza, lhes permitiam se tornarem instrumentos melhores de tal vontade, da mesma forma que um sabre de luz bem cuidado funcionava melhor do que um negligenciado. Mas se prender a um debate interminável sobre o que a Força poderia querer era paralisante. Uma perda de tempo.

– Esta é uma ação militar – disse Mestre Adampo, com a voz forte e objetiva, enquanto acariciava o longo bigode branco que descia pelas laterais de seu queixo. – Os Jedi não são uma força militar. Acredito que isso seja simples.

– Mas fomos no passado – disse Oppo Rancisis. – Na verdade, nossos predecessores lutaram e venceram a Grande Guerra Sith. Existem precedentes intermináveis nas crônicas para esse tipo de coisa.

– É verdade, mas não estamos em guerra agora. Somos a coisa mais distante dela – observou Rana Kant.

– Não a mais distante – retrucou Yarael Poof. – Houve momentos em nossa história em que a Ordem foi reduzida a apenas um punhado de membros.

– Por que estamos falando de história? – perguntou Ephru Shinn, a mais nova membro do Conselho, uma Mon Calamari, escolhida por Yoda para ocupar seu assento enquanto o grande Mestre estava temporariamente afastado, em um período sabático, das atividades do Conselho. – Devemos nos preocupar com o agora, não com antigos impérios ou vitórias ou derrotas. Qual é nosso papel na República, neste exato momento?

Ela ergueu uma mão.

– Acredito que os Jedi devem, em todos os momentos, mostrar para as muitas pessoas da galáxia um modo de vida centrado na paz. Devemos mostrar-lhes esse caminho. Atualmente, a República está excepcionalmente receptiva a esse tipo de ideia.

– Sim, mas somos guardiões de dois ideais, não? – questionou Yarael Poof. – Às vezes, infelizmente, eles entram em conflito. Devemos sempre buscar a paz, mas também a justiça. A paz sem justiça é falha, vazia em sua essência. É a paz oferecida por tiranias.

– Não acredito que tenha existido um único caso de Jedi se envolvendo nos assuntos militares do governo galáctico responsável por gerar qualquer coisa além de uma complexidade infinita – respondeu Ephru.

– Então, devemos apenas nos dedicar à simplicidade? A galáxia não é um lugar simples, Mestra Shinn – disse o Grande Mestre Lahru.

E a discussão continuou. Jora ouvia, mas não falava, deixando que os outros membros do Conselho tornassem claros seus posicionamentos. Aqueles posicionamentos ficaram em cinco favoráveis a concordar com a solicitação da chanceler de incluir os Jedi na missão contra os Nihil, e cinco contrários.

A decisão final seria de Jora, o que lhe parecia apropriado, já que seria a sua nave, a *Ataraxia*, a acompanhar as forças da República naquela missão.

Os outros membros do Conselho a olharam, esperando que falasse. E ela assim o fez.

– Vocês sabem que não sou de muitas palavras. Prefiro agir. Neste caso, acho que a decisão é bastante simples. É a mesma pergunta que me faço sempre que vou fazer qualquer coisa.

Jora desejou que Reath estivesse com ela, pensando na lição que ele poderia aprender. Ela deveria passar a ele no futuro.

– A ação que estou prestes a tomar vai trazer mais luz para a galáxia?

Ela abriu as mãos.

– Neste caso, acredito que a resposta seja clara. Os Nihil extinguiram incontáveis vidas por toda a Orla Exterior, e causaram rixas e sofrimento intermináveis. Devemos agir para reduzir a capacidade deles de fazer algo assim de novo. Vou levar a *Ataraxia* e acompanhar a frota do Almirante Kronara.

– E depois? – perguntou Oppo Rancisis. – Tem alguma noção do que vai fazer após os Nihil serem encontrados?

– Sim, Mestre Rancisis – respondeu Jora. – O que a Força quiser.

PARTE TRÊS

A Tempestade

CAPÍTULO TRINTA E SEIS

A ORLA EXTERIOR. NEBULOSA KUR.

A *Nova Elite* saiu do hiperespaço perto de uma nebulosa verde brilhante que conferia um doentio tom pantanoso ao casco da nave. Kassav odiava aquela cor. Ele era nativo de Sriluur, no Espaço Hutt, um mundo seco onde ver algo verde sempre significava que aquilo estava coberto de bolor. Verde não era natural, era um tom ruim, um mau presságio.

Muito do que estava rolando.

A ponte da nave encontrava-se silenciosa, sem música. Kassav não estava no clima. Ele olhou para baixo, para o que restava de sua mão enquanto o droide médico a tratava, fechando a ferida aberta, suturando o melhor que podia. Suas opções pareciam ser manter a garra com alguns poucos dedos ainda nela, ou só cortar fora o que sobrara e colocar uma prótese. De uma forma ou de outra, a mão do blaster jamais seria a mesma. Precisava aprender a atirar com a esquerda.

Marchion Ro, pensou ele. *Maldito Marchion Ro.*

– O Olho disse quando aquelas naves da República iriam aparecer? – perguntou Cara Molhada. – Estamos com bastante poder de fogo, devemos ser capazes de derrubar qualquer coisa que trouxerem. Acabar com aquele registro de voo que Marchion Ro nos falou... e aí voltamos aos negócios!

O Gungan sorriu, com seus enormes e estúpidos dentes brilhando como cogumelos de caverna sob a estranha luz da nebulosa.

– Estou cansado de ficar esperando – continuou o Gungan. – Somos os Nihil. Precisamos pilotar a tempestade.

Kassav olhou para os restos de sua mão favorita, fechando a cara para seu tenente.

– Escute aqui, imbecil. Vai ficar esperando até a hora que eu mandar fazer algo. E aí vai fazer *exatamente* o que eu mandar.

Cara Molhada levantou as mãos, as duas perfeitamente boas, como se as estivesse esfregando na cara dele, e recuou.

– Certo, chefe.

O Gungan parecia um cadáver. Um cadáver que ficara mofando durante três semanas. Kassav olhou ao redor, para o restante de sua tripulação na ponte. Todos pareciam mortos. Aquela maldita nebulosa.

Do lado de fora da janela de observação da ponte, ele viu os demais integrantes de sua Tempestade chegando, conforme ordenado. Cerca de uma centena de embarcações, a maioria delas pequenas naves de Raios e Nuvens, com algumas maiores espalhadas. Naves de ataque, cargueiros modificados, esse tipo de coisa.

Seu pessoal, todos leais a ele e a mais ninguém. Eram todos Nihil, mas aquelas tripulações não recebiam ordens de Pan Eyta ou de Lourna Dee... e definitivamente nem de Marchion Ro.

Kassav pensou sobre sua frota, lançando os olhos de uma nave a outra. Era quase toda sua Tempestade, salvo umas poucas pessoas que estavam distantes, realizando trabalhos. Podia não ser a mais bonita da galáxia, mas era poderosa. Capaz de causar um estrago real. Pan Eyta escolhia pensadores arrogantes para suas equipes. Lourna Dee ficava com os mentirosos e furtivos. Kassav... bem, ele escolhia guerreiros. Acreditava que, se chegasse a tal ponto, sua Tempestade seria capaz de derrotar os grupos de Pan Eyta e Lourna Dee ao mesmo tempo. Guerreiros, cada um deles, e todos acreditavam na mesma coisa, uma lição que Kassav aprendera logo depois de começar a andar: quando se está lutando, não se para de lutar. Vencer ou morrer.

Na verdade, olhando para sua Tempestade ao redor da *Nova Elite*, a ideia lhe ocorreu, e não pela primeira vez: ele realmente precisava dos Nihil? Por que não pegar os seus e partir? Atravessar a Orla, encontrar outro lugar para trabalhar. As Trilhas eram úteis, mas ele não precisava delas, e sem dúvida não precisava de Marchion Ro. Era uma galáxia grande. Ele podia começar um novo grupo de Nihil; aprendera todas as técnicas, não havia razão para não utilizá-las em outro lugar.

Mas nada daquela bobagem de tempestade. Estava cansado daquilo. Talvez alguma coisa a ver com... fogo. Poderia funcionar. Faíscas na base, depois chamas, labaredas, piras... sim, poderia funcionar muito bem. E ele no topo, como o sol. Kassav, uma grande e poderosa estrela ao redor da qual tudo mais girava.

Perfeito. Funcionaria às mil maravilhas. Sempre havia pessoas procurando por algo a que pudessem pertencer, por uma maneira de progredir, e a República era rica e gorda, pronta para ser saqueada. Os investigadores Jedi que Marchion tanto temia estavam procurando pelos *Nihil*, não por ele especificamente. Sim, depois de Eriadu, talvez conhecessem seu nome e sua nave, mas ele poderia trocar ambos. Se Marchion Ro e os outros Executores da Tempestade amavam tanto assim a organização, eles que lutassem para descobrir como lidar com todos aqueles que queriam se livrar dos Nihil.

Na verdade, por que diabos ele estava ali esperando por aquelas naves da República com aquele registro de voo estúpido? Seria melhor se o mantivessem e usassem para encontrar Marchion e o restante dos Nihil. Aquilo resolveria dois problemas de uma vez. Ele tinha sua Tempestade inteira reunida bem ali. Podia dar as ordens para partirem naquele exato momento.

Kassav fez um gesto para que o droide médico se afastasse. Alcançou os controles de comunicação na poltrona de comando, de modo um pouco desajeitado com a mão ruim, e começou a inserir o código de transmissão para a frota inteira.

Adeus tempestade, olá fogo, pensou ele.

Dellex, sobre uma estação de monitoramento, falou:

– Naves deixando o hiperespaço, Kassav.

Ele olhou para ela, estreitando os olhos.

– Transportes da República?

Ela se inclinou para frente, como se não pudesse acreditar no que as telas lhe mostravam.

– Pode ser a República, mas não são apenas algumas naves – disse, e olhou de volta para ele, com seu único olho orgânico arregalado.

– É uma... frota de guerra.

O Almirante Kronara, de pé na ponte da *Terceiro Horizonte*, analisava o monitor tático, concentrando-se nas informações constantemente atualizadas sobre as forças inimigas providenciadas pelos sensores de sua nave. Sua coalizão parecia prestes a encarar toda a frota dos Nihil, e ela não se assemelhava a um bando de saqueadores desorganizados. Dezenas de naves de todos os tamanhos, desde caças até uma nau almirante principal, um veículo com o tamanho padrão de uma corveta, que parecia ter sido customizado. Os escâneres já começavam a definir um panorama das capacidades militares do inimigo, que se mostrava bastante considerável. Não seria uma tarefa fácil. Na verdade, nenhuma daquelas naves parecia fraca. Cada uma delas estava armada, com tudo desde canhões laser até minas magnéticas.

Ali havia potencial para uma batalha de proporções que ele, um comandante militar graduado da República, não vira em décadas. Aquele era o problema com quão bom era o trabalho da Chanceler Soh. Os Hutts estavam quietos, os Mandalorianos não começaram nenhum problema desde que ele nascera, e o maior combate com que grande parte do seu pessoal já lidara era do nível de um pequeno conflito. A República não tinha nem ao menos uma frota organizada, apenas um cruzador classe *Emissário* como a *Terceiro Horizonte* e várias naves táticas e de apoio menores.

Em geral, setores e planetas cuidavam da própria segurança. Na rara ocorrência de uma ameaça mais séria, os tratados da Coalizão de Defesa da República poderiam ser acionados. Planetas prósperos como Alderaan e Chandrila eram chamados para fornecer naves e pessoal sob o comando de oficiais militares da República, que eram devolvidas a seus mundos natais assim que a crise fosse resolvida. Era o que acontecia ali. Sob as ordens da chanceler, Kronara emitira o chamado e conseguira reunir uma força-tarefa de bom tamanho. Muitos dos planetas do tratado estavam mais do que felizes em contribuir com recursos. Tudo o que queriam era uma chance de contra-atacar aqueles Nihil, criminosos que paralisaram a galáxia.

Sob seu comando direto, Kronara tinha a *Terceiro Horizonte*, com suas Proas-longas e um conjunto bastante robusto de Incom Z-28 Skywings. Além deles, os mundos membros da CDR contribuíram com cinco cruzadores de patrulha de setor classe *Pacificador*, cada um com uma centena de tripulantes, bem como os próprios esquadrões de Proas-longas e Skywings. E... outro grupo estava a caminho. Não um grupo signatário ao tratado da CDR, nem necessariamente um grupo que ele teria convidado, mas não era o tipo de pessoas que poderiam ser apenas recusadas, ainda mais se considerasse a tragédia que as Emergências levaram até elas.

Outra nave era visível no monitor, além de sua autoridade, mas sem dúvida aliada: a *Ataraxia*, a grande nave estelar sob controle direto da Ordem Jedi. Uma bela nave, projetada para evocar sutilmente o símbolo da Ordem com seu casco e asas amplas e curvas, destacadas em branco e dourado. Ainda que a *Ataraxia* devesse sempre ficar estacionada no novo Farol da Luz Estelar, assim que este abrisse, naquele dia ela viera oferecer apoio à força-tarefa da CDR.

Embora a nave possuísse armas leves, podia carregar um grande número de Vectors, e seus hangares estavam repletos naquele dia. Antes de a nave chegar, Kronara não tinha certeza da participação dos Jedi, apesar do pedido da Chanceler Soh. Eles eram ligados à República de muitas maneiras, mas podiam e seguiam o próprio caminho sempre que consideravam apropriado. Quaisquer que fossem suas razões, Kronara sentia-se feliz pelo fato de a Ordem estar ali. Os Jedi costumavam ser bastante úteis.

O Almirante Kronara nunca desejaria guerra, mas aproveitaria qualquer oportunidade de reunir uma força-tarefa da coalizão e praticar coordenação e combate em tempo real. Melhor ainda, não havia ambiguidade moral naquela situação. Aqueles Nihil constituíam o lado errado da história. Uma ação militar totalmente justificada contra uma força significativa? Uma possibilidade de tornar a galáxia mais segura? Sim. Ele aceitaria.

Ele se concentrou de novo no monitor, pensando nas táticas que empregaria. Suas forças estavam em verde, em fileiras disciplinadas e uniformes. Os Nihil formavam um borrão vermelho irregular. Havia muitas naves lá fora. Era difícil prever como tudo ocorreria. Kronara tinha estudado as poucas informações de inteligência disponíveis sobre os Nihil, coletadas pelas forças de segurança de vários mundos da Orla Exterior. Tinham a reputação de serem um bando bastante selvagem. Mais perturbador: relatórios sugeriam que quase podiam aparecer e desaparecer à vontade. Embora Kronara não soubesse o que aquilo significava, sabia que sugeria que tivessem algum tipo de tática especial de mobilização.

Bom para eles. O almirante também tinha algumas táticas próprias.

Olhou mais uma vez para sua pequena frota no monitor. Não era exatamente uma armada, mas tinha bastante força, levando tudo em consideração.

Se os Nihil queriam briga, haviam conseguido.

O Almirante Kronara acionou seu comunicador, chamando a *Ataraxia* com o objetivo de coordenar os movimentos iniciais com sua comandante, Mestra Jora Malli. Ele a conhecia razoavelmente bem e sabia que ela contava com uma boa mente militar, tanto quanto possível para qualquer Jedi, e se voluntariou para comandar o Templo Jedi no Farol da Luz Estelar assim que a estação estivesse operacional. Como aquilo ainda não acontecera, ela estava lá, no comando da resposta da Ordem aos Nihil.

– Mestra Malli – disse ele –, vamos tentar contato com a nave principal dos Nihil. A oclusão da nebulosa significa que não há muitos lugares para acessar o hiperespaço, e nós bloqueamos a maioria. Boa parte das naves dos Nihil não parece grande o bastante para abrigar navicomputadores que possam calcular outra rota em um período razoável de tempo. Eles terão de conversar ou lutar, não podem simplesmente fugir. Se decidirem esquentar as coisas, você estará pronta para participar?

– É claro, almirante – disse a voz suave de Jora Malli. – Creio que vou assumir um caça Vector próprio, se chegar a tal ponto. Tenho Avar Kriss aqui na *Ataraxia*, ela poderá ajudar a manter os Jedi conectados, como fez em Hetzal.

– Fantástico – disse o almirante, com sinceridade. Os Jedi sempre eram impressionantes, mas o que ele vira em Hetzal durante o desastre da *Legacy Run* fora extraordinário. Se Avar Kriss pudesse aplicar aquele conjunto de habilidades em uma batalha real, daria a eles uma vantagem decisiva.

O Almirante Kronara juntou as mãos na parte inferior das costas. Deu uma última olhada no monitor tático e, em seguida, deu a ordem.

– Abram o canal de comunicação – disse ele. – Vamos ver se esses criminosos querem conversar.

– Estão tentando falar com a gente – disse Dellex.

– Não responda – ordenou Kassav.

– Não ia mesmo – retrucou ela. – Mas precisamos fazer alguma coisa. Toda essa poeira espacial da nebulosa significa que não podemos saltar de qualquer lugar sem explodir. As naves da República estão bloqueando a zona de acesso mais próxima para a hipervia. Poderíamos sair com uma Trilha, mas o Olho não nos deu uma.

– Vamos atacar, certo? – perguntou Gravhan, na estação de artilharia. – Frota de guerra ou não, se não matarmos esses caras, não haverá mais Nihil.

– Só me dê um momento para pensar, está bem? – disse Kassav, ríspido.

Ele se virou para Dellex.

– Tem mais alguma? Quero dizer, alguma área aberta onde podemos acessar o hiperespaço sem uma Trilha.

A mulher consultou suas telas.

– Sim. Não muito próxima, mas se formos a toda velocidade provavelmente podemos chegar lá antes que as naves da República nos alcancem.

– Certo – disse Kassav. – Dê a ordem. Todas as naves na direção da outra saída. De lá, se espalhem e aguardem até que eu entre em contato antes de fazerem qualquer outra coisa. *Qualquer coisa*, fui claro? Sem incursões, nem nada. Apenas fiquem quietos até que eu entre em contato.

Gravhan falou:

– Não quero questionar você, chefe, mas...

– Então não questione – cortou Kassav, com um olhar sombrio.

Sua mão doía. Sua cabeça doía. Tudo doía. Ele só queria que algo *bom* acontecesse. Gravhan, porém, parecia não entender aquilo. Ele engoliu em seco. Sua garganta estava seca como um deserto.

– Acontece o seguinte, Kassav. Marchion Ro contou para Cara Molhada, Dellex e a mim as ordens que lhe deu, e disse que, se você não fizesse o que ele queria, então...

– Então *o quê*? O que vocês acham que vão fazer? – rosnou Kassav, puxando o blaster com a mão esquerda, mirando para o Tormenta supostamente leal a ele. Marchion Ro estava falando o que a sua tripulação tinha que fazer? Dando instruções às suas costas?

Cara Molhada e Dellex sacaram as próprias armas. Bem, Dellex apenas energizou o canhão em seu ombro, mas ele vira a arma se acender e ouviu seu zumbido baixo. Os outros Nihil na ponte congelaram, incertos do que deveriam fazer, esperando para ver o desenrolar da situação.

– Deveríamos matar você – informou Cara Molhada. – Foi isso que o Olho nos disse, caso você não fizesse o que ele falou. Disse que o que você fez em Eriadu colocou a todos em perigo, e esta era a única maneira de nos manter seguros. Um jeito de tornar as coisas boas de novo.

O que eu fiz em Eriadu, seu lagarto traiçoeiro? O que eu fiz? Como se você não estivesse o tempo todo ao meu lado, me ajudando a fazer a porcaria do serviço, pensou Kassav.

Talvez ele conseguisse derrubar os três... mas não com sua mão ruim. Manteve o blaster apontado para Gravhan e falou, rosnando as palavras:

– Vocês acham que Marchion Ro sabia que encontraríamos uma frota de guerra da República? Vejam bem, das duas uma: ou ele sabia, e nos mandou aqui para morrer, ou não sabia, e nesse caso iria querer que déssemos o fora daqui para lutarmos outro dia. Qualquer que seja a possibilidade, precisamos *ir*. Podemos encontrar outra maneira de lidar com aquele estúpido registro de voo.

Viu seus três Tormentas considerando aquelas possibilidades.

– Cara Molhada, vá para o comunicador. Tente falar com o Olho. Diga a ele o que está acontecendo e peça uma Trilha para fora daqui.

O Gungan esperou um ou dois segundos, depois guardou a arma no coldre e se virou para o painel de comunicação.

– Dellex, dê a ordem para o restante da frota. Diga para fugirem, para chegarem à outra zona de acesso o mais rápido possível. Gravhan, volte para a artilharia, para o caso de os desgraçados da República começarem a atirar.

– Nenhuma resposta de Marchion Ro – disse Cara Molhada. – Mas o cruzador da República está chamando novamente.

Kassav lançou a seus tenentes um olhar astuto.

Viram só?, expressava seu olhar. *Estamos por conta própria.*

Sem falar mais nada, eles guardaram as armas e seguiram as ordens.

Kassav sentiu os motores da *Nova Elite* ativarem uma potência mais alta enquanto eram preparados para tirar a nave da armadilha à qual ele tinha cada vez mais certeza de que Marchion Ro o conduzira.

– Hã... – disse Dellex, com a voz estranhamente baixa.

– Que foi agora? – perguntou ele.

– Outra frota acabou de chegar. Saíram do hiperespaço na outra zona de acesso. Estamos cercados, Kassav.

– Diga que são Nihil – disse ele. – Diga que é a Tempestade de Pan Eyta.

– Não é. As naves são registradas como originárias de Eriadu.

– Foi onde falhamos no trabalho de extorsão – comentou Cara Molhada. – Onde aquela lua foi obliterada.

Uma explicação completamente desnecessária. Todos naquela ponte sabiam bem o que tinham feito em Eriadu.

O que podiam não conhecer, no entanto, era a reputação das pessoas que viviam ali. Kassav sabia. Ele pesquisara sobre eles pouco depois de sua visitinha ao sistema. O que descobrira o fizera praguejar por um minuto inteiro. Acontecia que os Nihil não eram os únicos predadores da galáxia.

Eriadu era um daqueles planetas de guerreiros. Uma cultura inteira baseada em ideais de vingança, justiça, sangue e honra, facilmente desprezada, sempre duelando e envenenando uns aos outros e coisas assim.

Mas, por um momento, parecia que tinham parado de brigar entre si para se unirem e virem atrás dele.

– Acho que não estamos fugindo, no fim das contas – comentou Kassav. – Diga a todas as naves. Hora de lutar. Vamos matar todos eles.

Todos na ponte voltaram para suas estações, preparando-se para a batalha. Pareciam empolgados, mesmo seus tenentes idiotas que provavelmente deveriam saber que era melhor fugir.

Kassav pressionou um controle na poltrona de comando, e a música começou. Mais punk de destroços, vibrando, pulsando e ressoando. Ele colocou o volume no máximo.

– Pelos Nihil – gritou Kassav, fechando dolorosamente a mão mutilada em um punho e erguendo-a acima da cabeça.

– Pela tempestade! – veio o grito em resposta, ávido e cheio de expectativa.

Kassav encarou sua tripulação, os olhos saltando de rosto em rosto.

Sob a luz verde da Nebulosa Kur, ainda entrando pelas janelas de observação da ponte, todos pareciam cadáveres, mortos há dias.

Pelos Nihil, pensou Kassav. *Pela tempestade.*

CAPÍTULO TRINTA E SETE

ESPAÇO. SISTEMA ELPHRONA.

Loden Greatstorm forçou seu caça um pouco mais, acelerando na direção da nave avariada dos Nihil através do vácuo, a orbe com cor de ferro e ferrugem de Elphrona desvanecendo atrás dele. Sentiu Indeera fazer o mesmo com a própria nave.

Não faltava muito. Ele sabia que um salto seguro para a velocidade da luz exigia uma distância significativa de Elphrona. Como a superfície do mundo, o espaço ao redor do planeta era uma massa turva de campos magnéticos de distorções gravitacionais. Não havia maneira de os Nihil conseguirem escapar antes de Indeera e ele os pegarem.

E depois... bem, a Força seria seu guia. Ele não queria que os sequestradores morressem. Não queria que ninguém morresse, na verdade, mas às vezes, ele descobrira, as pessoas escolhiam os próprios finais e não havia nada que alguém ou mesmo a Força fosse capaz de fazer para evitar.

Bem, aquilo era fatalismo. Ele faria tudo o que pudesse para salvar cada vida naquela nave. Os inocentes, porém, teriam prioridade, e a linha entre inocência e culpa fora traçada com bastante clareza quando os Nihil escolheram arremessar uma criança pequena para fora da nave.

Ele acionou seu comunicador.

– Bell, está me escutando?

– Mestre! – veio a resposta, imediata.

– Você conseguiu...

– Consegui – disse Bell. – Eu a peguei, e descemos em segurança. O nome dela é Bee. Está com medo pelo pai e pelo irmão, mas está bem.

Loden sorriu.

– Sabia que você conseguiria, garoto – disse ele. – Até onde sei, nada que o Conselho pudesse conceber para seus testes iria superar o desafio que você acabou de vencer. Vou propor sua elevação para Cavaleiro Jedi assim que as coisas se ajeitarem.

– Sério?

– Sério. Você escutou, Indeera?

– Com certeza, Loden – soou a voz de Indeera Stokes pelo comunicador.

– Viu, Bell? Tudo certo – disse Loden. – Mas você precisa levar Bee de volta para o posto avançado. A mãe dela está lá, com Porter Engle. Diga a ela que estará reunida com sua família antes de perceber. Peça a Porter que lhes dê um pouco do cozido.

– Acho que vou apresentá-la para a Brasa, também – disse Bell.

– Perfeito. Vou desligar, Bell. Indeera e eu temos trabalho a fazer. Estou ansioso para celebrar sua ascensão, Cavaleiro Jedi Zettifar.

– Mestre... muito obrigado.

– Não sou mais seu mestre, Bell. Você é um Cavaleiro Jedi.

– Não até que o Conselho declare, e quero você lá quando isso acontecer. Que a Força esteja com você.

– Ela está, Bell. Não se preocupe. Vejo você logo.

Loden desligou o comunicador e voltou a se concentrar na nave dos Nihil. Indeera e Loden estavam ao alcance do laser, e certamente algumas rajadas seriam disparadas contra eles pelos canhões de popa da embarcação.

Os dois desviaram para o lado, seus caças Vector se movendo como um, desviando das rajadas com facilidade. Seu comunicador se ativou.

– Como vamos fazer isso, Loden? – perguntou Indeera.

– Cada um de nós tem espaço para um passageiro, e há dois Blythe restantes naquela nave. Vou deixá-la mais lenta, depois você pega o primeiro e eu pego o segundo.

– O plano é esse?

– O plano é esse. Não quero pensar demais nisso.

– Certo. Vou seguir sua liderança.

Loden acelerou, dando a seu caça uma velocidade que rapidamente superou a dos Nihil.

– Prepare-se – disse, tanto para Indeera quanto, pelo menos até certo ponto, para si mesmo.

Ele empurrou os controles para a frente e para o lado, ao mesmo tempo em que alcançava a Força e tomava as superfícies de controle reativo do caça, *aprimorando-as*, permitindo que realizasse uma manobra impossível para qualquer piloto que não fosse um Jedi. Pelo comunicador, ouviu Indeera arquejar e, apesar de tudo, percebeu que estava sorrindo.

O caça Vector espiralou para cima e *sobre* a nave dos Nihil, girando como uma broca, evitando tiros desesperados dos canhões da embarcação inimiga e terminando em uma posição que o colocava bem de frente com ela, mas voando de costas, perfeitamente pareado com a velocidade do veículo maior. Ele estava próximo o bastante da outra nave para ficar dentro do alcance efetivo dos canhões inimigos e, enquanto permanecesse lá, não poderia ser atingido.

Ainda mais importante, ele tinha visão perfeita do interior da cabine, onde uma mulher bastante alarmada pilotava a nave. Ela era um dos Nihil, o primeiro que ele vira sem máscara, e parecia uma... pessoa. Uma jovem mulher humana com um corte de cabelo baixo e irregular, sujeira avermelhada no rosto devido à corrida na superfície de Elphrona, e duas faixas dentadas pintadas em azul sobre uma das bochechas. Uma filha da Força, como qualquer outra.

No entanto, a Força não tomava decisões por ninguém, e aquela pessoa em particular fizera coisas terríveis, seja por necessidade ou por escolha.

A hora do acerto de contas chegara.

Loden ergueu uma mão de seus controles. Ele a moveu gentilmente para um lado, fazendo contato visual com a mulher, e falou:

– Você vai desacelerar sua nave e abrir a escotilha da câmara de descompressão.

Através do transparisteel da cabine, ele viu a mulher repetir as palavras. Loden guardava o toque mental para momentos de extraordinária necessidade, mas, se aquele não era um deles, nenhum outro seria. Ela nem mesmo precisava escutar o que ele falava. A técnica tinha um nome adequado. Mente a mente, era tudo o que ele precisava.

Loden manteve os olhos concentrados na piloto, mantendo a conexão caso precisasse dar novas instruções. Sentiu a nave dos Nihil desacelerando e Indeera se aproximando e se levantando dentro do caça dela. Ele sabia que a companheira teria de saltar através do vácuo para atravessar a escotilha da câmara de descompressão, mas seria coisa de poucos segundos, e a Ordem Jedi treinava seus membros em técnicas para suportar o ambiente inclemente do espaço. Truques como aquele duravam apenas poucos segundos, afinal de contas, o espaço era o espaço, mas Loden sabia que Indeera conseguiria fazer o que precisava ser feito.

Na verdade, a conexão de ambos através da Força lhe informou que ela já começara.

Uma sensação de grande alarme dentro da nave se aquietou de repente. Ele não sabia se Indeera também usara o toque mental, ou se fora forçada a matar o outro Nihil lá dentro. Ele sabia que alguns tinham sobrevivido aos eventos em Elphrona.

Isto vai terminar logo, pensou ele.

Assim que Indeera terminasse seu trabalho e tivesse resgatado o primeiro Blythe, Loden poderia se infiltrar na nave inimiga da mesma maneira. Ele a desativaria, de modo que quaisquer sobreviventes do grupo de saqueadores fossem coletados pelas forças de segurança de Elphrona ou talvez por uma nave da República. Depois, poderia levar seu passageiro recém-resgatado de volta para a superfície, onde se reuniria com a família. Não era um dia ruim de trabalho, todas as coisas...

Vindas do nada e aparecendo ao seu redor, naves, *muitas* naves, saindo do hiperespaço, cercando tanto ele como a embarcação dos Nihil e o caça Vector de Indeera. Aquilo deveria ser impossível, tantas delas realizando tal salto coordenado, e tão próximo do planeta, mas ali estavam elas. Naves demais para que ele contasse, todas de diferentes tipos. Uma grande no centro, polida e ameaçadora, e ao redor dela, um enxame de outras menores. Cada uma delas tinha as três faixas dentadas brilhantes pintadas no casco. Mais uma vez, raios.

Mais uma vez, os Nihil.

Toda a divisória frontal da ponte da *Lourna Dee* era uma grande janela de observação, fabricada com transparisteel triplamente reforçado dentro de uma matriz com núcleo de diamante.

Através dela, Lourna Dee pôde ver para que ela fora enviada àquele planeta esquecido: para recuperar uma nave Nuvem dos Nihil, que levara a tripulação de Dent Margrona até Elphrona para sequestrar uma família e cobrar resgate de seus parentes ricos em Alderaan. Próximo dela, duas daquelas pequenas e irritantes naves Jedi: caças Vector.

Uma estava bem na frente da nave Nuvem, tão perto que era impressionante que não tivessem colidido, mas ela ouvira dizer que pilotos Jedi eram capazes de feitos incríveis.

Aquilo seria muito bom para eles, no momento. Eram dois caças Vector contra toda uma Tempestade dos Nihil.

A primeira nave se afastou do nariz da nave Nuvem, tentando fugir ou entrar em algum tipo de posição de ataque.

Lourna Dee bufou.

Boa sorte com isso, pensou ela.

CAPÍTULO TRINTA E OITO

ESPAÇO PROFUNDO. NEBULOSA KUR.

Kassav olhou para o monitor de batalha, franzindo o cenho. Quase ao mesmo tempo em que deu a ordem para sua Tempestade assumir posição ofensiva e partir para o ataque, os cruzadores da República expeliram uma torrente infindável daqueles caças em formato de ponta de flecha que usavam, os Skywings, junto com um bom número de naves de trabalho maiores, as Proas-longas.

Seu pessoal estava reagindo, e dando o melhor que podia nas pequenas escaramuças, mas os grandes canhões do pesado cruzador da República e seus cinco companheiros menores atacavam, e quase todos os disparos encontravam alguma nave Nuvem. Os escudos da *Nova Elite* e de algumas das naves maiores dos Nihil conseguiam resistir àqueles tiros, ao menos por um tempo, mas as naves Nuvem? Sem chance. Transformavam-se em bolas de fogo e duraço vaporizado cada vez que um tiro acertava o alvo.

Eles ainda tinham superioridade numérica, mas aquilo não duraria, e as naves de Eriadu se aproximavam mais a cada segundo, avançando contra eles, implacáveis. Ou seus Nihil abriam caminho através da frota da República para chegar até a zona de acesso do hiperespaço, ou todos eles poderiam morrer ali.

Havia também outra nave lá fora, o cruzador Jedi. Até o momento, ela não fizera nada, mas era impossível que não trouxesse alguns daqueles caças Vector a bordo. Era a última coisa de que ele precisava.

– Alguma notícia do Olho? – perguntou ele.

– Ainda não, chefe – respondeu Cara Molhada.

Kassav não esperava nada. Estava bastante certo de que nenhuma rota de fuga milagrosa seria enviada para seu motor de Trilha. Se quisesse voltar até Marchion Ro e enterrar sua lâmina nos olhos arrepiantes daquele desgraçado arrogante, precisaria agir sozinho.

Ele olhava para o monitor tático, tentando descobrir que ordens dar. A República estava aniquilando seu pessoal, seus ataques disciplinados e coordenados incrivelmente eficazes contra sua Tempestade, onde cada piloto era seu próprio chefe e lutava como quisesse. A maioria de seus Nihil estava engajada em perseguições, cada um tentando derrubar uma nave da República, tentando construir uma reputação, voltar para o Grande Salão com uma boa história para contar. Mas contra militares treinados, eles simplesmente não poderiam...

É isso, pensou ele.

Acionou o comunicador no canal que alcançava a frota inteira.

– Meus Nihil, aqui é o Executor da Tempestade. Vocês estão ensinando uma lição a esses tolos da República. Estou impressionado. Mas quero que eles deixem esta batalha sabendo que não deveriam se meter com a gente. Parem de lutar nos termos deles. Eles não aprenderão nada. Lutem como os Nihil – disse ele. – Lutem *livremente*. Lutem *sujo*.

Ele sorriu.

– Mostrem a eles quem somos. É uma ordem.

Levou um momento ou dois para que as instruções fossem absorvidas, mas então uma das naves maiores, um cargueiro modificado apenas um pouco menor que a *Nova Elite*, abriu as portas do compartimento de carga. Seus motores se acionaram e algo foi despejado para fora, propelido pelo momentum, uma gosma cinzenta gelatinosa. Kassav lembrou que aquela nave específica era roubada. Ficou evidente que os novos donos nunca esvaziaram os contêineres de carga da nave, que originalmente era algum tipo de transportadora de rejeitos.

O lodo vazou em uma enxurrada tóxica, cobrindo os caças que perseguiam o cargueiro. Os dois Skywings giraram e colidiram, causando uma explosão... que incendiou a carga inteira. Chamas se espalharam em uma onda crescente, atingindo cada nave da República que fora coberta com a imundície quando o cargueiro dos Nihil se afastou. Todas explodiram, uma a uma, numa reação em cadeia que foi uma das coisas mais belas que Kassav já vira.

Começaram mesmo a lutar sujo.

Os Nihil restantes também viram, e entenderam a mensagem. Subitamente, a batalha deixou de ser formada por perseguições ou combates diretos contra os oponentes. Kassav assistiu enquanto uma de suas naves pousou *sobre* uma das maiores naves da República e acionou uma queima de alta intensidade nos motores sobre a janela de observação da ponte dela. Viu outro grupo usando o truque do arpão que funcionara tão bem em Ab Dalis, e despedaçando um dos cinco cruzadores.

No entanto, não eram só boas notícias. Uma de suas maiores naves, uma corveta leve, estava sob fogo pesado de um esquadrão de Proas-longas. Seus motores se apagaram, e a nave ficou à deriva.

Já era, pensou Kassav. *Maldição. Poderíamos ter usado aquela nave no futuro.*

Várias cápsulas de fuga ejetaram da corveta avariada, e as Proas-longas imediatamente interromperam o ataque e começaram a coletar os módulos usando algum tipo de ferramenta com grampos magnéticos. Elas as levaram para o cruzador da República mais próximo, entrando nos compartimentos de atracagem com as cápsulas sendo arrastadas atrás.

Kassav se preocupou por um momento sobre o que aqueles prisioneiros poderiam contar para a República sobre os Nihil e suas operações, e depois percebeu que aquilo provavelmente não importava. As coisas não poderiam ficar muito piores.

Então, o cruzador da República explodiu, numa detonação tão grande que também atingiu algumas naves menores próximas. Ao mesmo tempo, os motores da corveta dos Nihil, aquela que Kassav dera como perdida, se acenderam novamente e a nave deu meia-volta, disparando contra um grupo de Skywings próximo.

Kassav entendeu o que acontecera. As cápsulas de fuga não carregavam seu pessoal, elas foram ocupadas com explosivos, e quando aqueles idiotas da República tentaram agir com nobreza e resgatá-las, porque...

– Heh – disse Kassav para si mesmo. – Somos todos a República.

Ele ativou o comunicador mais uma vez.

– É isso! – gritou. – Abram caminho através deles. Estou com vocês.

Desativou o comunicador e ergueu a mão para mastigar a ponta de seu dedão, um cacoete de nervosismo, até que percebeu que não tinha mais o dedão daquela mão.

– Alguma mensagem de Marchion Ro? – perguntou para Cara Molhada.

Como resposta, o Gungan apenas balançou a cabeça em negativa, com as longas orelhas caídas batendo contra o pescoço.

Não que Kassav esperasse algo. Seria ele contra a galáxia. Como sempre.

O Almirante Kronara não conseguia acreditar no que via. Não esperava que um bando de criminosos lutasse com qualquer coisa que sequer se assemelhasse a honra, mas aquilo era... desprezível.

Uma das naves maiores dos Nihil tinha acabado de liberar uma grande faixa de rejeitos de reator dos motores, criando uma cauda de radiação invisível e profundamente tóxica que não apenas embaralhava os sensores, mas envenenava qualquer piloto que voasse através dela. Eles os estavam condenando a uma morte lenta e agonizante a menos que se dirigissem a instalações médicas imediatamente.

Isto vai atingir algumas das naves deles, também, pensou o almirante. *Tem que atingir. Estão matando seus próprios homens.*

Os Nihil não pareciam se importar. Sobre aquilo ou sobre qualquer outra coisa além de causar o máximo de estrago possível.

Aquela estratégia estava funcionando. Kronara perdera dois cruzadores de patrulha classe *Pacificador*, a *Marillion* de Alderaan e a *Yekkabird* de Corellia, além de suas tripulações e uma grande quantidade de Proas-longas e caças Skywing.

Ele não diria que os Nihil estavam vencendo, exatamente. Suas táticas eram apenas ofensivas, nenhuma defensiva, e eles sofriam ataques e tinham seus números reduzidos... mas também não estavam exatamente perdendo. Aquilo precisava terminar, e logo. Era hora de ampliar a resposta.

O Almirante Kronara checou os monitores mais uma vez, observando a posição da flotilha de Eriadu que avançava implacável na direção da batalha.

Ainda não estão próximos o bastante, pensou.

– Ligue-me com a *Ataraxia* – disse para o oficial de comunicações.

A voz da Mestra Jora Malli soou através do comunicador instantes depois:

– Almirante – disse ela. – Como posso ajudar?

– Os Nihil estão utilizando táticas nada ortodoxas, movimentos baixos. Podemos derrotá-los, mas os pilotos da CDR não são treinados para isso. Vai levar tempo e custar vidas. Se você e seu pessoal estiverem dispostos...

A Jedi concordou antes que ele completasse a frase.

– Vamos ver o que podemos fazer, almirante. A Força nos dará uma boa vantagem na batalha.

– Ficaremos gratos pela assistência – afirmou Kronara.

– É claro – disse Jora, encerrando a transmissão.

Jora Malli entrou no hangar principal da *Ataraxia* a passos largos, com Sskeer a seu lado. Ela carregava um comunicador em uma das mãos.

– Avar, estamos indo pegar o esquadrão de caças Vector. Os pilotos da República precisam de nossa ajuda para abater os Nihil antes que as coisas piorem lá fora. Você pode estabelecer um vínculo entre todos nós, para facilitar a tarefa?

– Posso – respondeu Avar Kriss. – Já estou ouvindo a canção.

Jora sabia que Avar interpretava a Força na forma de música. Ela não a via da mesma maneira. Para ela, a Força era... uma força. Mas não se podia negar a eficiência do que Mestra Kriss conseguia fazer.

Ao redor dela, Jedi correram para os caças que aguardavam enquanto a tripulação não Jedi da *Ataraxia* abastecia e preparava as delicadas naves para voar. Ela viu Elzar Mann e seu amigo Stellan Gios, Nib Assek e seu Padawan Wookie Burryaga, o Ithoriano Mikkel Sutmani que fizera parte da malfadada missão na qual a Ordem perdera Te'Ami... todos bons pilotos. Precisavam ser. Ela repassou as informações táticas da batalha, e as naves dos Nihil pareciam ir até as últimas consequências para ferir ou destruir os inimigos.

– Está pronto, velho amigo? – perguntou ela para Sskeer enquanto se aproximavam de suas próprias naves.

– Você deveria estar no Farol da Luz Estelar – sibilou de volta o Trandoshano Jedi. – Era para você lidar com pedidos de suprimentos e jovens aprendizes indisciplinados, não liderar uma investida contra um bando de piratas. Deixe-me fazer isso, não há necessidade de você voar.

– Posso morrer na minha cama tão facilmente quanto em uma batalha, Sskeer – disse ela, subindo em sua nave e entrando na cabine.

– Isso certamente não é verdade – disse Sskeer, colocando uma máscara de oxigênio sobre seu focinho largo e se acomodando no assento de piloto. – E se ambos apenas concordarmos em não morrer?

– Combinado – disse ela, enquanto a cobertura de sua cabine se fechava.

Jora pegou o sabre de luz, um cilindro dourado com guardas curvas de platina que se curvavam ao redor do cabo como asas, e o colocou no console de ativação das armas no painel de controle de seu caça Vector. Os sistemas de mira se acenderam num branco brilhante, a mesma cor da lâmina de seu sabre. Ela recuperara seu cristal kyber, na época de um vermelho-sangue brilhante, de uma antiga lança de luz Sith e o purificara, expurgando o ódio e a dor que seu dono original instilara na pedra. Jora executou o ritual principalmente como um exercício intelectual, mas, uma vez terminado o processo, ela se encontrou intimamente ligada ao cristal, que passou a utilizar como núcleo de sua principal arma.

Empurrou os controles da nave para frente e saiu do hangar para o espaço aberto.

Ao redor, surgiam caças Vector, saindo rapidamente da *Ataraxia*.

– Comigo, Jedi – disse Jora Malli, e as naves se aproximaram dela, criando uma formação apertada possível apenas aos Jedi.

Aquela era uma Flutuação, perfeitamente composta, e a única coisa mais bela do que ver uma era fazer parte de uma.

A batalha estava adiante, e eles iriam mudar seu curso.

As naves de Eriadu tinham avançado de forma lenta e constante, e já estavam dentro do alcance visual, o que significava que também estavam dentro do alcance das armas, mas não começaram a atirar. Kassav pensava saber a razão. Os caçadores esperavam para aterrorizar suas presas antes de as matarem.

Uma batalha era uma coisa, mas aquela espera era agoniante.

As naves eram longas e finas, em formato de lâminas. Assemelhavam-se a espadas, afiadas e apontando bem na direção deles.

– Desvie um terço das nossas naves na direção dos cruzadores eriaduanos – ordenou Kassav, gritando para Cara Molhada. – Precisamos deles fora do caminho.

– Certo, chefe – disse o Gungan.

Ele pareceu ter dúvidas. Não era uma surpresa. Kassav também tinha suas dúvidas. Embora eles tivessem abatido uma boa quantidade de Proas-longas e Skywings, os Jedi por fim haviam se juntado ao combate, enviando aqueles malditos pequenos caças Vector. Mesmo assim, não importava. Jedi, como qualquer outro, também podiam morrer. Ninguém nunca disse que eles eram imortais.

Os Nihil, porém, estavam ficando sem cartas na manga, e a República ficava mais esperta, deixando às armas pesadas dos cruzadores realizarem a maior parte do trabalho. Era hora de partir. O que Kassav realmente precisava era de uma Trilha, mas as chances daquilo eram...

– Kassav! – Era Cara Molhada, com um novo tom em sua voz: esperança. – Estou com Marchion Ro no comunicador!

– Passe para mim! – gritou Kassav. – Canal privado!

A voz de Marchion Ro soou dentro da máscara de Kassav.

– Ei, Kassav – disse ele. – Está com algum problema aí?

Acho que você sabe que sim, pensou Kassav.

– Sim – disse ele. – Uma força-tarefa da República, um bando de Jedi e até algumas naves de Eriadu. Como algum tipo de emboscada. Sei que você quer aquele registro de voo, mas nós realmente precisamos de uma Trilha para dar o fora daqui. As coisas estão ficando bem feias, Marchion. Minha Tempestade inteira está em risco.

– Deveriam ser apenas alguns transportes – comentou Marchion Ro. – Não sei o que aconteceu. Vou arrumar uma Trilha. Apenas continuem lutando. Vou dizer algo para sua Tempestade, também. Como o Olho.

– Certo, ótimo, mas quanto tempo você acha que vai levar até mandar uma Trilha, porque...

A ligação foi interrompida. Kassav desejou poder voltar através da transmissão, não para fugir, mas para o único propósito de encontrar Marchion Ro: assassiná-lo da maneira mais selvagem possível.

Cara Molhada falou novamente:

– Outra transmissão do Olho. Todas as naves estão recebendo.

– Pode reproduzir – disse Kassav.

O punk de destroços, ainda retumbando através dos alto-falantes da ponte, diminuiu de volume automaticamente enquanto a voz de Marchion Ro ecoava pela *Nova Elite* e em todas as outras naves da frota dos Nihil.

– Eu sou o Olho dos Nihil, e vi a batalha que estão travando. Vi a República, tentando tomar sua liberdade, tentando tomar seus créditos duramente conquistados, tentando tomar seu modo de vida... eles querem vocês *mortos.* Apenas por viverem. Apenas por existirem. Apenas por seguirem uma trilha que não pertence a eles. Quem são *eles* para nos dizer como viver? Quem são *eles* para vir até o nosso território tentar nos matar? A República. Os *Jedi*. O que dá a eles esse *direito*?

Kassav olhou através da ponte. Dellex, Gravhan, Cara Molhada e todo o restante, todos pararam o que estavam fazendo e mantinham-se muito quietos, apenas escutando as palavras de Marchion Ro.

Ele teve um mau pressentimento súbito. Um pressentimento muito ruim.

– Não vou permitir que isso aconteça – disse Marchion Ro. – Tenho uma responsabilidade para com os Nihil, e com a liberdade na qual acreditamos tão profundamente. Eu sou o Olho, e eu lhes darei o que precisam para derrotar nossos inimigos. Aqui estão as Trilhas de Batalha, meus amigos, e com elas...

Uma pausa, respirações presas, e Kassav soube que cada um dos seus estava de prontidão, esperando, desesperado para ouvir o que Marchion diria a seguir.

– ... vocês não poderão perder.

A *Nova Elite* tremeu, todas as superfícies vibravam com uma nova estranha energia, até o próprio núcleo. Dellex gritou, olhando para suas telas.

– Kassav... o motor de Trilha... alguma coisa está acontecendo!

Sskeer voava como parte da Flutuação, a conexão com os Jedi ao seu redor fortalecida pelo que quer que fosse que Avar Kriss fazia na *Ataraxia*. E a conexão mais forte de todas era com Jora Malli, sua nave a estibordo, tão próxima que as pontas das asas quase se tocavam.

Os caças Vector ainda não tinham enfrentado o inimigo. Os Nihil estavam à frente, envolvidos em combates com as Proas-longas e os Skywings. Ao redor dele, sentia expectativa, os Jedi se preparando para o teste de combate.

Sua própria cabine estava banhada em luz verde, a cor da lâmina de seu sabre de luz. Tudo estava pronto. Ele iria defender, iria proteger, faria justiça. Era um Jedi, e...

Algo aconteceu.

As naves dos Nihil... se moveram. Se deslocaram. Todas elas, de uma única vez, estavam em um lugar e depois em outro. Não se moveram em unidade, mas em saltos e solavancos separados, desaparecendo e reaparecendo a distâncias variáveis de suas posições originais.

Aquilo aconteceu novamente, e não havia um motivo, não havia um padrão. Os Nihil apenas saíram de um lugar e então...

Uma impressão momentânea de algo grande, sólido, perto demais para ser evitado, aparecendo bem no meio da Flutuação, e então um impacto tão gigantesco que ele não conseguiu compreender. Um enorme lampejo, e sua percepção de muitos outros Jedi ao seu redor desapareceu. Algo bateu na cobertura de sua cabine e, através dela, um pedaço afiado de metal atingiu-lhe o ombro, atravessou seu corpo e alcançou o assento do piloto, rasgando seu braço na articulação.

Em meio ao choque, Sskeer pensou ter compreendido o que acontecera. De alguma maneira, os Nihil estavam entrando no hiperespaço e saindo dele, a distâncias impossivelmente curtas. Uma daquelas naves aparecera bem no meio da Flutuação, e a colisão que se seguiu causou uma onda de destruição e caos.

Sskeer uivou, não tanto pela dor ou mesmo pela perda do braço. Ele era um Trandoshano, por isso, com o tempo, o braço voltaria a crescer. Ele uivou por algo pior.

Um dos Jedi que ele não conseguia mais perceber... era Jora Malli.

CAPÍTULO TRINTA E NOVE

ELPHRONA. ÓRBITA BAIXA.

Loden arrancou com seu caça Vector para frente, afastando-se da nave dos Nihil desativada, encaixando seu sabre de luz contra o console de ativação, o sistema de armas se acendendo. Ele energizou os escudos, sabendo que não resistiriam a mais que uns poucos ataques da armada que de alguma forma aparecera do nada.

O truque, então, era não ser atingido.

– Indeera – chamou ele, analisando tanto a ameaça exibida em seu monitor quanto tudo que a Força lhe dizia sobre as intermináveis fileiras de Nihil que o cercavam.

Um breve momento se passou, o intervalo de uma espiração, como se a frota inimiga estivesse considerando a mesma decisão coletiva, e então as rajadas de blaster começaram. Por todo lado, uma cascata. Loden mergulhou, ziguezagueou e tentou se tornar o alvo mais difícil possível, sabendo que, com todos aqueles disparos feitos contra ele, tinha tanta chance de ser atingido por um Nihil excepcionalmente bom de mira quanto de acabar entrando no caminho de um tiro aleatório.

Parou de pensar sobre aquilo tudo e se entregou para a Força, deixando que ela guiasse seus movimentos. Pensar demais na situação apenas o faria atrapalhar seu próprio caminho. Mesmo que ainda não tivesse certeza, e ninguém jamais poderia ter, acreditava que não chegara sua hora de morrer.

Uma rajada de blaster fritou seus escudos frontais, e ele reavaliou. *Provavelmente não é a minha hora de morrer*, pensou ele.

– Estou aqui, Loden – disse Indeera. – O que está acontecendo?

– A frota dos Nihil saiu do hiperespaço, e eles não parecem estar muito felizes.

– Aqui? É impossível.

– Por favor, explique isso para eles.

– Você está bem?

– Por enquanto. Estou apenas me mantendo fora do caminho. Mas não vou poder fazer isso para sempre. Precisamos dar um jeito agora.

Uma breve pausa, e Indeera falou novamente:

– Não estão atirando nesta nave, nem em meu caça.

– Eu sei. Devem querer se assegurar de que a família sobreviva – disse Loden, fazendo alguns disparos com seus próprios canhões, causando a explosão de uma das naves inimigas menores.

– Quem são esses Blythe? Por que são tão valiosos?

– Isso importa?

– Não... mas só consigo levar um deles no meu caça, Loden. O pai quer que eu leve o filho primeiro, se conseguir tirá-lo daqui, mas não sei exatamente como vou passar pelos Nihil se não conseguir nem ao menos voltar para minha nave.

– Faça isso. Leve o filho. Vou cobrir sua retirada, depois pego o pai e sigo você de volta até Elphrona. A segurança planetária pode não querer agir contra uma única equipe de saqueadores, mas precisarão responder a uma frota invasora inteira.

– Certo. Mas Loden... como vai fazer isso?

Ele fez seu caça rodopiar, disparando novamente. Daquela vez, não acertou nenhum alvo, mas pelo menos continuava vivo, continuava lutando.

– Heh – disse ele. – Provavelmente vou apenas confiar na Força, ou algo do tipo.

Indeera não respondeu. Loden riu.

– Vai ficar tudo bem. Ou não, mas vou fazer o melhor possível. Faça-me um favor e deixe a câmara de descompressão externa aberta quando sair, Indeera.

– Parece que você tem um plano, na verdade.

– Eu não chamaria de plano. Está mais para cinco coisas impossíveis em sequência. Só vou tentar uma de cada vez.

Ele voou direto para a maior nave dos Nihil, escapando brevemente do fogo dos nove ou dez veículos menores que o perseguiam enquanto se expunha às rajadas de laser do cruzador. Mas era melhor um único agressor em vez de dez.

– Estou ficando sem tempo, Indeera. Precisamos resolver isso logo. Está pronta?

– Pronta – respondeu ela.

– Vá! – gritou Loden.

Ele acalmou sua respiração, alcançando a Força. Tirou as mãos dos controles da nave, deixando apenas as pontas dos dedos em contato com a superfície deles. Os caças Vector eram naves responsivas por definição, e aquele em particular era mais atento aos comandos do piloto do que a maioria. Ele uma vez ouvira seu Padawan, não, seu *antigo* Padawan – Bell logo seria um companheiro Cavaleiro Jedi – dizer à Brasa o nome da nave, quando achava que ninguém estava escutando.

Nova. Talvez Bell tivesse mantido aquilo em segredo por achar que pudesse ser bobo ou infantil. Loden achava belo. Desejou ter dito aquilo a Bell. Diria na próxima vez que o encontrasse.

Tudo bem, Nova, *hora de fazer jus ao seu nome*, pensou Loden.

Com as mãos, ele controlou a nave, e, com a Força, acionou suas armas e se moveu através do campo de batalha de um jeito que nenhum dos Nihil jamais vira, poderia antecipar ou ao qual, se Loden escolhesse atirar para matar, pudesse sobreviver.

A *Nova* era um jorro de fogo e laser, rodopiando através da batalha, cada disparo encontrando um alvo, cada movimento sendo útil para esquivar ou ajustar a mira.

Os agressores Nihil mudaram da postura ofensiva para algo semelhante a uma retirada desesperada, a esfera de naves que o cercava se tornando mais esparsa e difusa, tanto porque os veículos se afastavam uns dos outros quanto por seus números, que diminuíam de maneira constante. Apenas a nau almirante não se movia, defletindo os disparos do caça com os escudos.

Vagamente, seus sentidos lhe disseram que o caça Vector de Indeera aproveitara a oportunidade para se afastar da sombra da nave dos sequestradores e acelerar através de um espaço na fileira inimiga. Como ele suspeitara, o restante dos Nihil não o perseguiu. Sem dúvidas, estavam monitorando as comunicações entre Loden e Indeera, ou tinham acesso às câmeras internas da nave avariada. De qualquer modo, sabiam que Indeera levara o menino.

Eles não o queriam, no entanto. Por algum motivo, queriam o pai.

Era trabalho de Loden garantir que não o pegassem.

O Jedi sabia como entrar na embarcação dos sequestradores, mas não sabia muito bem o que fazer depois. Atravessar intacto tudo aquilo parecia... improvável. Na melhor das hipóteses.

Mas ele estava lutando contra uma enorme armada de saqueadores em um único caça por tempo o bastante para que sua colega escapasse, e conseguira. Ele daria um jeito.

Loden direcionou a nave para avançar direto até a embarcação avariada, onde estava o último dos Blythe.

Ele se aproximou, depois puxou os controles de forma brusca, reduzindo a velocidade do caça a quase zero, sentindo a força *g* pressioná-lo para frente.

Com uma série de movimentos rápidos assistidos pela Força, ele puxou o cabo do sabre de luz do console, a arma estava quente em sua mão, quase queimando, então acionou a liberação de emergência da cobertura da cabine, soltou as amarras de segurança e se lançou para frente, saindo da nave em direção ao espaço aberto.

Loden se direcionara perfeitamente. Quase perfeitamente. Ele de fato conseguira chegar até a câmara de descompressão da nave avariada, mas uma perna atingiu a borda da escotilha quando ele passou, e na velocidade em que se movia, aquilo fora como ser atingido por um martelo de duraço. Os ossos da perna estalaram e, por um momento, Loden não sentiu nada. Mas apenas por um momento.

E então, uma dor lancinante.

Ele atingiu com força a parte interna da câmara de descompressão, embora pelo menos aquilo ele antecipara e pudera se virar para suavizar um pouco o impacto. Bateu no painel de controle ao lado da escotilha, e a porta externa se fechou. A atmosfera começou a circular, o oxigênio correndo novamente para a minúscula câmara.

Loden aproveitou o momento para avaliar a perna quebrada. Ela estava torcida em um ângulo bizarro, e parecia que o osso se quebrara. Nada bom.

Do lado de fora da nave, através da escotilha, ele viu o lampejo de chamas e soube que se tratava de seu caça Vector sendo destruído pelas rajadas laser dos Nihil.

Adeus, Nova, pensou ele. *Você foi uma nave maravilhosa.*

Nada daquilo era inesperado. Bom, talvez a perna. Aquilo não era o ideal.

Loden se lembrou dos exercícios de controle da dor que conhecia e, embora percebesse em algum nível que estava em agonia, foi capaz de reprimir a dor e deixá-la de lado. O truque não duraria para sempre. Era impossível enganar o corpo indefinidamente. Mas, com sorte, aquilo o ajudaria a superar o que viesse a seguir.

Um ruído suave soou quando a atmosfera da câmara se igualou com a do interior da nave e a escotilha se abriu. Loden ficou de pé favorecendo a perna boa, nenhum exercício Jedi era tão poderoso a ponto de lhe permitir colocar um pouco de peso na outra, e se puxou para dentro.

A primeira coisa que viu foram os cadáveres. Vários, todos dos Nihil, com marcas que revelavam terem sido mortos por golpes de sabre de luz. Todos tinham blasters nas mãos. Indeera fora forçada a defender a si e aos reféns, e aquelas pessoas tinham causado a própria morte. O corpo da piloto também estava ali, a mulher sem máscara que Loden influenciara com o toque mental.

A segunda coisa que viu foi um homem com os olhos arregalados, segurando uma pistola blaster. Não parecia um dos Nihil. Parecia um minerador. O último Blythe.

– Você é o outro Jedi – constatou o homem.

– Você é o pai – disse Loden, com a voz um pouco abalada.

– Ottoh Blythe – informou o homem. – Antes de mais nada, obrigado por salvar minha família. Se houver qualquer coisa que eu possa fazer por você, é só...

– Já que mencionou, eu não me importaria de uma ajudinha com isso – disse Loden, apontando para a perna.

Ottoh olhou para o membro ferido, percebeu o que acontecera e assentiu. Enfiou a pistola blaster no cinto e foi até uma divisória, onde havia um contêiner quadrado de metal preso na parede. Ele o puxou para baixo e abriu, revelando um kit de primeiros socorros.

O homem pegou um injetor e o ergueu.

– Isso aqui não vai curar uma perna quebrada, mas vai deixar você esquecer que ela está quebrada. Pelo menos por um tempo.

– Sim, por favor – disse Loden.

Ottoh passou o injetor para Loden, que prontamente o pressionou contra a coxa e apertou o ativador. Após um leve *woosh*, a dor cessou imediatamente. Ele liberou a Força, guardando suas reservas para os desafios vindouros.

– Melhor? – perguntou Ottoh.

– Bom o bastante para nos tirar daqui.

– Destruíram sua nave – observou Ottoh. – Eu a vi explodindo através da janela de observação. Como vamos conseguir escapar?

– Nós *estamos* em uma nave – disse Loden. – E não estão disparando contra ela. Não querem matar você, o que significa que temos alguma vantagem. O primeiro passo é tentar negociar. Tenho alguns truques que posso tentar no comandante deles, e se funcionarem...

Um enorme baque, assustadoramente alto, e no mesmo instante algo novo apareceu no compartimento, junto deles. Era a extremidade dianteira de algum tipo de torpedo, afiado para perfurar a fuselagem da nave, o que de fato acontecera. Loden tentou empurrar o torpedo de volta para o espaço com a Força, mas se conteve, percebendo que não tinha certeza se a nave ainda estaria protegida contra o vácuo. Resolver um problema poderia causar outro, o que honestamente era bastante discutível já que a coisa ia explodir. Como ele pudera ter calculado tão mal? Ao menos salvaram três membros daquela família, e Indeera, Bell e Porter também tinham sobrevivido. Se a hora dele tivesse chegado, bem, então...

Aberturas de ventilação se abriram na ponta do torpedo e um gás sibilou para fora, cinza-azulado como fumaça ou uma nuvem de tempestade, preenchendo todo o compartimento em um instante. Os Jedi conseguiam segurar a respiração por um longo tempo, mas aquilo acontecera tão rápido que não sobrou tempo para tomar fôlego. Loden viu Ottoh Blythe cair de joelhos e tombar, com os olhos revirando e fechando. Pôde sentir a própria cabeça começando a girar.

Loden alcançou a Força, pensando novamente que, se apenas empurrasse o torpedo para fora, talvez pudesse expulsar o ar do compartimento e o veneno com ele. Sim, Ottoh e ele ficariam no vácuo, mas um problema de cada vez.

A Força, porém, saiu de seu alcance. Ele não conseguia pensar, não conseguia se concentrar.

Caiu para o lado, a agonia da perna quebrada clareando sua mente por um momento. Mas apenas por um momento. Não conseguia pensar. Sentiu-se estúpido e fraco.

A escotilha da câmara de descompressão se abriu, fazendo com que redemoinhos de ar passassem pelo compartimento, mas não o bastante para dissipar o gás. Apenas o suficiente para mexer um pouco dele, criando uma área limpa perto da câmara, e Loden viu os monstros entrarem na nave.

Os Nihil.

Lourna Dee entrou no compartimento, seguida de alguns de seus melhores Tormentas. Todos estavam mascarados, o acessório de cabeça cumprindo a função tripla de esconder as identidades, induzir o terror e, a mais importante, filtrar as toxinas nervosas. A substância era feita a partir de uma receita especial que ela encomendara de um envenenador em Nar Shaddaa, e jamais compartilhara com seus companheiros Executores. Uma garota deveria ter alguns segredos, afinal de contas.

A fumaça cinza espiralou, rompendo-se e unindo-se novamente, dando a ela vislumbres do Jedi e do Blythe, ambos caídos no chão, inconscientes.

Isso deve me deixar quite com Marchion Ro, pensou ela. *Missão cumprida.*

Lourna Dee imaginou como Kassav estaria se saindo no que estava fazendo, em sua própria missão, e se ele também teria se redimido.

Ela esperava que não.

– Levem os dois – disse ela.

CAPÍTULO QUARENTA

ESPAÇO PROFUNDO. NEBULOSA KUR.

– Como eles estão fazendo aquilo? – gritou o Almirante Kronara, observando as luzes verdes que representavam seus caças se apagando por todo o monitor tático. Luzes azuis também se apagavam, e elas representavam os Jedi.

As naves dos Nihil, todas menos a nau almirante, faziam algo incompreensível. Estavam desaparecendo e reaparecendo por todo o campo de batalha, alternando para fora e para dentro da existência. Os pilotos da República não conseguiam acompanhar, e os Nihil se aproveitavam daquilo, derrubando as Proas-longas e os Skywings um a um.

No entanto, aquilo não parecia totalmente controlado: às vezes, as naves dos Nihil acabavam aparecendo no caminho das naves da República ou dos Jedi... e até mesmo dos próprios companheiros. O resultado era o mais completo caos. Um caos explosivo e mortífero.

– Campos de camuflagem? – perguntou ele.

– Não parece ser isso, almirante – respondeu um dos oficiais da ponte. – Os escâneres indicam que estão entrando e saindo do hiperespaço. Saltos minúsculos, às vezes de apenas um quilômetro.

– Isso é impossível – disse Kronara.

O oficial não respondeu, uma escolha sábia. Estava óbvio que não era impossível. As malditas naves estavam fazendo aquilo bem ali, na frente de seus olhos.

Outra Proa-longa explodiu, e no mínimo três boas pessoas foram perdidas. Algumas daquelas naves carregavam até vinte e quatro delas.

Aquilo era... como seria possível lutar contra algo assim? Era como batalhar contra o caos. Como tentar derrotar uma... tempestade.

Na *Ataraxia*, Avar Kriss flutuava no ar, escutando a canção da Força. Tentava se concentrar apenas nas notas das naves dos Nihil enquanto elas entravam e saíam do hiperespaço, usando a tática bizarra com eficiência mortal. No entanto, os Nihil constituíam apenas uma camada na grande melodia da batalha, e uma difícil de isolar. Era agitada, em staccato, sumindo e voltando. Difícil de acompanhar.

Ela franziu o cenho.

O fato de sua mente zumbir com a ausência dos Jedi que eles tinham acabado de perder não ajudava em nada. A grande Jora Malli, mas tantos outros. Um acidente, impossível de se prever, mas que não diminuía a tragédia.

Ali.

Ali.

Ela conseguiu. A Força lhe mostrara a música dos Nihil, como eles voavam e lutavam. Avar ouvia com clareza, e aquilo significava não apenas que ela sabia o que estava acontecendo, mas também, em um pequeno grau, o que aconteceria.

Estendeu sua consciência até os Jedi que lutavam em seus caças Vector através da rede que criara, ajudando-os a ouvir o que ela ouvia, de modo que pudessem antecipar as posições onde as naves inimigas apareceriam e encerrar aquela luta de uma vez por todas.

Elzar Mann pilotava seu caça, mergulhando e costurando através da batalha, movendo-se de alvo em alvo, disparando conforme eles se apresentavam. A Flutuação se desmanchara depois que a colisão com a embarcação dos Nihil destruíra mais de dez dos caças Vector, e cada Jedi passou a buscar o próprio caminho no combate.

Avar estava lá, é claro, no fundo de sua mente, mantendo os Jedi unidos, ajudando e guiando como sempre fazia. Elzar não compreendia ao certo o que ela fazia, as informações que vinham dela eram difusas, mas ele estava acertando os alvos, cada disparo atingindo uma nave inimiga, geralmente assim que saíam do hiperespaço.

O que Avar fazia quase não importava. Ele apenas gostava de ter a amiga em sua mente.

Sentir os Nihil já não era algo tão atraente. Pareciam criaturas repletas de medo e raiva. Feras estranhas rastejando pelo leito do mar da Força onde todas as coisas nadavam.

Elzar Mann mergulhava fundo, caçando aquelas criaturas uma a uma. Era fantástico. Tão fáceis de encontrar. A raiva os tornava vulneráveis. Aquilo que eles achavam que os tornava fortes, perigosos... os tornara fracos.

Ele disparou mais uma vez, e outra nave inimiga se desfez. Atravessou a nuvem de destroços, já procurando o próximo alvo.

– Nós... estamos vencendo? – perguntou Dellex de sua estação de monitoramento, tentando acompanhar a ação incompreensível da batalha que se desenrolava no espaço ao redor da *Nova Elite*.

Kassav não tinha ideia de como responder àquela pergunta. As Trilhas de Batalha de Marchion Ro, o que quer que fossem, pareciam ter se apossado das naves de sua Tempestade através dos motores de Trilha, lançando-as para dentro e para fora do hiperespaço, fazendo um novo salto a cada poucos segundos. Embora tornassem quase impossível de as naves da República acertarem os alvos, ainda era incerto se ofereciam uma vantagem real. As poucas mensagens que recebera dos Raios e Nuvens envolvidos na batalha indicavam confusão, e até terror.

– Outra mensagem do Olho – informou Cara Molhada. – No seu canal privado, Kassav.

Marchion Ro, pensou Kassav. *Maldito Marchion Ro.*

Ele ativou o comunicador e não esperou Marchion começar a falar.

– *O que é isso?* – perguntou.

– Vitória – respondeu Marchion Ro. – Finalmente. A primeira de muitas.

– O que diabos isso significa?

– Você matou meu pai, não matou?

Kassav hesitou. Não muito, mas provavelmente o necessário.

– Do que você está falando, Marchion? Estamos morrendo aqui!

– Não tenho certeza se foi você – disse o Olho dos Nihil. – Mas escolhi acreditar que foi. E se não foi, bem, Lourna Dee e Pan Eyta... a hora deles vai chegar. Adeus, Kassav e obrigado. Você e sua Tempestade estão prestes a salvar os Nihil. Agradecemos o seu sacrifício.

A conexão se encerrou, e Kassav olhou através da janela de observação para a batalha. Viu o que estava acontecendo, assim como todos os demais na ponte.

– O que eles estão... fazendo? – perguntou Gravhan.

As naves da Tempestade de Kassav mudaram de tática mais uma vez. Não mais alternavam de um ponto a outro através de minúsculos saltos no hiperespaço; agora miravam contra as naves da República, saltando *em direção* a elas, colidindo diretamente, no caso das embarcações menores, e saltando contra as barreiras de escudos dos cruzadores maiores, impactando contra os cascos deles com enormes explosões de fogo e destroços.

– Desative o motor de Trilha! – gritou Kassav. – Agora!

A *Terceiro Horizonte* chacoalhou quando outra nave inimiga explodiu contra seu casco.

– Relatório de danos! – gritou o Almirante Kronara.

Aquele último agressor usara o mesmo truque de alguns outros antes dele, saindo da velocidade da luz dentro dos escudos da *Terceiro Horizonte*.

– Rupturas nos conveses três e quatro, mas em uma área não essencial, almirante. Temos equipes de emergência a caminho, mas nenhum sistema significativo será afetado.

Ele nunca vira nada como aquilo. Até onde sabia, os Nihil não eram fanáticos. Eram apenas saqueadores. O que os faria se matarem daquela maneira? Eles precisavam saber que a República, se possível, os levaria como prisioneiros. Nenhuma daquelas pessoas precisava morrer.

– Envie outra transmissão para a nau almirante – ordenou ele. – Reforce que vamos aceitar rendição e que todos serão tratados humanamente. Não há necessidade disso.

O que quer que tivesse imaginado que esta missão seria, não era aquilo. Aquilo era... um massacre.

A canção se tornara triste, e Avar Kriss não queria mais escutá-la. Pelo que percebia, os Nihil tinham se transformado em algo como pequenas criaturas selvagens presas em gaiolas, desesperadas para escapar, fazendo tudo o que podiam, mesmo que se ferissem.

Mesmo que se matassem.

Um terrível desperdício.

Eles ficaram insanos, pensou Kronara.

Apesar de sua profissão, ele realmente acreditava ser um homem pacífico. O clichê do militar, delirante na maioria dos casos, não se aplicava a ele. Kronara sabia que havia o momento da guerra, mas este deveria ser tão breve quanto possível, e não mais destrutivo do que o necessário.

Aqueles Nihil, no entanto... estavam lutando sem necessidade. Morrendo sem necessidade. Ataques suicidas... era difícil imaginar o que poderia levar seres inteligentes a utilizar tais táticas. Não havia muitos sobrando, em comparação com os números originais. Ele chamara a maioria dos caças de volta às suas naves de origem. Praticamente só os Jedi estavam lá fora, do lado da República. Os caças Vector, e seus pilotos, tinham a capacidade de manobra e os reflexos necessários para se manter fora do caminho dos microssaltos hiperespaciais dos Nihil.

A área ao redor da nebulosa estava repleta de nuvens de destroços que se expandiam lentamente. Um cemitério. A nau almirante inimiga era a única embarcação significativa restante, e até o momento não se mostrara inclinada a seguir as naves menores naqueles ataques destruidores.

São feras ensandecidas. Precisam ser derrubados.

Kronara odiava a ideia. Mas não pensava estar errado.

Como se fosse uma deixa, uma transmissão chegou até a ponte da *Terceiro Horizonte*. Uma voz fria, mas não sem emoção. Não, havia raiva por trás daquele tom de voz, mas uma raiva controlada, focada como uma broca de diamante.

A comandante da falange eriaduana. A Governadora Mural Veen.

– Almirante Kronara – disse a mulher. – Sabemos que a República assumiu a liderança nesta contenda, mas pediríamos a cortesia de tomar a nau almirante dos Nihil, levando em consideração a injustiça que aquelas criaturas levaram até nosso sistema.

– Claro, governadora – concordou ele. – Fique à vontade.

Ele nem precisou pensar sobre aquilo. Se o contingente eriaduano queria tentar um ataque de embarque contra o tipo de inimigo que os Nihil tinham provado ser, melhor para eles. Suspeitou que poderiam gostar, que encontrariam uma forma de equilibrar a balança.

E uma vez que tivessem subjugado a nave poderiam, talvez, obter algumas respostas. Deveria haver alguém em posição de poder na nau almirante dos Nihil. Havia tanto que a República não sabia sobre aquela organização, tanto que precisava desesperadamente saber.

As embarcações eriaduanas não hesitaram. Assim que a autorização foi dada, começaram a se lançar na direção da nau almirante, perfurando-a como as lanças que suas formas lembravam.

Certa vez, Kronara vira uma caçada a um reek, em Ylesia. Fora como aquilo. Não foi um grande ferimento que matou a enorme fera, mas muitos ataques pequenos que a fizeram sangrar, até o fim, quando a grande criatura simplesmente se deitou sobre o chão e morreu.

Cada ataque dos eriaduanos desativava um dos sistemas da nave inimiga.

Propulsão, estações de armas, escudos... um a um, eles caíram. A nave, mutilada, tornara-se apenas uma carcaça flutuando no vácuo.

Kronara observou enquanto a maior das naves de Eriadu se aproximou do veículo dos Nihil, morto, preparando-se para atracar e embarcar.

Não sentiu inveja de nenhum dos Nihil sobreviventes naquela embarcação. Nem um pouco.

Kassav se sentou na poltrona de comando na ponte de sua outrora bela nave. A música cessara, apenas estática saía dos alto-falantes naquele momento. A fumaça dos sistemas queimados tomava o convés, mas sua máscara filtrava o ar e lhe permitia enxergar.

Por exemplo, ele via o monitor de batalha, que mostrava que sua grande e poderosa frota se fora. Algumas poucas naves aqui e ali, ainda lutando corajosamente até o fim... mas só. O que restara não era Tempestade alguma, e certamente nenhuma labareda. Mal poderia ser um Raio, na verdade.

Marchion Ro e seu pai deram as Trilhas aos Nihil. Cada uma das naves era equipada com um motor de Trilha, conectado diretamente ao hiperpropulsor e aos sistemas de controle. Aquela máquina permitia que fizessem coisas incríveis, como pilotar ao longo de vias ocultas por trás do tecido do espaço, realizar feitos que nenhuma outra nave poderia igualar.

As Trilhas tornaram os Nihil fortes. E Kassav percebera tarde, tarde demais, que os motores de Trilha também os tornaram fracos. Marchion simplesmente... assumira o controle. Colocara as naves onde queria que estivessem. Kassav não sabia o motivo, sem dúvida vingança, e talvez algum jogo de poder, mas devia haver mais. As complexidades lhe escapavam. Honestamente, não importavam mais.

Ele ouviu sons de combate atrás de si e percebeu que logo o último dos milhares de tolos que decidiram seguir sua liderança estaria morto. Seus Tormentas, Gravhan, Dellex e Cara Molhada... todos mortos.

Kassav decidiu contar aos eriaduanos tudo o que sabia. Poderiam fazer um acordo. Ele era bom naquilo. Havia tanto que poderia contar, sobre Marchion Ro e os outros Nihil. Coisas que eles gostariam de saber.

– Você está no comando desta nave?

Kassav girou a poltrona para encarar os eriaduanos. Eles vestiam armaduras de batalha e se erguiam firmes. Kassav desejou ter escolhido um sistema diferente para tentar extorquir cinquenta milhões de créditos.

Havia diante dele uma mulher de cabelos grisalhos, esguia como uma lâmina, e Kassav percebeu que não poderia sobreviver àquilo. Não pela presença imponente da mulher, nem do blaster na mão dela, ou da armadura coberta de sangue à qual ela não prestava a mínima atenção.

Não, ele sabia que sua hora chegara porque reconheceu a voz da mulher. Se estivesse certo, nenhum acordo seria firmado ali. Sem chance. Mas precisava tentar.

– Posso ajudar vocês – disse ele. – Deveríamos conversar. Sério. Vamos fazer um acordo.

– Sei bem do que são feitos os seus acordos, Kassav Milliko – respondeu Mural Veen, governadora planetária de Eriadu, a mesma mulher para a qual ele fizera promessas que não cumprira, roubara, e...

Ela disparou.

O Almirante Kronara permaneceu em silêncio na ponte da *Terceiro Horizonte*. Nenhum dos outros tripulantes emitiu uma palavra.

Todos apenas assistiram enquanto a última nave dos Nihil, uma pequena embarcação de ataque de algum tipo, semelhante a um cargueiro de dimensões reduzidas remendado sem qualquer esperança real de causar estragos a um cruzador da República classe *Emissário*, se lançou na direção das baterias laser da *Terceiro Horizonte* e explodiu.

A luz verde da Nebulosa Kur iluminava o cenário de total destruição. Partes de naves estelares de todos os tamanhos flutuavam livremente através do campo de batalha. A maioria era dos Nihil, mas a força-tarefa da CDR sofrera perdas terríveis, principalmente quando esperavam encontrar não mais do que uma escaramuça contra um bando de saqueadores desorganizados. Os restos mortais dos dois cruzadores classe *Pacificador* e de suas tripulações também flutuavam ali, junto com muitas Proas-longas, Skywings e caças Vector. E claro, seus pilotos.

Se existia algum consolo, de fato um pequeno consolo, era que Kronara estava absolutamente certo, sem sombra de dúvidas, de que os Nihil constituíam uma ameaça que precisava chegar ao fim. Naquele momento... eles chegaram.

O que quer que os Nihil estivessem fazendo ali, o que quer que aquele grupo tivesse sido... estava acabado.

CAPÍTULO QUARENTA E UM

NÃO ESPAÇO. A *OLHAR ELÉTRICO*.

Lourna Dee olhou para o sabre de luz do Jedi. Era bonito, algo do tipo, mas só segurar a maldita coisa já a deixava nervosa. Diziam que era mágico.

Estou segurando uma espada mágica, pensou ela. *Que diabos está acontecendo?*

– Entregue para mim – disse Marchion Ro, estendendo a mão.

Ela entregou, feliz por se livrar do objeto. Marchion deu uma olhada na arma, depois começou a batê-la contra sua máscara, o olho bem no centro.

Toc.

Toc.

– Tem certeza de que quer fazer isso? – perguntou Lourna. – Quero dizer, se isso se ativar...

– Não vai.

Toc.

Estavam no compartimento de carga da *Olhar Elétrico*, para onde Lourna levara o último Blythe junto com o Jedi capturado.

Ela não sabia o nome de nenhum deles. Ambos continuavam inconscientes por causa do gás, o que fazia sentido. Ela não quisera se arriscar com a mágica do Jedi, e o dopou novamente na viagem de volta de Elphrona.

– Eles funcionam assim – disse Marchion, segurando o cabo.

Ele mexeu um dedo e a lâmina se ativou, chiando, iluminando o compartimento com um tom dourado.

Marchion a agitou no ar algumas vezes, como se a experimentasse, vendo como era a sensação, escutando a vibração, o zumbido que fazia.

– Vou ficar com isto – disse ele.

Lourna Dee deu um passo involuntário para trás, odiando-se por ter feito aquilo. Mas Marchion não era um Jedi. Ela não tinha certeza do que ele era. Sempre fora ousado, mas sabia seu lugar. Era o Olho, e nada mais.

Naquele momento... tudo estava diferente. Ele parecia, de alguma forma nova e completamente perturbadora, confiante. Como se tivesse mudado, crescido, se tornado maior do que era antes.

Ou, conforme ela começava a suspeitar, ele sempre fora daquele jeito, e apenas decidira esconder isso dela e dos outros Executores da Tempestade. Mas todos sabiam, não? Em algum nível profundo e instintivo.

Marchion Ro era um predador.

Ele girou, brandindo o sabre de luz com mais velocidade, em grandes e mortíferos gestos. Lourna recuou mais um passo. Não se importava se ele a julgasse covarde. Se a arma escorregasse da mão dele, podia acabar cortando-a ao meio com a maior facilidade.

– A Tempestade de Kassav encontrou uma armadilha montada pela República, Lourna Dee – disse Marchion Ro. – Uma enorme frota de guerra. Foi trágico. Todos morreram. O que você pensa sobre isso?

– Sobre Kassav?

– Sim.

Marchion brandiu a lâmina mais algumas vezes.

Lourna Dee ficou um longo tempo em silêncio antes de responder.

– Acho que seu espião no gabinete do Senador Noor lhe contou que a República já sabia para onde você tinha enviado Kassav. Acho que você sabia que aquela frota de batalha estaria esperando, e enviou ele e sua Tempestade para a morte. Então, o que acho... é que você matou um terço dos Nihil.

Marchion Ro parou de brandir o sabre de luz, terminando o movimento com a extremidade da lâmina apontada diretamente para Lourna.

– Veja só você, Lourna – disse ele. – Mais inteligente do que eu imaginava. A questão é... o que vai fazer agora?

A atenção de Lourna Dee voltava-se completamente para a ponta do sabre de luz, que pairava e zumbia a poucos centímetros de seu rosto.

– Você poderia partir, imagino – disse Marchion. – Mas a República tem todas as especificações daquela sua bela nave. O sinal do transmissor e tudo mais. Você teria que deixá-la para trás, e deu seu nome a ela. Deve ser difícil.

Levou um momento para ela compreender o significado das palavras que Marchion acabara de usar. Passou a olhar para o rosto mascarado, para a tempestade circular gravada nele. Sabia que, por trás da máscara, ele sorria. Conseguia escutar o sorriso na voz dele.

– A missão do registro de voo – disse ela. – Você deu as informações sobre a minha nave para a República. Foi assim que eles me encontraram. Por isso foram capazes de me atacar.

– Tecnicamente, Jeni Wataro deu as informações para eles... mas eu as enviei para ela.

– Você queria que eu falhasse. Por que, Marchion?

– A República precisava do registro de voo para descobrir onde mandar sua frota nos procurar. Se eles não o tivessem, eu não teria sido capaz de sacrificar a Tempestade de Kassav. Agora eles pensam que nos destruíram. Vão relaxar por um tempo. Vão parar de nos caçar.

Lourna Dee não se importava com a morte de Kassav. Nem um pouco. Mas a audácia do que Marchion Ro fizera, a maneira casual como ele enviara um terço da organização para a morte certa... quem era aquele homem?

– Você acha que vai funcionar? – perguntou ela, voltando a olhar para a lâmina do sabre de luz. Talvez ela conseguisse se jogar para trás e sacar o blaster a tempo. Talvez.

– Vai, Lourna Dee. Tenho tudo planejado.

Marchion desativou o sabre de luz, e ela fez uma prece silenciosa de alívio. Não que ele não pudesse ligar a coisa de novo. Ela sabia que continuava em extremo perigo. O que percebia, porém, era que sempre estivera, desde o momento em que Marchion Ro, e seu pai, por falar nisso, foram até os Nihil.

– Somos todos a República – disse ele, cuspindo as palavras. – Quer você goste ou não, hein?

Ele a encarou, e o olho no centro de sua máscara parecia brilhar.

– Nunca lhes contei muito sobre a minha família, e provavelmente nunca vou, mas eu vim de algo que tentei escapar. Esta nave fazia parte daquilo, na verdade, até que tudo deu errado. Meu pai e eu saímos. Trabalhamos duro e tínhamos um plano... para as Trilhas, para os Nihil... para todo tipo de coisas.

Ele apontou para a própria máscara.

– Seria sempre assim. Desde o dia em que eu nasci. Achei que tinha escapado, mas não. Não realmente.

Lourna Dee balançou a cabeça. Ela apenas...

– Não entendo por que você me enviou atrás do registro de voo, Marchion. Se queria que a República ficasse com ele, por que tive de ir atrás da maldita coisa?

– Para que sua Tempestade a visse falhando, Lourna Dee, e começasse a pensar sobre uma nova liderança – respondeu Marchion. – E para que você não tivesse para onde ir. Acho que vou precisar de você.

– Para *quê*?

Marchion Ro inclinou a cabeça, e ela soube que ele sorria de novo.

– Você vai descobrir – respondeu.

Ela precisava se afastar, para pensar. Sentia como se Marchion Ro a tivesse aprisionado em uma caixa, que ela mal conseguia compreender o formato. Era como o Grande Salão: as paredes eram invisíveis, mas não significava que não estavam ali.

– Olha, Marchion – disse Lourna. – Vou voltar para o meu pessoal. Eles têm algumas perguntas, como o porquê de eu ter enviado minha Tempestade inteira para resgatar uns poucos Raios e uma Nuvem. Pareceu exagero, sabia?

Ela apontou com o polegar para o minerador, o homem que capturara, o último membro da família que a Nuvem de Dent sequestrara. Ele continuava inconsciente, com pulsos e tornozelos presos em algemas, apoiado contra uma caixa no compartimento de carga.

– Tenho a sensação de que tem algo a ver com esse cara. Certo, tanto faz... não precisa me contar por que ele é tão valioso. Você mesmo pode se encarregar do resgate, se quiser. Não me importo com a Regra de Três. Fique com tudo. Talvez possa jogar um pouco dos lucros de volta para que eu possa distribuir entre os meus.

Marchion Ro caminhou pelo compartimento, o som das botas ecoando nas paredes de duraço.

– Esse cara? – disse ele, olhando para Ottoh Blythe.

Ele puxou o sabre de luz do cinto novamente, ativando e movendo a arma ao mesmo tempo. Um feixe dourado atravessou o homem, morto em um instante, dividido ao meio.

Um odor estranho preencheu o ambiente, e Lourna Dee quis se afastar daquele fedor particular o mais rápido possível, mas ficou congelada.

Marchion perdeu a cabeça, pensou ela. *Enlouqueceu completamente.*

– Não me importo com esse cara – disse ele. – Nunca me importei.

Marchion Ro agitou o sabre de luz, apontando a lâmina mais ou menos um metro para a esquerda, na direção da outra pessoa que Lourna Dee tirara da nave acima de Elphrona. O dono da arma que Marchion acabara de usar para assassinar alguém.

O Jedi Twi'lek de pele escura.

Ele estava amarrado com ainda mais firmeza do que o Blythe: algemas triplas, correntes, atordoantes e uma mordaça. Lourna Dee sentia-se grata, também, porque os olhos daquele homem não eram *nada amigáveis*. Ela ouvira várias histórias sobre os Jedi; todos já tinham ouvido. Não sabia quais delas eram verdadeiras, mas poderia confirmar que pelo menos uma delas era falsa. Evidentemente, os Jedi não conseguiam disparar raios mortais dos olhos, porque, se pudessem, Marchion Ro estaria morto.

Ela não conseguia acreditar que Marchion tomara a arma do homem e a usara para matar alguém bem na frente dele. Parecia desafiar o destino, mesmo com o Jedi todo amarrado. Era impossível saber do que eles eram capazes.

– Não dei Trilhas para seu pessoal ir fazer o serviço em Elphrona para me trazerem uma família de mineradores, Lourna Dee – disse Marchion Ro. – Eu as dei porque o planeta tinha um posto avançado Jedi. Imaginei que sua equipe teria uma pequena chance de conseguir me trazer um Jedi. Por que não tentar, não é mesmo? E eis que agora tenho um. O que é bom, porque um Jedi...

Ele desativou o sabre de luz, e o prendeu muito ostensivamente em seu cinto.

– ... era tudo o que eu precisava.

CAPÍTULO QUARENTA E DOIS

CORUSCANT.

A Chanceler Lina Soh refletia se a escolha que estava fazendo parecia certa, depois de tudo o que descobrira e perdera nas semanas anteriores. Em seu escritório em Coruscant, com Matari e Voru a seu lado, os três olhavam para a infinita paisagem urbana através da ampla janela atrás de sua mesa. Ela não fazia ideia do que os targons pensavam sobre o que viam, mas, para ela, o horizonte de Coruscant sempre pareceu a República em miniatura. Sempre em movimento, sempre mudando e evoluindo, infinitamente profundo, estranho e infinito. Naquele momento, o sol se punha, e as luzes surgiam nos prédios. Estrelas no céu. Mundos na República.

Sim. Ela estava tomando a decisão correta.

Lina se virou de costas para o planeta-cidade a fim de encarar as pessoas que chamara ao seu escritório, o grupo que encontrara na Praça do Monumento quando tudo aquilo começara. Um senador, um almirante, um secretário e, como sempre, Jedi. Em todas as ocasiões, os Jedi eram muito prestativos, resolviam todos os problemas que lhes eram atribuídos e muitos outros que não eram. Sem a assistência deles, não havia dúvidas de que o mistério da *Legacy Run* não teria sido desvendado de maneira tão rápida ou decisiva. Muitos deles tinham morrido tentando ajudar a República, incluindo a Mestra Jora Malli, que Lina sabia que se voluntariara para comandar o templo da Ordem na estação Farol da Luz Estelar. Eles se sacrificaram, lutaram e triunfaram, como sempre pareciam fazer. Ela amava os Jedi.

Às vezes, porém, se perguntava se eles eram úteis *demais*.

– Estou reabrindo a Orla Exterior – disse a Chanceler Soh.

Ela apontou para seu assistente, Norel Quo, cuja pele pálida exibia um tom alaranjado sob a luz do pôr do sol.

– Faça uma declaração nesse sentido imediatamente. O trânsito no hiperespaço naqueles territórios está autorizado de novo. Usarei ordens executivas para aliviar por um tempo a tributação naquelas rotas comerciais, também, o que vai ajudar a reparar qualquer dano econômico causado pela quarentena. No entanto, só por um ou dois meses, para incentivar os comerciantes a distribuir seus produtos rapidamente. Isso vai diminuir a escassez de recursos nos sistemas.

Lina deu uma olhada rápida para seu secretário de transportes.

– Vê algum problema nisso, Secretário Lorillia?

– Nenhum – respondeu ele. – O único potencial problema é a escassez de navidroides por causa da matriz de Keven Tarr em Hetzal, mas acho que todos concordamos que ela fez valer o gasto. Já pedi aos fabricantes que aumentem a produção. Talvez oferecer algum tipo de estímulo para eles, também, apenas até os níveis de estoque voltarem ao normal?

– Vamos pensar em algo. Mas essas são boas notícias. Falando em Tarr, sei que ele gerou um relatório sobre outros possíveis usos para a matriz dele, antes de partir para trabalhar com os San Tekka. Você o leu?

– Li, chanceler. Tem algumas ideias brilhantes ali. Podem revolucionar a viagem hiperespacial, e tem até aplicações no espaço real, se conseguirmos descobrir como fazer de um jeito que não precise de dezenas de milhares de droides raros e caros.

– Mantenha-me informada, Jeffo. Pode haver uma Grande Obra ali, em algum momento. E claro, tente encontrar uma maneira de agradecer a Keven Tarr. Uma medalha ou algo do tipo. Um cargo elevado em uma das Universidades da República, talvez. Um emprego, se encontrar algum que o mantenha interessado. Detesto pensar em perder uma mente como aquela para a indústria privada quando há tanto a ser feito na República.

– Vou pensar – disse o secretário.

Ela voltou a atenção para o Senador Noor, cuja face se iluminara no momento em que ela disse que reabriria a Orla Exterior e permanecera daquele jeito durante toda a conversa com o Secretário Lorillia.

– Izzet, como observação pessoal – disse Lina –, entendo quão desafiador tudo isso foi para os mundos que você representa. Agradeço a sua paciência e a deles. Espero que concorde que tudo o que fizemos foi necessário para a segurança e proteção da República.

Ele assentiu de modo sério e digno.

– É claro, chanceler. Nunca pensei o contrário.

Lina Soh aprendera a manter as emoções para si décadas antes, era nascida e criada na política. Por dentro, no entanto, seus olhos se reviraram tanto que pareciam encarar o pôr do sol sobre Coruscant através da janela atrás dela mais uma vez.

Noor se virou para sua assistente, postada atrás de seu assento com um datapad de prontidão.

– Também vou fazer um discurso, Wataro. Precisamos agradecer aos mundos pela paciência e deixá-los saber que a ameaça dos Nihil foi erradicada. Agende visitas, também. Penso em começar por Hetzal, Ab Dalis e Eriadu, os planetas mais atingidos pelas Emergências, e então partir para...

– Senador, se eu puder interrompê-lo.

O Almirante Kronara levantou a mão. O Senador Noor olhou para ele, sem esconder seu desgosto com o militar pela interrupção.

– Almirante – disse ele.

– Ainda não sabemos se os Nihil se foram.

– Li seu relatório, Kronara. Sua força-tarefa destruiu centenas de naves naquele combate. Você encontrou a frota inteira, e acabou com ela. Não houve um único saque desde então. Se isso não é evidência, não sei o que é.

– Senador, com todo o respeito, acho que você viu o que queria ver naquele relatório. Posso confirmar que destruímos uma força significativa dos Nihil. Mas, até agora, temos pouquíssima informação sobre as operações deles. Sabemos que possuíam capacidades hiperespaciais que não compreendemos, mas não sabemos como as obtiveram, quantos eram, onde estavam alocados, se tinham objetivos além de simplesmente saquear...

Ele deu de ombros.

– Diga o que quiser no seu discurso. Não é problema meu. Mas se os Nihil de fato não se foram, e começarem a atacar mundos na Orla Exterior, você vai parecer tolo se já tiver dito a seus eleitores que eles não têm nada com que se preocupar.

A Chanceler Soh apreciou muito daquele diálogo. O Senador Noor talvez tenha gostado um pouco menos. Ele se virou para sua assistente.

– Revise a escolha de palavras. Vamos apenas dizer que grandes passos foram dados para tornar os Territórios da Orla Exterior seguros e protegidos, e que esperamos paz e prosperidade nos meses e anos vindouros.

– Sabe o que mais pode mencionar, senador? – sugeriu a Chanceler Soh.

O senador ergueu uma sobrancelha.

– O Farol da Luz Estelar. Ele vai ser inaugurado a tempo. Acabei de receber um relatório de Shai Tennem. Se os Nihil de fato não tiverem sido erradicados, ou se qualquer outra coisa aparecer por lá, o Farol será de grande ajuda para lidar com esse tipo de problema.

E a projeção da autoridade da República que ele simboliza vai ser muito útil para facilitar a negociação dos tratados de paz entre os Quarren e os Mon Calamari, pensou ela, *e o próprio Farol vai servir como matriz de comunicações que ampliará a confiabilidade das transmissões através da região e será a peça-chave de toda a nova rede. Assim que as pessoas virem quão efetivo ele é, conseguir votos para autorizar outras estações como aquela será simples.*

Suas Grandes Obras, encaixando-se uma a uma.

A República não era um mundo. Era vários, cada um único de maneiras específicas e abrangentes. Resolver um problema inevitavelmente causaria outros. Havia conflitos culturais, históricos, econômicos e militares intratáveis entre os habitantes de todos aqueles planetas. Havia déspotas, agitadores, descontentes e outros inimigos menos fáceis de lidar: pragas e estranhas facções mágicas em mundos ocultos que acreditavam ter o dever de conquistar a galáxia e, sim, até mesmo anomalias no hiperespaço.

Mas aquela era a chave, e a Chanceler Soh acreditava naquilo com toda sua alma, e a tornara a pedra angular de seu governo: aqueles problemas não poderiam ser resolvidos individualmente. Era até ridículo tentar. Era possível, no entanto, fazer com que os vários povos daquela grande era da República Galáctica se enxergassem como pessoas. Como irmãos, irmãs, primos e amigos, ou, no mínimo, apenas como colegas no objetivo comum de construir uma galáxia que acolhesse a todos, escutasse a todos e fizesse o possível para evitar machucar alguém. Que de fato tentasse fazer o melhor.

Se aquilo fosse feito, os problemas não precisariam ser resolvidos. Muitos se resolveriam sozinhos, uma vez que as pessoas acreditariam mais na República do que em seus próprios objetivos, e estariam abertas à palavra mágica: compromisso.

Aquele dia maravilhoso ainda não chegara, não totalmente, e talvez nunca chegasse. Mas ela trabalharia por ele a cada hora e a cada dia que mantivesse seu gabinete. Tudo o que queria, na verdade, era que quatro palavras vivessem além de seu mandato, mesmo depois de sua morte. As palavras que já tinham se tornado emblemáticas de suas Grandes Obras e de tanto mais. Cada vez que as escutava, seu coração se aquecia. Aquele era o objetivo. Uma ideia. Um sentimento.

Ela poderia fazer aquilo. Todos poderiam.

A Chanceler Soh sabia que era verdade. Quatro palavras.

Somos todos a República.

CAPÍTULO QUARENTA E TRÊS

NÃO ESPAÇO. O GRANDE SALÃO DOS NIHIL.

Os Nihil estavam reunidos, uma hoste de alguns milhares de indivíduos, mascarados e aterrorizantes. Eles assistiam em silêncio.

O espaço acima do Grande Salão era um escudo de energia em formato de domo, que protegia a plataforma contra o vácuo do Não Espaço. Normalmente era invisível. Naquele momento, porém, droides de comunicação projetavam imagens ao longo dele.

– *Pelos Nihil* – soou a voz de Kassav, alta e feroz.

– *Pela tempestade!* – soou o brado em resposta, composto das vozes de mil pessoas, já todas mortas.

A Batalha de Kur começou, exibida em uma série de imagens que variavam entre monitores táticos, pontos de vista das câmeras das naves e tomadas mais amplas construídas pelos algoritmos de processamento dos droides de comunicação. Os Nihil assistiam, assim como Marchion Ro em uma mesa elevada numa das extremidades do salão, com Lourna Dee e Pan Eyta a seu lado. Um assento da mesa permanecia vago, para aquele que estava perdido.

O Olho e os Executores da Tempestade vestiam suas máscaras, mas a de Marchion era nova. Ornamentada, com sinais de uma coroa e a supertempestade inscrita dentro de um círculo vermelho brilhante, como o sinistro olhar de uma fera. As roupas de Ro também tinham mudado. Ele usava um pesado casaco de peles, surrado e esfarrapado em alguns pontos. Mas a veste passava a impressão de ter história, de batalhas travadas e vencidas. E deveria mesmo, era o manto de Asgar Ro.

– Kassav acreditava estar guiando seus homens para nos salvar, nos proteger, para evitar que a República descobrisse nossos segredos – disse o Olho dos Nihil. – Era uma armadilha, uma mentira. Vocês estão vendo como eles os perseguiram. A República e os Jedi caçaram a Tempestade de Kassav como se fossem pragas.

Murmúrios atravessaram a multidão enquanto os Nihil acompanhavam a destruição de nave atrás de nave pelos agressores da República, todas voando sob o mesmo símbolo que usavam em suas máscaras, roupas e corpos.

– Mas vejam – disse Marchion Ro, apontando para a batalha que acontecia sobre eles. – Vejam o que Kassav e seus seguidores fizeram.

– *Mostrem a eles quem somos!* – soou mais uma vez a voz de Kassav, e a fase seguinte da luta começou conforme os Nihil passavam a usar táticas novas e agressivas: bombas de radiação, lodo de rejeitos tóxicos e cápsulas de fuga explosivas.

– Nossas irmãs e irmãos se recusaram a lutar do jeito que a República queria que lutassem – disse Marchion Ro. – Lutaram como os *Nihil*.

Um rugido de aprovação elevou-se da multidão. Não o bastante para chacoalhar o Grande Salão, ainda existia muita incerteza para aquilo... mas foi um começo.

Os Jedi entraram na luta, e mais uma vez a maré da batalha pareceu virar contra os Nihil, enquanto os caças Vector atravessavam o campo de batalha, lançando-se e disparando seus canhões.

Outra voz ecoou acima do Grande Salão, daquela vez a de Marchion Ro.

– *Eu sou o Olho, e eu lhes darei o que precisam para derrotar nossos inimigos. Aqui estão as Trilhas de Batalha, meus amigos, e com elas... vocês não poderão perder.*

A maré da batalha tornou a virar. As naves da Tempestade de Kassav começaram a saltar de um ponto a outro, impossíveis de serem atingidas, derrubando Skywings, Proas-longas e caças Vector. O delírio tomou a multidão que observava. Aquilo era algo novo. Algo poderoso.

– Sim – disse Marchion Ro. – As Trilhas nos tornam fortes, mas os números de Kassav eram baixos demais e, mesmo com os presentes que lhes dei, havia muito pouco que pudessem fazer. Mas vejam o que fizeram. *Vejam o que ele e sua Tempestade fizeram.*

As naves dos Nihil começaram a colidir com as embarcações da República, explodindo, causando danos horrendos mesmo ao custo de suas próprias vidas. Naquele momento, os espectadores se alarmaram.

– Eu não esperava por isso – disse Marchion Ro. – Não sei se foram ordens de Kassav ou se seus companheiros simplesmente decidiram que estavam cansados de ter suas liberdades tomadas, de ouvir a República lhes dizendo o que fazer, achando que pode tomar o controle dos nossos planetas e matar os nossos e... bem.

Ele apontou para a apresentação.

– Há um ponto onde todos os seres se quebram, e escolhem entre a liberdade e a tirania. Os seguidores de Kassav fizeram aquilo por eles mesmos. Pelos próximos. E por nós.

Houve um completo silêncio. Marchion gesticulou mais uma vez e a batalha congelou.

– Nós somos os Nihil – disse ele.

Algumas poucas comemorações, que logo se silenciaram.

– Eu sou o Olho, Marchion Ro – continuou ele. – Eu sou os Nihil. Assim como... – disse ele, estendendo as mãos para os seus – ... todos vocês.

Este é o momento, pensou Marchion Ro. *Mais um passo na trilha.*

– Kassav e seus seguidores morreram, para que continuássemos livres. Mas aquela luta ainda não terminou. A República virá até nós. E os Jedi. Não somos mais Tempestades, Tormentas, Nuvens e Raios. Somos uma *única* coisa.

Marchion Ro levou as mãos até o rosto e removeu a máscara. Ficou ali, olhando para milhares de rostos. Sua ferramenta. Sua arma. Seu *exército*.

– Somos todos os Nihil – afirmou.

Por todo o salão, mais máscaras eram removidas. No início, apenas algumas poucas, mas então uma enxurrada daquelas coisas pesadas sendo largadas no chão com baques estridentes.

Marchion Ro permitiu que seu olhar passasse por todos eles, observando a ansiedade, a compreensão.

Olhou para Pan Eyta e Lourna Dee. Ambos ainda de máscaras.

– Agora – disse ele, calmamente.

Eles se entreolharam. Marchion imaginou se seriam facas, ou se aqueles dois continuariam a viver. Tinha esperanças na última opção. Havia muito trabalho a fazer.

Lentamente, os dois Executores da Tempestade restantes removeram as máscaras. Pan Eyta ficou parado, rígido, com sua enorme cabeça sem demonstrar expressões. Não que Marchion fosse muito bom em ler as expressões de Dowutinos. Lourna Dee fingiu indiferença, balançando seus lekku.

Marchion Ro virou-se novamente para os Nihil que aguardavam. Com um floreio, ergueu a máscara para o ar.

– Por Kassav! – gritou ele, e daquela vez houve uma aclamação em resposta, um som torrencial, uma liberação de tensão e ansiedade. Eles achavam que tudo ficaria bem.

Nenhum deles jamais vira o rosto do Olho antes. Não importava que vissem naquele momento. Nenhum deles sabia quem ele era. Ele também não era Marchion Ro. Seu nome era... não importava. Seu lugar de origem não importava, além das lições que lhe ensinara, e das poucas ferramentas que roubara quando partiu.

Marchion Ro abaixou a máscara, e, enquanto o fazia, um grupo de pequenos droides serviçais se levantou de trás da plataforma, cada um, com seus braços atuadores, segurando uma tigela de metal.

Todos os droides flutuaram acima da reunião, exceto um, que parou próximo de Marchion.

– Kassav, assim como sua Tempestade, se sacrificou para proteger o modo de vida dos Nihil – disse Marchion. – Ele nos mostrou o caminho. O que quer que tenhamos sido, nossa riqueza, nosso poder... está apenas começando. Sabem por quê? Deixem-me mostrar a vocês.

Com mais um toque em um controle no seu cinto, a tela projetada pelos droides de comunicação mudou. Deixou de ser uma imagem congelada dos momentos finais da Batalha de Kur e passou a exibir uma bela e complexa imagem da galáxia em toda sua amplitude e esplendor, uma espiral girando lentamente e repleta de incontáveis mundos, riquezas e oportunidades.

– A galáxia. Mas, quando olho para ela, não vejo apenas estrelas e planetas. Vejo... uma tempestade.

A imagem começou a rodar mais rápido, parecendo um enorme sistema climático, um furacão girando ao redor de um olho central.

– Somos todos os Nihil... não apenas pilotamos a tempestade. Nós somos a tempestade.

A compreensão começava a despontar em todos aqueles rostos. Um maravilhamento, até.

– Agora seremos *donos* da tempestade – gritou Marchion. – Nós nos mantivemos na Orla Exterior, não queríamos atrair muita atenção, não queríamos estragar algo bom. Isso acabou. Vamos o mais longe possível, e vamos *tomar tudo o que quisermos*.

Marchion apontou para a tempestade que girava acima de todos.

– Os Nihil vão se espalhar por *toda a galáxia*.

Outra comemoração, sem hesitação.

Marchion Ro começou a andar de um lado ao outro da plataforma, apontando para alguns dos Nihil enquanto falava, destacando-os, observando-os sorrir quando eram notados, enquanto os colegas olhavam com inveja.

– Tenho um arquivo de Trilhas que nos levará para toda a galáxia – disse Marchion. – Podemos ir a qualquer lugar que quisermos, tomar o que quisermos. Lina Soh e sua República junto com os Jedi tentaram nos destruir, mas o sacrifício de Kassav nos ganhou tempo. É hora de construir, planejar e aumentar nossas fileiras. Chegará o dia em que ensinaremos à República que não podemos ser destruídos. Eles terão medo dos Nihil. E, se tentarem tomar nossa liberdade mais uma vez, vamos destruí-los.

Marchion estendeu a mão para o droide serviçal que pairava por perto e mergulhou os dedos na tigela que ele segurava. Os dedos saíram vermelhos.

– Pelo sangue daquele que deu tudo por nós... Kassav.

Marchion ergueu três dedos e os arrastou sobre o rosto em linhas dentadas. Raios. Sangue.

O droide serviçal flutuou na direção da multidão, e Marchion viu os Nihil repetindo seu gesto, pegando o sangue e desenhando três linhas dentadas no rosto.

Marchion Ro não sabia se algum deles estava curioso sobre a procedência de todo aquele sangue, ou de onde ele fora obtido se Kassav morrera em algum lugar do espaço... mas aquilo não importava. O que importava era que eles nunca fariam tais perguntas, porque dúvida poderia ser percebida como fraqueza, e os Nihil permaneciam fortes ao eliminar o que era fraco.

Ela gira e gira, pensou ele, olhando para a galáxia, encarando a tempestade.

– Vão – disse Marchion Ro. – Tragam-me mais Nihil, tantos quanto puderem...

Ele sorriu.

– ... e eu lhes darei tudo.

Mari San Tekka estava dormindo. Ela parecia em paz, envolvida em um casulo de fios, braços atuadores e sistemas de monitoramento, todo o equipamento de que a cápsula médica precisava para manter a anciã viva.

– Descanse, minha querida – disse Marchion Ro, colocando a palma da mão aberta sobre a cápsula, sentindo o calor que emanava da máquina. – Você tem muito trabalho a fazer.

Ela parecia um feto, minúscula e enrugada, de lado, as mãos enroladas contra o peito. Toda a cápsula era como um útero ao contrário, embora ele não tivesse certeza se havia, na galáxia, outro humano mais distante de um útero do que aquela mulher.

Marchion dissera a verdade aos Nihil. Ele tinha um arquivo de Trilhas, milhares delas. Mari passara décadas mapeando rotas ocultas por toda a galáxia, e Marchion as armazenara em um banco de dados, podendo ser acessadas livremente. Os Nihil poderiam aparecer em qualquer lugar que ele quisesse, até mesmo sobre o palácio da Chanceler Soh.

Marchion perguntou-se quanto tempo Mari duraria. Tempo o bastante, pensou.

Ele encontrara um fornecedor da nova droga milagrosa, bacta, que provavelmente ajudaria. A droga veio de um planeta no sistema Hetzal, o que o fez rir. Ele quase destruíra aquele planeta.

Marchion Ro se afastou da idosa adormecida. Deixou a câmara e desceu três conveses em sua nau almirante. Caminhou através de belos corredores em arco, por amplas galerias, onde se pregavam sermões e se erigiam sonhos, onde famílias trabalhavam, planejavam e imaginavam um jeito melhor de viver.

Até que aquilo acabou.

A *Olhar Elétrico* estava vazia. Assombrada.

Por fim, após uma longa caminhada pela enorme nave, Marchion Ro chegou a uma área que transmitia uma sensação muito diferente da sala tranquila e suavemente iluminada onde Mari San Tekka passava seus intermináveis anos.

Ali, as luzes estavam fortes. As quinas eram afiadas. Tudo era refletor. Não havia nenhum lugar que se pudesse observar em troca de paz, nem mesmo fechar os olhos faria algo contra a luz forte.

As paredes eram de metal, assim como o chão. Oito celas. Sete prisioneiros detidos entregues a ele por Pan Eyta. Pessoas sem importância, arrancadas de um transporte de passageiros com destino a Travnin. Indivíduos comuns que sem dúvida não mereciam estar presos na nau almirante do Olho dos Nihil.

Uma pena. Viver raramente se tratava de merecimento.

Sete das celas ocupadas eram conectadas ao sistema elétrico da nave e programadas para dar choque em seus prisioneiros em intervalos e níveis de intensidade aleatórios. Entre os choques e as luzes, era impossível dormir. Ser aprisionado em uma cela no convés da prisão da *Olhar Elétrico* significava raiva, dor, medo e, por fim, loucura.

Tudo aquilo projetado especificamente contra o homem que ocupava a oitava cela.

O Jedi.

Marchion Ro caminhou, passando pelos pobres infelizes em suas câmaras de tortura, chegando até a última. O Jedi levantou o rosto com o olhar sereno, mas seus olhos estavam cansados. Ele poderia agir com a serenidade que quisesse, mas a turbulência emocional que deveria estar sentindo nos outros prisioneiros claramente surtia o efeito pretendido. O oitavo prisioneiro também deveria estar com dor. Uma de suas pernas mostrava uma fratura grave, e Marchion não deixara nenhuma das instalações médicas de alta tecnologia, apenas alguns conveses acima, à disposição do homem.

O Twi'lek se moveu rapidamente, erguendo uma mão com dois dedos esticados e falando uma única frase.

– Você vai libertar a todos nós – disse ele.

Marchion sentiu a pressão das intenções do Jedi tomando sua mente. Ele *queria* fazer o que o Twi'lek pediu. Por que não faria?

Porque ele era Marchion Ro.

Ele sorriu.

– Isto não vai acontecer, Jedi – disse. – Minha família sabia tudo sobre os seus. Me contaram sobre o que vocês podem fazer e como resistir.

Ele gesticulou vagamente na direção das outras celas.

– Eles também não vão a lugar algum. Se morrerem, eu simplesmente trarei mais. A função deles é preencher todo o convés de dor, raiva e medo. Torna difícil para você pensar, não? Difícil para acessar a Força.

Marchion apoiou as costas contra uma parede próxima e cruzou os braços.

– Minha avó me explicou como fazer; ela aprendeu com a avó dela. Não se aprisiona um Jedi com barras. Isso é feito com a dor. Nunca tive a chance de tentar, mas parece que está funcionando bem o bastante.

Um dos outros prisioneiros gemeu. Faltava-lhe energia até para gritar, pensou Marchion. O Jedi não olhou. Seus olhos nunca deixavam o rosto de Marchion Ro.

– Qual é o seu nome? – perguntou ele. – Não quero ficar chamando você de Jedi.

– Loden Greatstorm – respondeu o Jedi.

– Loden... *Greatstorm*? – disse ele. – Pela Trilha, é perfeito demais. É um verdadeiro prazer conhecê-lo, meu amigo. Acredito que vamos realizar feitos maravilhosos juntos.

– Que feitos? – perguntou Loden. – Por que está fazendo isso?

Marchion riu.

– Você quer saber meu grande plano, Jedi? Não faço essas coisas. Planos podem falhar, a qualquer momento durante o caminho. Tenho um objetivo, e objetivos podem ser alcançados por diversas maneiras. Contanto que se chegue onde deseja no fim, as estradas percorridas não importam. São todas a mesma trilha.

– Seu objetivo, então – disse o Jedi.

Marchion pensou por um momento, escolhendo as palavras.

– Quando meu pai morreu, herdei uma organização falida e anárquica. Os Nihil tinham poder, mas muito dele era desperdiçado em brigas internas. Eles nunca poderiam alcançar todo seu potencial, e deveriam, se fossem se tornar a arma que eu precisava. Meu pai tentou mudar as coisas, mas falhou e acabou sendo assassinado.

Outro gemido veio de uma das câmaras de tortura. Marchion presumiu que o ciclo de choques começara novamente.

– Eu quase não quis nem ao menos tentar. Durante um longo tempo, apenas permaneci no mesmo papel que ele desempenhava: o Olho dos Nihil, guardião das Trilhas. Fiquei rico dessa maneira. As coisas iam bem. E então... quem chegou?

Os olhos do Jedi se estreitaram. Marchion gargalhou.

– Oh, não você especificamente, Loden Greatstorm. Quero dizer a República, construindo seu Farol da Luz Estelar no meu território. Invadindo, tomando posse, com todas as regras e leis e a visão particular de liberdade que não é nem um pouco livre. E vocês Jedi sempre atrás, completamente convencidos de que cada ação que tomam é sempre correta e boa. Minha família aprendeu isso a um alto custo, há muito tempo.

– Mas nos encontramos antes – disse o Jedi. – De certo modo.

Seu rosto estava muito, muito frio, sua pele verde-escura parecendo absorver as luzes fortes do convés da prisão.

– Reconheço a sua voz – disse Loden.

Marchion sorriu.

– Não quero me envolver. Mas tem uma família dona de um lote, a cerca de trinta quilômetros a sudeste da cidade – disse ele, a voz subitamente ansiosa e afetada. – Pai, mãe e duas crianças. Você precisa resgatá-los, Jedi, você precisa!

Marchion Ro foi arremessado para trás, atingindo a parede com força. Sua cabeça se chocou contra o duraço. Nada o tocara, mas ele sabia que fora obra do Jedi.

Loden tombou para trás, o esforço de usar a Força claramente o deixara exaurido.

– Não foi o suficiente – disse Marchion, tocando a própria nuca com cuidado. – Tente isso de novo e matarei um dos prisioneiros.

O Jedi não respondeu.

– Como disse, muitas trilhas, um objetivo. Hetzal também foi obra minha. Enviei uma das minhas naves para interceptar a *Legacy Run*. Uma nave Tormenta. Eles não faziam ideia. Tudo o que eu precisava era de um acidente, um desastre, algo que colocasse os Nihil no radar da República.

– Por que você faria algo assim? – perguntou Loden.

– Tudo e todos são ferramentas – respondeu Marchion Ro. – Uso cada uma delas conforme a minha necessidade.

Ele sorriu. Era o sorriso de um predador... embora aquele Jedi também fosse perigoso, e ele não podia se permitir esquecer daquilo. Sua família confiara nos Jedi uma vez, e aquilo lhes custara tudo.

– Eles virão atrás de mim – disse Loden Greatstorm. – Minha Ordem. E se eu estiver morto...

O Jedi ergueu a cabeça, e um pequeno sorriso se formou nos cantos de sua boca.

– ... irão atrás de você.

Marchion Ro colocou a mão dentro da túnica e puxou um objeto de pedra e metal, um bastão, com três palmos de comprimento, entalhado e gravado com símbolos: rostos gritando, fogo, correntes. Parecia ter sido derretido uma vez e forjado novamente. Quando sua mão tocou o objeto, ele começou a brilhar, com uma cor púrpura doentia que, de alguma forma, se sobrepôs à luz brilhante do convés da prisão.

Aquele objeto era tão culpado pelo que acontecera a seus ancestrais quanto os Jedi, mas a história era antiga e estes eram novos tempos. Ele poderia realizar o que seus antepassados não puderam.

O bastão esquentou em sua mão. Parecia quase vivo, respirando. Marchion o mostrou a Loden, cujos olhos se estreitaram. Sob a luz púrpura emitida pelo objeto, o rosto do Jedi parecia estranho. Morto.

– Não estou preocupado com a sua Ordem. Se eles acreditarem que podem me levar...

Ele sorriu para o tal Loden Greatstorm, tão corajoso, o perfeito Cavaleiro Jedi. Tão destemido.

– ... que venham.

CAPÍTULO QUARENTA E QUATRO

O FAROL DA LUZ ESTELAR.

A estação era uma maravilha, reluzindo no vácuo, uma pedra preciosa intrincada brilhando no espaço, uma das maiores estruturas extraplanetárias já feitas. Sua construção fora onerosa até mesmo para os recursos infindáveis da República Galáctica, mas aquele era o sentido. Mesmo os Territórios da Orla Exterior mereciam o melhor da República.

Somos todos a República.

Aquele era o Farol da Luz Estelar e estava finalmente concluído. Nem um dia adiantado, nem um dia atrasado. Fora projetado para servir a muitos propósitos, para atender a diversas necessidades dos muitos cidadãos da República naquela região.

Talvez duas culturas precisassem de um território neutro onde pudessem negociar uma disputa. O Farol serviria a esse propósito. Ou se tal disputa se acirrasse e ameaçasse transformar as palavras em uma guerra, o Farol era uma base militar, com um forte contingente de tropas de paz com uma equipe rotativa dos mundos da Coalizão de Defesa da República. Sua superestrutura era dezenove por cento triazurita, um mineral raro que amplificava os sinais das transmissões, permitindo-lhe atuar como uma gigantesca estação de retransmissão para proporcionar comunicações melhores e mais rápidas entre as pessoas da Orla Exterior. Era um hospital, um observatório, uma estação de pesquisa, um mercado movimentado, com comércio de mercadorias de toda a Orla e além.

O Farol da Luz Estelar era aberto a todos os cidadãos, construído para lhes permitir toda a grande e diversa experiência da República. De concertos de cordas murmurantes dos mestres Chadra-Fan a danças oceânicas dos Mon Calamari, passando por módulos exibindo a flora e a fauna de mundos que iam de Kashyyyk a Kooriva... aquela *era* a República, e as exibições mudavam e eram constantemente atualizadas para oferecer uma experiência de fato representativa.

E, é claro, não havia República sem Jedi. O Farol da Luz Estelar abrigava o maior templo fora de Coruscant, que serviria como centro para atividades da Ordem na Orla Exterior e além. Projetado pelo renomado arquiteto Jedi Palo Hidalla e ocupado por alguns dos membros mais experientes da Ordem, o templo da Luz Estelar oferecia tudo o que os jovens alunos, Padawans, Cavaleiros e Mestres Jedi poderiam precisar para servir às pessoas e à Força.

O setor Jedi carecia de um líder, depois da trágica perda da Mestra Jora Malli na batalha contra os Nihil... mas aquilo talvez também pudesse ser abordado.

Luminares de toda a galáxia chegaram para marcar presença na inauguração da estação. A *Terceiro Horizonte*, heroica nave de tantos eventos de relevância galáctica, já estava atracada e seus passageiros desembarcados. Ali também se encontrava o cruzador Jedi *Ataraxia*, permanentemente destacado para o Farol como meio de transporte da Ordem. Ela reunira Jedi de Coruscant e além, levando-os para a estação com o intuito de testemunhar o grande momento que mudaria a galáxia para sempre.

Os visitantes desembarcaram, todos trajados para a cerimônia e celebração. Os Jedi com seus cinturões azul-celestes, vermelhos e púrpuras pendurados sobre as túnicas brancas e douradas, com o símbolo da Ordem brilhando, a luz nascente da Força. Os diplomatas da República, os guerreiros e líderes da cultura e da indústria, vestindo os trajes que melhor refletiam a ocasião, um espetáculo de tagarelice e pompa agradável.

A equipe do Farol os levava em grupos para demonstrar os muitos atributos da estação, e tanto o rosto dos guias quanto o dos visitantes estavam repletos de orgulho e otimismo.

Bell Zettifar viera de Elphrona, junto de Indeera Stokes e Porter Engle. Os membros sobreviventes da família Blythe também foram convidados para aquele evento, mas recusaram, preferindo retornar para seus parentes em Alderaan.

Bell sentia-se perdido. Ele não entendeu o que acontecera, como seu mestre podia estar com ele em um instante e, no momento seguinte... não. Indeera, que o tomara como seu Padawan até que outro acordo fosse feito, acreditava que Loden estava morto. Bell não. Tecnicamente, ele poderia fazer os votos para se tornar um Cavaleiro lá em Coruscant, mas não conseguia tolerar a ideia. Loden Greatstorm deveria presidir a cerimônia, como era correto e adequado. Mas e agora?

Brasa andava ao lado de Bell. Talvez aquilo fosse um tanto não convencional, mas quem diria ao Padawan que ele deveria ficar ainda mais solitário?

Porter Engle caminhava junto ao grupo, em silêncio, e parecia mal notar as maravilhas do Farol da Luz Estelar. Lembrava-se de como foi se sentir mais uma vez como a Lâmina de Bardotta, e relembrava por que escolhera nunca mais ser aquela pessoa.

Indeera pensava sobre cada decisão que tomara durante a tentativa de resgate em Elphrona, e imaginava se algum outro caminho teria possibilitado salvar Loden e Ottoh Blythe. Ela não sabia, e nunca saberia.

Liderados por outro guia com um grupo diferente, Stellan Gios, Avar Kriss e Elzar Mann caminhavam pelos corredores iluminados da estação, juntos, como costumavam fazer sempre que os assuntos da Ordem permitiam. Havia rumores sobre quem comandaria o setor Jedi da estação uma vez que a Mestra Malli se fora, mas o trio não especulou. Eles eram Jedi. Todos já Mestres. O Conselho por fim dera indícios de que permitiria a Elzar Mann fazer os votos; ele finalmente seria capaz de ver o que o esperava nas profundezas do oceano infinito da Força.

Eles passaram pelo Trandoshano Jedi Sskeer, que ficara muito tempo na estação durante sua construção, e não precisava de um tour. Estava parado diante de uma janela de observação, olhando para o espaço do lado de fora. Avar lhe dirigiu um cumprimento, mas Sskeer não respondeu. Ele sobrevivera à Batalha de Kur, e seu braço decepado se regenerava aos poucos, como era próprio de sua espécie, mas o ferimento em seu coração causado pela perda da Mestra Jora Malli se provava mais difícil de curar.

Na enorme sala de reuniões no centro do Farol, Nib Assek e Burryaga observavam enquanto a Chanceler Lina Soh se dirigia a um estrado no meio da câmara. Ela caminhava lado a lado com Yarael Poof, um mestre do Conselho Jedi. Cada Jedi proeminente na galáxia estava a bordo da estação, até mesmo Yoda, surpreendendo alguns. Normalmente, o mestre ancião evitava reuniões sociais não essenciais com uma alegria determinada, mas lá estava ele com a turma de jovens aprendizes que tomara sob sua tutela nos últimos meses. As razões para comparecer à inauguração do Farol eram apenas dele. Yoda mantinha o próprio conselho.

Ao redor da câmara, muito mais pessoas se reuniam, guias levando os grupos para a sala no fim dos passeios, para o evento principal do dia. Mikkel Sutmani. Joss e Pikta Adren. Keven Tarr, o Almirante Kronara, até mesmo o Chefe Suboficial Innamin e o Tenente Peeples. A Jedi prodígio Vernestra Rwoh e seu recém-designado Padawan, Imri Cantaros, acabavam de chegar de seu próprio encontro com os Nihil em Wevo. Senadores, ministros, presidentes e outros, indivíduos de posições baixas e elevadas. Milhares de pessoas fizeram de tudo para garantir que aquele momento acontecesse, e tantas quanto possível estavam presentes naquele dia. Os que não puderam ou que optaram por não comparecer receberam acesso a um holocanal seguro, para que vissem e ouvissem em tempo real.

A Chanceler Soh alcançou o estrado. Droides câmera flutuaram, gravando o momento. Ela falou.

– Vocês sabem que eu imagino uma galáxia de Grandes Obras, conectada, inspiradora e repleta de paz para todos os cidadãos. Acredito que isso seja possível, mas não por minha causa ou por qualquer habilidade especial minha. Acredito que seja possível por nossa causa. Porque podemos e vamos trabalhar juntos para alcançá-la. Somos, cada um de nós, grandes obras. Vejo uma galáxia onde usamos nossos pontos fortes para compensar as fraquezas uns dos outros, onde entendemos e celebramos nossas diferenças, e as consideramos valiosas. Somos uma República onde todas as vozes importam, seja no Núcleo ou no planeta mais afastado na fronteira da Orla.

Ela prosseguiu, abordando os sacrifícios feitos para trazer segurança à Orla Exterior e permitir a conclusão da estação. As mortes de Hedda Casset, Loden Greatstorm, cuja menção fez Bell piscar os olhos com força, Merven Getter, Vel Borta, o Capitão Finial Bright e muitas outras foram reconhecidas. Um memorial foi proposto, outra Grande Obra, para todos aqueles mortos no desastre da *Legacy Run* e nas Emergências que se seguiram. Uma escultura de várias peças, com obras colocadas nos locais das Emergências em Hetzal, Eriadu e Ab Dalis, contendo os nomes de todos que perderam a vida.

Lina Soh falou precisamente durante o tempo certo, e concluiu com estas palavras:

– Esta estação será um símbolo da República na Orla Exterior. Um lugar onde celebraremos nossa união e nos ajudaremos para que ela aumente. Ele enviará um sinal, para que qualquer pessoa neste setor receba, a qualquer momento. O farol. O Farol da República. O sinal...

Ali ela fez uma pausa, e os droides câmera captaram o otimismo sincero em seu rosto. Aquela não era uma política. Era uma mulher que acreditava em cada uma das palavras que dizia.

– ... da esperança.

Ao redor do átrio, contra as estrelas, sabres de luz se acenderam. Centenas, em todas as cores da Ordem Jedi, uma saudação, mantida no alto.

No espaço fora da estação, qualquer um que olhasse veria um brilho crescente saindo do belo espaço aberto em seu coração, expulsando a escuridão.

A luz dos Jedi.

O farol foi ativado, um sinal, um som, um toque, um tom que qualquer um com o equipamento mais rudimentar seria capaz de captar, por centenas de parsecs ao redor da estação. Qualquer um que estivesse perdido, amedrontado, confuso, sem esperança... seria capaz de sintonizar. Seria capaz de escutar, e o som os ajudaria a encontrar o caminho.

O Farol da Luz Estelar. O primeiro de muitos.

Tudo estava bem.

EPÍLOGO

O INIMIGO.

– Este lugar é lindo – disse Elzar Mann.

Avar Kriss estava a seu lado; eles deixaram Stellan Gios para trás na inauguração, participando de uma conversa profunda com vários membros do Conselho. Elzar e Avar caminhavam por um dos módulos de jardim no Farol da Luz Estelar: uma enorme bolha de transparisteel, através da qual uma longa passarela espiralada fora construída. A base da esfera era preenchida com o solo nativo de um mundo chamado Qualai, um pequeno planeta de baixa gravidade localizado nas margens da Orla Exterior.

Daquele solo cresciam árvores altas, finas e elegantes, que alcançavam cerca de trezentos metros, desde a base até o topo. De seus galhos azuis, descia uma cortina de videiras, como fitas ondulantes que se estendiam da copa ao chão. Eram de tonalidades variadas de vermelho e laranja, com gradientes graciosos por toda sua extensão. As correntes de ar agitavam as videiras, de forma que elas se batiam gentilmente para frente e para trás, sua fragrância lembrando incenso.

O caminho espiralado permitia caminhar por entre as videiras enquanto giravam e se dividiam. Pequenos insetos e pássaros brilhantes com bioluminescência voavam como faíscas, e cada árvore constituía um ecossistema próprio.

No centro do jardim, de onde se via o espaço além do transparisteel, o efeito era como olhar para a noite de dentro de uma fogueira.

– É sim – disse Avar.

– E é todo nosso – comentou Elzar. – Ninguém parece ter descoberto, ainda.

– Não vai demorar – disse Avar. – Tenho certeza de que as pessoas logo vão sair da festa e descobrir o caminho daqui. Casais procurando por lugares tranquilos para ficarem a sós, provavelmente.

– Então, vamos aproveitar enquanto podemos, não?

Eles continuaram subindo, com o som das videiras de chamas se batendo por toda a câmara.

– Olhe só para nós. Apenas um par de Mestres Jedi, aproveitando juntos um momento de silêncio. Você acredita? Cheguei a pensar algumas vezes que isso nunca aconteceria.

Avar sorriu para ele, e disse:

– Sabia que o Conselho, por fim, o elevaria. Isso nunca foi uma questão.

– É fácil para você falar. Foi nomeada Mestra há alguns anos.

– Ei, o Conselho reconhece talento quando o vê. Quando vai ser?

– Não deve demorar. Preciso estar diante do Conselho, lá em Coruscant. Parece mais uma formalidade, na verdade. Não imagino que minha vida vá mudar tanto quanto na elevação anterior.

– Verdade, o salto de Padawan para Cavaleiro Jedi... Lá é onde tudo acontece. A escolha de... – A voz de Avar sumiu.

Elzar suspeitava que ambos pensavam sobre a mesma coisa. Momentos compartilhados como Padawans, tolerados, compreendidos e até mesmo considerados comuns. Coisas deixadas para trás uma vez que se era elevado para se tornar um adulto na Ordem.

Eles não tinham discutido aqueles momentos durante um longo tempo, e nunca além de uma referência sutil, mas jamais se distanciavam demais um da mente do outro, principalmente quando estavam juntos.

Aqueles tempos, muitos anos no passado, pareciam bastante presentes naquele momento.

Avar parou. Elzar levou um tempo para perceber que ela não o estava acompanhando e se virar para ela.

Ele ergueu uma sobrancelha.

Ela estendeu uma das mãos.

Elzar a pegou e segurou. Olhou para a mão que segurava, depois para Avar Kriss, sua amiga.

O olhar que ela lhe dirigia era como aquele oceano que encontrara dentro dele, a Força, profundo, infinito e impossível de se compreender por inteiro.

Elzar poderia se afogar nele.

– Nós somos Jedi – disse ele.

– Somos – concordou ela.

Avar desviou o olhar, soltou a mão de Elzar, e ele não estava mais se afogando. No entanto, talvez alguma parte dele desejasse estar.

Continuaram caminhando.

– Eles me deram a estação – disse Avar.

– O quê?

– Vou comandar o contingente Jedi no Farol da Luz Estelar. Com a morte da Mestra Jora Malli, me pediram para assumir. Acho que impressionei o Conselho depois do que aconteceu em Hetzal e tudo o que se seguiu, e...

– Sim. Você é muito impressionante – disse Elzar, com a voz suave.

Um pouco mais adiante no caminho, andando através das chamas.

– Tenho trabalho em Coruscant – disse ele. – Pesquisa nos arquivos... o que realizamos em Hetzal me deu todo o tipo de ideias sobre novas maneiras pelas quais o lado luminoso pode falar conosco. Sei que o Conselho nem sempre entende as coisas que tento fazer, mas agora sou um Mestre. Sinto que essa é a minha chance de realmente demonstrar o quanto posso ser útil para a Ordem.

– Sim – disse Avar, a voz baixa como sempre.

– Não vamos mais nos ver com tanta frequência – comentou Elzar. – Você acha que ficamos habituados demais a passar o tempo juntos? Será que foi um erro?

– Não – disse ela, com certeza na voz.

– Também acho. E vamos continuar em contato.

– Sim. Podemos nos falar sempre que quisermos. O projeto da rede de retransmissão da Chanceler Soh vai tornar isso mais fácil do que nunca.

– É claro – disse ele.

Eles alcançaram a parte mais alta do caminho, o fim da espiral, onde uma saída levava de volta ao restante da estação. Os sons da celebração podiam ser ouvidos, baixos e convidativos.

– Parece que a comemoração está aumentando. Quer virar uns copos do que eles têm por lá? Também não me importaria de dançar. Devemos ir dançar, Mestre Jedi Elzar Mann?

Ele imaginou o que ela pensava do olhar que lhe dirigia naquele momento. Se também estaria se afogando um pouquinho.

– Vou me juntar daqui a pouco – disse ele. – É um lugar agradável, e não sei quando poderei vir novamente para cá.

– Está bem – respondeu ela.

Avar hesitou, depois sorriu. Um sorriso amplo, aberto e sincero, e se afastou.

Elzar a observou partir, depois se virou e olhou para as estrelas, para o vazio do espaço, o mais profundo dos oceanos.

Abaixo dele, as árvores flamejantes se agitavam, farfalhando e açoitando. Era como estar no topo de um inferno. Ele permitiu à sua consciência vagar entre a escuridão acima, procurando, procurando...

A Força tomou sua mente.

Terríveis visões lampejaram diante de seus olhos, coisas que ele não conseguia entender, mergulhadas em uma doentia luz púrpura. Jedi, muitos dos quais ele conhecia, amigos e colegas, terrivelmente mutilados, travando batalhas que não poderiam vencer contra coisas medonhas que viviam na escuridão. Coisas que viviam nas profundezas.

Os Jedi, aqueles que sobreviveram, estavam fugindo. Não recuando, e sim fugindo.

As visões se cravaram em sua mente, a Força gritando algum tipo de advertência ou profecia para ele, rasgando sua consciência, sem parar.

Elzar caiu de joelhos, com sangue escorrendo do nariz. Aquilo não parecia a visão de um futuro evitável ou irreconhecível.

Aquilo parecia certo e inevitável.

Maldade e horror, deslizando como a maré através da galáxia.

Ele viu Jedi morrendo, gritando, e ele mesmo restando, incapaz de escapar do que se aproximava.

Lenta e agonizante, a visão retrocedeu. Elzar voltou a si. Ele se engasgou, e mais sangue respingou no convés.

O que acabara de ver? O que ele vira?

O pior não era o caos; as batalhas; a dor; os horrores monstruosos e desconhecidos surgindo da escuridão. Era o que ele vira no rosto de cada Jedi que a Força lhe mostrara.

O maior de todos os inimigos.

Medo.

AGRADECIMENTOS

Os projetos Star Wars, de qualquer tipo, sempre são esforços coletivos: de filmes a jogos, brinquedos e até mesmo este romance... é necessária uma galáxia. Isso é particularmente verdadeiro a respeito de *Luz dos Jedi*, o resultado de anos do trabalho de um grupo de pessoas, apresentado ao mundo pela primeira vez como um coletivo de cinco escritores trabalhando no misterioso Projeto Luminous. Não conhecia nenhum deles pessoalmente quando o projeto que viria a se tornar a *Alta República* começou, embora conhecesse o trabalho de cada um. Agora, é raro que se passe um dia sem que eu fale com esse grupo incrivelmente talentoso de escritores: Claudia Gray, Justina Ireland, Daniel José Older e Cavan Scott. Começaram como meus colegas e se tornaram meus amigos, e este livro não existiria sem seus incentivos constantes, exames minuciosos e ideias maravilhosas.

Em seguida, é claro, o maestro que montou o Projeto Luminous, que protegeu seu pequeno grupo de escritores de inúmeras tempestades e que nos manteve em movimento desde que os primeiros e-mails sobre o que o Luminous se tornaria começaram a circular: Michael Siglain, diretor criativo da Lucasfilm Publishing. Ele é o melhor, e garanto que ninguém que já o conheceu diria algo diferente. Ele me trouxe, nos trouxe, para este passeio, e eu não poderia estar mais grato.

O pessoal da Lucasfilm Story Group nos deu tempo e foco infinitos enquanto construíamos *A Alta República*, e eu gostaria de mencionar particularmente Pablo Hidalgo, cujas observações sempre acrescentavam demais e muitas vezes vinham com diagramas instrutivos sobre a natureza misteriosa do hiperespaço. James Waugh, por seu apoio constante e incansável. Matt Martin e Robert Simpson, Brett Rector, Jen Heddle, Troy Alders... A lista continua. É como disse no início. *Star Wars* é uma galáxia, e todos contribuem. É maravilhoso de ver.

Elizabeth Schaefer, da Del Rey, por sua perspicácia editorial e por alguns tweets muito bons depois de terminar o primeiro rascunho do romance. Meu agente, Seth Fishman, para quem nenhum acordo é impossível. Jordan D. White da Marvel Comics, que me deu a primeira chance de escrever *Star Wars*, e de onde todo o restante veio. Shawn DePasquale, meu primeiro leitor frequente. Tommy Stella, meu assistente frequente.

George Lucas e as muitas e muitas pessoas brilhantes com quem trabalhou para trazer *Star Wars* à vida (é necessária uma galáxia!). Nenhum de nós estaria realizando este trabalho sem seus esforços.

Claro, a minha família: Rosemary e Amy, Hannah, Sam e Chris, Jay e Ann, Mary e Jim.

E, finalmente, obrigado a você. Espero que tenha gostado da história. Somos todos a República.

Charles Soule